璩家花园

叶兆言 著

译林出版社

图书在版编目（CIP）数据

璩家花园 / 叶兆言著. —南京：译林出版社，
2024.9（2025.4重印）
ISBN 978-7-5753-0140-4

Ⅰ.①璩… Ⅱ.①叶… Ⅲ.①长篇小说－中国－当代
Ⅳ.①I247.5

中国国家版本馆CIP数据核字（2024）第088346号

璩家花园　叶兆言 / 著

责任编辑　魏　玮
装帧设计　别境Lab
校　　对　戴小娥　蒋　燕
责任印制　闻媛媛

出版发行　译林出版社
地　　址　南京市湖南路1号A楼
邮　　箱　yilin@yilin.com
网　　址　www.yilin.com
市场热线　025-86633278
排　　版　南京展望文化发展有限公司
印　　刷　南京爱德印刷有限公司
开　　本　850毫米×1168毫米　1/32
印　　张　17
插　　页　4
版　　次　2024年9月第1版
印　　次　2025年4月第4次印刷
书　　号　ISBN 978-7-5753-0140-4
定　　价　78.00元

版权所有·侵权必究

译林版图书若有印装错误可向出版社调换。质量热线：025-83658316

陈寅恪1957年题
王观堂《人间词》及《人间词话》新刊本：

世运如潮又一时，
文章得失更能知。
沈湘哀郢都陈迹，
胜话人间绝妙词。

目录

第一章　**1970 年**　　　　　　　　　　　　　1
祖宗阁，天井混沌初开

第二章　**1954 年**　　　　　　　　　　　　　77
母亲，天井不知道那些往事

第三章　**1971 年**　　　　　　　　　　　　　117
青工天井和阿四，齐腰赛似裤

第四章　**1957 年**　　　　　　　　　　　　　157
麻雀之劫，穿猎装的璩民有

第五章　**1979 年**　　　　　　　　　　　　　185
婚礼，第八个是铜像

第六章　**1964 年**　　　　　　　　　　　　　215
费教授，政协委员

第七章	**1976 年** 1976	259
第八章	**1983 年** 民天文化	299
第九章	**1986 年** 阿五的分尸案	349
第十章	**1989 年** 李择佳的最后岁月	393
第十一章	**1999 年** 璩达的高考之年	435
第十二章	**2019 年……**	481
	后记	535

第一章

/

1970年

祖宗阁,
天井混沌初开

1

1970年某月的某一天，在璩家花园，我们看见李择佳又一次来到民有家。名义上，她只是去帮民有父子缝补衣服。这一年，四十七岁的李择佳，因为微胖，或者说因为丰满，脸上还没有什么皱纹。若是用半老徐娘来形容，应该说也不太合适，按照古人说法，根据历史的记载，真正的徐娘不过三十出头。李择佳是五个女孩子的母亲，眼见着快五十岁，却一点都不显老，稍稍收拾打扮，说风韵犹存并不过分。李择佳是个很漂亮的女人，春天差不多了，天气正在变热，已经有点初夏的意思。胸前别着一枚毛主席像章的民有，与儿子天井正说着什么话，突然看见门外站着的李择佳，按捺不住惊喜，一本正经地来了一句：

"哟，你怎么来了？"

这话是说给儿子天井听的，他知道她会来，他正在等她来。李择佳听了十分不乐意，我们可以看见她的脸沉了下来，不是很开心地回了民有一句：

"什么叫我怎么来了,难道不是你喊了才来,还真以为我会送上门呀!"

民有知道自己说的话不太妥,本来就是打个马虎眼,干脆借坡下驴,调笑说:

"那也说不定,这个很难说的。"

李择佳看了天井一眼,看他傻乎乎的没任何反应,回过头来看着民有:

"把话说说清楚,说清楚好不好,难道我这人在你眼里,真的就那么那个?"

民有连忙说:"不那个,不那个。"

李择佳偏还要追着问:"什么不那个不那个,那个什么,到底什么,你给我说说清楚。"

我们可以听见民有不怀好意地一阵干笑,笑完了,看了儿子一眼,看了看完全无动于衷的天井,说:

"没什么,没什么。"

李择佳说:"你不就是想说一声我贱嘛。"

民有说:"不是不是,贱的是我,是我贱,是我贱。"

李择佳气不过,也拿他没办法,说:"你这人是真不要脸——"

民有听她这么说,乐了,很快乐,他喜气洋洋地又看了天井一眼,涎着脸说:

"我这人最大的优点,就是不要脸,死不要脸。"

这一年,民有四十四岁,看上去一脸风霜。他的儿子天井十六岁,是个有点迟钝的孩子。说天井还没开窍,他已经开窍了，说他真开窍了，又好像什么都不太懂。李择佳时不时地会替民有父子做这做那，打扫卫生、缝补衣服。天井一点都没觉得这不过是幌子，没觉得这是老情人相会的一个借口。天井根本没往那方面去想，他那时候那岁数，对男女之事已知道一二三四，对他爹和李择佳的私情，竟然会迟钝得一点感觉都没有。在父亲民有眼里，李择佳依然还有几分姿色，在儿子天井眼里，她差不多就是个老大妈。隔一段日子，李择佳会上一次门，会到他们家来一趟。天井一直在偷偷地喜欢李择佳家的阿四，因此，心里非常欢迎她上门，看到李择佳便能想到她女儿阿四，要是她能带着阿四一起上门就更好了。

民有随手拿出了几件衣服，又拿出一个生锈的旧铁皮月饼盒，里面放着针线布头之类，弄半天才将铁皮盒打开。李择佳打量那些衣服，问这几件衣服洗过没有，干净不干净，拿起其中一件，说怎么还会有污渍。两个人有一句无一句地说话，东拉西扯不着边际。天井傻乎乎在一旁听，毫无离开的意思，弄到最后，民有终于憋不住了，咽了咽嗓子，让儿子该干什么，赶快去干什么，想去哪儿玩，就去哪儿玩，天不黑别回来。

最后一句"天不黑别回来"，本是句气话，他知道儿子一旦出去，自然是天不黑不会再回来。十六岁的天井，个头已大人模样，已经和成年人一般高，嘴边也有了毛茸茸的小胡子，心智上仍然是个没长大的孩子，仍然没有完全明白事理，仍然没心没肺。民有让他出去玩，他也就不想再在这个家里继续待下去。

天井一离开，民有赶紧去把门关上，蠢蠢欲动毛手毛脚。李择佳在忙针线活，手上闪闪发光的针尖对着民有，说当心被我扎到，说你着什么急，等一会好不好，别急吼吼的好不好，等人家把手上的活先忙完。又说好不容易见上一面，难道不能好好地说说话，聊聊天。虽然是大白天，门一关上，房间里顿时有些阴暗。民有胸前那枚毛主席像章是夜光的，隐隐地放出白光来，李择佳觉得奇怪，盯着看，他就跟她解释，为什么它会发光，什么叫夜光，自己是怎么拥有的，这样一枚像章又是如何珍贵。

李择佳就问："这得花多少钱买？"

民有很得意地说："我告诉你，花多少钱都买不到，不是花钱就能买到的。"

李择佳让民有把门打开，房间里太暗，做不了针线活。民有说我们要说话可以，要聊天可以，针线活就别忙着做了，待一会再说行不行，待一会再缝再补行不行。李择佳说那就先说话，先聊聊天。民有翻箱倒柜，在找东西，李择佳问他找什么，他也不回答，只顾自己埋头找。李择佳问到底在找什么，为什么不回话。民有说我也不知道把它放哪了，应该在这的，怎么就没了。又说其实找不到也没关系，我是怕天井看到了不好，随手这么一放，就忘记放哪了。李择佳已知道他要找什么，民有还在嘀咕，还在叽里呱啦啰唆，说记得明明放在这箱子背后，肯定是天井拿了，这小子就喜欢乱翻。说着，他总算找到了那个铝皮小香烟盒，献宝似的对李择佳亮了亮。

民有说："看来是我记错了，它其实还是在老地方。"

我们看见那个铝皮小香烟盒被民有打开了，里面装着一只反复用过的避孕套，或许是洗得不够干净，或许是抹上了一层滑石粉，空气中立刻有了一种怪怪的味道。民有拎起那只发黄偏黑的避孕套，轻轻抖着，把附在表面的滑石粉抖掉，放在嘴边吹，很严肃地往套子里面吹气，看它漏不漏。看着一丝不苟的民有，看着他十分认真的样子，李择佳又好气又好笑。

民有说："想不到这个天气，说热就热了。"

李择佳说："可不是嘛，前几天我还穿着棉袄，我那地方见不到太阳，阴冷阴冷的，没想到今天就这么热起来了。"

我们可以听见这两个人又开始七拉八扯，说了一会毫不相干的闲话，然后言归正传，话题又绕回来。民有的手上，一直还拎着那只避孕套：

"真要找不到这玩意也好，我们索性生个儿子，索性光明正大，就光明正大，让人家想怎么说，就怎么说，说什么也烦不了，烦不了那么多。"

李择佳说："想得倒美，如今我都这岁数了，怕是没办法给你生儿子，你早干什么了，早干什么了！"

民有说现在说不定也还来得及，这就可以来一个明媒正娶，各自去打个报告，等双方领导批准，就去领结婚证。这个事还真得抓紧，大家年龄也都不小，没必要再拖下去，再拖就真的老了。这些年，双方的处境都不好，民有混得糟糕透顶，李择佳也好不到哪去。事到如今，可以说水到渠成，他们之间本来就那样了，你情我愿谈婚论嫁，按说也不算是什么事，真不算什么事，没想到话说着说着，焦点最后会落在一台缝纫机上。

面对民有的求婚，李择佳叹了一口气，一肚子苦水，终于倒了出来：

"璩民有你摸着自己良心想想,过去这些年,你是怎么对我的,我是怎么对你的。我呢,真也没少给你占便宜,你我这样,我们这样的身份,确实都一把年纪了。怎么说才好呢,不谈什么明媒正娶,我早就是残花败柳,不过不能太便宜了你,太让你不把我当回事,不能让你总是占便宜。我呢,也没有别的要求,你能送我一台缝纫机就行。"

李择佳也不是一定真要什么缝纫机,她只是觉得不能太便宜眼前的这个男人。该讲价的时候,还是要讲一下,该搭搭架子,还是要搭搭架子。真要是没有一台缝纫机,也没什么太大关系,她才不会太逼民有,她内心其实很愿意嫁给他,看民有的现实状况,他也买不起什么缝纫机。一台新的缝纫机可不便宜,民有真要是有能耐,心里真是有她李择佳,哪怕去旧货店弄一台旧的缝纫机也行。

民有说:"不就是买一台缝纫机嘛,没问题。"

"又吹牛了,你真没问题?"

"没——没问题!"

民有的语气并不怎么肯定,眼睛都不敢再看着李择佳。

李择佳很熟悉他的这种眼神,笑了:

"我就知道你又是吹牛,什么时候你如果能不再吹牛就好了。"

民有不服气,说:

"吹什么牛,不就是一台缝纫机嘛,我说没问题,就应该没问题。"

"弄台旧的就行。"

"这什么话,要买就买新的,新的多少钱?"

李择佳知道这玩意多少钱,她太知道了,每次去百货公司,都会忍不住去看一眼缝纫机,摸一摸作为样品摆放在那的缝纫机。一台全新的"蝴蝶牌"缝纫机大约一百五十元,还要凭票才能供应。如果说那年头李择佳最想添置什么,毫无疑问,也就是一台缝纫机。

李择佳并不是很相信地又问了民有一句:

"真的没问题?"

民有最初也就是随口一说,听说要一百五十元,这可不是个小数目,心里免不了咯噔一下,又好像突然想到了什么,顿时信心百倍:

"没问题——"

民有扬了扬手,在空中打了个响指:

"一台新缝纫机,没问题,我的李园长。"

李择佳依然不是很相信,或者说根本就不相信,听他喊自己"李园长",撇了撇嘴说:

"又要发神经病了是不是,你喊什么李园长呀,我不当那个什么园长,都多少年了。"

2

三天以后,我们看见李择佳正迎面走过来,她这是准备去费教授处帮他打扫卫生。前一天送晚饭,她与年老的费教授,曾有过一场模棱两可的对话,对话看似漫不经心,其实说者有心,听者有意,让李择佳多少感到一点不痛快,很不痛快。她的工作很像后来的钟点工,或者干脆直截了当地说,就是费教授不住家的用人。每月虽然只有十五块工钱,对于没有正式工作的家庭妇女来说,这是一份还不错的差事。费教授此时已七十七岁高龄,走路有点蹒跚,头脑也是一会清醒,一会糊涂。

每天上午九点钟,费教授必定准时出门,散步去附近小公园,打一套很不规范的太极拳。因为住得不太远,李择佳每天照例要去费教授处好几次,上午先去一次,帮他收拾房间、洗洗换下来的衣服、扫地、倒马桶,然后在吃中饭时,为他送午餐,到吃晚饭,再为他送晚餐。费教授会另外交付十块钱伙食费,除了一天一个水煮鸡蛋,对吃什么没有特别要求,李择佳家吃什么,他就吃什么。费教授与李择佳之间的对话,发生在昨天晚上。费教授一边吃着李择佳送去的晚餐,一边问她是否看见有人进过他的房间,是否有人翻过他的写字桌抽屉。

费教授这一番问话,加上不太友好的语气,显然是表示他发现自己少了什么,在怀疑有人拿了他的东西,或者干脆说对李择佳有所怀疑。既然他这么问了,李择佳不得不反问一句:

"怎么了,费先生有什么东西找不到了?"

费教授迟疑了一下,想说,又不说了,继续吃饭。在费教授的目光中,李择佳看到一种不信任,因为不信任,所以欲言又止,把准备要说的话藏着掖着。她的自尊心顿时受到伤害,尽管费教授与李择佳之间是雇佣关系,是主与仆,是东家和用人。在人民群众当家做主的时代，大家的关系应该是平等和友好的。他们这是属于互相提携，互相帮助，费教授不应该用这种态度对她。几个月前，为了写字桌上的一把铜尺，他们之间产生过一次不愉快。费先生非要说是李择佳拿走了铜尺，说他明明是放在写字桌上，早晨还看到它在那，李择佳一离开就没了，不是她拿走了还能有谁。

李择佳为此感到十分委屈，好在那把铜尺不久又在书堆里找到了，为此费教授还专门向她道歉。事实上，铜尺夹在一本书里，就在他看过的那一页上，费教授终于想起来，当时是为了便于再次翻阅，他特地把铜尺夹在那一页上，万万没想到，转眼把这事忘了，忘得干干净净。今天显然又发生了同样的事情，费教授大约又把自己的东西放在什么地方，又找不到了，然后呢，就怀疑到了李择佳头上。

李择佳说："是不是又少了什么东西？"

费教授摇了摇头，还是不说话。

李择佳又说："写字桌的抽屉是上了锁的，怎么会有人动过呢？"

这话的潜台词就是，既然费教授你都上了锁，谁又能动得了那张写字桌的抽屉呢。

那年头，好像也没什么贼，各家各户的房门，通常都是不上锁。历经过一次次战乱，璩家花园这一片地区，早就成了一个又一个大小杂院。每一道大门进去，都会有好多户人家，邻里之间大多不会见外，都是熟人。费教授住在二楼，这地方位置优越，居高临下，原来是璩家花园的藏书楼。根据传说，此处离钱谦益的"绛云楼"旧址不远。当年的绛云楼名冠东南，图书收藏丰富，与清廷内务府藏书可以一比，是南京历史上最有名的藏书楼之一，可惜后来毁于一场大火。天井的高祖建造璩家花园，仰慕前贤，追求风雅，也在此处盖了个藏书楼。

璩家花园的藏书楼，与绛云楼当然不可同日而语。它取名为"鹍游阁"，语出《千字文》中的"游鹍独运，凌摩绛霄"。在鹍游阁前，本来还有个不大不小的花园，有个用太湖石堆砌起来的假山，还有个小山洞。费教授刚搬来时，那个太湖石假山还在，还有小孩子爬来爬去，钻进钻出。后来修仙鹤桥，急需石料，就把这些太湖石移了过去，砸碎了，当作建筑材料。原来的假山处，另起了一排民房，就竖在费教授窗前，黑乎乎的房顶，有碍观瞻，很难看的。

严格说费教授住处所在的位置，只能是当年藏书楼的一角。东边的二楼，大部分早已坍塌，房管所的人前来维修危楼，干脆把坍塌部分锯开拆除，于是费教授所住的这个地方，就显得非常奇怪，特别单薄，窄窄的，孤零零的，竖立在一片杂乱的矮房子当中，好像是个很突兀的炮楼。通往二楼的楼梯，也是改造过的，很窄很陡，笔直，有了楼梯的支撑，看上去摇摇欲坠的二楼，从此安然无恙。

费教授与李择佳前一天的对话，最后不了了之。第二天，李择佳去得略迟了些，一路上，还在回想当时的对话，心里仍然有残存的不痛快。这时候，费教授肯定去公园打太极拳了，过去的一段时间，他老人家的记忆力正在变坏，常常会忘记事。老年人记性就是这样，越是记不住，越是要表现出自己能记住，越是要表现出自己不糊涂。李择佳明知道没必要太计较，犯不着跟老先生生气，心里那点不痛快，却一直堵塞在那里，排解不了。她不知道费教授发现自己少了什么，她根本就不知道他那写字桌抽屉里究竟有什么，费教授从来都不会当着李择佳面打开抽屉。

二楼上似乎有动静，好像是关拉抽屉的声音。李择佳正准备上楼，楼上的响声让她感到疑惑。难道费教授没出门，难道他还在楼上，李择佳带着疑惑准备上楼，又停了下来，心里在想，如果费教授还在，如果是他，不妨等他关好了抽屉再上去，等他把抽屉锁好了再上去。

李择佳对楼上喊了一声："费先生你还在家呀？"

楼上没有回答，却有一阵慌乱的脚步声。李择佳也没多想，这自然是表明费教授还在。她扶着楼梯把手开始上楼，一边上楼，心里还在嘀咕，他老人家为什么今天不出门呢。楼梯走到一半，楼上似乎又有了动静，又是什么东西在碰撞。楼梯走完了，李择佳站在楼梯尽头，她发现房间里没有人，费教授并不在房间里。这真是很奇怪，明明听见有声音，明明是有动静，为什么一个人也没有，为什么。难道自己听错了，难道只是错觉，李择佳站在那发怔，突然，她发现墙角那蹲着一个人，没错，确实是一个人，抱着脑袋蹲在墙角，背对着她。

李择佳喝道："你是谁，你在这干什么？"

那个人双手抱着脑袋，背对着李择佳不动弹。

李择佳又喊了一声："喂，喂，怎么回事？"

那个人突然回过身来，李择佳这时看清了他的脸，竟然是天井，是民有的儿子天井。她想不明白天井为什么在这，为什么会在费教授的房间。天井一脸恐惧，惊慌失措，眼睛瞪得大大的，看着李择佳。让李择佳感到疑惑的，不仅是天井这么傻傻地站在自己面前，更让她吃惊的是，费教授写字桌的抽屉竟然被拉开了，敞开在那，被拉到了一半的位置上，显然还没来得及拉好，还没来得及关上。满脸惊恐的天井突然朝着她冲过来，李择佳想拉住他，想问个明白，没想到他一把没能甩开她，竟然用力一拉，结果李择佳被他拉了个后仰，从高高的楼梯上摔了下去。

3

　　故事说到这里，我们必须打打岔，说点别的什么，整理整理头绪，简单交代一下人物关系。

　　先说一说李择佳，不妨把这个女人的身世粗略地介绍一番。李择佳生于1923年，二十岁时，也就是在1943年春天，嫁给了住在璩家花园的侯晋如。侯家当时也算是城南的大户人家，李择佳出嫁的时候，从鼓楼二条巷的家里出来，坐上豪华马车，到中华门走钓鱼台，绕了一大圈，在锣鼓声中，终于到了侯家门口，进大门前，把马拴在门口系牲口的石桩子上，再被人搀扶着下车。

　　那年头南京的结婚风俗，新娘子不能脚踩地上，于是就在地面铺上装了米的布袋。李择佳走在米袋上，有人不断地把后面的米袋往前挪移，然后就这样小心翼翼，一步又一步，一直移到拜堂的地方。尽管已经开始破败，侯家那时候还有点钱。他家的宅子有好几进，新房安排在第三进的楼上，红纸也一直追贴到楼上，连楼梯上都贴满了红纸。婚礼十分隆重，应该说办得非常风光，非常有面子，燃放了好多爆竹。

李择佳丈夫侯晋如生于1920年，正经的大学毕业生。家里有钱，人也很体面，却谈不上多能干，有点书呆子气。他的一生好像都是在走下坡路，李择佳嫁过来以后，接连生了五个女儿。1952年的"三反""五反"运动，已成为祖传皮货店老板的侯晋如犯了错误，罪名是偷税漏税和偷工减料，也就是犯了"五毒"中的"两毒"，被关押拘留，最后又被罚款，从此一蹶不振。接下来社会主义运动"一化三改"，公私合营，他成了一家皮鞋厂的副厂长，很快又被降为车间主任。然后在1957年夏天，他生了一场病，不明不白地一命呜呼。侯晋如是侯家的长房长孙，李择佳没为他生儿子，丈夫又是那样的结局，可没少挨婆婆的白眼。婆婆嘴很毒，说李择佳没有旺夫相，说她如果再嫁人，也还是克夫，命里就不应该有男人。

李择佳自己初中肄业，嫁到侯家，开口闭口，大家都管她叫侯太太。时间长了，大家都这么称呼，她也差不多忘了自己姓什么。1958年"大跃进"，同一条巷子的几位家庭妇女，组织起来，合办了一个缝纫小组。一共是七个人，有缝纫机的搬出缝纫机，会裁剪的裁剪，能缝纫的缝纫。在街道居委会支持下，正赶上大炼钢铁，劳保手套和护脚布套紧俏，缝纫小组的订单源源不断。于是招兵买马扩大队伍，歇人不歇机，没日没夜地干活，很快初具规模。李择佳是缝纫小组的重要成员，几乎可以算是发起人，最初唯一的一台缝纫机，就是她家的。

当时报纸上以《告别家庭妇女》为题，报道过这件事。一年过后，缝纫小组发展成一家服装厂，专门生产劳保服装，规模变大了，最初只有"七仙女"的小组，竟然发展到两百多人，而且还有了一个正式的名称"永红服装厂"。服装厂里女同志多，几乎全是不愿再做家庭妇女的妇女，孩子也多，为解决后顾之忧，李择佳接受了新任务，担任厂幼儿园园长。民有嘴里的"李园长"称呼，就是这么来的。以李择佳的能力，凭她的资格，完全可以担任服装厂厂长副厂长，可是组织上这么安排，她也就只能乖乖接受，老老实实地服从。

接受了任务就得好好干，李择佳是位能干实事的女人，在她领导下，幼儿园办得像模像样。民有的儿子天井就进过这个幼儿园，幼儿园只接受本厂职工的孩子，天井没有母亲，他母亲早死了，民有从江宁镇劳动改造回来，把天井从高淳的外婆家接回来，没办法照顾他，便向李园长求救。结果李择佳破例收下了天井，民有因此对她十分感激。那是一段非常艰难的日子，李择佳对天井这个没妈的孩子也是特别照顾，有时候民有忙得忘了去接儿子，她便把天井带回自己家。在天井记忆中，李择佳家有一张很大的红木床，床架上雕着花，还有两个小抽屉，他依稀还记得，还有一些模糊的印象，自己在那张床上玩过，与侯家的阿四阿五两姐妹打闹过。

天井上小学后，很长一段时间，民有没见过李择佳。再次见面，已经是1966年的"文革"初期。这时候，头上有了一顶右派帽子的民有，一改往日习惯性的认错认罪，突然变得神气活现。有一天，他带着儿子去剃头，从理发店里出来，看见李择佳正迎面走过来。这一次的见面纯属偶然，结果却令人意外，不同寻常。街上乱哄哄的，你来我往，有队伍在游行，戴着红袖章的造反派在喊口号，被批斗的人在游街。

民有看着李择佳，李择佳也看着他。两人先都装作不认识对方，想不看对方，又忍不住还要看对方。李择佳的态度还算坦然，民有便有些鬼鬼祟祟，带着一点暧昧的笑。

民有明知故问了一句："这不是李园长吗？"

天井不知道李园长是谁，他已不认识眼前这个女人，毕竟幼儿园的记忆很模糊。

李择佳说："还什么李园长，我现在早就不在幼儿园上班了。"

民有父子住的地方，与李择佳住的地方，并不太远，大家都在一条街上，也就隔着几个门牌号码。过去的这些年，大家虽然不曾见面，各自的事情多少也知道一点。民有知道李择佳丈夫不在了，知道她的状况并不是太好。李择佳摸了摸天井的头，说有几年不见，天井他都长这么大了，现在几年级了，在哪个小学读书。问完了这些，她也不在乎天井是否回答，又接着不无关心地问民有，问他近来怎么样，言下之意，无非现在形势这个样子，他的日子还好不好过。

没想到民有很得意地说："我现在是革命群众。"

说完，他从口袋里掏出一个红袖章，上面印着黄字，写着"某某造反队"字样。李择佳看了非常意外，不知道说什么好，也不明白他为什么把红袖章揣在口袋里,而不是套在胳膊上。

民有反问李择佳:"你呢,你现在怎么样?"

"我——"李择佳迟疑了下,说,"我现在也是人民群众,普普通通的群众。"

这话不仅说的人说得别扭,听的人听着也别扭,什么才叫普普通通的群众呢。

李择佳只好再补充一句:

"我现在是家庭妇女。"

不过她心里却在嘀咕,眼前这个历史背景复杂,名声又不太好,还戴着右派帽子的民有,怎么就风水轮流转,突然也成了革命群众,而且还是造反派,口袋里还揣着红袖章。街上的人在呼喊口号,在喊打倒谁打倒谁,李择佳往呼喊口号的方向看了看,重重地叹了一口气:

"唉,我现在是家庭妇女。"

说完,她又重复了一句:

"我就是家庭妇女。"

李择佳没有说错,她现在确实就是一名没有工作的家庭妇女,一名没有任何经济收入的家庭妇女。随着职工子女的减少,附属幼儿园说没就没了。从家庭妇女到缝纫小组的"七仙女"之一,到大集体性质的永红服装厂的工人,再到厂办幼儿园园长,最后又变成家庭妇女,李择佳回忆起自己走过的路,充满了悔恨,充满了不甘心。不管怎么说,她是"七仙女"之一,可以说是这个服装厂的创始人,是功臣,真正的元老级人物,幼儿园停办后,再想回到服装厂去,得到的答复是暂时还不让正式进入，要先享受一阵临时工的待遇，还要经过上级分管部门的正式批准才行。

李择佳一赌气就不干了，她本来就是家庭妇女，再回家做家庭妇女也没什么了不得。"告别家庭妇女"代表着一种时代进步，大不了她不进步就是了。李择佳的丈夫虽然死了，毕竟曾经还是资方老板，按照国家对资本家实行的赎买政策，李择佳可以吃股份的定息，她不上班，靠着定息也不至于饿死。明知道这定息也是有期限的，说没有就会没有。说好支付七年，后来又增加了三年，为了赌气，李择佳没有去想"真正期满以后怎么办"，也就图个一时痛快，做家庭妇女就家庭妇女吧。

结果当然是严重的，在后来的日子里，李择佳尝到了没有一份正式工作的苦头。不上班是自由了，可是没有经济收入，自由也就变得不自由。李择佳开始为别人带孩子，在家糊纸盒子，最后不得不做用人，当保姆。1966年"文革"开始，也是李择佳感到最不好过的时期，这一段日子，除了刚出嫁的大女儿有份工作，其他四个女儿都在读书，阿二上大学，阿三是初中，阿四和阿五是小学，老婆婆还在，全家老老小小六个人，六个女的，都要靠李择佳一个人支撑，都要靠她一个人养活。因此，李择佳在街头与民有又一次偶遇，神气活现的民有竟然还称呼她是"李园长"，让她难免百感交集，差一点把眼泪给引出来。

街头偶遇的一个月后，垂头丧气的民有带着天井，突然来到了李择佳家。他们父子又一次出现在她面前，李择佳着实吃了一惊，没想到会这样，不明白为什么会这样。民有父子是由几个戴着红袖章的造反派押送过来的,天井手里还抱着一个黄书包,里面放着他的换洗衣服。李择佳不知道发生了什么事,民有看了看造反派的脸色,十分沉重地与李择佳商量:

"天井这孩子,恐怕要给李园长添麻烦了,我只能麻烦你帮着照料一下,给他一口饭吃,我这是又犯了错误,一时也顾不上这孩子了。"

李择佳仍然不太清楚怎么一回事,为什么民有会被戴着红袖章的人押着过来,为什么他要把儿子托付给她,为什么要让天井在她这里搭伙吃饭。

戴着红袖章的造反派很严肃地对李择佳说:

"罪大恶极的反革命分子璩民有,经过我们革命组织的研究,必须立刻隔离审查。他的这个儿子,我们决定暂时由你负责他的伙食,我们的兵团会从璩民有的薪水里,扣钱给你。"

民有结结巴巴还想说什么,还想解释,造反派一声断喝,让他闭嘴。于是李择佳甚至都没有来得及拒绝,稀里糊涂地,莫名其妙地,天井就这么被留了下来,就这么被强行留在了李择佳家。这时候,天井十二岁,正准备升初一,就要上中学。一切都发生在转眼间,民有被带走了,临走,父子俩你看了我一眼,我看了你一眼,大家又都看了李择佳一眼,然后就这样,稀里糊涂加上莫名其妙,天井便留在了李择佳家。

时间还是夏天,天井穿着短裤汗衫,黄书包里放着换洗衣服,衣服里还包着一个金边饭碗。李择佳看了,摇了摇头,说你这孩子还带着一个讨饭碗来,怕我们家没有吃饭的碗不成。天井也不知道她这么说,是心里不高兴,不欢迎他,还是在开玩笑，说笑话，怯生生地说了一句：

"我爸说这碗很值钱，很值钱，缺钱的时候，你可以把它卖了。"

李择佳听了一怔，拿起那金边饭碗，看了又看，似信非信地说：

"你爸说的？"

天井点了点头。

李择佳又追问了一句：

"你爸真这么说的？"

天井又点了点头，民有确实就是这么说的，他匆匆忙忙地把这只碗用衣服裹了，塞在了儿子书包里，悄悄告诉他，说儿子你一定要记住，要告诉李园长，这碗是璩家祖上留下来的，可值钱了。这个碗到底值不值钱，天井自然是不知道的，那时候他对"值钱"两个字甚至都没什么概念，不过是把父亲说过的话，对李择佳再复述一遍。李择佳倒是有些相信，璩家的祖上很阔，很有钱，会留些老玩意下来，有点值钱的东西不足为奇。

说这些话的时候，李择佳家的阿四和阿五都在场，她们看着璩天井，觉得他十分可笑。阿四和阿五与天井年龄差不多，大家在同一所小学同一年级读书。阿四只比阿五大一岁，与天井是同班同学，阿五在隔壁班。那年头男生和女生都不说话，见了面就像仇人似的，天井自然是认识阿四阿五，可是碰在一起，还是装作不认识的样子。在李择佳家的女孩子中，阿四最漂亮，皮肤也最白，她白了天井一眼，很不屑地说了一句：

"什么破碗，不就是个讨饭碗嘛，就是到我们家来讨饭的，有什么了不起的，不就是看上去好看一点，什么碗不是一样吃饭。"

阿五对天井的态度也不友好，同样是不屑，同样看不入眼，说：

"这碗，一看就知道是剥削阶级用过的，一看到它，就能让我们想到万恶的旧社会，想到地主对贫下中农的压迫。"

这个不起眼的金边饭碗，这个当初被阿四看作到她们家来讨饭的碗，在二十年后，被一位收藏古董的贩子，以一万元的价格，从阿四手中买了去。又过了十多年，在一本印刷精美的古董拍卖手册上，我们可以看到，一个与它十分相像的金边饭碗，品相还远不如它，拍卖的价格已经是高达三十万元了。

4

现在，还是把故事拉回到费教授的二楼上，我们看到李择佳发现了天井，看到她非常吃惊地看着他，想不明白他为什么会在费教授房间。我们看到天井冲着她跑过去，他只是想逃跑，李择佳挡住了去路，想伸出手拉住他，想拦住他，可是已拉不住了，他甩开了她，不，是用力拉了一下，确实是用了力。天井太慌张了，不计后果地用力一拉，李择佳向后一仰，直接从楼道上摔了下去。

从二楼这么仰着脑袋摔下去，李择佳还没明白过来怎么一回事,便昏死过去。她甚至都没来得及感到害怕,没来得及感到疼痛,一切就已经发生了,一切就已经结束了。她的身体腾空飞了起来,向后飘移了一段距离,然后坠落了,坠落在陡峭的楼道上,沿着楼道往下滑,一直滑到楼下的地面上,然后,然后就什么都不知道了。

李择佳做梦也不会想到,会有今天这样的遭遇,会有今天这样的结果。她可以说是看着天井这孩子长大的,自己当幼儿园园长时,民有跑来求她收下他,那时候天井也就七八岁。"文革"刚开始那阵,民有和造反派又送他过来搭伙。再以后,因为与民有有了那层不清不白的关系,李择佳经常能看到天井,看着他从一个什么都不懂的小毛孩,变成现在这个样子。现在的天井已十六岁,与当初在她家搭伙的那个小毛孩相比,完全不是一回事。那时候的天井还没发育,比阿四阿五要矮一个头。他胆子很小,吃在李择佳家,她家全是女性,地方又小,没地方安排他睡觉,到晚上,天黑了,不得不把他送回自己家,为此李择佳还曾感到非常歉疚。

好在两家住得不太远,都在一条街上。夏日里有人乘凉,红卫兵还在走街串巷游行,喊口号,高唱革命歌曲,宣传毛泽东思想。吃完晚饭,洗了澡,留下换洗衣服,李择佳坚持要送天井回家。十二岁的天井将不得不一个人住在家里,问他害怕不害怕,没有人陪行不行,天井说不害怕,嘴上这么说,心里还是有些害怕。对于孩子们来说,大白天看热闹,什么都不会感到害怕,到了夜晚,房间里只剩下他一个人,形影相吊,孤苦伶仃,心里便变得有些异样,多少还是有点恐慌。

那时候的天井又瘦又小，总会被别的孩子欺负。在李择佳家搭伙，阿四和阿五也会欺负他，笑他人不大，个子不高，饭量却比谁都大。也就是在那一年，他与阿四和阿五一起升入中学，原来小学的班级重新调整，进了中学，天井不再与阿四一个班，而是和她妹妹阿五在一个班。很快，天井开始发育了，男孩子要么不长个子，要么不长身体，真长起来十分快，过了没多久，他突然就比阿四阿五姐妹高出了一个脑袋。

李择佳从二楼摔下去的那一刻之前，天井根本没时间去想后果有多严重。那时候，他只是想赶快离开，赶快离开费教授房间，赶快从费教授的房间里冲出去。当时不可能考虑到有什么后果，顾不上有什么后果，他的脑子里只有一个念头，一个最简单的念头，那就是赶快跑，赶快逃之夭夭。看着李择佳跌下楼，天井突然感到了害怕。他意识到事情很不妙，后果可能很严重，她这么直挺挺地摔下去，很可能就摔死了，很可能。

天井站在楼梯口往楼下看，看着重重摔在地上的李择佳，看着她不动弹，看着她昏死过去。一时间，他完全给吓傻了，吓晕了，站在那一动不动，呆呆地看着楼下。如果李择佳这么一摔，摔死了，咽气了，那么天井就是不折不扣的罪犯，就是杀人犯，是他杀死了她。天井一想到李择佳的两个女儿，也就是阿四和阿五那两个丫头，想到她们哭着喊着和他拼命，冲过来骂他打他，心里就一阵阵发毛。这个祸闯大了，闯得太大了，谁也饶不了他，谁也不会放过他。警察肯定会过来抓他，肯定会抓到他，杀人偿命。天井本来只是个小偷，只是偷了费教授的钱，只是个贼，现在他已经是个杀人犯了。

  天井小心翼翼地下楼，不敢发出一点声响，蹑手蹑脚往下走。他走到李择佳身边，看到她嘴边有血在流出来。这时候的李择佳一动不动，眼睛似睁非睁，又好像是翻着白眼。天井不敢对她细看，不敢看她的脸，不知道她是死是活。看了看四周，除了能听见外面知了聒噪的叫声，并没有其他的动静。世界仿佛是静止了，天井伸出脚，用脚尖碰了碰李择佳僵硬的脚，踢了踢她的膝盖，她没有任何反应，她没有一点知觉，就跟死过去一样，跟真的死了一样。

  不知道是从哪一部电影上学来的，天井俯下身，把手放在李择佳鼻子下试探。他想试试她还有没有呼吸，因为紧张，因为恐慌，天井的额头上全是汗，他把手缩了回来，抹了抹自己头上的汗珠，甩了甩手，把汗珠甩掉，然后再把手伸到李择佳的鼻子底下。他感觉不到任何呼吸，什么感觉都没有，看来她是真的咽了气，她显然已经死了。就在这时候，远处有了人声，是说话的声音。天井好像得到某种暗示，好像是有人在对他说话，在撺掇他快跑，让他赶快逃离犯罪现场。毫无疑问，李择佳死了，天井相信李择佳已死，认定她肯定死了。杀人要偿命，天井杀死了李择佳，李择佳被天井杀死了，他罪大恶极，他罪不可赦，难逃一命抵一命的惩罚。

  天井拔腿就跑，不知道该往哪跑，脑子里只有一个念头，赶快离开这里，赶快跑。转眼来到了外面的巷子里，巷子里有行人，行人不太多，天井也不敢看行人，似乎他不看行人，不对着行人看，行人也不会看他。不一会，天井到了自家门口，到了家门口却又不敢进去，觉得警察很可能已在他家等候，天网恢恢疏而不漏，警察抓到他会怎么样呢，当然会审问，然后会怎么样呢，然后就应该是枪毙了。想到这些，天井觉得自己的脑袋瓜，猛地疼了一下。

说起来，天井会落到今天这一步，陷入走投无路的境地，要怪就要怪他爹民有。是民有让他去费教授那里偷钱的，偷钱就偷钱吧，偷了，还嫌多，又非要叫儿子再去还掉一部分。这个事情实在是太荒唐，上梁不正下梁歪，做父亲的竟然要儿子去当贼，要儿子去偷窃。都说父命不可违，天井向来是个听话的孩子，谁的话都会听，都能听进去，现在是他爹要他去偷钱，怎么会有不接受的道理。

民有为什么要让儿子去偷钱，为什么要让儿子做小偷，他解释得头头是道，理直气壮义正词严。好像根本就不是去偷，只是让天井去拿回本应该属于民有的东西。事情的由头并不复杂，就在前几天，费教授一下子补发了一大笔钱，这笔钱数额巨大，一般人听了都会吓一大跳。具体的数额是差不多七千块钱，在1970年，这是一个天文数字，毕竟那时候一个鸡蛋只要几分钱，一斤猪肉也才几毛钱。按照民有的解释，如果不是他帮着老先生出主意，不是他出谋划策，不是他设计好了缜密的讨要方案，费教授根本不可能得到这笔扣发的工资。

费教授是教育部评定的二级教授，每个月工资有二百四十八元。从1966年的"文革"初期，他的工资就开始被扣，或者说是他主动要求降薪，降到了每月只拿最基本的生活费。有那么一段日子，费教授的钱实在太少了，连应该给李择佳的保姆工钱，都付不出来。他确实不是党员，不是共产党员，他的身份是民主人士，九三学社成员，属于民主党派。到了1970年，"文革"的运动气氛已不像刚开始时那么激烈，民有得到了要落实政策的消息，便为费教授出主意，让他打报告申请恢复工资，同时要求补发被扣的薪水。费教授觉得补发不太可能，他告诉民有，自己明确向政府表过态，这些年来被扣发的工资，作为党费上缴，缴给党缴给人民缴给国家，现在，如果能恢复原来的工资，只要能恢复到他原来的工资，就心满意足了。

民有为费教授找到了一大套合理的说辞，首先他并不是党员，他的工资作为党费上缴，从情理上说不通。落实政策是中央的决定，费教授完全可以心安理得地接受，必须毫不客气地拿下这笔钱。费教授年岁已高，很多事情搞不明白，对当前的形势和政策，也始终弄不清楚，民有说得煞有介事，对文件的精神似乎吃得很透，他自告奋勇，表示可以为他出面，为老先生出力，帮费教授写申请打报告。

费教授对民有的话将信将疑，知道这个人喜欢满嘴跑火车，喜欢胡说八道，反正既然他这么说了，又愿意出面出力，愿意帮写申请帮打报告，费教授也就烦不了那么多，他想怎么样就怎么样。民有说到做到，鞍前马后为费教授奔走，为费教授打草稿，代写申请报告。当然，他也不可能白忙，事前对费教授提出了自己的条件，一旦这个事真成功了，费教授拿到钱，拿到了补发的工资，必须付给民有辛苦费。辛苦费是多少，并没有一个明确数目。费教授在一开始，根本没想到这事会成,只想到自己应该增加薪水,最好是能恢复到原来的工资,做梦都没想到,还会一下子补发那么多钱,那么一大笔人民币。

费教授在民有陪同下,去他所在学院的会计室,拿回这笔钱,拿回这笔巨款。那年月还没有一百元的钞票,最大面额就是十元,七千多元的人民币,竟然是装了满满一书包。费教授和民有目瞪口呆,他们从未见过这么多钱,眼睛里充满了不相信,感觉就跟梦游一样。这么多钱拿回家,搁哪呢,就搁在费教授写字桌的抽屉里。只有写字桌的抽屉可以上锁,里面放的全是费教授多年来的日记,现在为了放钱,放人民币,不得不把这些日记本统统拿出来,转移到旅行包中另放。

民有让儿子天井去偷费教授的钱,确实不可思议。这个偷,很有些赌气成分,说到底,也和李择佳有关,与她提出的要一台缝纫机有关。民有与李择佳的纠葛也不是一天两天,他们之间的关系,断断续续,用民有很难听的话来形容,就是乱世中的一对狗男女,依偎在一起相互取暖,相互打发寂寞。民有一直都单身,李择佳丈夫也死了好多年,两人没有成为夫妻的真正原因,是内心深处都看不上对方,都觉得并不是真的合适。民有嫌对方负担太重,娶了她就要养她一家子,太吃亏。李择佳的孩子有个资本家的不好成分,如果再加上民有的右派帽子,真所谓祸不单行,坏事成双。此一时彼一时,你愿意了我不乐意,我愿意了你又改主意,始终都是有缘无分,结不成婚。

只有在1970年,只有到了这一年,也就是在这一段时间,经过多年磨合,双方都有些心死,哀莫大于心死,对自己都有了新的认识。他们真的差一点，差一点就去领结婚证，李择佳提出的条件也不高，确实不算高。只要一台缝纫机，哪怕是台二手的缝纫机也行。民有的回答则是斩钉截铁，许诺说立刻就为你买台缝纫机，一台全新的"蝴蝶牌"缝纫机。如果只是吹吹牛，也没什么大不了，真没有那台缝纫机，李择佳一样会嫁给民有。她不是那种为一台缝纫机就愿意出嫁的女人，说到底，李择佳内心还是喜欢民有，她知道他这家伙就喜欢吹牛，在她面前，说话不算数也不是一次两次。

民有答应买台全新的"蝴蝶牌"缝纫机，敢开这个口，敢许这个诺，跟他与费教授的约定有关系。民有曾与费教授说好，如果帮他争取到了补发的工资，必须要有一笔辛苦费，这笔辛苦费一定是要的。现在费教授钱已经拿到手了，民有也就毫不含糊地开出自己的酬金价格，不多当然也不能太少，他觉得费教授拿出的钱，不应该少于两百块。

"两百块？"费教授觉得这数目好像大了一些，不能接受，"两百块钱太多了。"

民有很认真，觉得大家应该说话算话：

"我觉得呢，起码不能少于两百块。"

"太多了，太多。"

"不多。"

民有觉得自己立了大功，论功行赏理所当然。要不是他及时提醒，要不是他帮着费教授出主意，要不是他不辞辛劳地奔忙，到处打听消息，费教授未必就能拿到这些钱。民有以功臣自居是有道理的，他一次次向费教授暗示，有时已接近赤裸裸的勒索，希望能兑现酬金，弄得费教授心里很不痛快。事实并不完全像民有说的那样，甚至可以说根本就不是那样。如果没有民有提醒，费教授的确不知道有这样的文件，不会想到补发工资一事。天上确实突然掉下了馅饼，但是，正如单位会计在帮费教授数钱时所说的那样，这件事说到底，还是要感谢国家，感谢政府，要不是落实政策，要不是上面有红头文件，费教授也不可能平白无故补发这么一大笔钱，绝对不可能。

换一句话说，有没有民有这个人，有没有他的热心帮助，一点都不重要。费教授心里不太痛快，既然有没有民有，结局都一样，他的居功自傲，便显得毫无道理。况且，就算民有热心地出头露面了，就算他立下汗马功劳，费教授也觉得自己不欠他什么。民有前前后后，从费教授身上得到不少好处，他不止一次借钱不还，虽然每次只是几块钱，最多也就三块五块，可是集腋为裘，加在一起，也是个不小的数目。譬如帮费教授买两支毛笔，拿了五块钱去，买了就不会再找零，多下来的钱，自作主张便当作跑腿费。

结果双方讨论了好几次，费尽口舌，这个辛苦费究竟怎么说，还是没有最后敲定。数额基本定下来了，就算是两百块，付钱方式却各持己见。民有希望是一次付清，长痛不如短痛，反正是要给的，不要像挤牙膏那样拖拖拉拉，免得大家一次次尴尬。费教授坚持按月支付，每个月十块钱，直到完全付完，理由是他把这钱看作对民有的资助，也就是说可以给，也可能不给，如果民有有让费教授不乐意的地方，又玩了什么新花样，他老人家不高兴了，随时可以取消。

谁有钱谁狠，人民币在谁手上，谁就狠，民有不得不让步接受费教授的方案。生姜还是老的辣，民有心有不甘，不想接受也得接受，只能这么去接受。本来这事定了就定了，结了就结了，分期付款就分期付款，没想到李择佳提出要一台缝纫机做嫁妆。在她提出这个要求的第二天，民有自觉找到一个好的借口，胸有成竹地去见费教授，把准备买缝纫机的事，说给老先生听，希望他能成全自己的婚事，一下子付清一百五十块钱。没想到费教授会不答应，不管民有怎么解释，无论他怎么协商，苦苦哀求，费教授就是一个不答应，不答应。

5

天井自小没有妈，印象中没有关于母亲的记忆。他一直和父亲相依为命，除了民有刚被打成右派的那段日子，还有"文革"初期的进牛棚，被造反派强行抓走隔离，天井从未与民有分开过。民有用商量的语气告诉儿子，要为他找个后妈，准备与李择佳结婚，天井只是有点意外，感到有点突兀有点好奇，并没有真心地觉得有什么太大的不好。他从小就听父亲的话，他从来就是个听话的孩子，民有说什么就是什么，天井不会也不可能反对父亲娶谁。

民有说："这个事，你觉得怎么样？"

天井不知道如何回答，不回答。

民有说："是不是觉得突然要为你找个后妈，这不太好，这不太合适？"

天井确实也没觉得不太好，也没觉得不太合适。

民有又试探地问了一句："是不是觉得最好不要这样，你是不是不太愿意，不想要那个姓李的女人做你的后妈？"

天井不假思索地点了点头，好像在表示自己不愿意，不同意父亲的婚事，最好不要那样，最好不要再结婚。当然，这并不是天井的真实想法，心里根本不是这么想。只不过是在顺着民有的话，随意表个态。没有一个孩子会真心地想要后妈，不过李择佳来当后妈又不一样。首先，她要成为后妈，未必是件坏事。多少年来，李择佳对天井一直不错。她没有儿子，常拿他当自己儿子看。其次，天井也有自己的小心思，他喜欢李择佳家的两个女儿，喜欢阿四和阿五。民有如果与李择佳结婚，成了阿四阿五的后爹，李择佳成了天井的后妈，大家成为一家人，和睦相处，又有什么不好。最后一点，民有不会在乎儿子是否同意这桩婚事，他不过通知儿子一声，连商量都谈不上。天井同意也好，不同意也好，不会起任何作用。

如果费教授痛痛快快把钱付给民有，事情会变得非常简单。有了这两百块钱，民有就可以买缝纫机，就可以与李择佳成亲完婚。费教授坚决拒绝，显然是不想成全他的婚事。不仅不想成全，费教授压根就在反对这桩婚事。当他知道民有的用途后，知道是为了要和李择佳结婚，才急吼吼地需要这两百块，反而变得没有任何商量余地。费教授甚至表示，考虑到李择佳这些年来一直都在照顾自己，问寒问暖忠心耿耿，她要是跟费教授开口，她要是把这个想法说出来，他愿意送她一台缝纫机。

民有脱口而出，略带讥讽地来了一句："费先生不会也对她有什么想法吧？"

费教授听了，勃然大怒，脸都红了，怒斥道：

"你说什么，我一个马上就八十岁的人了，你说我有什么想法？"

民有不吭声，费教授还在追着问，声音有些颤抖：

"你给我说说清楚，我有什么想法，我能有什么想法？"

民有心里在嘀咕，你老人家心里有什么想法，我怎么会知道，我又不是你肚子里的蛔虫。李择佳照顾费教授，已不是一天两天，他们一个是漂亮的用人，一个是有钱的主人，过去这些年，究竟发生过一些什么，有没有什么不能见人的事情，民有怎么可能知道。人不应该什么事都往坏处想，自然也不能什么事都往好处想。费教授有什么理由不赞成民有和李择佳的婚事，他又有什么理由反对。费教授为什么不赞成，为什么要反对。民有越想越气，越想越恼火，事情到了这一步，费教授可以不仁，也就不能怪民有不义。

让天井去费教授那里偷钱，不是一件什么大不了的事，民有知道写字桌抽屉的钥匙藏在哪，也知道老人家什么时候肯定不在，还知道李择佳大概什么时候会去收拾房间。民有为儿子设计的行窃计划，本来是天衣无缝，可以说万无一失，没想到最后让天井给搞砸了，弄得不可收拾。事实上，民有并不觉得是让儿子去偷钱，只不过是让儿子去把他应得的酬劳，去拿回来。

最初的行动相当顺利，按照民有设计的方案，根据他的叮嘱，天井很容易就完成任务，很轻松地拿到了钱。费教授的写字桌抽屉被打开了，打开那一瞬间，天井有点发蒙。没想到抽屉里会有那么多钱，一沓一沓又一沓，五块的人民币，十块的人民币，还有绿色的两块人民币。民有只让他取一百五十块钱，关照他不要光拿一种票面，十块的五块的都要拿上一点。或许因为慌张，或许是想表现得不慌张，天井脑子里开始混乱，有些算不清楚账，不知道应该怎么做加法，他拿了十张十块的人民币，拿了十张五块的人民币，又拿了十张两块的人民币。临走，他还不死心，干脆又随手拿了好几张。

结果就是这随手的好几张，使得总数额变成三百二十多，超过了一倍都不止。民有觉得这样不对，觉得这样不好，很不好，违背了他的本意。他好歹也是个讲原则的人，君子爱财取之有道，在这场交易中，他只要一百五十块，只要属于他的一百五十块。这一百五十块是民有应得，拿了这一百五十块，合情合理，合理合法。一百五十块之外都属于不义之财，超过一百五十块钱，问题性质便改变了，如果真是这样，就是确凿无疑的行窃，就是真正的小偷。

天井对民有说的那一套无法理解，他完全被他给说糊涂了，现在，钱都已拿了，钱已经到手了，难道还要再退还回去。

"为什么不呢，为什么不能退还回去？"

民有看上去有些兴奋，很兴奋，仿佛突然得到了什么启示，目光炯炯地看着儿子，觉得这个想法很有意思，很值得一试。他仔细询问天井，检查细节，让他好好地回忆整个过程，钥匙是不是归还到了原处，打开的抽屉是不是按照原样锁好，他有没有遇到过其他什么人，会不会有什么人对他的行动有所怀疑。毕竟费教授年纪大了，多少有些老糊涂，他肯定还没有意识到自己的钱少了，即使打开了抽屉，只要看到那些钱还在，他也未必会去认真地再数一数，要把这么多的人民币，重新数上一遍并不容易。

于是，在民有唆使下，天井又一次去了费教授那里，这次不是去偷钱，而是去还人民币，把多出来的一百七十多块钱，再放回去。没想到拿出来容易放回去难，民有把事情想得太简单，他没想到在节骨眼上，李择佳会突然出现，更没想到，天井会把她弄得摔下楼去。

6

天井已经逃之夭夭，李择佳还昏死在地上。她究竟昏死过去多长时间，根本没人知道。天井吓得逃走了，早就跑了，跑得无影无踪。一直等到费教授回来，李择佳还是没苏醒，还躺着，还仰天躺在那里。费教授终于从外面回来了，看见地上躺着一个人，走近一看，是李择佳。他不由得大吃一惊，吓了一大跳，也不知道情况有多严重。李择佳显然是从楼梯上摔了下来，还摔得不轻，平时走这楼梯，费教授都非常谨慎，抓紧了扶手，小心翼翼，他知道这楼梯很陡，从上面摔下来不是闹着玩的。

费教授认定李择佳只是不小心从楼上摔下来，他试图叫醒她，一连喊了好几声，没有任何反应。费教授开始害怕，他现在是真的害怕，真的有些担心，害怕她出了什么大问题，担心李择佳会就此不再醒过来。一种很不吉祥的预感，笼罩在他心头，过去的这些年，多亏了李择佳照顾，她万一出什么事，以后的日子如何是好。费教授想到应该赶快喊人过来帮忙，偏偏这时候周围根本就没有人，院子里没有人，费教授不得不往外走，穿过门洞，到外面街上去喊人。到了街上，终于看到能帮忙的人，有两个女人在不远处说闲话，看见费教授在对她们招手，非常着急的样子，便朝这边走过来，跟着费教授一起往出事的地方走。

虽然都住在一条街上，大家其实并不熟悉。一年前的珍宝岛自卫反击战，考虑到要备战打仗，林彪下达了"一号命令"，南京城里开始了轰轰烈烈的大规模下放，这条街上很多人被下放去了农村，有公务员，也有工厂的工人，还有一些没有工作的游民。有人搬走了，就又会有人搬过来。这两个女人其中有一位是刚搬来的，费先生的邻居。还有一位，说起来在这条街上住了七八年，也并不认识费教授，只知道这位老先生是个人物，留着山羊胡子拄着手杖，一看就知道应该有点什么身份。

至于躺在地上的李择佳，她们都还有点认识，知道这女人很辛苦，知道她是照顾老先生的，不光照顾费教授，还同时为街上好几户人家倒马桶。在城市里，这种差事只有最底层的妇女才会干。情况看来确实有几分严重，两女人中有一位恰巧是工厂的厂医，她俯下身子，把手伸到了李择佳额头上，摸了摸，又把手搭在她的颈动脉上，感觉到了她的脉跳，示意她还活着，李择佳还没咽气，让大家不要过分紧张。

费教授想不明白地说：

"这到底怎么回事呢，怎么会这么躺在地上？"

"应该是不小心从楼上摔下来了。"

大家不约而同地都向楼上看，空空的楼道仿佛一张张开的大嘴，正对着他们，像黑乎乎的口腔，露出了深深的喉咙。大家忍不住都在想，如果自己从上面摔下来，又会怎么样。费教授说我上去看看，说着，他一手拿着手杖，一手抓紧了扶梯把手，一步一颤地往上走，行至半途中，还回过身来，看了看楼下。楼下两位女士连忙招呼，让老先生当心，让老先生抓紧扶手，千万不要再摔下来。

费教授上了楼，上去了，又回过头看看楼下，然后就消失在楼上。楼下两个女人还在商量，商量怎么办，怎么才能让李择佳苏醒过来，要不要再喊人过来帮忙。突然，在楼梯口消失的费教授，又神色慌张地重新出现在楼梯口，他对着楼下在叫喊，喊什么也听不清楚，显然他是真的在着急，一边叫喊，一边使劲用手杖敲打脚边的楼板：

"喊警察来，喊警察，快喊警察！"

楼下的女人猜了半天，终于听明白费教授的意思，他是让她们去报警，让她们赶快喊警察过来。在1970年，喊警察并不是一件容易的事，这边李择佳昏睡在地上，还没醒过来，那边费教授又气急败坏地叫着"喊警察"，想不乱成一团已不可能。两个女人中的一位，先跑到街上去喊人，喊人到居委会打电话，居委会也没电话，又跑到有传呼电话的烟酒店，在那打电话报警，不料拿起电话要报警，又发现没有派出所的电话号码，真是越急越乱，越乱越急。

好在居委会不太远，派出所也不算太远，有人骑自行车去报告,很快,居委会负责人来了,派出所两名警察也骑车赶到。这时候,更让人感到欣慰的事发生了,一直昏迷不醒的李择佳,突然有了动静,她的眼皮开始一阵阵抖动,开始眨眼睛,眼睛说睁开就睁开了。她开始东张西望,人还没有完全清醒,不知道发生了什么事情,嘴角不住地哆嗦,一时还说不出话来。警察到了,看了看李择佳的情况,观察了一下周围,让居委会负责人赶快派人去喊医生过来。

两名警察开始上楼,为了便于区别他们,年纪大的这位,我们可以叫他警察老张,年纪轻的这位,是警察小方。除了这两位警察,费教授把守在楼上,守着楼梯口,坚决不让别的人上去。有人想趁机上楼看热闹,他便大声呵斥,用手杖拦住了,挥着手杖让他们赶快离开。居委会负责人想上来,费教授也不同意,也不让她上楼。

"去,去,走开,走开。"

警察老张和警察小方上了楼,扫了一眼,就看明白怎么回事。费教授写字桌抽屉还打开着,还没来得及关上,抽屉里全是钱。说老实话,两位警察同志也从没见过这么多人民币,想不明白为什么这里会有这么多钱,警察小方忍不住说了一声:

"妈的,怎么藏了这么多钱在这?"

警察老张对警察小方挥了挥手,四处看看,然后目不转睛地看着费教授,看了一会,说:

"这些钱,都是你的?"

费教授点点头。

"这么多钱,都是?"

费教授看着警察老张，不说话了，不愿意再说什么，也没必要再说什么。他已经对他们点过头了，已经对这两位警察同志表示过这些钱是他的。现在费教授没必要再跟他们讨论这钱是谁的，没必要交代这钱是怎么来的。

"有人偷了钱，看来情况就是这样，起码看起来是这样，"警察老张做出了初步判断，"有人上楼，准备偷你的钱，可是被人发现了，结果呢，就把人推下了楼——"

警察小方附和说："这是要杀人灭口。"

警察老张点了点头，说："偷东西是一回事，杀人就是另外一回事，出了人命，这个事情就更严重了。"

警察老张让费教授清点一下，点一点钱有没有少，如果是少了，又少了多少。费教授让警察小方把守住楼梯口，不让下面的人上来，他开始一五一十地点钞票。先数十块的，再数五块的，然后是两块的，把数字用钢笔一笔笔都写在白纸上，最后相加，加完了，费教授发现不对，竟然比他出门前数过的实际数字，多了一百七十多元。

费教授觉得眼前的这事不可思议，他又重新清点一遍，一边点，一边摇头。警察老张不明白费教授是怎么回事，为什么要一遍又一遍地清点这些钱，一边清点，还要一边嘀咕：

"怎么会多呢？多出来了，真是奇怪。"

"多出来了？"警察老张听了更觉得不可思议，"怎么会这样呢？"

"真是多出来了。"

警察老张觉得这事太蹊跷，有点奇怪："钱没有少，还多了出来？"

费教授知道这事三言两语解释不清楚，就在前一天，他发现抽屉里的钱，少了三百多块。这也是他为什么会问李择佳，问有没有看见什么人来过，有没有什么人动过写字桌抽屉。李择佳的回答直截了当，说不知道，说她没看见，写字桌抽屉上了锁，怎么可能有人动过。当时费教授只是怀疑钱少了，只是怀疑，可是也不能说李择佳的话没道理，他有点担心自己是不是记错了数字，毕竟他也是快八十岁的人，人老了，糊涂了，真记错了也是完全可能。为核实清楚究竟补发了多少工资，费教授今天特地又去了一次单位，向会计询问准确的数字。结果是费教授并没有记错数目，确实少了三百二十多块钱。

从单位回来的路上，费教授一直在想，一直在琢磨，少掉的三百二十多块钱，究竟是怎么回事。显然是有人拿走了，谁会拿走呢，最应该被怀疑的应该就是民有，只有他才知道费教授得到了这一笔补助，只有他才知道费教授写字桌抽屉里藏着人民币。第二个应该被怀疑的对象，无疑是用人李择佳，她天天要过来帮助费教授打扫卫生，每天还要过来送午餐晚餐。现在，费教授算是彻底给弄糊涂了，原来是少了三百二十多块，现在又变成了少一百五十块，难道是他昨天数错了，费教授清楚地记得自己当时数了不止一遍，真是见了鬼了。

既然费教授也弄不明白究竟少了多少钱，警察老张决定不再在数字上纠缠，他招呼警察小方一起下楼，开始询问已苏醒过来的李择佳。这时候，最近的一家卫生所的苏医生，也背着一个医药箱赶到了，正在用手电筒照射李择佳的眼睛。费教授将写字桌的抽屉锁上,也跟着一起下了楼,看见李择佳已经醒了,非常急切地问她究竟发生了什么事。

大家都在等待李择佳的回答,都看着她,李择佳看上去一阵清醒,一阵糊涂,嘴角哆嗦着,口齿不清地说着什么。警察老张很严肃地挥了挥手,让大家散开,赶快散开,警察小方也开始撵人,让无关的看热闹群众离开,不要影响警察问话。

警察老张问李择佳:"你是被人推下来的?"

李择佳想点头,她的颈子有些僵硬,疼得厉害,不过意思还是表达出来了,她确实是被人从楼上推了下来。

警察老张又问:"你看见是谁推了你,认识这个人吗,看清楚了吗?"

李择佳在眨眼睛,不停地眨着,她在想,她在回忆,失神的眼睛看着天花板。

费教授急不可耐地在一旁问着:

"到底是谁把你推下楼的?"

李择佳看了看警察老张,看了看费教授,说:

"我,我没看清楚,不知道是谁。"

7

逃之夭夭的天井并没有跑远,他像个幽灵一样,一直在附近的街上溜达,在观察动静。远远地,躲在不同的角落,躲在水泥电线杆后面,终于,他看见费教授挂着手杖回来了,看见他进院子门,然后又看见费教授神色慌张地走了出来。

十六岁的天井被吓得不轻,不知道接下来应该怎么办。仿佛面对一道不会解的数学题,他不知道什么样的结果才好,一时间,脑子里乱七八糟,翻江倒海。李择佳是死是活还不知道,人命关天,没有什么比死人更可怕,没有什么比死人更严重。如果李择佳死了,天井的罪过就大了,阿四和阿五一辈子都不会放过他,都不会饶恕他。但是,如果李择佳不在了,如果她真死了,也许就没人会再知道这件事,阿四和阿五如果不知道李择佳怎么死的,她们就不会记恨天井,她们就不会一辈子都不放过他。

天井在相邻的一条街上茫然地走着,心猿意马,也不知道自己究竟是在希望什么样的结果,什么样的结果都不好,什么样的结果都逃脱不了惩罚。李择佳如果还活着,李择佳如果还能说话,李择佳已经看见他了,李择佳看见天井偷钱了,李择佳看着天井向她冲过去,李择佳说了句什么,李择佳说的话天井根本没听清楚,李择佳想拉住他,李择佳被天井用力一甩,李择佳被他带下了楼梯。

天井现在溜达的这条街,叫璩家花园后街,天井家门前所在的那条街,叫璩家花园。这两条街是平行的,相隔不太远。璩家花园是条老街,还挺长,因为当年的璩家花园最有名而得街名。璩家花园后街是一条新开辟的大街,要宽敞一些。原先是条可以行船的小河,跟东北边的秦淮河连接互通,1958年"大跃进"的时候填了,前街后河的格局,还有那种秦淮河风光的河房,从此便不复存在。根据老人的描述,当年的璩家修建璩家花园，占地面积很大，从前门到后门，正好就是两条街的距离。

这时候，天井对于费教授家正在发生的事，一无所知。他很想再跑过去看看动静，看看情况怎么样，看看李择佳是死是活，毕竟现在是隔着一条街，他什么都不知道，什么消息都没有。这条街上很安静，太安静了，行人静静地来来往往，仿佛什么事都没发生。天井茫然地走着想着，想着走着，不知不觉便向璩家花园走过去，不知不觉地，向费教授的住处行进。转眼到了大院门口，进了第一道门，拐了一个弯，站在第二道门的门口，伸长了脖子往里面看。里面有很多人，天井不敢再往里走，他不能再进去了。

天井看到背着小药箱的苏医生正在往外走，苏医生走得有些匆忙，一边走，一边皱着眉头摇头。天井不知道他为什么要摇头，不知道他为什么要皱着眉头。情况看来有点不妙，很不妙，一开始，天井并没有看见警察老张和警察小方。他看见人群里有个年轻的姑娘，只能看见那个姑娘的背影，看背影很像是阿四，不是阿四也可能是阿五，这姐妹俩的背影很像，非常容易搞混。于是他扭头想走，害怕真的是阿四或者阿五，被她们看见了可不好，千万不能被她们看见。就在这时候，想走未走之时，天井突然看到了穿着制服的警察老张，警察老张正转过头来，对着天井的方向张望。

天井赶快离开了，他又一次来到了璩家花园后街，现在，他不能肯定刚刚看到的那姑娘是阿四或阿五，但是有一点可以肯定，警察已经在现场了。说老实话，即使警察不在，即使警察没来，即使天井看到的那个女孩不是阿四和阿五，他也不应该再待在那里。事情发展到这一步，显然是谁都不愿意看到的，天井内心最喜欢的女孩是阿四，他太喜欢她了，一闭上眼睛就能想到她。其次才是阿五，现在，他不再喜欢她们了，从内心深处开始有些记恨。怪就怪她们的那个妈，怪就怪她们的母亲李择佳。天井犯的是一个不可饶恕的错误，一个天大的错误，他不应该把李择佳拉下楼去，但是为什么她偏要选择一个错误的时间出现呢，李择佳不应该在那个错误的时间出现，她的出现让天井别无选择。

这件事从头至尾都与李择佳有关，天井并不反对民有跟她结婚，他并不在乎李择佳做自己的后妈，如果李择佳不提出要一台缝纫机，不指名道姓地提出什么"蝴蝶牌"，民有就不会让自己儿子去做贼，去偷费教授的钱。天井不去偷费教授的钱，或者不去归还一百七十多块钱，也就什么事都不会发生。说到底，还是要怪李择佳，要怪她想要的那个"蝴蝶牌"缝纫机。毫无疑问，"蝴蝶牌"缝纫机才是真正的罪魁祸首。

天井不能总是在璩家花园后街来回溜达，归罪于"蝴蝶牌"缝纫机，也解决不了任何问题。他在这条街上溜达了好几个小时，不可能一直这么闲荡下去。必须找点什么事做做，趁传达室的看门老头不注意，天井溜进了路过的永红小学。他就是从这个小学毕业的，恰好是星期天，校园里空荡荡的，天井走过去玩了一会双杠，又玩了一会云梯。这两样运动，他都玩得非常好，尤其是云梯，能像猴子一样吊在上面尽情玩耍。上小学时，天井身材矮小，常会遭受别人欺负，为了显摆自己的运动天赋，为了引人注目，为了吸引女生目光，他在双杠和云梯上，特别肯下功夫。

永红小学与天井家一墙之隔，翻过这堵墙，是天井所居住的大杂院。睡在天井家床上，可以听到小学孩子们的嬉闹声。西边是永红服装厂，说起来，永红小学、永红服装厂，还有天井住的那个大杂院，以及费教授住的小楼，过去都属于璩家大院。天井听民有说起过祖上的光辉业绩，很多年前，璩家有过极度的辉煌，他们家房子有上百间，对外只敢称九十九间半，为什么呢，因为过"百"就犯忌了。璩家是做皮货生意的，官家看不上生意人，璩家虽然很有钱，非常有钱，也不敢太炫富。直到民有的曾祖父，也就是天井的高祖父参加乡试，中了举，成了举人，有了考场功名，有了文化，才开始堂而皇之大兴土木，亭台楼阁想怎么修便怎么修，璩家花园的显赫名声，也就是那时候落下的。

同样是在天井的高祖父手上，璩家迅速败落，败落原因是闹长毛，太平天国杀了过来。璩家那时候真叫一个惨，悲惨到了极致。天井的高祖父在甘肃做官，幸免于难，留在南京城的璩氏家族，本家的高堂父母，还有妻妾儿女，惨遭屠杀无一幸存。堂房的老老少少，男男女女，也被杀无数。等到天下再次恢复太平，天井的高祖父回到南京，璩家花园已大半被烧毁，只留下了西边的一部分，这部分就是今天的永红小学和永红服装厂，包括天井父子住的那些大小杂院。

人丁兴旺的璩氏家族，从此再没有恢复元气。只留下天井的高祖父这一支。天井的高祖母，据说是甘肃天水人氏，高祖父在甘肃为官时纳的小妾，为老太爷生了一儿一女。没想到这一个儿子，便成了独苗。这以后，接连几代都是单传，一直传到了天井。老太爷在甘肃也不过是个县令，县令虽小，三年清知府，十万雪花银，多少还会有些底子，不过要想恢复往日辉煌，重现璩家花园风光，已绝无可能。老太爷死后，照例是一代不如一代，到了民有的父亲手上，也就是天井爷爷当家，拆东墙补西墙，早已是惨不忍睹。他老人家聊以自慰，可以夸夸口的成绩，就是让自己儿子民有，也就是让天井的父亲念了大学。

这时候，除了传达室看大门的老头，永红小学大约只有天井一个人。他的双杠和云梯玩得好，玩得再好再潇洒，也没人欣赏。一时间，没心没肺的天井，似乎暂时忘记了烦恼，忘记了把李择佳拉下楼，忘记了她现在还生死未卜。他爬到了云梯上，坐在高高的云梯上发呆。天井的小学时代都留在这了，记忆中也没什么可以让他感到高兴的事，突然想起三年级在荡云梯的时候，自己正扬扬得意，同班的朱晓明突然跑过来，用力拉扯他的短裤，当时的短裤是用那种松紧带系牢的，朱晓明往下一拉，便像麻花那样一圈圈地卷起来，一直被扯到了脚面上。双手还吊在半空中，上不得，下不得，天井急得哇哇大叫，当场就号哭开了，哭得十分伤心。

永红小学的云梯，在学校最深处的围墙边上，挨着围墙，有一米多远。坐在云梯之上，天井现在所处的高度，正好与永红小学的围墙差不多高。围墙那边就是永红服装厂。永红小学和永红服装厂之间，有一条窄窄的防火通道，很长，差不多有七八十米。早年的璩家花园，曾经有过好几条宽窄不同的防火通道。中国传统建筑，大多土木结构，防火通道必不可少。眼下的这条通道，已是昔日璩家花园中硕果仅存的一条。长久以来，它一直被封住了，两头都被加盖的矮房子堵死，里面堆着乱七八糟的垃圾。

小学五年级，天井与两个调皮捣蛋的同学，不止一次翻墙进入这条防火通道探险。通道里其实什么也没有，黑乎乎的，密不透风。当时学校号召同学们捡废铜烂铁上缴，说是可以支援国家工业建设。在这条防火通道里，见不到什么废铜烂铁，倒是发现了很多打碎的彩色玻璃。

8

不知不觉中，天井翻过了围墙，进入围墙那边的防火通道。他几乎是无意识地进入的，脑子里也没有多想，刚有了进去看看的念头，立刻付诸实行。反正也没人能拦着他，想进去就进去，说进去就进去了。细细的防火通道内部很黑，阴森森的，天井发现自己是真的长高了，记得他第一次进入这条通道，两只手摊开来，勉强可以碰到两边的墙壁，现在已经完全不一样，不仅两只手可以撑住，而且两只脚也可以用上力，他可以像青蛙一样，手脚并用，一蹿一蹿地向上攀爬。当年他们小伙伴要进入这条通道，光是翻一道围墙就很困难，爬上爬下很费力，要相互帮助，要相互借力，费了很大的劲，才可以爬上去。现在完全靠自己的力量,天井在过道里上下自如,很容易,非常容易。

天井忽然意识到,这条黑乎乎的防火通道,是个非常好的隐蔽场所。一个人要是躲在这里,别人很难找到他。天井就在设想,如果自己真的是隐身在此,人民警察再大的本事,也不可能抓到他。设想是这么设想,现实当然又是另一番现实。不管怎么说,天井心里还是害怕,还是恐惧,他非常想忘掉今天发生的那件事,希望那件可怕的事情并不存在,根本就不存在,但是他也知道,这绝不可能,绝对没有这种可能。他知道自己忘记不了这件事,这件事还没完,还摆在那里,他躲不过去。

而且,就算是真躲在这了,躲在这个没人知道的防火通道里,就算警察真找不到他,他吃什么,天冷了,又穿什么,最后还不是会被活活饿死和冻死。胡思乱想解决不了任何问题,天井的脑袋瓜不是很好使,虽然人已十六岁,身高完全是个成人,小胡子也长出来了,但在心智上,仍然是个没长大的孩子。都说他的脑袋瓜里进过水,智力受了影响,与其他孩子思维不一样。他读书成绩不算太坏,大家都觉得他有些傻有点呆,有一段时间,背后和当面都叫他"二呆子"。在璩家花园东头,确实有个呆子,真正的精神不正常,脑袋瓜很大,同学们都叫他"大呆子"。

离璩家花园最近,可以让孩子们在夏天嬉水游泳的地方,是蜿蜒流长的秦淮河。天井八岁时,仙鹤桥还没修好,那地方有个渡口,有条小木船,由奎保父子负责摆渡行人。那时候的奎保十六岁,他的父亲老魏一条腿是瘸的,渡船的活计基本上是奎保在干。天井跟着那些比他大的孩子在河边玩水,大孩子都会游泳,天井不会游,奎保便伙同那些大孩子一起,将天井欺骗上船,船行驶到了河中间,把他扔到水里。不会游泳的天井在河里挣扎,喝了很多水,差一点被淹死。人被救起来的时候,已经昏迷了,捉弄他的人吓了一大跳,都以为真的出了人命。

天井没被淹死,就此再也不敢下水,到老都没学会游泳。因为喝了很多水,大家相信水不仅进入他的肚子,也进入了他的大脑。每当天井做什么傻事,行为跟别的孩子不一样,别人就会说不能跟这家伙太计较,他脑子里进过水,缺过氧,没变成真正的呆子就不错了。天井小时候老是会尿床,都快上中学了,还是动不动弄得床上一摊湿。他父亲民有因此有理由相信,儿子的尿床,与差点被淹死有关,显然是他脑子出了什么问题,完全控制不住。加上"文革"初期造反派武斗,天井跟着别的孩子去看热闹,别人躲闪得快,他反应迟钝,脑袋被一块木板迎头砸中,血流满面,被送去医院缝针,医生说起码是脑震荡,没被砸死,没被砸傻砸呆,保住一条小命,就算是幸运了。

天井在防火通道里百无聊赖,长长的过道里除了垃圾,还生长着一些野草、长不高的灌木。他沿着过道往里探索,遇到过不去的灌木丛,天井便像青蛙一样四肢并用,蹬着往上升,过了灌木丛再降下来。就这样上上下下,很快到了过道的那一头,也就是过道的最北端。到了这里,两边房子都显得特别高,几乎是对称的,靠东边的上端有个窗洞,天井不知道那窗洞是干什么的,为什么在那么高的位置上,会有个八边形的窗洞。

也是闲极无聊,生性好奇的天井手脚并用,向那个高高的窗洞攀爬,中途甚至都没有停顿。他越爬越高,低头看着脚下的地面,有些害怕。终于到了窗洞那里,看得出这里原来是有一扇格子窗的,由于年代久远,木头早已腐烂。从过道下面往上看,这窗洞并不大,真正到了它面前,天井发现那个窗洞还真不小,完全可以让一个人钻进去,隐隐地还能看到从南面透过来一些光亮。

既然能钻进去,为什么不冒险钻进去看看,为什么不呢。天井发现这事很容易,或者说并不是很困难。在那个窗洞口,正好还有一块没完全腐烂掉的木头,可以作为抓手,抓住了抓牢了,便可以用得上劲,使得上力。借助一股巧劲,他的头伸进了窗洞,很快,大半个身子也进去了。窗洞是意想不到的深,居然是一个细细长长的过道,像洞穴一样,顶是斜的,高不过一米多,宽也是一米多。经过仔细观察,可以看出它是一个悬在空中的阁楼,坐北向南。阁楼的东西两端,用很粗的木柱子砌在墙里固定,一侧沿着屋檐的墙壁,另一侧对外,用木板封住,木板上有裂开的细缝,有腐朽的洞眼,光线就是从这里射进来。屋顶是斜的,细长的阁楼空间很小,也很矮,人弓着身体才能在上面活动。

朦朦胧胧地,天井误入了一个神秘之境。他并不知道自己在什么地方,并不知道此时正处于自家的祖宗阁里。天井从未听说过祖宗阁,在他生长的那个年代,"文化大革命"、"破四旧"、"反封建",人们骂人时有一句"操你家祖宗八代",但年轻人对什么是祖宗八代,根本就不太清楚,对于没听说过的祖宗阁,更是毫无概念。祖宗阁,顾名思义,供奉祖宗灵位的地方。通常是在大户人家最后一进的堂屋内搭建,从下面往上看,仿佛一个悬在半空中的小阁楼。小阁楼上不住人,平时放置祖先牌位,放着用卷轴收起来的祖宗画像,还有祭祀的器皿。到了祭祀时,将祖宗牌位请下来,按长幼尊卑放置供桌上,祖宗画像也要挂起来。祖宗阁长度和堂屋一样宽,横亘在两架梁之间,讲究的祖宗阁雕梁画栋,美轮美奂。

璩家这个祖宗阁的特殊之处,在于它在祖宗阁侧面,修了一个空中连接通道,也就是从中间的堂屋开始,穿过西屋,一直可以抵达更西边的外墙,再在外墙上修了一扇八角形的窗户。为什么要修个窗户,年代久远说法不一。天井反正是不知道,父亲民有略知道一点,也不是很靠谱。总之不外乎与避难防盗有关。事实上,在天井的爷爷手里,璩家这一片房产,已经抵押给了别人,换了新的房东。据说日本人来的时候,嚷着到处找花姑娘,房东家的女眷,老老少少,就全部躲在祖宗阁旁边的通道里。

天井并没有在祖宗阁里发现什么好东西,到处都是厚厚的灰尘,到处都是缠人的蜘蛛网,除了乱七八糟的杂物,见不到一样稀奇古怪的宝贝。祖宗阁里早就没有祖宗牌位,天井的眼睛适应了黑暗,木板缝隙里透进来的光亮,足以让他行动自如。说起来，这里曾经都是天井他们家的，风水轮流转，天井家败了，接手的新主人新房东，也同样跟着衰落。事实上，璩家花园这条街上，风光一时的大户人家，有钱的也好，做官的也好，结局都差不多，都好不到哪里去。

趴在祖宗阁上，透过木板上的缝隙，天井可以清晰地看到下面，下面是永红服装厂的仓库和宿舍。西边过道底下是间仓库，堆着成匹的布料。有祖宗阁的这间是堂屋，被拦腰隔断，一边还是仓库，另一边是间小宿舍。宿舍里放着一张很小的办公桌，一张小木床。办公桌上搁着茶杯和热水瓶，一张半摊开的报纸。小木床在悬空的祖宗阁下方，床上是床大红花被面的厚被，枕头上垫着一块有条纹的毛巾。床头墙上贴着一张很大的"毛主席去安源"画像，在当时，这是非常流行的一张画报。

很显然，这地方住着一个女人，应该是个女人。天井趴在祖宗阁上，心里在猜想，会是什么样的一个女人住在这呢，正心猿意马地琢磨，只听到房门吱咔一声，一个中年妇女走了进来，把天井吓了一大跳。他不由自主地哆嗦了一下，想尽快倒退着离开祖宗阁，一不小心便弄出了一点声音，赶紧停下来。进来的这个女人全无察觉，她随手将门带上，开始换衣服，换工作服，将身上工作服脱掉。脱掉了外面的工作服，只剩下一件又薄又旧的白汗衫，很宽大的白汗衫。

天井趴在祖宗阁上一动不动，他不敢动，怕动了以后，再一次弄出声音。下面的这个女人根本不会想到有双眼睛正看着她，嘴里还在哼样板戏中的唱词：

奶奶您听我说
我家的表叔数不清
没有大事不登门
虽说是
虽说是亲眷又不相认
可他比亲眷还要亲

　　这个唱词在当时大家很熟悉，嘴里都会随口跟着哼。女人一边低声唱着，一边去照镜子，在床头，就在"毛主席去安源"的画像旁边，挂着一面红塑料边框的小圆镜。镜子下面放着一个木制的脸盆架，她看着镜子里的自己，非常认真地在脸上挤着什么，很显然，她脸上有一颗小痘痘，正下决心要把它挤出来。

　　故事说到这，我们必须又要交代一下，天井趴在祖宗阁上，目不转睛看着的这个女人是谁。她叫郝银花，生于1932年，今年三十八岁。三十八岁的郝银花中等姿色，皮肤有点黑，有点胖，戴着一副近视眼镜。在当时的天井眼里，她这年龄已经算是很大了，完全可以当他的母亲。那时候女人结婚都早，也不太会打扮。郝银花有一儿一女，儿子十八岁，下乡插队。女儿十五岁，跟天井一样，是初中生，比他要低一届。

　　郝银花是永红服装厂唯一的大学生，不过她的大学并没毕业。说起来，也是有一段很值得夸耀的历史，早在1947年，当时只有十五岁的郝银花，就已经是学生运动中的积极分子。1948年她考入了中央大学物理系，又成为南京地下党中的一员。1949年以后，国家急需青年人才，还没大学毕业的郝银花，调到了市团委工作。这以后，又调到了市纺织局，"文革"开始，她还是造反派的小头目，不久被下放到了永红服装厂当革委会副主任，分管工会与后勤。

总的来说，郝银花起点很高，混得并不是太好。丈夫是一名青年军官，抗美援朝立过战功，负过伤，结婚后一直分居。丈夫的驻地远在徐州，郝银花一直没得到想象中的重用，当然这也可能是个人能力就那样，她始终找不到适合自己的位置。永红服装厂的工人文化程度不高，大多是社会上的家庭妇女，"文革"前招收过一批年轻人，也就是初中毕业，还有的初中也没念完。把天井扔到秦淮河里害他差一点被淹死的那个奎保，干脆是连小学都没毕业。

郝银花的故事，我们暂时先聊到这，有些话放到后面再说。话题还是回到阁楼上，这时候的天井，匍匐在满是灰尘的楼板上，不敢动弹。郝银花在脸上挤了好一阵，拎起热水瓶，往一脸盆里倒热水，开始洗脸。热水瓶里的水，应该不是很烫，刚倒出来就可以洗脸。洗完脸，她搓了一把毛巾，撩起汗衫，擦她的胳肢窝，擦她的前胸和后背，然后又把脸盆放在地上，褪下裤子，开始洗屁股。这一幕发生得非常快，连贯在一起，天井还没明白过来怎么回事，郝银花已重新系上裤子。居高临下，天井以为自己能看到点什么，结果是什么都没看到。

再然后，郝银花坐床沿上，开始慢慢吞吞洗脚，脚放在脸盆里，半天都没拿出来。水凉了，水早就凉了。她嘴里还在哼着唱着，究竟在哼唱什么，天井也没听明白。

9

直到郝银花再次开门出去,天井才找到机会脱身。天快黑了,时不我待,好不容易等到这机会,他赶快从原路退出,重新回到防火通道中。上来容易下去难,要想从上面下去,还是很有一些难度,天井尝试了好多次,终于有了办法,办法就是和上来一样,手抓紧了,身体先出去,脚蹬住两边的墙壁,真吃上了劲,下去就变得容易了。

防火通道里很黑,天井必须小心翼翼,才能毫发无损地走出去。从这头走到那头,爬上了围墙,骑坐在围墙上。现在的天井有两个选择,一是再回到永红小学,还有个办法,沿着下面的屋面前行,走出去一截,直接抵达天井家所住的那个大杂院。不过,要想从屋面上下去也不容易,很容易把瓦踩碎了,要顺着屋顶走,也就是踩着屋尖走,那个部位最结实。这样很小心地走到尽头,有一棵大的榉树,爬上榉树,顺着树干下来,便离家不远了。

天井不敢直接回家,在祖宗阁上窝着的时候,他完全忘记了把李择佳拉下楼这件事。到家门口,这件事引起的恐惧,又一次到达顶峰。他望着自家门口,观察着动静,想看看到底有没有警察守候在那。天完全黑了,各家的灯火也亮了,天井家还黑着,还没有点灯。是天井父亲没开灯,还是民有根本没回来,或者是被警察喊去问话了。天井很犹豫,不知道自己该不该回家看看。

这时候,自家的电灯突然亮了,原来民有在家。既然他在家,天井便准备回家。当然还是要回家,天井已饿了一整天,必须要回家吃点东西。进了家门,民有见了儿子,并没有任何诧异之色,只是随口问了一声:

"你怎么才回来?"

天井不知道应该如何回答,说什么好呢,什么也别说,不吭声最好。天虽然黑了,时间应该也不早了,民有竟然还没有做晚饭。

民有又问:"中午怎么没有回来吃饭?"

天井答非所问,说:"我不饿。"

这个回答莫名其妙,现实是他现在很饿,非常饿,饥肠辘辘。

民有也不再多说什么,开始点煤油炉。民有父子的吃饭,一直都是比较难解决的问题,他们烧过一段时间的蜂窝煤,总是忘了换煤,一次次地导致煤炉熄灭,炉子熄灭了,做饭也就耽误了。有了煤油炉,使用成本会略高一些,可是随点随用,确实也省事不少。点着了煤油炉,民有开始烧水煮面条,煮挂面,看着天井还在那发呆,便让儿子赶快准备面汤,所谓面汤,就是猪油酱油再加点盐,用烧开的水冲一下。水终于开了,冲好面汤,挂面下锅,下了锅还得煮一会。这时候,天井可怜的肚子,早已是饿得咕咕乱叫,锅里挂面还有点生硬,他就捞碗里迫不及待开始吃。

吃完晚饭,民有只顾忙自己的事,看自己的书,也不问儿子今天的事是否顺利,是否把钱还了,是否放到费教授的写字桌抽屉里。他不问,天井自然也就不用回答。大家都跟没这事一样，天井心事重重，现在表面上越没事，他心里越感到不安。磨蹭到睡觉，睡到了床上，天井越想越害怕，一夜都在想警察会不会来抓他，迷迷糊糊睡着了，梦里都是警察上门。天井并不怕警察上门，警察来了，说明李择佳并没有死，说明她还活着，她看到他了，知道是天井把她推下了楼，只要李择佳还活着，天井愿意接受惩罚，怎么惩罚他都可以，只要她还能活着。

这一夜显得很漫长，他闭着眼睛睡不着，不想睡。睁开眼睛，窗外月光很亮，一直照射到天井的床上。直到天快亮，他才打着呼噜睡着。如果不是民有在扯着嗓子叫他，叫他起来上学，天井根本不可能醒过来。早饭做好了，天井牙也不刷，脸也不洗，胡乱吃了些稀粥，便去上学，心里还在念想，今天肯定见不到阿四和阿五，她们不可能来上学。没想到在学校大门口，天井一眼就看到了阿四和她班上的女生并排走在一起，正迎面走过来，根本就没正眼看他。阿四与天井已不在一个班，她在隔壁的三班，上小学的时候，阿四与天井同一个班，阿五在隔壁班，现在正好颠倒过来，现在与天井一个班的，是阿五。

进教室，天井看到了阿五，阿五也看到了天井。也许是他看到阿五的表情有点过分，有点夸张，阿五的反应也有些迷惑不解。当时的男女生都不说话，大家跟不认识一样。天井是硬着头皮去上学的，心里很忐忑，阿四和阿五表现出的若无其事，好像什么事都没发生，天井想不明白，百思不得其解，完全没心思上课。老师在讲堂上眉飞色舞，他根本不知道老师在说什么。阿五坐在后排，天井时不时会回过头去，想看看她是不是在监视自己。阿五不明白天井为什么老是偷眼看自己，她觉得这很奇怪，也忍不住会还他几眼。

李择佳究竟怎么样，天井发现自己快被这个问题折磨疯了。他万万没有想到，李择佳最后竟然会没有事，没有摔死，甚至都谈不上是摔成重伤。奇迹还是会有的，从高高的楼梯上摔下去，人都摔得昏死过去，但她醒过来了，清醒过来以后，事情远没有想象的那么严重。她不是头着地，所以就不会脑震荡。也许是半空中抓了一把扶手，力被分散了，她只是肩胛落地，身体内脏被狠狠地震动了一下，如果是有骨裂，那么一定就是锁骨那里出现了问题。多年以后，只要是阴天，只要是用力吸气，李择佳的锁骨就会隐隐作痛，就会疼。

天井做梦也不会想到，这事最后不了了之。为什么会这样，为什么李择佳没追究，为什么没说出是天井干的，是他把她拉下了楼，天井始终都没想明白。为什么她不说出来，为什么她要放过天井。过了半个多月，民有突然带天井上馆子，去了四川酒家，点了一份狮子头，一份麻辣豆腐，一个杂烩汤。杂烩汤多少钱天井没记住，只记得四个大肉圆的狮子头，是一块六毛钱，麻辣豆腐则是四毛钱。两个人吃不了这么多菜，民有事先做好准备，带了两个饭盒，吃不完带走。天井不能吃辣，民有就跟儿子解释，说自己小时候，比他现在还小的时候，日本人来了，他跟着天井爷爷去四川的重庆避难，四川人都吃辣，他也就跟着学会了吃辣。

民有有过这段做难民的历史，一吃到辣，难免十分得意，咂着嘴说：

"辣这玩意，刚开始你可能不能吃，不会吃，怕辣，一旦吃了，只要吃过几次，吃惯了，就会想念，就会上瘾，就会特别想吃，越吃还越想吃。"

虽然是四川酒家，民有要的这三个菜，只有麻辣豆腐是辣的。民有解释说，在四川，麻辣豆腐又叫麻婆豆腐，为什么叫麻婆，他还真说不清楚。天井尝试了几筷，是有点辣，不过真拌着米饭一起吃，也还能接受。吃完了，剩下来的菜装饭盒里，带回家。到了晚上，民有让天井去店里打了一斤仿绍酒，就着中午的剩菜，一边吃酒，一边与在吃饭的儿子，东拉西扯聊天。

聊着聊着，民有突然十分感慨地冒出了一句：

"这人他妈活着，真没意思。"

天井只顾埋头吃饭，不明白父亲说的这个"真没意思"究竟是什么意思。什么叫有意思，什么叫没意思。一斤仿绍酒下肚，民有开始有些醉意，牢骚满腹，晃着脑袋，问儿子李择佳这个女人究竟怎么样，他是怎么看她的，他喜欢不喜欢她。天井又被问糊涂了，不知道应该怎么回答。民有又说，儿子你给我说说看，她这样一个女人，当你后妈合适不合适，你要不要她当你的后妈。这时候，天井已知道李择佳并无大碍，知道她没有什么大伤。从那么高的楼梯上摔下去，竟然会没事，为什么会这样，他想不明白。反正就是没事，没有出人命。父亲现在突然又旧话重提，提起要让李择佳当后妈的事，天井打心眼里有些不愿意，不愿意的原因很简单，自从出了那样的事，天井不想再面对她，他害怕再见到李择佳。

民有自言自语说着什么，嘀咕了几句，然后又问儿子：

"你觉得你爸这个人怎么样？"

天井停下筷子，看着民有，不再吃饭。

民有说你爸我是诚心想和她结婚，她倒好，说变就变，说不想跟我结婚，就不结婚了，这叫什么事，你说这叫什么事。我呢，说老实话，也就这么回事，结不结，全凭天意，随她，她若是不愿意，不想跟我过，我也犯不着勉强，儿子你说是不是，是不是这个道理，老爸犯不着求她对不对。在1970年，购置一台缝纫机，不是件容易的事。要有人民币，还得有票，专门的缝纫机票。能弄到这些票的，都是有能耐的人。民有有个邻居，人民商场革命委员会委员，他家老太太平时这里有病，那里不舒服，民有常去帮她针灸和拔火罐，老太太儿子知道民有想买台缝纫机，答应为他弄张缝纫机票。

万事俱备，民有喜气洋洋去见李择佳，约她一起去商场。没想到李择佳并不高兴，完全不领情，板着脸，冷冷地看着民有，等他把话说完，一口拒绝，说不想一起去买缝纫机。民有迎头被泼了一盆冷水，有点云里雾里，不知道她为什么不高兴，为什么突然不愿意一起去。李择佳说不想再要什么缝纫机，民有不解地问，你不是一直想要台"蝴蝶牌"缝纫机吗，我可告诉你，这年头弄一张缝纫机票，你不知道有多难。李择佳说难也好，容易也好，反正我是不想要了，那个"蝴蝶牌"的缝纫机再好，反正我也是不想再要。

"为什么？"

"不为什么。"

民有知道李择佳一直渴望有台缝纫机,她家里本来是有一台老式的"无敌牌"缝纫机,那是外国的老牌子,当年"七仙女"创办缝纫小组,李择佳便是带着这台缝纫机加入。后来的事让人窝心,她去幼儿园当园长,再后来被服装厂拒绝,她家的缝纫机成了永红服装厂的资产。随着家庭经济条件越来越差,重新购置一台缝纫机的愿望,渐渐变得遥不可及。

民有忍不住还是要问:

"总要让人明白一个为什么吧,这突然变卦,又是为什么?"

李择佳板着脸说:

"你非要我说,我就真的说了,我不想要这缝纫机,是因为你的钱不干净,你的这钱来路不正。"

民有被她说得哑口无言,苦笑起来,说你这话说的,这钱怎么不干净了,真是想到哪说到哪,钱不就是钱吗,人民币就是人民币,这是在说什么呢。李择佳也不多说了,显然还有什么话,只是不准备再说出来,说出来会很难听。民有不明白她为什么要这么说,只知道她是不想结婚了,不结就不结吧,反正他也无所谓。此前李择佳表过态,说要结婚只想要一件东西,就是要台缝纫机,现在既然不想要缝纫机,明摆着就是不想和他结婚。

于是婚事不了了之,"蝴蝶牌"缝纫机不用买了。钱放着也放着,不用白不用,他隔三岔五就带着儿子上馆子,早晨不再起早煮稀饭,天天烧饼油条,动不动一碗小馄饨。很多年以后，大家都真正地老了，人老了，心也老了，李择佳把当年拒绝的真实想法，十分坦然地告诉民有，说她这么做，是知道他的钱怎么回事，害怕他犯错误，害怕他又出什么事。民有本来就是右派，成分本来就不好，再要犯错误，问题会更严重。李择佳说她可以不在乎，她可以无所谓，可是不能不为自己几个女儿着想，她不能让她们受到影响。

李择佳晚年这番话，让民有十分伤感。他和李择佳成了儿女亲家，往事不堪回首，他和她注定了有缘无分，修不成正果。如果要真心悔过，民有知道自己这一生中，品行并不算太好，做人也不是很认真。当年对待李择佳，大多是以利用为主，说起来确实对不住她。不过在准备为她买缝纫机的那一阵，他可是真心地想娶她，真心地想娶她为妻。

10

天下万物多少都会有联系，好像"蝴蝶牌"缝纫机，只是开了个头，为后面的故事推开一扇窗，打开了一道门。没有"蝴蝶牌"缝纫机，就没有天井偷钱这事，天井不偷钱不还钱，就不会把李择佳拉下楼。一环套着一环，"蝴蝶牌"缝纫机产生了蝴蝶效应，李择佳不被拉下楼，天井就不会东躲西藏，不会从永红小学的围墙翻过去，进入那个防火通道。不进入防火通道，天井不会想到要往高处攀登，进入黑暗的落满时间灰尘的祖宗阁。不进入祖宗阁，他不可能从祖宗阁木板的缝隙中，看到郝银花这个女人。

天井再一次见到郝银花，是这一年的放暑假前。学校让天井他们这个班去学工，所去的工厂，恰巧就是永红服装厂。在那个特殊年代，中学生不仅要学工，要学农，还要学习人民解放军，这些都是必修课。与没意思的上课相比，同学们更喜欢这些活动，这些活动更好玩，更有趣。永红服装厂不大，人也不算多，天井他们去了以后，三三两两地被拆开打散，组成新的小组，分配到不同的师傅面前。

天井他们那个小组有四名同学，两男两女，其中就有一个是阿五。跟在同一位师傅后面，男生和女生还是像陌生人，相互之间不说话。师傅是位中年妇女，看到他们这样，觉得非常有意思，就拿他们取笑，说你们为什么会这样，为什么像有了仇的仇人。阿五听了这话，首先就笑起来，脸也红了，笑得很天真，笑得很好看。不过在天井看来，与阿五的姐姐阿四相比，还是阿四更好看，阿四的笑更灿烂。天井发现自己真的是很喜欢阿四，真的是打心眼里喜欢，只要看到阿五，他就会忍不住想到她的姐姐阿四。

天井他们的师傅姓鞠，负责做劳保手套，有一种裁剪机，可以很快地就把厚厚的一摞帆布，裁剪成一块块手套形状的半成品。加工完成后，再接着送往下一道工序，用缝纫机缝纫完成。这些工作简单重复，基本上没有技术含量。说起来是学工，分配给天井他们的那位鞠师傅，根本就不敢让这些学生操作裁剪机，怕伤着他们的手，一不小心，把手指给弄断了，这祸就闯大了。她只让他们在一旁看着，让他们把裁剪后的半成品送走。四个学生太多，又分成两拨，这次是两个男生送，下次便轮到两个女生。

学工的第三天，同学们被召集起来听报告。也就是在这时候，天井又一次看到了郝银花。郝银花是报告的召集人，天井并没有一下子把她给认出来，只是觉得眼熟，好像在哪见过。郝银花说了几句开场的话，然后请一位老工人给大家作报告，说说厂史，说说万恶的旧社会。老工人是位小脚老太太，精神很好，嗓子也洪亮，她说在解放前呀，在国民党反动派的领导下，老百姓主要是受地主的剥削，地主剥削贫下中农，同学们你们想一想，地主不干活，他们就能过好日子，吃得好，穿得也好。贫下中农怎么办呢，贫下中农只能逃荒要饭。老太太说她在这条街上住了几十年，说街上全是逃荒的难民，什么苏北的，什么安徽的，对了，还有河南的，好多好多都是外地的。逃荒的这些个难民，又没的个地方住，住哪块呢，没的办法唉，就在城墙根底下，就在墙郭郭拉搭个披子。

"墙郭郭拉"就是墙角，就是北方人说的墙旮旯，"披子"就是破草棚。老太太一口老城南话很地道，同学们听了觉得很亲切，很搞笑。老太太说，那时候的这个璩家花园，我们这个地方不是叫璩家花园吗，直不笼统的，到了晚上黑漆麻乌，乖乖隆地咚，逃荒的人怎么办呢，没的个办法啊，在农村受尽地主的剥削，好不容易到了城里头了，又日你妈的要受资本家剥削。资本家坏得不得了，比地主好不到哪块去，比日你妈的地主还坏。老太太嘴里的"日你妈"突然多了起来，作为召集人的郝银花，不得不站起来，打断她，让老太太多说说这个厂的光荣历史。老太太就改口说，我们这个厂呀，说起来真日你妈的不容易。郝银花说不要一口一个那个，不要这样跟同学们说话。老太太连声说我知道我知道，我就跟你们同学这么说，你们真不知道我们这个厂，最开始那会，只有多少人，能有多少人，根本就没的几个屌人。

这话引得同学们的哄堂大笑，班主任不得不站起来提醒大家安静，要注意听，要认真听。郝银花也又一次提示，要老太太当心自己的用词，不要太那个，要文明一点。老太太又说我知道我知道，我们厂一开始反正就那个……样子。同学们都笑了，大笑，好像都明白老太太是省略掉了一个字，那个字是什么，大家都知道，没有人不知道，都乐不可支，快乐得不得了。老太太继续滔滔不绝，就在这时候，天井突然想起来了，突然想起了那个召集人郝银花是谁。

天井的思绪一下子回到了祖宗阁上，回到自己趴在脏兮兮的木板上，通过木板缝隙看到的情境。他当时看到的就是她，就是这个女人。那时候，因为是居高临下，天井没怎么看清楚她的脸，只看到了她在做什么，在哼唱革命样板戏，在挤脸上的痘痘，在洗脸和撩起衣服擦身体，还有就是褪了裤子，蹲下去洗屁股。事实上，他只看到了这些，或者换句话说，表面上是看到了，又是什么都没看到，并没有真正地看到什么，天井只知道自己是差了一点，只差了一点，就可以看到那个什么。

天井没心思听老太太再说什么，他现在的注意力，都在郝银花身上，忍不住要一次次地偷看她。她现在就坐在左前方，表情很严肃地看着同学们。表情真的是很严肃，比坐在她旁边的班主任还要严肃。天井浮想联翩，越想越不像话，想着想着，便往下流下作的方向去想了。突然间，一股臭味在空气中弥漫，不知道谁放了一个臭屁，很臭，非常浓烈，有女生开始捂鼻子，男生也开始捂鼻子，用手在鼻子前面扇动。天井的邻座吴健生大喝一声：

"璩天井，是不是你放了个臭屁！"

同学们开始哄堂大笑，大家都对着天井看，都看着他。

天井觉得自己很无辜，辩解说：

"你不要瞎讲，我没放屁。"

"就是你，就是你，放了屁还要赖。"

"不是我。"

"就是你！"

非常严肃的报告，被一个不知谁放的臭屁给破坏了。天井在学校总被人欺负，小时候，他个头矮小，有同学恃强凌弱，会欺负他。后来开始发育，个子长高了，身体也强壮了，别人还是喜欢欺负他。老实人永远会被别人欺负，大家并不相信，也不在乎臭屁一定就是天井放的，是不是他已经不重要，同学们现在就是想笑，就是想放开来大笑，一旦笑了就再也收不住。学工比上课自由，也谈不上多有趣，像这样能哈哈大笑的机会并不多。

还是在这次学工期间，有一天，鞠师傅带着天井他们去库房领做手套的帆布。一辆小推车，由天井和另一名男生推着。到了库房，看仓库的人不在，大家就在那里等候。天井东张西望，胡思乱想。阿五指着库房大门，十分好奇地问鞠师傅，说这个地方是仓库，那个又是什么地方。她说的那个，就是郝银花所住的那间小宿舍，铁将军把着门，门上上了一把锁。鞠师傅回答说这里是有人住的，有人就住在这。

看仓库的人来了，鞠师傅领着大家进去，天井留在外面看着小推车。人都走开了，天井便伏在郝银花宿舍的玻璃窗上，往里面看，最先看到的，是贴在墙上的那张"毛主席去安源"。房间里的一切，对于天井来说，可以说已经有点熟悉了，小木床，铁壳子的热水瓶，木制的脸盆架，脸盆架上的花搪瓷脸盆。只是观看角度有所不同，从祖宗阁上往下俯视，多少有一点虚幻，有那么一点不真实。相比较起来，通过窗玻璃看进去，因为是平视，感觉更实在，更有质感。直到鞠师傅他们出来了，大声地呼唤天井，他还伏在玻璃窗上，全神贯注地往里看。天井看得非常投入，其他几位同学，也都挤了过来，伸长脖子，挨个往屋里看，都觉得没什么好看的，看不出什么名堂，不知道天井为什么要看得那么起劲，不知道他为什么会看得那么认真。

学工结束，很快就是放暑假。暑假里无事可做，闲着也是闲着，没什么书可看，也没什么事可做。天井不想找书看，干脆找点事做做。他又一次进入了那个防火通道，还是从永红小学进去，仍然是趁门房传达室老头不留神。先进入校园，玩了一会双杠和云梯，然后爬上围墙。这一切发生得很自然，没费任何周折，天井想他为什么不再去祖宗阁看看，脑子里这么想，也就立刻这么做了。这一次进入已不是探险，是旧地重游。时间过去得并不太久，通道里生长的灌木，与之前相比，好像更茂盛了。天井捡了块合手的砖头，开始劈砍灌木上影响行走的枝丫，把新生长出来的树枝，全部砍断砸烂。

本来很难行走的防火通道，被天井一阵不讲理的乱砍乱砸，生生开出了一条小路来。有了这样一条小路，天井在防火通道里的行走，可以畅通无阻。对自己取得的这个成绩，他非常满意，来回试走了几次，颇有些踌躇满志。为什么要这样做，这样做又是为了什么，天井并没有完全想好，不过觉得这样很有意思，到目前为止，只有他才知道这个地方，只有他才可以独享，这里现在是属于他的领地。十六岁的天井觉得这里很安静，没有人会打搅，想干什么都可以，他可以痛痛快快撒个尿，把家伙掏出来，一边尿，一边慢慢地往前走。

最后当然是要去祖宗阁看看，他不知道自己能看到什么，只是隐隐地有些希望，希望能看到一点什么。进入祖宗阁同样是熟门熟路，双脚蹬墙上升，攀登到了一定高度，再侧身钻进八角形窗洞，沿着细细长长的通道匍匐前进，很快就到达祖宗阁。幸好天井留了个心眼，没有冒冒失失，没有弄出任何响动，而是轻手轻脚地前行，悄悄地进入，悄悄地到达目的地。祖宗阁底下很安静，没有任何声音，天井以为下面没人，以为郝银花不在房间里，没想到往下一看，他看到的情景，吓了他一跳，吓了他一大跳。

祖宗阁底下不仅有人，而且是两个人，一个是郝银花，还有一个是男人。郝银花仰天躺在那，四仰八叉地躺在小木床上。天井感到震惊，感到非常震惊，从未有过的震惊。她竟然是赤条条地躺着，什么衣服也没穿。这是天井第一次面对女人的身体，第一次看见裸体女人。无法用语言来形容他受到的冲击，天井潜意识里，希望能偷窥到一些什么，然而现在大大超出预期，他做梦也不可能想到会这样，他做梦也不会想到自己第一次大开眼界，竟然是这样一幅有着强烈震撼的画面，冲击力实在是太强烈，太强烈了。

在郝银花身边，还半躺着一个年轻男人。从上面看下去，看不清他的脸，与郝银花一样，这男人也是身上什么衣服都没穿。他们也不说话，都保持着那样的姿式不动弹。天井完全看傻了，目不转睛，他傻傻地看着下面，看着郝银花，眼睛一直盯着那个地方。他不敢动，他也动弹不得，完全忘了自己身处何时何地，时空已经完全错乱。天井被自己看到的这一幕吓呆了，过了很长时间，才真正缓过神，才真正喘过气来。他不敢相信自己的眼睛，不敢相信竟然会遇到这样的画面。郝银花十分坦然地展示着自己，她当然不会知道，不知道在上方有一双眼睛，一个十六岁男孩的目光，正诚惶诚恐地在偷窥她的身体。

从上看到下，又从下看到上，天井觉得自己的所作所为，很下流很下作，十分丢人非常流氓。他觉得自己不应该这样，不能这么堕落，不能这么不要脸，又完全控制不住自己。接下来的一幕，更是不堪入目，更加恐怖，天井将看到一场真枪真刀的实战。郝银花突然一个转身，爬到那个男的身上，骑坐在上面，像骑马一样颠簸。这时候，那个年轻男人的脸，也可以看清楚了。天井又一次大吃一惊，这个男人天井竟然认识，这个男人就是奎保。当年就是他将天井骗到了渡船上，到了河中间，把不会游泳的天井推下河，差一点把天井淹死。

为什么那个男人会是奎保，这让性方面刚刚有点开窍的天井想不明白，怎么想也不明白。天井太知道奎保这个人，太了解他的所作所为。为什么会是这个人呢，为什么偏偏会是他？奎保一直都是个有问题的年轻人，在社会上游荡好多年，终于进了永红服装厂当工人。自从仙鹤桥建成，他就处在没有工作的待业状态，不只是他不干活，他那个瘸腿的爹老魏也没有工作。没人知道他们父子是怎么活下来的，好像什么活都干过，什么活都干不好。璩家花园这一带的人都知道，奎保这家伙就是个不学好的二流子，就是个一肚子坏水的小痞子，一个不折不扣的小流氓。

在祖宗阁里，在不长的时间里，天井经历了太多的人生第一次，第一次看见女人身体，第一次看见男欢女爱，第一次见识颠鸾倒凤。对男女之事，对于性的知识，他朦朦胧胧知道一些，听无知的小伙伴吹牛瞎说。在学农时，看见过给猪配种，看见过公狗和母狗屁股对屁股连在了一起，调皮捣蛋的男孩子找了根木棍，在一旁噼啪乱打，怎么打也分不开。

那个年代的性教育，是干脆没有性教育。说是封建，说是保守，或者说是压抑，都不完全，反正就是一片天然的空白。天井自懂事，一直与父亲相依为命，他的日常生活中，基本上没有女人，对异性完全处于无知状态。在当时，男孩子从小学三四年级开始，就不会再跟女生说话搭腔，谁要是和女生说话，谁要是和女生搭腔，就是不要脸，就是想耍流氓。那年头男孩子都是彻底的革命者，都不怕打仗，都不怕帝国主义。天井生性柔弱，可也跟别的男同学一样，就是希望长大以后，加入伟大光荣的人民解放军，为解放全人类去作战，英勇牺牲也在所不惜。

祖宗阁下的男女缠绵了很久，天井觉得自己不该看，不应该看，又忍不住好奇要看，想看。不只要看想看，还同时有了强烈的生理反应。他终于决定要退出，要离开祖宗阁，离开这个是非之地。强烈的生理反应，让天井不知所措，他开始匍匐前行，行动也变得有几分困难，变得很笨拙，自己的那个玩意有点碍事，尤其是从八角窗洞下去的时候，差一点就摔下去。在防火通道中，天井完成了人生的第一次。他已经有过梦遗，那是在睡梦中，自己去上厕所，无意中走进了女厕所，一群女生正躲在里面等他，这里面有阿五，有别的女生，没有阿四，天井还在想为什么会没有阿四，突然阿四站了出来，对着天井就是一顿嘲笑，所有的女生都在笑，天井转身想逃，可是根本动弹不了，两条腿像生了根的大树一样，天井想逃逃不了，想喊喊不出，就在这时候开始井喷了，仿佛高压的水管炸开一样，仿佛火山爆发，他甚至都不明白怎么回事，就从梦中醒了过来。天井感受到了一种从未有过的快感，同时又有一种从未有过的恐惧。他陷于心乱神迷之中，既完全知道应该是怎么一回事，又不太明白究竟是怎么一回事。

这个世界上很多事会水到渠成，可以无师自通。在防火通道中，天井亮出了自己的家伙，它实在是太碍事了。他抓住了那个不听话的淘气玩意，一时间，不知道应该怎么对付它，怎么惩罚它。天井的脑子开始不听使唤，想的和正在做的，都不是一回事。他紧紧地捏住了它，就好像抓着一条想要游走的蛇，抓着一条想跳入河中的鱼。一会是抓紧，一会是放松，完全就是在戏弄它。天井的心里还在回想，在回想自己看到的那些惊心动魄的画面，他想到了奎保那张变了形的脸，想到了奎保拱起的背影，当然也想到了郝银花，想到了她赤裸火热的身体，想到了她那个让人想入非非的奇妙之境。

从此以后，天井开始了他的罪恶之旅，他为此感到羞耻，感到痛苦和不安。没有人能给他什么正确的提示，没有人会把这种不光彩的行为说出来。天井并不知道很多男孩子和他一样，都在做错事，都在感到羞耻，都在痛苦和不安。天井陷入真正的青春期苦恼之中，周而复始，想改也改不了，要拒绝也拒绝不掉。改邪归正真不是件容易的事，十六岁的天井发了无数次毒誓，无数次诅咒，可还是阻止不住他要去那个防火通道探险。

为了更方便地进入防火通道，天井找到了一条更方便的途径。这就是不再从永红小学大门进入，免得被传达室老大爷看见了会阻挡和驱逐。通过自家大杂院的那棵榉树，他爬上大榉树，从树枝上荡下来，落到下面的屋面上，不是往西走，而是往东去，沿着一段更结实的平顶水泥坡面，走到顶头的围墙那里，下到围墙上，再顺着围墙往回走，然后就可以轻而易举地进入防火通道。与走在有瓦片的屋顶上相比，这样不只是简便，也更安全。

一旦进入了防火通道，自然也就顺理成章，一次又一次再进入祖宗阁。在祖宗阁里，天井再也没有遇到过奎保和郝银花在做那事，这种事可遇不可求，也不可能总是被他撞到。事实上，在郝银花房间里，天井只再见到过一次奎保，他看到他在那里说笑，在那里和郝银花一起吃西瓜，吃完了西瓜，两人有说有笑一起出了门。现实与天井设想的完全不一样，他发现自己总是在白忙活，在瞎折腾，在胡乱花工夫。造化有时候也很会捉弄人，在那个令人难忘的炎热夏天，防火通道里密不透风，不仅极度闷热，还有很多蚊子。可怜天井的身上，被蚊子咬得斑斑点点，到处都是肿块。他坚持不懈的努力，最后注定都是徒劳，最多也不过是偷窥到几次郝银花在房间里洗澡。

天井想象中郝银花洗完澡，会赤裸裸地在房间里走来走去，会赤裸裸地躺在床上，就像他曾经见过的那样。当然，这一切并没有真实地发生过，这一切都是天井的一厢情愿。居高临下，从祖宗阁上看下去，郝银花洗澡的地方，恰恰是怎么都看不真切，模模糊糊能看到一些身影，反正就是看不清楚，若有若无。洗澡的时间又都是在晚饭后，灯光也暗淡，看了也跟没看一样。为了便于在夜间行动，天井还专门准备了一个手电筒，有了手电筒，在防火通道里便不会磕磕绊绊，便不会被树枝戳伤。

或许正是这个手电筒的灯光，引起了郝银花的注意。在这之前，她发现从祖宗阁上有灰尘落下来，小床的草席子上，动不动就是几撮灰。不只是落灰，有时候还能听到咯吱咯吱的声音。一开始，郝银花也没有多想，她认定只是有老鼠，在这样的老房子里，有那么几只老鼠在活动，再正常不过。

不要说是有老鼠，就是有黄鼠狼也完全可能。但是如果有亮光闪烁，就是另外一回事，就必须要弄明白是怎么一回事。正好隔壁仓库里就有竹梯，郝银花便向看仓库的人借了一架竹梯，又借了一盏停电时用的煤油风灯。竹梯很轻，她将竹梯扛进自己屋里，搭到了祖宗阁上，点亮风灯，爬上去看个究竟。

祖宗阁面对堂屋这边，有一扇可以开启的小门，打开它，人就可以上去，把放在里面的祭祀物品拿下来。如今祭祀物品早就没了，那扇可开启的小门还在，只是从外面用插销给插上了，拔掉插销，小门轻轻一拉就开。年代已久，插销有点锈死，要用很大劲才能拔出。拉开小门，郝银花把脑袋探了进去，看了看，发现祖宗阁的西边墙竟然是空的，竟然还有一个通道。出于十分的好奇，她爬上了祖宗阁，进入了通道，弯下腰来，提着风灯，一路行进到了八角窗洞那里，从上面探出脑袋，俯看下面长长的防火通道，没看出任何问题。

按照她的想法，这么高的位置，不可能会有人爬上来，爬不上来。再说了，即使是有能耐爬上来，穿过了通道，到了祖宗阁这里，小门插销是从外面插上的，从里面根本打不开，就算是打开了，祖宗阁悬在半空中，没有竹梯，人也下不来。因此郝银花觉得不会有什么事，不会有什么安全隐患。巡视完毕，把小门重新插上，她也不着急把竹梯归还，而是把竹梯搬开，靠在旁边的墙上。

结果就在那天晚上出现了意外，吃完了晚饭，郝银花洗完澡，正在用毛巾擦身体，这时候，她听到了祖宗阁上好像有动静,抬头看,没有声音了,低下头,似乎又有了声音。于是穿上衣服,找到火柴,点亮了风灯,把竹梯往祖宗阁上一靠,拎着风灯就上去了。天井做梦也不可能想到她会说上来就上来,一时间没了主意,趴在那动也不是,不动也不是,不知道怎么办才好。很快,郝银花沿着竹梯一级一级爬了上来,她毫不犹豫地拔掉小门上的插销,将小门拉开了。

天井与郝银花都吓了一大跳,都差一点没被对方吓死。双方都没想到会有这样的局面,郝银花差一点被吓得从竹梯上摔下来,她没想到一拉开小门,里面竟然会有一个人,竟然会有一个大活人躲在那里。

郝银花气势汹汹,大声质问:

"你,你是谁?"

天井完全没想到她会上来,更没想到自己面前会有一扇小木门,这扇小木门还可以打开。

郝银花继续大声追问:

"你怎么会在这?你这家伙到底是谁?"

天井吓得开不了口,他不知道怎么回答。或许李择佳从楼梯上摔下去的阴影还在,他不敢再贸然推开面前的竹梯。他已经没有这个胆量,他已经被吓得魂飞魄散。郝银花是见过世面的女人,她胆子一向很大,很英勇,眼看着面前的这个男孩子被吓成那样,自己的英雄气概被激发了出来。毕竟她在早年就参加过学生运动,当过地下党,自己丈夫又是打过仗的军人,而且她还是造反派的小头目,厂革命委员会的副主任,郝银花绝对是那种敢做敢当的女人。

虽然敢做敢当,她首先想到的还是自己和奎保之间的秘密,郝银花比奎保足足大了十四岁,这种事非同寻常,传出去影响非常不好,她自然不愿意让别人知道。现在,不知道躲在祖宗阁上的这个男孩,究竟知道多少秘密,知道不知道她和奎保之间的事。郝银花让天井乖乖地跟自己下去,让他到下面去说话,让他老实交代,她一定要问问清楚,要问清楚天井究竟还知道什么,看到了什么。

第二章

/

1954年

母亲,
天井不知道那些往事

1

天井的母亲江慕莲生于1921年,她与生于1893年的费教授,竟然是俄语速成班的同学。天井的父亲民有,则是那个俄语速成班的老师,他的年龄比江慕莲要小。民有生于1926年,比江慕莲小五岁,比李择佳小三岁。

天井曾听民有说过,说他母亲江慕莲是带着找个男人的目的,报名参加了当时的俄语速成班。民有的语气非常不屑,他说你那个妈根本不是什么读书人,说起来也算是大学生,天知道那大学是怎么念的,学校是怎么让她毕业的。天井很少听民有说起母亲,在他的成长岁月中,母亲好像从来没有存在过。江慕莲对于天井来说,就是一个陌生的名字。

这是1952年年底,干部学院的俄语速成班开始上课,也就二十多个学生,年纪最大的是费教授,他是干部学院的老师,眼见着就六十周岁。年纪最轻的是一个叫小计的女孩子,才十七岁,高中刚毕业,是干部学院的打字员。其他学生来自各行各业,有中学老师,有大学老师,还有机关干部,平均年龄不到三十岁。在这些学生中，江慕莲的成绩可能最差，给人留下的印象也最深，她是公认的大美人，大家都觉得她漂亮，非常漂亮。

费教授在自己日记中，写下了他的第一印象：

下午2—5时，俄语速成班开课，全体学员先至大礼堂聆：
（一）李怀中副院长讲学习马林科夫报告及马列主义之必要与目的方法。（二）张诚讲爱国储蓄。
余与众学员坐后排，有名江慕莲者，坐余前排之右，美艳绝伦，全校盛饰华服之太太小姐皆为之减色。

俄语速成班正式开课了，就在第一天，费教授多少有些为老不尊，课间休息时，他丝毫也不掩饰自己对江慕莲的仰慕，先自报身份，宣布了他的教授头衔，紧接着又问她姓甚名谁。江慕莲很吃惊，没想到速成班还有年龄这么大的老学生，不过一听说老人家是教授，而且是很有名的教授，立刻开始刮目相看。

很快，江慕莲对费教授的底牌，基本上摸清楚了，老先生居然是部聘的二级教授，每个月工资高达旧币两百万。当时的旧币，一万块等于一块钱，在1953年，两百万块钱的工资，基本上也是天文数字，一般人听了，都可能会惊叹不已。费教授本名叫费怀瑾，毕业于南京金陵大学，是金陵大学初创时期的学生。最早的金陵大学只设有文科，这个文科是一种广义文科，数理化等都包含在其中，毕业以后，都是授文学学士学位。学校是美国人办的，美国佬承认它的学历，只要是金陵大学的毕业生，可以同时接受纽约大学的学位文凭。金陵大学还和美国康奈尔大学结为姊妹大学，它的毕业文凭由纽约大学的校董会签发。毕业生凭着这张文凭，不需要经过考试，直接升入国外有关大学研究院深造，并获得相应的学位。

费教授一度对化学很感兴趣，拿到毕业文凭后，没有去美国深造，去了欧洲的德国。在德国，他也没有攻读自己喜欢的化学，而是改读当时更热闹的经济学，获得了柏林大学经济学博士学位。这个头衔足以让他回到国内吃香喝辣，当时的中国人，对什么是经济学，什么是税率，以及为什么要废银圆实行纸币制，还是一无所知。留学德国期间，费教授不只是攻读经济学，同时也兼修西方历史和哲学，并对西方的戏剧史抱有浓厚兴趣。

反正从德国回来的费教授，春风得意，给人的基本印象，就是来头很大，一肚子学问，精通了好几国外语。他正经八百地结过一次婚，妻子也是名门闺秀，家里很有钱，陪嫁丰厚。婚后多年没有生产，后来总算好不容易怀上了，没想到临了难产送命。这以后，为了怀念亡妻，费教授在床头，除了一张自己的博士照片，始终还挂着与亡妻的结婚照。前来说媒的人络绎不绝，费教授要求又特别高，总觉得别人嫁他的动机不纯粹，不是图他的名，就是想他的利。结果挑三拣四七拖八拉，加上时局动荡，不停地有战乱，费教授便一直都是孤身一人。

国民政府时期，狠抓过一段经济，费教授也一度获得重用。他给很多高官大员，讲解他们从未听说过的经济学。到了抗战期间，费教授还为当局草拟过战时财政计划，提出以租税支持公债，用公债保证通货，防止通货膨胀，以利于更好地筹措战争费用。不管怎么说，在当局眼里，费教授也就是会玩弄一种空洞理论，只是一个可以借用并不实用的书生，因此也就是表面上当回事，不会真正地听取他的意见。长久以来，费教授一直在不同的大学任教，一度也是经济学方面的著名教授。

除了经济学，除了精通好几国外语，费教授对中国传统戏曲具有非常浓厚的兴趣。他始终都是个执着的戏迷，一生都爱看戏，无论是昆曲、京剧，还是其他各种地方戏，什么越剧锡剧扬剧，什么黄梅戏花鼓戏，只要是个戏，他都喜欢看，都愿意看，都有兴趣认真研究。费教授对国内各个剧种的连台本戏，对阳腔目连戏都有着非常深入的研究。他甚至比大学里那些专门研究戏曲的人，都更加精通，了解和知道的也更多。

2

江慕莲毕业于金陵女子大学，因为抗战，整个大学期间，都是在四川成都的华西坝念书。她念的是家政系，当时最崇拜的偶像，是蒋夫人宋美龄。读家政系的女生，都以嫁对好男人为荣，正如民有形容的那样，江慕莲读书目的很简单，就是为了找到合适的好男人，找到一位如意郎君。解放前读金陵女子大学是这样，之后上俄语速成班，也还是这样，只可惜红颜薄命，东挑西拣，最后还是选错人。

早在读大学期间，江慕莲就嫁给了一位出身黄埔军校的青年军官。这个人看上去很有作为，好像很有前途，人也长得英俊。结婚后，江慕莲生了两个孩子，大的是女儿甜甜，小的是儿子米米，米米是遗腹子。青年军官很少回家，抗战期间跟日本人打仗，抗战胜利后，又接着跟共产党对阵，最后在淮海战役中被击毙了。江慕莲的夫家很有钱，江慕莲自己家也很有钱，刚守寡那几年，虽然拖着两个孩子，生活还不成问题。

1949年以后，江慕莲夫家的成分是地主，她娘家的成分也是地主，经过轰轰烈烈的土改，生活状态立刻改变，经济立刻窘迫。她当时唯一的出路，就是趁还年轻美貌，赶快找个能照顾自己和两个孩子的男人嫁出去。说起来，她也算有一份说得过去的工作，在南京一所中学图书馆当资料员，江慕莲有个表姐是这所中学的校长。与江慕莲一样，表姐的老公也是黄埔出身，不同的是，这位表姐夫早已离开军界，而且还是南京地下党的重要领导人。表姐也是地下党，参加革命好多年。江慕莲住的是表姐家的房子，表姐夫是土生土长的南京人，工作调动去了浙江，表姐也很想调过去，可是这边有工作，一时半会走不开。

江慕莲报名参加俄语速成班，动机也简单明确，就是想增加结交异性的机会。摸清了费教授的底牌以后，江慕莲把目标初步锁定在了他身上。费教授单身好多年，江慕莲相信，像他这样的黄金王老五，像他这样的老男人，身边绝对会需要一个女人，需要有个女人照顾他，而以费教授的身份，这个女人当然应该是个知识女性，是个有文化的女性。从费教授仰慕的目光中，江慕莲察觉到了自己对他的吸引力，于是在下一次谈话中，她便以小女生的口吻告诉费教授，说自己在金陵女大读书时，曾聆听过他的讲座，那时候听说他要来华西坝，很多女生都很高兴，都很喜欢他，都在翘首等候。

江慕莲的这番话，立刻搔到了费教授的痒处，让他老人家十分得意。费教授生得很矮小，眼睛也小，戴着一副度数很深的近视眼镜。当年在四川的时候，他确实去华西坝的金陵女子大学讲过课，事实并不像江慕莲说的那样，并没有多少人去听他的讲座，女学生对枯燥的经济学不会有兴趣，江慕莲也根本没有去听。为了让费教授高兴，江慕莲继续编段子，讲故事，说费教授当时穿着西服，系着红色的领带，手中还拿着一根手杖，是直直的那种手杖，不是像现在这样带着弯头的拐杖。

当年的费教授手中确实有一根手杖，这玩意又叫文明棍，从西方留学归来的学子，手里都喜欢摆弄这么一根东西。不过费教授清楚地记得，那些年，出于对传统文化的兴趣，他从来不穿西装，到哪都是长衫，都是中式棉袄。江慕莲显然记错了，弄错了人，年代已经久远，人生和世道都在剧烈变化，有些事记不清楚可以原谅。人怎么可能什么事都记得清清楚楚，譬如他费教授，就没记住当年这个美丽的女学生坐在课堂里听过他的课。

江慕莲本是个直来直去的人，编段子讲故事并不是她的所长。她开始找理由让费教授请她吃饭，去那种很便宜的小馆子，非常体贴地点一两个菜，既吃得津津有味，又特别经济实惠，让费教授觉得她是个非常会当家的女人，天生的贤妻良母。事态顺理成章地正朝着某个方向发展，江慕莲摸清了费教授的底牌，费教授对江慕莲的底细也基本了解，知道她曾经是个富家小姐，自小娇生惯养，知道她现在是个寡妇，借住在表姐家，表姐和表姐夫是革命干部，担任着领导职务，知道她男人是个被击毙的反动军官，知道她有两个孩子，知道她的家庭成分是地主。

费教授同情江慕莲的遭遇，又不无担心地怀疑她的动机。他相信她对自己有好感，同时又有充分理由怀疑她的这种好感。费教授生性喜欢安静，怕热闹，就算是已经动心，一想到江慕莲有两个孩子，如果他们真的要结合，她把女儿和儿子接过来一起住，眼前突然多出来这么多人，他脑袋立刻就疼了，立刻要打退堂鼓，想与她进一步发展的念头顿时打消。江慕莲的美艳绝伦足以让费教授心猿意马，可是现实的各种问题，不得不让他考虑止步。他是个非常谨慎的人，非常有原则，不明不白的事情，绝对不会做。

江慕莲开始向费教授借钱，每次也就是借个三万五万，这三万五万是旧币，相当于后来的三块五块。借了自然不会再还，对于费教授来说，这是小数目，无所谓，对于有两个孩子要养的江慕莲，这个钱花出去了，要想再找补回来，很不容易。为了不让江慕莲感到尴尬，费教授干脆明说，这钱就是给她贴补家用，不用想到还，不需要还。江慕莲因此很感激，听费教授这么说，她的眼睛便红了，眼泪像下雨似的淌下来。她诉说自己命不好，太糟糕了，说她不是个好女人，想着要省吃俭用，不知不觉，钱就用滑边了，就又超支了。

事情发展得很快，非常快，江慕莲的意图越来越明显。也不过两三个月时间，俄语速成班的人看在眼里，想在心里，好像都已明白他们之间的关系早就非同寻常和不太正常。他们的关系越来越暧昧，两个人总是一起来，一起去，缠缠绻绻形影不离。

3

民有当时已是一所中学的英语老师,他说起来也算是南京"中央大学"的学生,只是这所"中央大学",必须要加上一个"伪"字。正牌的中央大学,在抗日战争期间,跟随国民政府迁到重庆,迁到了沙坪坝的松林坡。民有就读的"中央大学",是汪伪政府的"中央大学",此"中央"非彼"中央",地点也不在四牌楼的中央大学旧址,而是选在了原来的金陵大学校址,也就是后来汉口路的南京大学校址。

伪中央大学是顶让人感到耻辱的绿帽子,压在在这个学校读过书的学子头上。民有是外文系的学生,学的是英文,他和当时所有进步青年一样,喜欢的是苏俄小说。抗战胜利,伪中央大学的学生,突然成了伪大学生,必须被编入"临时大学补习班"进行甄别和清算。甄别清算之后,伪中央大学被解散,原来的大学生重新分配,民有被安排去了安徽大学。在安徽大学,他遇到了一位教英文的俄国老太太,民有便跟她学习俄文,一边学,一边翻译,英文俄文相互对照,终于把一部苏联小说给翻译出来。

1949年以后,苏联小说很容易出版,大家也就很自然地相信民有的俄文不错。干部学院举办俄语速成班,找不到合适的老师,便把他给聘请来了。当时也是俄语热,会一点俄语的人很吃香,中学里都在开俄语课,一来二去,民有的俄语确实大有长进。速成班的俄语是最基础的,费教授精通英文和德文,江慕莲的英文也很好,真遇到弄不明白的地方,他们就用英语沟通，用英文语法和文法来讨论，事实上，民有也是英文水平要远远好于俄语。

这一年，民有二十七岁，还是没老婆的单身汉。谈过几次恋爱，不是女方甩了他，就是他甩了人家。通过用英文交谈，民有发现费教授英文十分了得，不是一般好，是好得不能再好。景行维贤高山仰止，民有是个虚心好学之人，学俄语他可以是费教授的老师，真谈到英文，他不得不拜费教授为师，遇到不懂的问题，必须向费教授请教。正是从这一年开始，民有与费教授成了忘年之交，亦师亦友很多年。

费教授称呼民有璩老师，当初是这么喊了，喊了就再也不改口。民有喊费教授叫费老，这个是尊称，含有佩服和拜倒的意思。速成班每天晚上都要上课，从六点半上到九点，星期天下午还要加课。一切都是免费的，民有免费教，学员免费学，大家靠的都是热情。一开始，费教授还会提些学习上的问题，他的疑问常常能把民有给问倒，让他很为难，让他不知所措。渐渐地，费教授不再与民有为难，不再与他过不去，老先生有很强的自学能力，凭着一本厚厚的英俄文法字典，俄语水平迅速提升，很快就不比民有逊色。

有那么一天，费教授忽然拉住了民有，很认真又很神秘地对他说：

"璩老师辛苦，什么时候赏脸，请你一起吃个饭。"

民有听了，连声说：

"不敢不敢，什么时候还是我来请费老吃饭。"

结果就真的是请吃饭，当然是费教授掏钱，民有说要请，只不过客气一声。费教授有钱，有的是钱，不光是请了民有，还有江慕莲。地点是福昌饭店，吃西餐。民有十分意外，吃西餐吃大餐，对于他这个手头一直不宽裕的人来说，怎么说都有些奢侈，都不太敢想象。福昌饭店向来都是有钱有势的人才去的地方，民有没想到费教授会在这请自己吃饭。

当然，民有也没想到，费教授说是请他吃饭，却把江慕莲一起喊去。那天江慕莲的打扮很时髦，跟平时相比，妆化得有点浓，口红的颜色很鲜艳，以至于西餐端上来，她不得不掏出手绢，先小心翼翼地擦擦嘴。民有这是第一次进入福昌饭店，作为一名大学生，他自然是知道这个地方，这里离他念书的伪中央大学很近，当年班上的公子哥和富家小姐，很可能会经常来这种地方。民有不一样，民有是穷学生，能花钱上大学已经很不容易。

江慕莲和费教授吃西餐的腔调，一招一式，就可以看出两位都不是第一次来。费教授在国外待过很多年，吃西餐有模有样，难免一副绅士派头。江慕莲又不一样，她只是表现得见多识广，很老到地说什么好吃，什么其实不好吃，怎么吃最经济划算。

三个人一边用刀叉吃西餐，一边有一句无一句地瞎聊，江慕莲悠悠地说着：

"想不到璩老师会这么年轻，居然比我们两位学员的岁数都还小，真是看不出来。"

民有立刻油腔滑调地来了一句：

"江女士是不是觉得我长得有些老气——"

江慕莲连忙解释：

"怎么会呢，怎么会呢，璩老师很英俊潇洒的，费教授你说是不是？"

费教授不太习惯这种对话，不喜欢这种敷衍，干脆不接江慕莲递过来的台词。

民有倒是天生擅于这种对话，说：

"江女士看上去才年轻呢，你要是不说出来，我真不敢相信你会比我大，会比我大了那么多岁。"

江慕莲笑着说："人家本来就比你大。"

民有也笑，说："我是说你看上去没有我大。"

"怎么啦，你是不是觉得我老了？"

"不是这个意思。"

"那是什么意思？"

"真不是这意思。"

4

吃西餐的时候，无论是费教授，还是江慕莲，都充分表现出了他们亲密无间的样子。民有完全错误地领会费教授的用心，以为对方花钱请自己吃饭，只是想对他公开他们的那层关系。费教授与江慕莲年龄相差很大，在见多识广的民有看来，并不算什么太大的问题。天要落雨娘要嫁，真要结婚过日子，也许就是挺合适的，两人可以各取所需，可以各有所得，费教授收获了美色，江慕莲在经济上获得保障。

如果真的是像民有设想的那样，那么费教授的这顿西餐，就完全算是白请了。两天以后，费教授约民有单独谈话，谈话前，先对着他审视了好一会，然后神秘兮兮地提问，问他对江慕莲的印象怎么样，感觉如何。民有大大咧咧地说，很好呀，我觉得她人很好，真的挺不错。

费教授很认真地说："你真是这么认为？"

民有也很认真："是啊，我就是这么认为的。"

"真的？"

"当然是真的。"

"真的是真的？"

民有笑了，眉开眼笑，说："这个难道还能假，再说了，我也没必要说谎呀。"

费教授点点头，依然是很认真，非常认真地说："璩老师能这么想，那真是太好不过。"

民有觉得这一番对话，很荒唐很无聊，他没想到更荒唐更无聊的，还会藏在后面，费教授还没有说出来，还没有来得及说。民有只想到费教授是在虚心征求自己的意见，在问费教授与江慕莲若在一起合适不合适，没想到老先生竟然是在打别的主意，他的葫芦里卖的竟然是别的药。民有不可能想到，费教授这是想为民有做媒，是想把江慕莲介绍给民有。天底下再也不会有比这更荒唐的事，多少年以后，民有跟儿子天井说起这段往事，仍然想不通，想不明白，觉得有些滑稽，同时又有些愤怒。他说儿子你想想，这老家伙干的是他妈人事吗。

大家都在想费教授与江慕莲会怎么怎么，费教授却突然一本正经地当起了媒人，力主民有可以与江慕莲结婚，说他们两个很般配，说他们天作之合，真应该在一起。费教授说了一大堆江慕莲的优点，也附带说了她的某些缺点，又接着说人还能没有缺点吗，这些缺点要说改，也都是能改，改了就是更好的同志。民有觉得一个人只有脑子有了毛病，神经不正常，才可能像费教授那样思考，才能像费教授那样说话。

民有百思不得其解，眉头紧皱地说：

"费老觉得江女士有那么多优点，为什么你不和她结婚，为什么你不就娶了她呢？"

费教授十分耐心地跟民有解释，又说了一大堆自己不能与江慕莲结婚的理由。他的态度很诚恳，很认真，推心置腹。费教授说多少年来，自己一直都抱着独身主义态度，自从妻子死了，他就再也没有动过娶妻的念头。人世间有许多憾事无法弥补，费教授说他怎么都忘不了亡妻，怎么都不会忘记，说亡妻临死，他曾对她起过誓，绝不会再做对不起她的事情。如果费教授真想要再婚，过去几十年里，有太多的机会，有太多的合适人选，要续弦早就续弦，要结婚早就结婚。

独身主义之外，费教授还特别强调了不娶江慕莲的第二个原因，这就是出于对她的尊重，出于对一个美丽女子的爱惜。为了尊重和爱惜，他就应该处处考虑到怎么才能让这个女人幸福。费教授说自己太老了，确实也配不上江慕莲。老人有老人的处世方法，老人有老人的生活态度，他说自己最大的心愿，就是希望依然年轻依然貌美的江慕莲，能够幸福，能够找到一个让她获得新生的丈夫。自古美人多薄命，费教授说江慕莲的第一次婚姻很不幸，嫁给了一个反动军人，嫁给了一个与人民为敌的反动军官，好在这个家伙被打死了，人民当家做主了，现在我们难道还有什么理由，不帮着她脱离人生苦海，还有什么理由不让她获得新生，让她从苦海里逃脱出来。

费教授说了一大堆在民有看来根本站不住脚的理由。有些话或者说很多话，都不像是应该从他嘴里说出来。他大夸民有这个人如何如何，不停地给他戴高帽子，说自己是如何看重民有，如何觉得他会前途无量。年轻人喜欢读书，能够多读书，永远都是正确的。读书使人进步，费教授他就喜欢有上进心的年轻人，这也是他乐意成为民有老师的初衷。现在，既然民有表示自己为费教授的学问所折服，想做他的学生，想当费教授的入门弟子，民有就应该听老师的话，服从先生的安排。

让民有感到震惊的是，费教授语重心长，不仅对他说了许多虚头巴脑的空话，还有不少非常实在的干货。费教授让民有不用太担心，担心江慕莲的两个孩子会是拖累，会是一种负担，他告诉民有，他向民有郑重许诺，如果民有与江慕莲结婚，费教授愿意承担这两个孩子的生活费用，愿意每个月都拿出一些钱来贴补他们，帮民有彻底解决后顾之忧，帮他解决那些经济上的问题。也就是说，以后江慕莲的这两个孩子需要花的钱，应该是笔不小的数目，都可以由费教授来负责，他可以一直负责到他们长大成人。

多少年以后，民有对儿子回忆起这段往事，仍然有许多想不明白的地方。他向天井描述的费教授，显然是一个太奇怪的老先生，这个人的某些想法，这个人的处世态度，与正常人完全不一样。一般人想不太明白费先生为什么会那样，民有不是一个很容易就被别人说服的人，事实上，他也并没有被费教授完全说服。一个人不是那么容易就被说服的，民有告诉天井，说当年的费教授，就仿佛是历史上的柳下惠，这是个非常了不得的人物，又好像皇宫中被阉过的太监，身边有无数漂亮的宫女，却干不成那件事，白白地失去了太多好机会。

柳下惠和后宫里的太监，两个完全不同性质的故事，放在一起说，让天井有些犯迷糊。天井第一次听民有说起柳下惠的故事，这个故事让天井耿耿于心。那是一个寒冷的夜晚，柳下惠夜宿于城门之下，有个无家女人也来投宿，柳下惠恐她冻死，让她坐在自己怀里，解开外衣把她裹紧，就这样同坐了一夜，没有发生非礼行为。民有让天井设想一下，一个女人都坐在自己怀里，在自己怀里坐了一夜，却能丝毫不动心，这是多么了不起的境界。民有告诉儿子，费教授在男女这方面，就是不折不扣的柳下惠，就像个完美的圣人。他为了能够说服民有，为了能让民有死心塌地地娶江慕莲，说了无数废话，浪费了太多口舌。

5

幸好在遗留的费教授的日记中，还能找到他与江慕莲交往的原始记录。通过日记中的这些文字，通过这些看上去很真实，又难免虚构的蛛丝马迹，我们能够浏览到很多不一样的东西，发现一些真正的干货。我们可以发现，费教授并不完全像民有对儿子描述得那样柏拉图，他也不完全是个圣人，更不是柳下惠。

下面这些文字，是二十多年以后，民有在整理费教授日记时，随手摘录的。为什么要把这些与江慕莲有关的文字摘录出来，说起来有点荒唐，他可能只是觉得很好玩，只是当时太无聊。记录的时间是1953年，江慕莲开始向费教授发动了攻击：

六月十七日

星期三，阴，小雨。

晨粥。莲独来，容颜憔悴，明确表示爱慕之意，求嫁余为婚姻。余立即告以自亡妻后，已决定不再恋爱，不再结婚，余生只望与亡妻保其旧情而已。莲之爱余实为不当，指明莲之愚，而望其仍以师友长者视余。云云。莲沮丧自伤。

八月九日

星期日，晴。

上午莲来，告以所在中学已通知准备离校，欲遣返回乡，其理由为莲非正式职工，又有反动家属之名。其解脱之法，惟嫁余。余若娶莲，则救莲于水火。余实不愿如此，而莲涕泪交流，长跪不起，状至堪怜。余知以莲之身世家难，又乏才识，实走投无路也……

余思之再三，请以一星期考虑，谋求解决之策。

八月十二日

星期三，多云。

晚饭后莲来，仍劝余婚莲。余抱定不婚，谓不可逼婚，余随时可投环而死，无所恐惧，不能违心云云。今深知莲之聪明与权术，远在诸人之上。今千方百计，自甘献媚，而故意广播于众，笼络包围，必欲得余以遂莲愿。

八月十三日

星期四，雨。

读柳思编译《俄文文法》。

下午寝息，大雨骤至，风吹入窗，案上书籍笔记等悉污湿。过顷莲至，在余室中流连杂谈。

已而雨止，余偕莲步行至安乐园晚餐$5 300，购六豆沙包子归。途次莲忽称头晕，欲倒地，携归余住处。余劝其自决行止：欲归，余可送达。若欲住宿此处，则可（一）住余室，而余住邻居张先生室中之单床；（二）莲亦可宿张宅，与张太太协商。云云。余不留莲同室度此一宵，且有烦躁不耐之表示。莲心甚伤，决自归。余送出璩家花园，与莲别，莲踉跄缓步低头行去。

莲今晚之行动，为有意住宿余室。

夜中大风大雨。

八月十四日

星期五，阴，晨大雨。

上下午均寝息。读《吴梅村诗集笺注》。晚，写信给莲，表明莲虽爱余之心，但此断断不可。盖余年长莲近三十岁，况又决志单身，必须为亡妻守贞，故对任何女子亦不能有恋爱婚姻之事。前已一再郑重警告，莲仍执迷不悟，徒增自己之痛苦，而自毁灭世间难得之师友，愿速省悟悔改，努力前途，云云。

晚7:00访莲，莲憔悴哭泣，谈至9:00告辞。莲送出门，立树影墙边中，痴病复发，坚握余手，又挽余臂，似悲似怒，久久不放余行。余深知其意，但坚持不乱，从容再三，谕莲勿再痴愚，只应省记（一）余年六十岁，已大半截入土；（二）余亦为圣人，守信之徒，必严守戒律云云。耐心坚持至半小时，始得脱手而急归。

抵宅已10:30寝时矣。

八月二十五日

星期二，大热。

晚8:00，莲来，谓此次又有十万元急债须还，求必特赐资助云云。余坚持仍照约定办理，此次决不通融。莲不擅自理，此债须莲自了，俾得一痛切之教训云云。

其时住处之电灯忽然保险丝熄灭，黑暗中莲自陈未能遵行教训，甚感激愧悔，但事已如此，只能求余再次通融。时月光入户，莲痴病复作，坚欲拥抱余，余强脱之。

九月十五日

星期二，天阴。

莲求给（一）儿女服装费十五万元；（二）十月七日代还莲所借璟民有十万元；（三）莲又欲添置秋衣若干元。余嫌其有挟制求爱之意，训斥之，莲如此不自重，未免自卑，可谓愚而自贱矣。

莲谓伊最爱余而不获报，宁愿远离以自疏自慰云云。遂掷钱案上，供余取回，同时哭泣不止。余以莲如此撒娇逞性，必欲余向莲赔礼祈求，方肯仍收用余之款……余何辜而对莲如此卑屈，莲又何德何能，而对余如此骄横冷傲。斯皆由莲爱余之一念作祟，固未尝以正常态度待余也。

于是莲哭泣愈甚，而余愈怒，厌恶恼恨莲之心已愈深，虽曾责斥莲，仍以礼貌自持。莲卒收取余之款而去。去时亦作怒容，余仅送至室门。夫余遇莲甚厚，而不免凶终隙末，其咎乃在莲之痴愚，将两人纯粹理想之关系轻轻破坏，不尊余为师友，必欲视余为情郎，一再进攻，不听劝告，岂知爱反成仇。爱深则恨亦深，余厌避莲不许其再来余处，而莲以失恋报复之心，偏欲来此见面争闹。莲所行不自知其愚，余则厌离此类事已久，而无奈莲何，哀哉！

晚食张太太供银耳一碗。寝后，中夜梦里犹怒斥莲不休。

从以上摘抄的日记中，我们不难看出已六十岁的费教授对江慕莲十分复杂的心态。他处在非常困惑和苦恼的矛盾之中，老人家既贪恋江慕莲的美艳绝伦，又害怕她的纠缠和打扰。可以说费教授好色而不淫，坐怀不乱，也可以说费教授做男人没有担当，没有男子汉气概。他总是临阵脱逃，惊惶万状，有很多让人难以理解的地方。当然，看似糊涂的费教授并不糊涂，从头至尾，他也知道江慕莲是在利用自己，她的目的很明确，简单而且明了，自己只是她的猎物，只是她想要攫取的目标。

日记中最难免的就是自恋，费教授的日记，虽然看上去很纪实，反复强调的只是江慕莲如何爱他，对方如何主动投怀送抱，如何有"挟制求爱之意"。日记中的纪实从来就不一定真实，事实上，江慕莲把费教授弄得神魂颠倒，把他弄得迷迷糊糊晕头转向，这一点谁都能一眼就看出来。俄语速成班的同学都看得一清二楚，上课时，费教授眼镜片后面的那双放大的小眼睛，常常就是直直地看着江慕莲。他总是目不转睛地看她，很失态，特别失态，别人看了都想笑，都忍不住要笑。

6

江慕莲入不敷出，有两个孩子要养，只能靠四处借钱过日子。她跟俄语速成班的许多人借过钱，不仅跟班上的学员借，也跟上课的老师民有借。每次借的钱都不会多，三万五万，有时候只是一万两万，借的都会还，除了跟费教授借的。费教授钱多，也容易得手，借了还不用还。费教授之外，江慕莲借钱最多的是民有。随借随还，常常是这次借了，下次见面一定会还钱。借了还，还了又借，来来往往，不停地打交道。两人的关系也越来越熟悉，民有被费教授说媒之后，他和江慕莲之间并没有因此感到尴尬，感到窘迫和别扭，反而是干脆大大方方地交往。

民有是有个女朋友的，有个年轻漂亮的女朋友，他觉得自己等于有了保护伞，有了这层保护，与江慕莲有一些暧昧，根本算不上什么事，只要擦枪不走火就行了。与费教授的笨拙不一样，民有风流潇洒，很擅于和女人打交道。在这方面他可以说无师自通，是个天才，拈花惹草的一把好手。民有喜欢讨好女人，也容易被讨好的女人喜欢。他女朋友的母亲是干部学院一位中层领导，那段时间，民有正千方百计地想调入这个学院。与在中学教学相比，他当然更愿意进入大学，更愿意当大学老师。不过女朋友的母亲，并不太赞成女儿的婚事，这位负责人事档案的女干部，对民有的个人历史了然于心，对他的各方面都不是很满意，尤其是对他在男女关系上的不检点。

民有与有夫之妇曾有过不明不白，他喜欢比自己大一点的女人，喜欢生活中来点小插曲，喜欢女人罩着他。民有现在的女朋友要比他小五岁，与民有是同事，也在中学里教书，教语文，人长得还算漂亮，也算是中等姿色偏上。两个人交往差不多有半年，如果不是女朋友母亲反对，他们可能已登记结婚。民有说不清他为什么会喜欢这样一个女朋友，反正就是觉得自己到岁数了，应该有个合适的结婚人选。大家都觉得还算合适，他们自己也觉得能够凑合，马马虎虎说得过去。民有此时二十七岁，女朋友要小几岁，在当年也算是十足的大龄青年，那时候年轻人结婚都早。

男人最容易犯的错误，吃了碗里的，还要看着锅里的。从一开始，民有对江慕莲确实抱着儿戏心态，说白了，无非想占点便宜，有便宜不占白不占。他可不是什么柳下惠，一点都不是正人君子，与江慕莲说玩暧昧，就真的暧昧起来。有一天下了课，两人借钱还钱，单独面对面，正随意地聊天，民有忽然单刀直入，笑着对江慕莲说：

"费老真的是很有意思，竟然还要为我们做媒，你知道不知道。"

江慕莲笑而不语，不说话，民有很吃惊地又问："怎么，这事你不知道？"

江慕莲说："我当然知道。"

民有说："我还以为你不知道。"

"知道怎么了，不知道又怎么了？"

"知道是一回事，不知道，又是一回事，这可不一样。"

江慕莲说怎么不一样，我觉得知道不知道都一样。她让民有放心，说自己绝对不会嫁给他的。民有便说为什么说得这么绝对，不要这么绝对好不好，难道就因为知道我已经有了女朋友。江慕莲说我才不管你有没有女朋友呢，有怎么样，没有又怎么样。再说了，你有没有女朋友，跟我有什么关系。说完，她自己也笑了，觉得自己的话，说了跟没说一样，全是废话。民有有女朋友做挡箭牌，多少有点有恃无恐，说有女朋友和没有女朋友，毕竟还是不一样，江女士你说是不是。他的意思，无非先把丑话说在前头，大家玩玩可以，调调情也不妨，千万不要玩真的。

民有与江慕莲的第一次约会，在东方饭店。这家饭店其实是家旅馆，虽然也有饭吃，饭菜也还不错，主要还是住宿。用当时大家都明白的话说，他们这就是去"开旅馆"。"开旅馆"在那年头有特殊含义，说这两个人开过旅馆，意思就是说两人已经那个过了。民有的胆子很大，江慕莲胆子也不小。民有过去在东方饭店开过几次旅馆，那还是在1947年，他大学还没毕业。花钱的是一位接收大员的外室，姓崔，大家都叫她崔太太。崔太太那时候也在璩家花园租房子住，过着金丝雀一样的生活，闲极无聊，知道民有是个大学生，知道他不是很有钱，看中他长得白白净净，而且还懂英文，便找上门去，让他翻译一份英文资料。再然后，一来二去三番五番，最后便悄悄地带着他去开了旅馆，去的就是这家东方饭店。时隔多年，又是解放前和解放后，这家饭店并没有太大变化，连跑堂的伙计似乎还是过去那位。

江慕莲去东方饭店时，民有已在门口等她。江慕莲本来准备在饭店门口交代几句话，说几句话就走。民有说房间都开好了，她要是不进去，有点说不过去，也实在是让他太没面子。再说了，一男一女这么站在饭店门口说话，让人看见了更不好。反正都是说不清楚，都已经不明不白，还不如进房间说说话。于是就赶快进去，进了房间，江慕莲说我们把话先挑明了，你虽然开好房间，不管你有没有贼心，不管你是不是有那个贼心，那种事情我们是不能做的。民有便笑，说你也想多了，想太多了，我也就是喊你过来随便说说话，聊聊天。江慕莲说，什么话非要跑到饭店里来说，这种地方，你大概是经常来吧。民有说江女士千万不要这么想，我又不是什么有钱人，哪能经常来呢，再说了，就是想来，就是有钱，也没人愿意跟我来，你说是不是。

江慕莲说:"你可以带你女朋友来呀!"

民有听了不吭声,觉得江慕莲这话很傻。

江慕莲说:"怎么不说话啦?"

民有说:"我女朋友很那个的,不结婚不让碰。"

江慕莲听了,忍不住笑了。

民有说:"你不要笑,我说的是真话。"

江慕莲说:"没觉得你说的是假话,我知道你说的是真话,是真话又能怎么样。我告诉你,你女朋友这么做是对的,可不能让男人轻易地就占了便宜,男人都是靠不住的。"

民有说:"你的意思就是说,我这样的男人是靠不住了,是不是这意思?"

"你要这么问,我就告诉你,就是这个意思。"

民有说:"你这不是把我想成坏人了吗?"

"男人都不是好人。"

"费教授也不是好人?"

江慕莲一怔,想了想,说:"他倒是个好人。"

民有说:"你看,男人中间还是有好人的,我告诉你,不瞒你说,我也是个好人。"

"你会是好人?"江慕莲笑了,很不屑地看着民有,说,"我从来没觉得你会是个好人,你呀,就是个小坏蛋,人不大,人还小,可就是已经有点坏了,你就是个坏人。"

民有笑着说:"好吧,我就是个坏人。"

接下来,也就没什么好说了。好也罢,坏也罢,幸福总是短暂的。伴随着短暂的幸福,人生总会有许多不如意,在这家东方饭店欢乐了没几次,江慕莲便怀孕了。

女人一怀孕,这个事情就有点麻烦,很麻烦。

7

首先,民有觉得这个事很可疑,不会那么简单。他并不觉得江慕莲的身孕,一定是与自己有关。怎么就会那么巧呢,为什么就那么容易呢,他怀疑自己被下了套,当了冤大头。江慕莲找到了他,要他拿出办法,问他怎么处置肚子里的孩子。民有的情绪很不好,态度十分恶劣。

民有说:"这种事你问我,我问谁呢?"

江慕莲被他这一句话"我问谁呢",噎得无话可说,目瞪口呆。

民有又嘀咕了一句:"我能问谁呢?"

江慕莲说:"我不知道你能问谁。"

民有气鼓鼓地再来一句:"为什么要问我?"

江慕莲也有些气急败坏,悻悻地反问:"不问你,不问你问谁?"

民有憋在肚子里的话,一时还说不出口。有些话,要是真说出来,就难听了,太难听。民有觉得自己很无辜,有点亏,太亏了。怎么会这样,怎么能这样。等到与费教授在一起,那些不能对江慕莲说的话,那一肚子的憋屈,那一肚子窝火,都从他嘴里喷了出来。他问费教授,几乎就是在质问,说凭什么认定她肚子里的孩子，就一定是他璩民有的，凭什么，这不是明摆着要吃牢他民有吗，这不是明摆着在欺负人吗。

费教授不吭声，费教授无话可说，还能说什么呢。他这不说话，一保持着沉默，民有便多了心，竟然不计后果地来了一句，谁知道那孩子是谁的，说不定还是你费老的。费教授听了不免大怒，勃然大怒，食指对着民有，直哆嗦，眼珠几乎要从眼镜片后面迸出来。民有第一次看到老先生发这么大的火，倒也有些心虚了。费教授结结巴巴地，说你你，你这真是污人清白，怎么可以这样，怎么可以这样胡说八道，简直就是岂有此理，岂有此理，你真是气死我了。

民有连忙说费老你不要发火，千万不要发火，我也就是随口一说。费教授说你即便是随口一说，也不可以如此胡说，如此丧心病狂。民有说我不是那意思，真不是那个意思，我的意思是江慕莲她这女人太有心计，她太有心计了，算计不到你老人家，这不便给我下了套，便给我挖了坑。嘴上这么说着，民有的心里，突然又有点开始怨恨起费教授，事情还不明摆着，如果不是他从中做媒拉皮条，自己和江慕莲怎么会发展到那一步。民有陷入这样的困境之中，难道还不是他费教授一手造成。

事已如此，孽障已经种下，后果已经摆在面前，总得想办法赶快解决，总得想办法摆平。民有的办法就是干脆躲起来，不再跟江慕莲见面。三十六计走为上，眼不见则为净，大家都不见面，她就拿民有毫无办法。正好也快放寒假，一放了寒假，江慕莲还真没地方去找他。民有玩的这一招，与当年躲那位接收大员的崔太太如出一辙，也是玩失踪，干脆躲着不见面。他一度觉得自己是个男的，是占便宜的一方，后来才发现其实吃亏的是他，他不过是崔太太的玩物，而且一旦事情败露，肯定是吃不了兜着走，弄不好还会把小命都给丢了。

肚子里有孩子这事，男人可以躲，女人没办法藏，小腹那个地方，说鼓就要鼓起来。江慕莲只能撕破脸，民有不来俄语速成班上课，她便去他家找他，去他工作的中学找他，闹得全世界都知道。天井的爷爷那时候还在，死活不肯认这个账，不让她进门，搡着门板撵她走，让她滚蛋。民有的中学不能不接待她，让她说怎么回事，说清楚，要讲出细节，没有细节就没有证据，反正江慕莲已经丢尽了脸，受尽了羞辱。

开了弓没有回头箭，既然是不可收拾，既然走到了这一步，她只能破罐子破摔，只能鱼死网破，完全顾不上后果，该说的，不该说的，都说了。后果自然很严重，难以想象的严重。民有立刻声名狼藉，因为乱搞男女关系，女朋友跟他分了手，学校还说要处分他。俄语速成班不让他再教，调往干部学院的事情也顿时作罢。民有恼羞成怒，失去了理智，找到了江慕莲破口大骂，骂她真不要脸，骂她勾引自己，说她跟许多许多男人睡过。江慕莲可以承认自己不要脸，可以承认自己勾引了民有，也可以承认她确实是喜欢过他，但是说她跟许多许多男人睡过，这个绝对不能接受，绝对不能，这事不能不顶真。

江慕莲警告民有，严重警告，对他诅咒，跟他发誓，并威胁说：

"这个事，你璩民有若不给我恢复名誉，我就死给你看，你信不信？"

民有并不害怕江慕莲的威胁，大家都还在气头上，也管不了那么多，说些过头话很正常。后果已经很严重，还能怎么严重。民有冲江慕莲狠狠地发了一通火，江慕莲又冲着民有狠狠地还上一通火，大家都有些拼命豁出去的意思，都有些不顾死活。事情便僵在那里。最后还是费教授出面疏通，两边说好话，安抚双方。希望民有和江慕莲能坐下来，安安静静认认真真谈一谈。两个人却还在赌气，不肯见面，一时也坐不到一起去，费教授便只能继续与他们分头谈话，继续做和事佬。

结果还是两头都谈不拢，江慕莲开出的条件，民有要承认这个孩子，他们可以订个结婚协议，必须要有结婚这个形式，孩子一出生就离婚。这样一来，这孩子就不会被当作野孩子看。孩子可以没爹，但是必须要让人清楚地知道他爹是谁，此外还有，民有必须负担孩子的生活费。这些条件都很难让民有接受，他没有跟费教授谈什么条件，就是死活都不接受，什么都不接受，不结婚，不承认这个孩子，更谈不上要给生活费。费教授成了双方都不讲道理的出气筒、受气包，双方都气势汹汹地跟他发火，都对他放狠话。民有说我虽然是大学毕业，可实在是没有钱，要养爹养妈，我的钱都缴给他们了。

民有再次玩起了失踪，这一次，真是谁都找不到他。江慕莲不知道他在哪，费教授也不知道他在哪。民有在外面躲了一阵，终于又跑回来，他这是不能不回来，再不回来，工作真的要丢了。没了工作，就没了吃饭的饭碗。这也是没办法的事，民有还有父亲和继母要赡养，两位老人家都是能花钱会花钱的主。天井的爷爷曾经也是个小公务员，抗战爆发，他带着儿子民有和国民政府一起去了重庆,也是因为吃不了苦,竟然带着民有又重新返回南京。民有常说,如果他父亲不回南京,不担任伪职,在伪政府的小机关里当小职员,自己也就不会去读什么伪中央大学。父亲失业后,全靠抵卖家产过日子,民有大学一毕业,养家的重担就全落在了他身上。

民有再无赖,再流氓,现实还必须老老实实面对,还是得乖乖地坐下来跟江慕莲谈判。再次谈判,地点就在费教授的小楼上,大家都冷静了许多,都知道光吵架没有用,吵架解决不了任何问题。双方都必须有所让步,都必须往后退一步,退一步山高水远,退一步海阔天空,退一步,才好商量。江慕莲的肚子越来越明显,时到如今,只能先把孩子生下来再说。她的脾气也越来越不正常,一会讲理,一会又蛮不讲理。与民有也是好一阵,坏一阵。好时会语重心长地对民有说,我还是死了最好,死了就不会拖累你。不好时又说,我知道你希望我消失,希望我死,我告诉你,我就是死了,做了鬼,也不会放过你。

江慕莲真自杀过一次,有一天,她突然想不开了,跟民有拌了几句嘴,就在自家门口的树上挂了一根绳子,把自己挂了上去。时间还是大清早,天刚蒙蒙亮,按说她应该必死无疑,偏偏挂在树上不一会,有女人出门买菜,看见她挂在上面,拼命地喊起来,才救下江慕莲一条命,才免了她这一死。

江慕莲没死成,肚子里的孩子也就活了下来。民有被吓得不轻,说你若死了,这不是要害我吗。江慕莲说怎么是害你,一了百了,不正好是趁了你的心吗。民有听了默默无语,有苦说不出,悔恨交加。江慕莲被救下来后,玉容寂寞泪阑干,很像是淋在风雨中的梨花，风吹雨打落了一地，却哭不出声来。她楚楚可怜的样子，更有一种别样的美丽，让人看了很是心痛。民有不由得一声长叹，说都是这该死的孩子在害人，真是害死人了，如果没有这肚子里的孩子，你说我们好端端的，又怎么会走到这么一步。这话本应该由江慕莲说出来，没想到民有先说了，而从他嘴里说出来，却别有一番深意。民有说得很对，如果没有肚子里的孩子，他们两人卿卿我我，曾经是何等快乐，一枝秾艳露凝香，云雨巫山枉断肠，怎么又可能会走到今天这么糟糕的地步。

　　民有相信江慕莲是真的喜欢自己，虽然经济上很窘迫，她还要到处跟人借钱，但从来都不乱花民有的钱，处处为他考虑，甚至还要抢着去支付开旅馆的钱。如果她有了钱，如果她是个阔太太，肯定是个愿意在民有身上砸钱的女人。女人往往只是在自己喜欢的男人身上才肯花钱，才舍得花钱，否则都是花男人的钱。在花钱方面，当冤大头的通常都是男人，所以说，男人必须要有钱才对，男人必须要会挣钱。经此事变，江慕莲差一点送了命，民有对她也是由爱转恨，又由恨转爱，一时间，想到了江慕莲的种种好来，便动了要娶她的念头。他不光只是动了念头，很快就下定决心，真心要娶她。

8

　　爱有多深，恨可能就会有多深，接下来的日子，江慕莲与民有时好时坏，吵过闹过，也再次如胶似漆地恩爱。她越来越神经质，尤其是生了孩子以后，也就是天井来到这个世界上以后，江慕莲变得喜怒无常，动不动就歇斯底里。

两个人不止一次准备和平分手，实在是过不下去，分开了会想念，在一起就是吵就是闹，没完没了地吵闹。民有去费教授那里告状，去费教授那里哭诉，强调并不是自己硬要和江慕莲分手，这事绝对不能怨他，不是他的错，而是江慕莲根本不想和他过下去，嫌他没钱，嫌他没本事。他们真的没办法再在一起了，民有说费老你想想，你帮我评评理，江慕莲已疯狂到了什么地步，我们那儿子才多大，还是个吃奶的孩子，她呢，高兴时心肝宝贝地乱喊，含在嘴里怕化了，捧在手里怕掉了，一不高兴，就在屁股上乱打，真打，真的是打，说这孩子是讨债鬼投胎，命中注定来和娘老子捣乱的，费老你说这叫什么事，你说我到哪里讲理去，你说我跟她还有什么理好讲。

民有告诉费教授，江慕莲对两个大的孩子，也是动不动就打，动不动就骂。她近来确实是有神经不正常的地方，大家都怀疑她是不是有精神病，他看着也觉得像。民有说江慕莲给儿子喂奶，也不知道回避，大大咧咧地不管当着什么人的面，撩起衣服就喂，喂完了，有时候连衣服都不记得拉下来。人老是处于一种精神恍惚状态，总是发呆，会没完没了地看着儿子，傻傻地看着天井，也不知道哄他玩。有时候，儿子哭了闹了，她只顾自己疯疯癫癫，披头散发，神志不清，就跟没听见没看见一样。

费教授与民有一样，想不明白江慕莲为什么会这样，她有时候又十分正常，清醒得让人都不知道怎么形容好。费教授专程去看她，她平心静气地告诉费教授，说自己的身体不太好，让民有为她着急了，让他为她担心了。因为拖累了民有，江慕莲说她很不安心，觉得对不住民有，说民有太不容易，又说自己也不是什么大毛病，也不用吃药，很快就会好起来。说着说着，却开始自说自话，眼睛望着别处，根本就不把费教授放在眼里。看着眼前如此美艳动人的一个女人，转眼间变成现在这个模样，费教授看了不能不感到心酸，忍不住要为她伤心落泪。

费教授向为江慕莲诊治的医生咨询，医生把对民有说过的话，再一次告诉费教授，说她这就是疯疾，也就是俗称的精神病。女人受到了强烈刺激，特别是在生了孩子以后，很可能会出现这种情况，会得这个病。病人会焦虑紧张，会多疑变态，容易流泪和哭泣，会不想再活下去，总之一句话，江慕莲的症状非常典型。医生的解释让费教授十分感叹，他直截了当地问医生，还能不能找到更好的医院，找到更好的医生，治好江慕莲的疯病。

医生叹气说："以我所了解的情况，目前大概还是没有，你见过有真正被医治好的精神病吗，没有，这毛病好不了，只能是尽量想办法控制。"

费教授问："怎么个控制法呢？"

医生说："不要再给病人刺激，不能再刺激她。"

有一段时候，民有已准备与江慕莲结婚，生米既然煮成了熟饭，大家也就在一起凑合着过吧。没想到江慕莲反倒不肯结婚了，她当初的条件是结了婚再离婚，现在两人不结婚，没有结婚，也就用不着有离婚这一麻烦。民有也因为江慕莲精神不正常，她不同意结婚，不结婚就不结婚吧，这样也好，不用在法律上承担责任。现在他们虽然住在一起，睡在一张床上，也只能算是同居，而且他们都不能算是一直住在一起，民有常常会溜回璩家花园的老家。两个地方他总得选一个，否则就没地方落脚，两个地方都是家，又都不像家。回老家住并不好，民有不喜欢和老人在一起，他爹和继母的唠叨，比江慕莲的疯癫更让他受不了。与江慕莲在一起虽然不好，她喜怒无常的样子，常常让他苦不堪言，但是她清醒的时候，还是非常好，还是很像一个贤妻良母，毕竟她是真心地爱他。

费教授劝民有最好与江慕莲结婚，他觉得她的疯病，主要还是因为心里不踏实，觉得将来没有依靠。民有心里也是这么想的，嘴上却说，费老你倒是说得轻巧，她没有依靠，我又能依靠谁。他说你是不知道，她那精神病真发作起来有多厉害，那天跟我说着什么话，一言不合，拎起了热水瓶就往我身上砸。费老你想想，热水瓶，里面可是有开水的，拎起来就砸，你说这不是要出人命吗。我告诉你费老，你不要再劝我们结婚了，真要结婚，你跟她结，我反正是不会跟她结婚的，想也别想，我现在算是死了心了。我还告诉你，我不是没想过，不是没下过决心，我就真话告诉你，现在不是我不想结婚，是她不愿意结婚，她不愿意跟我。我也不知道她想跟谁结婚，不知道她究竟想跟谁在一起。费老我不是在瞎说，你倒是真可以试试，也许只有你才能救她，我不知道她现在是怎么想的，我让着她，是怕她再想不开，怕她再走绝路，真的是很害怕。

江慕莲曾威胁说，要带着三个孩子一起死。她把已经懂事的甜甜，把似懂非懂的米米，吓得半死。民有只好不断地哄惊恐万分的他们，用好话抚慰他们，也用好话敷衍江慕莲。那是一段焦头烂额的日子，民有不知道怎么才能解套，很想一走了之，又不忍心丢下江慕莲和三个孩子，狠不下这个心。不肯是舍不得江慕莲，也舍不得三个孩子。他本来并不是个愿意为他人负责的人，这时候，却又身不由己地想要对他人负责。为此，他恨江慕莲，也恨自己。民有不知道怎样才能挽救江慕莲，他觉得自己是在一条漂浮的小木船上，三个孩子也在，他们在划船，江慕莲落水了，他伸出手去救她，眼看着就要抓到她了，她只要能把手伸过来就行。

为了让江慕莲有活下去的信念，不仅是民有愿意与江慕莲结婚，费教授考虑再三，也决定向江慕莲求婚。他反复衡量利弊，最后很正式地向她提了出来，表示自己愿意照顾江慕莲，愿意为她放弃独身不婚的原则。费教授悔不当初，认定江慕莲到了今天这一步，她今天所有的不幸，都与自己当初不愿意与她结婚有关，因此他有着不可推卸的责任。是费教授造成了江慕莲的痛苦，是他害了她，他现在必须亡羊补牢，必须纠正自己的错误。他要让江慕莲意识到，只要她愿意，无论是他费教授，还是天井的父亲民有，都愿意给她一个正式的名分。

那一天的江慕莲显得出奇清醒，听了费教授一番郑重其事的表白，她很认真地想了一会，然后安慰费教授，说自己当初确实是千方百计地想嫁给费教授，只是没有能够得逞。现在费教授能这样想，她很感激，她真的很感激。江慕莲说，她也曾是千方百计地想嫁给民有。不过她必须承认，承认当初并不是真的爱他们，不管是对他费教授，还是对天井的父亲民有，都谈不上有多少爱，她说她对不住他们，不应该玩弄他们的感情。她只是敬仰费教授，只是喜欢他们，并不是真心地在爱他们，只是出于很自私的个人目的，为了生活，为了两个孩子，为了能活得更好一些。她当初把费教授当成了结婚对象，当成了结婚的目标，这些想法都是不对的，是很糟糕的。

费教授相信，江慕莲拒绝了他的结婚请求，理由说到底，还是舍不得放弃民有。虽然她早就对民有不抱任何希望，虽然对这个男人她早就绝望。江慕莲只是不愿让费教授感到失望，她说自己拒绝费教授的理由，恰恰是她现在非常爱费教授，是发自内心的爱，是全心全意的爱。和过去已经完全不一样，这是真正的爱，这才是真正的爱。因为爱，她不能再与费教授在一起，她不配和他在一起，她要珍惜自己的这份爱。江慕莲曾经欺骗了他，欺骗了费教授，如果她现在与费教授在一起，这就等于成全了民有，让民有解脱了，她不会这么做的，江慕莲不会就这么放过民有，她不能就这么放过他。如果她和费教授结婚，不光是成全和解脱了民有，而且还糟践了她和费教授之间那种纯洁美好的关系。

江慕莲充满了深情，她的眼睛里饱含着泪珠，说费教授你不知道我现在有多爱你，有多喜欢你。她说现在已经和过去完全不一样了，现在的爱是那么纯粹，那么美好，没有掺和一点杂质，像水晶玻璃一样透明。江慕莲说，正是为了爱，正是为了真心地喜欢你费教授，我不能和你在一起，不能，就是不能。

9

同样的话，江慕莲也对民有说过。很难分清她究竟是真心，还是出于哄男人的本能。当民有正式决定要和她结婚时，她断然拒绝了他。她说你不是爱我，你不会像我爱你一样爱我，你不会的，你只是委曲求全，你只是怕我会走上绝路。江慕莲情意绵绵，说璩民有啊璩民有，我是真的好喜欢你，我不会害你的，你放心，你一千个放心，一万个放心。江慕莲说你这个人只是坏在表面，你的心是好的，不过你不是爱，你是怕。江慕莲说我死了变成鬼也会保护你，你不用怕，真的不用怕。

江慕莲的疯病越来越严重，精神越来越不正常。她常常抱着还不到一岁的天井唱歌，没有人知道她在唱什么，她自己可能也不知道在唱什么。就是一个劲地哼，一个劲地唱。天井对自己母亲没有任何记忆，他那时候太小了，关于江慕莲的一切，都是听说，都是传闻。在天井的童年记忆中，根本没有母亲的印象，母亲根本就不存在。江慕莲的照片没留下，被她给烧毁了。民有告诉天井，他母亲有一本厚厚的相册，里面有很多非常好的照片，江慕莲长得漂亮，别人都愿意为她拍照。

江慕莲选择在天井一岁生日的时候，再一次自杀，从后来建造仙鹤桥的那个渡口附近，跳了下去，淹死了。她与民有度过了最后一晚，很疯狂的一个夜晚，歇斯底里的一晚，根本不怕惊醒孩子，根本不在乎孩子们会怎么想。第二天，江慕莲精心地打扮了自己，找到了一支早就用完的空口红，用火柴梗把最后的残余刮下来，非常细心地抹在自己嘴唇上。又把火柴划着，用烧焦的火柴描画眉毛，这一招还是她上大学时学会的。然后换上自己最喜欢的那套衣服，披上那件灰色丝绒大衣，先去了费教授那里，帮费教授收拾房间，帮他整理书柜，若无其事地陪他说话。在人生的最后时光，她要把最漂亮最美好的自己，深深地留在费教授的记忆中。最后临走，费教授要给她钱，他知道她经济窘迫，知道她十分需要钱，然而江慕莲笑着拒绝了，她感谢费教授的好意，说她领情了，说自己经济已经好转，说她和民有已和好了，说民有现在的收入也非常不错，说他们不差钱用。

事实当然不完全是那样，事实是，经济上他们一直难以为继，都不是善于理财的人，都是混过了今天，就不知道明天的事儿。江慕莲的表姐已定下来要去浙江，她这一走，江慕莲的日子显然更不好过，没有担任领导职务的表姐庇护，她的工作也就没有了保障。民有做梦也不会想到，他完全没有察觉到异常，江慕莲给他留了一封短短的遗书，遗书中全不提两人恩怨，只说自己死了如何如何，说以后这三个孩子，全拜托民有照料。她说自己不是个好母亲，对孩子远不及民有照料得好，她相信他能照顾好他们。当然，世事难料，如果民有实在是照顾不了他们，也就只好随他们了，只好听天由命。

第三章

/

1971年

青工天井和阿四，
齐腰赛似裤

1

1971年夏天,天井初中毕业了。他没有上山下乡去当知青,进工厂当了工人。这一年的毕业生运气不错,一片红,全部可以留城,全都可以留在南京。这一年天井十七岁,他跟李择佳家的阿四和阿五,都是同一届毕业生,都在同一天成了青年工人。阿五被分配到紧挨着璩家花园的永红服装厂,天井和阿四则去了金陵标准件厂。金陵标准件厂离他们的住处还有点距离,要骑自行车去。天井很高兴,感到非常庆幸,没想到运气会这么好,竟然能和自己暗恋的阿四,分配在同一家工厂上班。

到金陵标准件厂报到已好多天,天天都是政治学习,都是军训。政治学习主要是读报纸,学习当地报纸上转载的《人民日报》社论。青年徒工轮流读报纸,你读一段,我读一段。带队的政工干部小宗发现天井总是在走神,心不在焉,很快就又一次点名要他读报。天井今天已读过一次,不知道为什么又要让他读。社论快到结尾部分,中间有几个字天井不认识,还有两个字眼熟,知道是什么意思,也不会读,不敢大声读出来。

好在没人认真听，怎么读都无所谓，想怎么读就怎么读。

　　天井一边读报，一边偷眼瞄着身边的阿四。坐在身边的阿四让他坐立不安，让他心中不断地起着波澜。从刚知道阿四跟他是一个厂时就这样，就激动和坐立不安，直到现在仍然这样。天井也说不清自己从什么时候开始暗恋李择佳家的阿四，他从小就喜欢她，渐渐地不只是喜欢，比喜欢更进了一步。每个男孩子到了一定岁数，都会不知不觉爱上一个女孩子，毫无疑问，阿四就是天井心目中日思夜想的那个女孩子。虽然他们早就认识了，小时候在一起玩，小学是一个班，中学在隔壁班。自从小学四年级，男女之间开始有了界限，再也没说过话。现在进了同一家工厂，在一起上班，却还继续装作不认识，还是不说话。

　　政工小宗也在不停地偷眼看阿四，阿四显然在新进厂的青年工人中最引人注目，不只是天井和政工小宗在偷看她，一起进厂的那些男徒工，甚至那些女徒工，也忍不住要偷眼看阿四。大家都在看她，弄得阿四都不知道自己是犯了什么错，有什么不妥的地方。那天的阿四确实很出众，她穿了件桃红色"的确良"长袖衬衫，在当时，"的确良"还是稀罕之物，非常时髦，不是谁都能穿的。除了这件显眼的长袖衬衫，阿四手腕上还戴着一块"钟山牌"手表，那年头，刚工作的年轻人就能戴手表，也是很不容易。

　　金陵标准件厂的规模，与永红服装厂差不多，都属于那种集体所有制的街道小厂。从小作坊起步，慢慢发展壮大，现在已有二百多号人。女工的人数要比男的多，而且还都是年纪大的老阿姨，原来都曾经是家庭妇女。所谓标准件，其实就是最简单常见的金属螺丝和螺帽。标准件粗细不同，规格大小不一，天井下到车间，听老师傅介绍这个厂的历史，说我们厂发展到现在，才能叫标准的标准件厂，为什么呢，因为今天生产的这个螺丝和螺帽，同一规格都是标准的，都是可以互换的，过去不行，过去是安分守己的"一夫一妻制"，虽然同一规格，一个螺丝只能配一个螺帽，互相换不了的。老师傅说完哈哈大笑，天井听不太明白，不知道为什么好笑，不知道这"一夫一妻"安分守己的玄机在哪。后来弄明白它与性有关，突然感觉确实很搞笑，很生动。

这一年同时进厂的年轻人特别多，差不多有三十个人。分配下车间前，照例要政治学习，原计划只是半个月，没想到突然来了政治任务，说是有个友好国家的领导人要来参观，新进厂的这批青年工人，要准备好接待工作。在1971年的夏天，"文革"正处于僵持阶段，外宾很少见，尤其是元首级的领导人。省里因此把这事很当回事，省里当事了，市里便不敢马虎，到了街道工厂这一级，那就是绝对加绝对的重视。具体如何绝对重视，也不好说，大家都没有外事经验，反正是先要把态度给端正。

这一个月，上午政治学习，读报纸，再读报纸，思想汇报，再思想汇报。下午军训，练习立正和稍息，向右看齐，齐步走，反反复复。到最后，政工小宗不能没完没了地让人再读那篇社论，便开始换花样，让大家批评和自我批评，写思想汇报，在思想汇报上消磨时间。不管什么人不管怎么说，提高思想觉悟总是对的，批判错误思想总是对的。要狠斗"私字一闪念"，要"斗私批修"，要批判自己的资产阶级和小资产阶级立场。政工小宗当过造反派，文化程度也就小学毕业，很多事自己也没想明白，甚至想都没有想。让他带新来的青年徒工学习，他勉为其难，只能沿着大批判思路，装腔作势，把正确的词儿都挂在嘴上。

思想汇报这玩意其实也有套路，像天井这样刚踏入社会的青年徒工，还不太会玩，只好把它当作学校的作文来写。当时中学生作文，无非两个思路，要么批判别人的反动，要么批判自己的错误，随便找出一个不太正确的事，把它当作活靶子，上纲上线，不痛不痒批判一番完事。在学校上课，写作文经常要批判的对象，是读书做官和读书无用。反正话怎么说都对，都有理，或者怎么都不对，都是错。读书不是为了做官，学而优则仕的封建思想必须批判，也不能说读书无用，没有知识，就不能为党和人民服务，就不可能解放全人类。在思想汇报中，天井说自己两种错误思想都有，通过政治学习，认识提高了，终于明白读书做官和读书无用都是封建残余，都是资产阶级和小资产阶级的短视。天井没想到自己都当了工人，都成了工人阶级，还要把学校写作文的胡言乱语，又一次硬着头皮，写到思想汇报中。

更让天井没想到的，阿四突然开口跟他说话了，这个真是太让人感到意外。不敢想，也想不到，绝对是想不到，不可能想到。阿四大大咧咧地对天井"喂"了一声，说你这家伙怎么写了那么多字，对不起，拿来给我看看，让人家抄一段。虽然进了工厂，虽然当了工人，大家坐得那么近，在一起政治学习，却仍然和在学校时一样，继续保持着男女界限，男女之间还是相互不来往，依然男的和男的在一起说话，女的和女的在一起聊天。现在阿四竟然带头打破男女界限，主动开始和天井说话，天井很吃惊，天井非常吃惊，其他的男男女女都有些目瞪口呆，没想到十分森严的男女界限，就这么轻易被打破了。

阿四一把将天井的思想汇报夺过去，抓在手上，看了一会，摇了摇头，很不屑地说：

"你这写的是什么呀，还可以这样写？"

天井被她说得有些不好意思，不知道怎么回应，干脆红着脸不说话，不作声。阿四嘴上说天井的思想汇报写得不好，却不管三七二十一，为了完成思想汇报的任务，埋头就抄起来，一边大大咧咧地抄写，一边继续不屑。

一起进厂的李学东悄悄地问天井，说这女的是什么人，你们难道认识吗，你们好像很熟悉，是不是。天井此时心里怦怦直跳，无数匹野马在胸中乱跑，回答说是我们家门口的。他不好意思说自己和阿四是一个学校的同学，同学并不是男女可以讲话的理由，说住在家门口，大家都是邻居，这样也就能够蒙混过去。跟家门口的邻居说话，这个比较正常，也说得通，李学东听了深信不疑，点了点头，看着正在抄写天井思想汇报的阿四，想说什么，话到嘴边，也不说了。

天井他们要准备接待的外宾，是罗马尼亚的国家领导人齐奥塞斯库，在当时，这位外国元首，被称为"来自东欧的反修斗士"。外国人名字通常都很难记，外事工作无大小，错了可是国际影响，绝对不能出什么差错，再难记也得记住，必须要记住。李学东自作聪明，说大家可以这么来记忆，用阿拉伯数字来代替，念成"71345"，把"1"念成"幺"，这样就大差不差。大家在心里默念了几遍，政工小宗摇头反对，说这个太不严肃，就像是在念电话号码。于是七嘴八舌，群策群力，最后还是阿四说出来的一个词，大家都觉得最形象最生动，朗朗上口，女徒工一致赞同，男徒工也都说好。

阿四说的是："齐腰赛似裤。"

阿四一边说，一边做手势解释，演示给大家看。她用的是裁剪裙子的行话，"齐腰"是指高度，以肚脐眼为界，在肚脐眼之上，叫"高腰"，肚脐眼之下，叫"低腰"，正好与肚脐眼一般高，就叫"齐腰"。齐腰怎么就赛似裤了，说起来好像也不太通，不过大家都觉得这样顺溜，容易记，容易喊出口，政工小宗拍手称赞，说就这么定下来。于是最后齐奥塞斯库真的来了，天井他们走到街上，列队欢迎，口号就变成了：

热烈欢迎，齐腰赛似裤
热烈欢迎，齐腰赛似裤

2

终于下车间，终于到了生产第一线。天井仍然很幸运，与阿四又分配到同一个车间。都是在机修车间，天井是钳工，阿四则是操作618车床的车工。天井的师傅姓伍，是个男的，已快到退休年龄。阿四的师傅姓邢，是女的，是个中年妇女。天井做梦都不会想到还能有这样的好事，也不知道是从什么时候开始，他开始对阿四念念不忘，开始朝思暮想。天井不知道这叫暗恋，只是心里老是在惦记着她，这种感觉很奇怪，这种感觉很奇妙。

李学东母亲在市机械局上班，是位中层干部。金陵标准件厂归机械局管，他母亲托人打过招呼，李学东便成了电工。电工是最好的工种，俗话说，紧车工，慢钳工，吊儿郎当是电工。当电工最快活，平常电路也不怎么会出现问题，没事就闲着荡着，东游西逛。除了电工，另一个公认的好工种是钳工，是机修钳工。机修钳工有技术，什么都要学，什么都要会，不用老是固定做单一的活。

天井是伍师傅亲自挑中的，伍师傅在厂里身份很特殊，地位绝对高。主要是伍师傅有技术，他曾经是一名非常优秀的车工，早在汪伪时期，就在一家兵工厂干活。他刚当车工时，机床少，车工非常吃香，后来跳槽去了一家私营老板的工厂，公私合营，私营老板去了香港，本来说好要带他去的，伍师傅因为自己的家庭问题，最终也没有去成。结果这样那样，最后不得不大材派小用，沦落到了金陵标准件厂。在标准件厂这样的小工厂，伍师傅的技术鹤立鸡群，颇有些英雄无用武之地。名师出高徒，他的一个徒弟是现任标准件厂厂长，伍师傅仗着自己有技术，又有个当厂长的徒弟，在厂里十分有身份，为人处世特立独行。

伍师傅给当厂长的徒弟发话，让给他老人家派徒弟，一定要选个学习成绩好的。他不知道"文革"期间的中学生，学习成绩都好不到哪去，结果就是矮子里挑将军，在天井的档案中，老师随手写下了一句"该生学习用功认真"，结果用功认真，便成了天井入选的理由。天井就这么成了机修钳工，成了厂里最有技术的伍师傅的徒弟。与伍师傅初次见面时，天井也没看出自己的这个师傅有什么特别之处。伍师傅个子不高，头发往后梳，油光锃亮，见了天井，架子十足地对他从上看到下，又从下看到上，很不入眼的样子。

政工小宗领着天井去见伍师傅，他给天井介绍，竖起了大拇指：

"这就是你家师傅，伍师傅，我们厂技术最牛，本事最大的老师傅。"

天井毕恭毕敬地喊了声"伍师傅"，伍师傅就跟没听见一样，仍然是不屑地看着天井，转过头去，问政工小宗这新来的小伙子姓什么，叫什么名字。政工小宗看了看天井，那意思是你回答呀，天井却在想，既然是问你政工小宗，当然应该是你来回答。政工小宗见天井没反应，不懂事，只好提醒他，让他赶快告诉伍师傅自己姓什么叫什么。天井只好说我姓璩，叫璩天井。伍师傅点点头，还是不说话。天井有些尴尬，感觉这位伍师傅太傲慢，并且不是很喜欢自己。这时候，政工小宗完成任务，把天井交给了伍师傅，转身离去了。他一走，剩下天井与伍师傅单独面对，天井感到更尴尬，不知道接下来应该怎么办，要不要说话，要说，又说什么。

好在是伍师傅先开了口，他说："你多大了？"

天井赶快回答："我十七了，十七岁。"

天井正式成为伍师傅的入门弟子，伍师傅收下他这个徒弟，一本正经给他定规矩，让他锻炼基本功。他说我这人呢，说退休就要退休，也教不了你几天，不过你既然做了我的徒弟，既然是跟着我学，就要好好学，就要老老实实地跟我学，要认真，我呢，多多少少，好歹都要教点东西给你。

正式学徒第一天，伍师傅找了一截八公分粗的废圆钢，把它夹在台钳上，夹紧了，又递给天井一把钢锯，几根新锯条，让他把这圆钢锯断。圆钢俗称洋圆，就是那种截面为圆形的实心钢材，伍师傅说有理无理，废话也少说，先把这玩意给我锯断了再说。他说钳工这活，就是要慢慢来，钳工就是个慢性子的活，慢工出细活，什么事儿都不能太着急，你给我好好地记住一个字，慢，要慢，慢就对了。用钢锯锯断一截很粗的圆钢，看似很简单，来回拉拉钢锯就行，真要干起来，才知道它非常不容易，才知道要花很长时间。这不仅是技术活，更是一种耐心和耐力的训练。天井前后差不多锯了一个星期，刚开始还不断地换新锯条，很快发现换了新锯条也没用，换不换都一样，不能锯得太快，太快太急，锯条上的牙齿立刻就没有了，立刻就磨掉了，要悠着点锯，要用力推出去，再轻轻收回来，必须要用巧劲，要锯一下是一下。

一个星期锯下来，伍师傅又安排天井使用钢锉，还是那截圆钢，还是夹在台钳上。使用钢锉是钳工很重要的手艺，会不会用，怎么使用，锉得平整不平整，老师傅一眼就能看出你水平如何。道理与用钢锯有点相似，不过要求更高，更讲究，钢锉一定要端平，端稳，人要坐直，腰部必须用上劲，不能乱晃，不能上下摆动。反正伍师傅怎么说，怎么关照，天井就老老实实照着怎么做。天井不是很聪明，唯一的优点就是听话，这一点倒是让伍师傅很满意。

天井的胳膊开始酸痛，手掌心也磨出一个很大的血泡。伍师傅说血泡算什么东西，我们当钳工的，手心里必须要有厚厚的老茧才行。想当年日本人来的时候，怀疑我是当兵的，我师傅就告诉日本鬼子，说我是干活的工人，让日本鬼子看我手心的老茧，让他摸，你知道怎么样，小鬼子立刻就相信了，他一看，一摸我的手心，摸到了那层老茧，就知道我不是当兵的，要不然，弄不好就被拖走给毙了。

3

阿四的师傅邢师傅长得有点像郝银花，具体是什么地方像，天井也说不清楚，就是觉得某个角度看上去特别相似。可能是都戴着一副差不多的眼镜，眼镜的框架几乎是一样的，也可能是个头差不多，留着一样的发型。那年头戴眼镜的女人不常见，尤其是中年妇女，很少有戴眼镜的。有一天，邢师傅跑了过来，找伍师傅报修，说她的那台车床，最近车出来的零件，尺寸方面总是会有点问题，大小头测不准，也不知道是车床出了毛病，还是卡尺坏了。

伍师傅听了，不急不慢地说了一句：

"说清楚了，你把话给我说清楚，到底是车床有问题，还是卡尺有问题？"

邢师傅说："我怎么知道，我知道了，也不会来找你了，你帮我去看看行不行？"

伍师傅看着她，不说话，不搭理她。

邢师傅说："请你了，伍师傅，请你帮我去看一看。"

"用了一个'请'字，这还差不多，你先回去吧，我马上就过来。"

伍师傅让天井拿上几样工具，带着他一起去邢师傅的车床那里。邢师傅的徒弟是阿四，去邢师傅那里，意味着就能见到阿四，就能和阿四在一起待一会。他们虽然在一个厂里，又在一个车间，上班时并没有多少机会在一起。机修钳工平时都待在车间顶头的一小屋里，不从小屋里出来，就看不到阿四。

阿四看到天井，跟他眨了眨眼睛，天井心里立刻激动得怦怦直跳。伍师傅到了现场，很严肃地先四处扫一眼，拿起加工好的零件，用卡尺测量，反复测量，然后开始校正卡尺。车工使用的卡尺，又叫"游标卡尺"，专门用来测量加工件的长度，测量它的内径和外径，包括它的深度。校正过卡尺，伍师傅很有把握地说了一句，卡尺肯定没问题，肯定是操作上有问题。邢师傅急了，说能有什么问题，肯定没问题，我天天不就是这么干的吗，难道见了鬼了，突然就有问题了。伍师傅也不多说话，拿起一个报废零件，让邢师傅再试一试。邢师傅说试什么试呀，你问我家徒弟，我都试过好几遍了。伍师傅说废什么话，叫你试就试，赶快试就是了。邢师傅摇摇头，启动车床，重新加工，车了一刀。车完了，用卡尺去测量，结果还是那样。

邢师傅得理不饶人，眼睛瞪着伍师傅，说："你不相信，非要试，试，你看吧，还是有大小头。"

所谓大小头，就是车床加工出来的零部件，两头的尺寸不一样。伍师傅接过那零件，用卡尺测量，一边测量，一边琢磨。接下来，他开始研究车床，研究加工的刀具，前面看到后面，左边看到右边，从天井带来的工具中，拿了一把铁榔头，走到车床床尾那里，对着抬高车床底座的垫铁，连敲了好几下，然后让邢师傅再试，这一试，零部件大小头问题，立刻解决了，真的很神奇，太神奇了。邢师傅不能不佩服，不服不行，不服也得服。不仅邢师傅佩服，天井和阿四也感到不可思议，从内心深处感受到了震动。人家伍师傅靠一把铁榔头，找准了地方，看好了位置，用劲敲打几下，便什么事都没了，什么疑难问题都解决了。什么叫技术过硬，这就叫技术过硬，什么叫牛，这就是牛。天井与阿四相互看了一眼，眼睛里流露出来的，都是伍师傅真了不起。

下班的时候，天井常常与阿四一起走，一起骑自行车回家。他们住得近，住在同一条街上，上班不会一起来，下班一起走很正常，因为同时下班，又同在一个车间，想不同时出厂门都困难。那段时间，能下了班和阿四一起走，是天井一天中最快乐的时光。同行的还有李学东，李学东住的地方，与天井他们并不在一个方向，可是他宁愿天天绕一点路，也要与天井一起走。醉翁之意不在酒，天井知道，李学东的真实目的，不是要陪他，是更想陪着阿四走一段，与天井一样，他显然也在暗恋她。

那天回家的路上，阿四对天井随口说道：

"伍师傅真厉害，你以后要像他一样，要有真本事，有了真本事，在哪都有饭吃，都吃香。"

阿四不过随口一说，天井还真当回事，暗自下定决心，要好好向师傅学技术，做个有本事的人。他去了新街口新华书店，用刚发的薪水，买了一本《钳工手册》。这本手册，把应该怎么当好一名钳工，说得头头是道，譬如在维修机床这一章，对于车床加工时会遇到的常见问题以及如何调整，很清楚地做了解释。办法很简单，不是用铁榔头去敲击垫铁，而是旋转垫铁上的定位螺栓，顺时针或反时针地调节转动。这以后，上班没有活干，他就抱着那本《钳工手册》看。伍师傅也不怎么管他，他爱看就看吧，年轻人喜欢看书总是对的。伍师傅只是没想到，竟然还会有一本专门谈当钳工的书。很快，天井发现手册上的某些说法，介绍的某些操作程序，与伍师傅做的并不相同，有时候竟然大相径庭。伍师傅因此很生气，不允许天井再看那本手册，说你要想当我徒弟，就老老实实跟我学，这狗屁的《钳工手册》净他妈胡扯，搞得跟真的一样。

钳工工作比较清闲，机修工和电工一样，只要机器不出现故障，就可以坐在那里安心休息，理直气壮地喝茶聊天。很快，天井发现伍师傅虽然有本事，但上班时基本上不用干活，他总是穿得干干净净，整整齐齐，换上了工作服，也常常是一尘不染，非常清洁。要干活，他必定是先套上护袖，再戴上手套，他有自己的一套理论，干活是要讲派头的，做事要讲究，你只有小心翼翼爱干净，一点一滴都不马虎，最后才能把自己的活给做好，一个满身油污的人，浑身脏兮兮的，做不出什么精细活。

4

时间在悄悄地过去，那个年代，天井每个月工资是十四块钱，大家都一样，青年徒工都拿这么多。学徒工要三年，第一年十四块，第二年十六块，到第三年再增加一点。等到满师以后，就是三十多块，再以后，基本上一直这个数目。厂里的老工人，男的也好，女的也好，不管什么工种，拿的都是这个钱。即便是非常有技术的伍师傅，拿的差不多也是这份薪水，也就多个几块钱。

钳工的技术说起来神乎其神，真干起来，有个一年时间，该会的，也都能学会。伍师傅有句名言，手艺活不过百日，随便你哪一门手艺，认真去学，天天苦练，有个一百天，肯定就会了。手艺活毕竟是死的，照着去做，没什么不可能做到。所谓手艺，有时候只是会玩工具，会借助和利用工具，譬如伍师傅就有门绝活，他能用老式的普通卡钳，就是那种最原始的卡钳，测量得像游标卡尺一样精准。作为吹牛资本这可能很有趣，很能唬人，实际意义并不大，有了游标卡尺，卡钳便变得可有可无，游标卡尺可以完全替代卡钳。这就好像医生看病，你可以用最普通的听诊器，听出患者心脏上的问题，但是如果直接拍片子，做心电图，做心脏造影，诊断疾病就会变得非常容易，更加精确，普通听诊器用得再好，也不如更现代化的仪器。

伍师傅是金陵标准件厂的一个神话，刚进厂的时候，天井耳朵里能听到的，都是你家师傅技术怎么样怎么样，怎么厉害怎么神奇。渐渐地，便可以听到一些别的声音，这声音就是伍师傅拥有的那些所谓技术，有好多其实已经过时了，已经被淘汰了。技术总是不断发展的，不断地会有新的更实用的工具诞生，有时候技术不再仅仅是个手艺问题，不再仅仅是有没有经验，更重要的还是你有没有，你会不会，能不能掌握和使用新的工具。

有一天，李学东过来找天井聊天，一看就知道他有什么话想说。电工是为全厂服务，所以他可以随地乱跑，到处巡游，不像天井，必须老老实实地待在自己的小屋里，要干活，要维修机床，也只能是去外面的车间。李学东磨磨蹭蹭不肯走，小屋里还有别的人，天井的师傅还在那里，终于小屋里的人都走了，伍师傅也出去了，只剩下天井和李学东。

李学东有点神秘地问天井："你家师傅有两个老婆，你知道不知道？"

天井不知道，他确实不知道，不知道竟然还会有这种事，还会有这种不可思议的怪事。在今天，在新社会，一个男人怎么可能有两个老婆。

李学东想不明白地对天井说："我听了也不相信，不过我告诉你，伍师傅真的是有两个老婆，真的，你信不信？"

"当然不相信。"

"我也是当然不相信，不过，不相信又有什么用呢，有句话怎么说的，叫事实总归会胜于雄辩，事实就是事实，这个事实就是，你家师傅他确实是有两个老婆，一个是大老婆，一个是小老婆，我们厂很多人都知道这事。"

天井这才知道，自己师傅还真的是有两个老婆。根据1950年5月1日颁行的《中华人民共和国婚姻法》，这个绝对属于违法行为。伍师傅的解释十分勉强，他承认自己是娶过两个老婆，那还是在年轻时，新的婚姻法还不存在，谈不上什么违反新婚姻法。国民政府虽然也是不允许重婚，可是你娶小老婆的这档事，一般也没人会真管，你能娶是你的能耐。伍师傅虽然一条腿是瘸的，仗着自己手艺出众，有那本事，能挣钱，又会讨女人喜欢，所以在正房之外，就又搞了一个小老婆，也就是古语说的一妻一妾。

一碗水很难端平，刚开始当然是正妻为大，她仗着自己是明媒正娶，处处都要压过一头。到后来，小老婆仗着年轻，比大老婆年轻十多岁，也漂亮一些，又生了两个儿子，渐渐地压倒了正房，越来越不把大老婆放眼里。新婚姻法施行后，必须要离掉一个，伍师傅便采取一个折中办法，做表面文章，形式上是与大老婆离了，离婚不离家，大家依然还一起住，今天在这个老婆房里睡觉，明天又去那个老婆那里休息。都说一山容不得二虎，真要想和谐，真要想相安无事，并不容易，大老婆小老婆难免冷言冷语，口舌不断，伍师傅不得不在外面又租了一处房子，还是在同一条街上住，让大老婆搬出去。

为了端平那一碗水，在一开始，伍师傅是今天住东家，明天去西家，天天换地方。到了后来，变成一星期一换，再后来，干脆一个月一换。有了新婚姻法的支持，小老婆更占上风，如果说伍师傅对大老婆是让三分的话,对小老婆就是不得不让七分。不过三分也好,七分也好,两人都是家庭妇女,闹归闹,毕竟都是旧式女子,都离不了伍师傅。等到了最后,孩子们一个个都成了家,娶的娶,嫁的嫁,住房越来越紧张,大小老婆又挤到了一起。反正大家也都老了,也就那么回事了。

天井进厂一年以后,伍师傅正式退休。众徒弟凑份子,在安乐园为他老人家办了一桌酒,把伍师傅的大老婆小老婆都请到了,大家一口一个师娘,叫得十分亲切。标准件厂的金厂长是伍师傅的徒弟,是天井的大师兄,他带头叫起了师娘,天井觉得这很有意思,也跟着一起叫大师娘小师娘,跟着一起给师傅和大小师娘敬酒。酒一喝,酒一喝多,大家开始没大没小,大师兄更是仗着厂长身份,口无遮拦,说师傅这一辈子活得值了,真他妈值了,这辈子可让你老人家给活到了,说师傅身体真好,如果身体不好,怎么能够对付得了两个师娘。

伍师傅笑而不语,小师娘嗔斥道:"金厂长酒喝多了,居然敢这么说你师傅。"

"喝多了,喝多了,确实喝多了,不过小师娘,你可不能叫我金厂长,你还是得叫我小金,叫小金,一定要叫小金,在师傅这里,我永远都是小金。"

小师娘对大师娘说:"这个小金当了厂长,果然就变得能说会道。"

大师娘不表态,从头到尾没吭过声,她比伍师傅要大两岁,看上去却好像要老许多,已经满头白发。吃到最后,酒足饭饱,众徒弟一起步行,送伍师傅和两位师娘回去。伍师傅家离安乐园不远，伍师傅腿不好，酒喝得也有些多，正好天井那天是骑车去的，就让伍师傅坐天井的自行车后面，由天井推着走。很快到了伍师傅家，房间不大，靠墙搁了一张大床，一张小床，再放着一张吃饭的八仙桌，基本上就没什么空余的地方。几张方凳子也不够坐，大家都挤坐在床沿上。

胡乱地又说了一会话，胡乱地又聊了一会天。伍师傅牢骚满腹，说这往后的日子，突然就不用上班了，想想也真没意思，天天就在家里这么耗着，就待在这间破屋子里，这他妈的叫什么事，想着都难受。大家听了连忙安慰，说不用上班了，能在家歇着多好。伍师傅说好个屁，在家歇着还不就是等死吗。热水瓶里已经没水了，小师娘要去打开煤炉，准备给大家烧开水喝，说你们来了，也没茶叶招待，本来倒是有一点的，是蛮好的茶叶末子，又便宜又好喝，可惜都让你们师傅给喝完了，刚喝完。大家都叫小师娘不要忙，用不着，不要打开煤炉，再说会话，这就走。

终于大家告辞，到了外面的大街上，临分手，金厂长重重地叹了一口气，很有感慨，说自己刚做伍师傅学徒那会，觉得师傅家还不算小，那时候小孩子虽然多，还是感觉他家蛮大的，没想到现在再看看，可能是原来的房子都让儿子结婚了，现在好像也太挤了，人待在房间里，都转不过身来。他的话说到了众人的心坎上，大家都觉得伍师傅是个很讲派头的人，做人很有腔调，在金陵标准件厂也能算是数一数二的角色，平时衣着整齐，永远干干净净，家里还有两个女人侍候着，没想到他家里的条件会那么差。

金厂长说:"不过今天的人呢,也着实多了一点,难怪我们会觉得拥挤。"

5

天井清楚地记得,伍师傅退休的时候,正好是日本总理大臣田中角荣访问中国。中日邦交正常化,毛主席会见了田中角荣。大家在安乐园的饭桌上,还议论过这事,争得面红耳赤。都觉得这事不可思议,都想不到我们和日本鬼子竟然还能和好。

接下来的运动就是"批林批孔",批判林彪,批判孔夫子。政治学习顿时多了起来,工厂里的政治学习,无非是大家集中在一起读报纸学社论。天井喜欢政治学习,只要一政治学习,意味着又有机会与阿四待在一起。还有什么能比与阿四待一起更好的事,唯一让天井感到不痛快的,是总会有人要让他读报纸,大家一坐下来,不是张三,就是李四,都会用一种不像是商量更像是命令的口吻,一本正经地对天井说:

"小璩,你来读报纸吧!"

"还是你来读报纸,小璩,还是你来!"

"对,就是你小璩,你来读。"

天井也不知道为什么一定让他读报纸,有时候,习惯莫名其妙地成为自然,成为天经地义。年长的可能觉得天井年轻,与他一起进厂的青年工人,大家都是一样的学徒,他们凭什么也要对着天井指手画脚。最后是阿四看不下去,站出来打抱不平，气鼓鼓地对那些人说：

"不要老欺负人家小璩老实好不好，你们干吗不读报纸？"

"怎么是欺负小璩，让他读报纸，这怎么就是欺负他老实了。"

阿四便指着其中一个人说："好吧，不要废话，你这不算是欺负他，那就废话少说，这报纸今天你来读，你读吧。"

"凭什么？"

"不凭什么，我就是想问你，你凭什么又要人家小璩读呢？"

阿四咄咄逼人，让对方哑口无言。天井在厂里确实是出了名的老实人，阿四可不是，她心直口快，什么都敢说，什么都不在乎。在阿四的干涉下，那天终于换了一个人读报纸，天井心里感激，很感谢阿四为他出头说话。别人在读报纸的时候，天井发现阿四在看书，在看一本外国小说，她看得津津有味，聚精会神。天井很想问她看的是什么书，看她那么专注，看她那么投入，没好意思当众问。

不过还是有人问了，阿四看的是托尔斯泰的《复活》，这本小说是技术员章明借给她的。章明是标准件厂唯一的技术员，技校的毕业生，分配到了标准件厂，厂里特别重视，专门为他安排设置了一个"生产技术科"。其实从技校毕业，章明并没有学到什么东西，进学校的第二年，"文革"就开始了。他所在技校的造反派，在武斗中倒是赫赫有名，属于那种最能打最能闹的。不过章明并没有能参与其中，他的亲生父亲去了台湾，章明跟母亲和继父一起生活，继父是共产党的高级干部，在"文革"初期也是被批斗的对象，造反派组织根本看不上章明。

在标准件厂这样不起眼的小工厂，大家都知道有两个人来头不小，都有点家庭背景。一个是与天井一起进厂的电工李学东，还有一个就是技术员章明。李学东母亲是机械局干部，虽然只是一名普通干部，正好是标准件厂的上级单位，管着天井他们厂。章明的继父是恢复领导工作的省物资局革委会副主任，比李学东母亲级别要高得多。标准件厂的人都知道，除了父亲是高干，章明还有个漂亮女朋友，文工团的舞蹈演员，他曾带着女朋友到厂里来招摇过，女朋友穿着一件绿色军大衣，给大家留下了非常深刻的印象。

章明那时候为什么要借托尔斯泰的《复活》给阿四，或者说阿四为什么会跟章明借这本书，这两个人究竟谁更主动，天井永远也没搞清楚。他曾经问过阿四，很认真地问过她，偏偏阿四自己也说不清楚。谁主动也许并不重要，重要的是这本书，这部俄国长篇小说，改变了阿四与章明的关系。天井只记得当时他也跟阿四借过这本《复活》，看到阿四那么认真地看它，便跟她提出，希望在还这本书之前，让他也看一看。天井记得自己花了整整一夜，把这本书给看完了。

结果是全厂的年轻人，差不多都看了一遍《复活》。天井并不是个喜欢看小说的人，真正看过的小说也没有多少，不过托尔斯泰的《复活》，却让他念念不忘，耿耿于怀，深有触动。显然有很多人传阅过这本书，书中已经有了缺页，有了破损，某些段落还被画上重点符号。有一段文字旁边，居然有手写的"精彩"二字。天井不知道这两个字是谁写的，从阿四那里转借过来，他有理由怀疑，怀疑这两个字是出自阿四之手。毫无疑问，这一段文字可以让人深思：

坏事没有做，但有过一种比坏事更坏得多的东西，即有过可以产生一切坏行为的思想。坏的行为可以改正，可以悔过。而坏的思想却会产生一切坏的行为。

读了《复活》，天井开始非常认真地回忆自己的坏思想，开始反思自己的坏行为，思考自己到底有没有罪。人之性恶，其善者伪也。有罪就要赎罪，谁还能没有罪恶之感呢。"批林批孔"运动正在不断深入，除了每周半天政治学习，机械局系统还专门组织了一个学习小组，请大学老师给小组成员讲解，讲解儒家和法家的斗争历史，然后再让小组成员到下属各个工厂去宣讲。来标准件厂宣讲的这位女同志，与郝银花长得非常像，太像了，一刹那间，天井真以为她就是郝银花。如果说戴着同款眼镜的邢师傅，看上去只是有点像郝银花，那么现在来作报告的这位女同志，简直就是不折不扣的同一个人。

天井感受到了冲击，受到的惊吓一点也不亚于第一次见到郝银花的裸体。他感到非常震惊，极其恐怖，当时的想法就是，这女人怎么会跑到他们厂来了。讲台上的这个女人肯定会认出他是谁，她要是认出了他怎么办，她要是把过去的事情都说出来怎么办。天井不敢往讲台上看，又忍不住要偷眼看她。一起听报告的李学东注意到了他的不安，低声问天井发生了什么事，怎么会突然那么紧张。

天井掩饰说："没事，没什么事。"

李学东说："你脸色都变了，还说没事？"

宣讲是在厂里的食堂进行的，食堂也是礼堂，也是大会堂。天井很快缓过神来，他意识到自己认错人了，意识到在上面宣讲的那个女人，并不是让他担惊受怕的郝银花。虽然像，非常像，太像了，显然还不是同一个人。这种感觉很奇怪，经过一阵惊吓，他的心情开始平静下来。天井甚至笑了，脸色也开始恢复正常。李学东被弄糊涂了，看着天井的脸，摇了摇头，想不明白他为什么一会脸色苍白，一会又红润起来。

那天究竟宣讲了什么，天井能记住的就是孔夫子孔老二，杀了一个叫少正卯的人，孔子宣扬仁义道德，都是十分虚伪的，都是一种伪善。事实上，整个宣讲过程中，天井一直在开小差，在回想往事，在回想两年前的郝银花。他在回想自己从祖宗阁上看到的一幕幕情景，他看到了太多不该看的画面，做了很多不应该做的事情，其根源就是，有了小说《复活》上说的"可以产生一切坏行为的思想"。坏思想是个非常可恶的东西，它总是让你不可阻挡地去干坏事，是世上一切罪恶的源头。时间在倒退，天井回想起自己如何被郝银花发现，又如何被她从祖宗阁上揪下去教训。

郝银花气势汹汹地看着天井，她厉声问道：

"你是谁，你从哪儿来，你叫什么名字？"

6

往事不堪回首，两年前的惊险一幕，天井最难忘的，当然还是自己如何被郝银花抓了现行，如何被她像贼一样地训斥。他如实地做了回答，老老实实地说出自己的名字，今年多少岁了，在哪上学，住在哪，怎么就在无意之中，碰巧爬到了祖宗阁上。至于他在这个祖宗阁上看到了什么，有没有看到不该看的，天井矢口否认，坚持说他什么也没看到，真的是什么也没看到，说自己只是刚爬上祖宗阁，刚爬上去，就被郝银花发现了。

天井像个没出息的小孩子，当着郝银花面，流下了悔恨和害怕的眼泪。虽然多少有点装腔作势，不得不做出可怜的样子，眼泪显然还是帮了忙，他竟然越哭泣越伤心，越伤心越哭泣。郝银花被打动了，她选择了相信，她愿意相信天井，她相信天井说的可能都是真话，当然，不是真话也没办法。郝银花对天井进行了威胁，她威胁说，如果她要是去告诉警察，去告诉他学校的老师，去告诉他的父母，就会怎么样怎么样，而她放过他的唯一条件，就是再也不能，再也不允许发生同样的事。

天井就这么轻易地给放过了，被放生了，郝银花并没有进一步为难他，她点亮了煤油风灯，让他把竹梯重新架好，重新架到祖宗阁上，让他爬上去，爬到祖宗阁上，然后她也跟着爬了上去，亲眼看着天井怎么从原路退回，怎么从那个八角窗里钻出去，怎么落入下面的防火通道。幸好有手电筒和风灯，天井将手电筒揣在腰间，郝银花在上面用风灯给天井照明，看着他在下面打开手电筒，看着他穿过黑乎乎的防火通道，消失在通道那一头，她自己拎着那盏风灯，小心翼翼地再从祖宗阁上下来，把竹梯搬开放好。

接下来，郝银花在第一时间里，便让奎保爬上祖宗阁，用木板将通往防火通道的八角窗钉死。她这么做其实完全没有必要，天井早已被她吓破了胆，他再也不会，再也不敢进入防火通道冒险。郝银花给天井留下了太多值得回味的记忆，留下了太多坏的思想，留下了太多坏的后果。就像《复活》中的聂赫留朵夫那样，天井觉得自己犯下了不可饶恕的错误，罪大而且恶极。

天井庆幸他的丑事没有彻底败露，没有身败名裂。他相信这是因为自己的忏悔，因为自己的知错就改，所以能够悬崖勒马，回头是岸。在这件事被郝银花发现之前，天井一直处于茫然状态，心猿意马，他隐隐地预感到，自己的偷窥迟早都会出事，迟早都会引爆，只是不知道什么时候会出事，什么时候会爆炸。这以后，除了不断地还有些遐想之外，他再也没有想过重新进入那个防火通道。遐想代替了实际行动，祖宗阁在他的大脑里终于不复存在。

事实上，关于郝银花，天井有太多的事，根本就不知道。相比之下，天井更熟悉的是奎保。尽管对奎保的确切年龄，始终没有搞明白，但是自从懂事，天井就一直遭受他的欺负。奎保比天井起码要大个七八岁，他是璩家花园一带有名的坏孩子，很少有孩子没被他欺负过。青年时代的奎保恶名在外，进了永红服装厂，仍然是个不好惹的刺头。"文革"开始，他自立门派，号称"独立兵团总司令"。永红服装厂大多是年岁不小的老阿姨，他这个总司令几乎就是光杆司令。能打敢打，他出过一阵风头，其他厂造反派被围困的时候，会派人过来找他帮忙。他怎么就和郝银花搞到一起去了，这个谜团始终都没被人揭开过。奎保后来成为"五一六分子"，被关押了很长时间，郝银花也一度被认定是这个反革命集团的成员，在这期间，她还生了一个孩子。

没人知道这孩子的父亲究竟是谁,肯定不是郝银花的丈夫,她丈夫远在徐州,整整一年没有来过南京。也不会是奎保,尽管他们有过一段欢快放纵的日子,具体的时间对不上,他们分别被关押在两个不同的地方。郝银花的解释有点牵强,说自己在关押期间,被看守她的人员在黑夜中强奸了。这个指控有点严重,具体是谁干的,她也说不清楚,原因是看守她的一共是三个人,三个男人都可能有嫌疑,都可能做了坏事。反正是不了了之,孩子也生了,郝银花后来也离开了永红服装厂,重新回到市纺织局,最后在纺织局离休,她丈夫转业回了南京,也没有跟她离婚。

天井只是在后来,才听阿五说过郝银花有孩子这事,这事在永红服装厂传得沸沸扬扬,可以说尽人皆知,没有人不知道。然而,早在听说有孩子之前,早在这事还没传开之时,天井非常无聊地臆想过,幻想过一个又一个故事,这就是自己与郝银花曾发生过什么,他们这样那样,最后竟然还有了孩子。这个虚幻中的想象情节,这个在现实中根本不存在的传奇构思,有过好多个不同版本,一度甚至让天井信以为真,好像真的就发生过。

故事之一,在奎保的胁迫下,在奎保的注视下,天井不得不乖乖地服从,被迫与郝银花发生了那种事。奎保天生恶魔一样的性格,早在天井还只有八岁的时候,天井不会游泳,就被他扔到了深水里,差一点淹死。在璩家花园,奎保想打谁就打谁,想欺负谁就欺负谁。天井曾经在他的逼迫下,在他的恐吓下,还不止一次偷过家里的粮票。有一段时间,粮票很紧张,比钞票还值钱，璩家花园的孩子，几乎都为奎保偷过家里的粮票。

故事之二，奎保并不在场，现场只有天井与郝银花两个人，郝银花为了让天井封口，逼迫他与她做那种事。她先是像哄孩子一样地哄他，用尽了甜言蜜语，天井不从，郝银花使出了她的杀手锏，如果他不顺从，如果他还敢拒绝，她就要把这件事情说出去，公之于众，让大家都知道他做过的丑事，让大家都知道他是一个多么下流的男孩子，多么不要脸。

故事之三，天井与郝银花竟然相爱了，这个故事有着不可言喻的美好，他们忘记了年龄差距，忘记了时间，也忘记了空间，居然肆无忌惮地跑到了祖宗阁上，在悬空的祖宗阁上做那种事，弄得浮灰到处乱飘扬。天井不知道为什么要这样，为什么会这样，为什么要跑到祖宗阁上去。难道只是因为在那上面不会被人看到，那上面更安定更隐蔽，还是故意要高高在上，为了让冥冥众生，让天底下所有还活着的人，让已经往生的祖宗和先人，都看见，都看见他们的表演，让大家看个痛快，让大家想怎么看就怎么看，爱怎么看就怎么看。

故事之四，还有故事之五，这样荒诞不经的故事，可能还有好多好多。

7

正如伟大的托尔斯泰在《复活》中说的那样，坏的行为总是源于坏的思想，因此铲除坏思想，"斗私批修"，变得尤其重要。检讨自己的坏思想,反思自己的坏行为,天井觉得他千错万错,天底下最对不住的人,就是自己的初恋对象阿四。事实上,除了为人所不齿的偷窥,除了想象与郝银花有过那种行为,天井也没做过什么了不得的坏事,但是他总觉得自己罪孽深重,觉得自己下流,觉得自己下作,对不起他所爱的阿四。爱必须要无私,爱必须要纯洁,爱必须要高尚,天井觉得他根本就不配爱阿四。

天井所有的忏悔,所有的检讨和反思,都是源于对阿四的暗恋,源于对阿四的单相思。爱是无法解释的,小时候,天井经常会被别人欺负,一是个子矮小,二是性格柔弱,好在他习惯了各种被欺负。如果是被阿四欺负,则是非常心甘情愿,很愿意很享受。与阿四在一起会让他感到无比高兴,能够被阿四嘲笑也是一件快乐的事。小时候,阿四拎他的耳朵,揪他的鼻子,怎么拎怎么揪,他都不会生气。到后来,到了小学高年级,大约从四年级开始,突然开始了变化,男女生有了界限,不再相互说话,不再一起开玩笑,天井心里对阿四的那种感觉,那种萌动的初恋,那种痴迷的单相思,不但没有渐渐减弱,反而越来越浓,越来越强烈。

暗恋就是你傻傻地爱着一个人,你悄悄地爱着一个人,无怨无悔,说不清道不白。你全心全意地爱着一个人,那个人很可能根本心里就没有你。很显然,阿四对天井一点感觉都没有,她当然不会喜欢他,她那么漂亮,那么心高气傲,怎么可能喜欢傻傻的天井,怎么可能喜欢一个缺心眼的天井。天井从来也没指望过阿四会喜欢自己,他觉得自己对阿四的那份情感，就像手电筒里射出去的光芒，直直地照射出去，只能照亮别人，只是照到了阿四身上，永远也照射不到自己。

阿四完全被天井理想化了，完全被天井神圣化了。现实中，她根本不是天井想象的那个人，根本不是他想象的那个模样。想象和现实从来就不是一回事，想象与现实之间，隔着千山万水，隔着万水千山。天井只是在想象中，意识到自己的堕落，只是想象中，觉得自己罪不可赦。然而在别人眼里，天井心目中的偶像阿四，心目中的女神阿四，才是货真价实的堕落，才是真正的放荡，才是罪不可赦。天井只是在默默地喜欢阿四，在暗恋她。他对阿四并没有多少真实的了解，或者干脆换一句话说，天井根本不了解阿四。他对阿四的很多事，不管是真做过，还是没做过，都不知道，都不清楚。

事实上，早在读初中，因为长得漂亮，阿四已成为社会上一些"小纰漏"的觊觎对象。"小纰漏"在方言中的解释，是"不务正业的小青年"，实际上也就是所谓的小流氓，街头的小混混。小流氓想"钓鱼"，"钓鱼"是勾引年轻女性的专有语汇，有点像当时北京流行的"拍婆子"，上海话流行的"戳拉三"，向谁"钓鱼"，准备"钓"谁，都是勾引某个女孩的意思。人言可畏，早在初中还没毕业，就已经有人在偷偷地散布，说阿四是璩家花园最有名的"女纰漏"，也就是说早在那时候，她差不多就是女流氓了。传说中，阿四被当时从五中毕业的一位知青看中，成了这个人的女朋友，跟这家伙有着非同一般的关系。

与璩家花园的男孩一样，阿四对五中的学生，有一种莫名其妙的看好。当时南京最能打，名头也最响的中学生造反派组织，是"五中八八"和"南无八一二"，前者是普通中学，后者是中专技校，大学生经常被他们打得落荒而逃，工厂和机关的造反派更不是他们的对手。"五中八八"和"南无八一二"都死过人，不是在战斗中阵亡，而是无意中被自己人误伤。"南无八一二"的一个学生，不知怎么弄到了一把手枪，就在宿舍里玩，结果走了火，子弹穿过墙壁，把隔壁宿舍的一个学生当场打死。那墙壁也太薄了，子弹是从腋下进去的，穿过胸膛从另一侧飞过，那个学生稀里糊涂地就死了。

"五中八八"闹的那事更大，是手榴弹爆炸。没人知道手榴弹哪来的，搁在桌子下的书包里。大家在开会，商量怎么出去武斗，有个老师的熊孩子钻桌肚里去玩，看见这铁家伙上有个环，还有一根线，用劲拉，结果就炸了。一位姓李的教工反应快，跑得最远，大约事先知道桌子下面有手榴弹，没想到唯一被炸死的偏偏是他。专家解释手榴弹爆炸有个角度，沿地面十五度至三十度夹角散开，近处的人只是下肢受伤，跑得快的那位，反倒被弹片击中要害，真是死得比窦娥还冤。他原本是名工人，平时管后勤，出身好，顺理成章地被"三结合"，成了革命委员会小领导，动不动开这会那会。学生们整日打打杀杀，没出什么事，他窝在学校开个会，把小命给送了。这事在当时很轰动，省市革命委员会立刻下发通知，开始收缴散落在造反派手中的枪支弹药。

阿四的那个男友，就是"五中八八"中的一条好汉。打打闹闹出过一阵风头，很快就上山下乡，成为知青。知青中什么样的人都有，有老老实实在农村干活的，扎根落户，也有户口下去了，名义上下了乡，人却赖在南京城里不走。阿四男友属于那种赖着不走的，是个干部子弟，父亲的官不大不小，他住在山西路一带，平时也不说南京话，说一种在干部子弟中流行的普通话。阿四与他的关系，究竟到了哪一步，各种说法都有，什么样的传闻都有人相信。唯一可以肯定的，他应该是阿四人生中的第一个男友，风流而且潇洒，显然还同时拥有好几个女朋友。阿四男友还有个姓任的同学，写过一首《知青之歌》，因为这首歌，被当作"现行反革命"判了死刑，好在没立即执行，逃过了一劫。这首歌在知青中很流行，阿四的姐姐阿三就会唱，阿三是知青，当时的莫斯科人民广播电台还播放过这首歌。

在天井心目中，在他的认知中，阿四第一个正式男友，第一个眼见为实的对象，是一起进厂的李学东。前面的那个只是传说，不能算。李学东几乎是在天井眼皮底下，一步步接近阿四，一步步讨好和追求，终于把她给弄到手。这一切都是在天井的注视下发生，从不可能发展到可能，从可能变成了活生生的现实。功夫不负有心人，从最初的对阿四流露出好感，到在背后暗地里偷偷向天井坦露自己的心迹，再到放开手脚公开追求，李学东迈出的每一步，他耍过的每一个小花招，玩过的每一步小伎俩，天井都一清二楚地看在眼里。

李学东终于向天井宣布了自己的胜利，宣布恋爱成功，他终于俘获了阿四的芳心。看着李学东和阿四成双入对，一起来上班，下了班一起走，天井开始意识到自己的多余。他为李学东感到高兴，发自内心的高兴，甚至都没感到一点点悲伤，天井从未想过能和阿四会有什么结局。天井从来就不是一个好高骛远的人，只是默默地在喜欢阿四，像曾经的李学东一样，躲在不为人知的角落暗恋。天井相信阿四不会属于自己，也不应该属于自己。唯一的遗憾是感到自己变得多余了，过去李学东为了能接近阿四，常常会拉着天井一起去见阿四，现在根本就不再需要他。

关于阿四的许多事，都是李学东亲口告诉他的，真也好，假也好，出自李学东之口，天井不能不震惊，不敢相信，又不能不相信。刚进厂进行政治学习，政工小宗很严肃地对新来的徒工宣布，三年学徒，不能这样不能那样。特别要强调一条，这期间不许谈恋爱。为什么不许恋爱，也没有说，反正就是一个简单粗暴，不允许。年轻人应该把精力放在工作上。同一批进厂的学徒中，李学东与阿四属于最早公布恋爱关系的，这种事拦不住，根本不可能拦住。

李学东和阿四成为一对，这让大家羡慕，也让年轻人开始效仿。除了他们这一对，新的组合开始不断出现，分分合合的事情，也就经常发生。有一段时间，沉浸在热恋中的李学东，根本没时间找天井聊天，好像忘了当初曾跟天井的私下谈话，他对天井无话不说，毫无保留。渐渐地，情况又一次发生变化，天井再次成为李学东的倾诉对象。一旦发生了什么矛盾，李学东与阿四之间有了什么不愉快，他便会跑到天井这里，向天井抱怨，跟天井控诉。

李学东并不需要让天井帮他评理，只需要一个抱怨的机会，只需要一个倾诉的对象。他并不在乎天井怎么想，天井怎么想一点都不重要。李学东需要的是发泄,他开始埋怨,开始控诉,开始说阿四的种种不是,说她的种种坏话。尺度越来越大,越来越不可思议,从李学东的嘴里说出来的阿四,形象越来越崩塌,从完美无瑕的女神,逐渐过渡到不完美,过渡到有着各种毛病的坏女孩坏女人。

那时候年轻男女谈对象,初次去见对方父母,都会找其他人陪同,有同性的伙伴,也有异性的伙伴。天井去过李学东家,也去了阿四家。他第一次见识了城北的干部家庭,李学东家与另一家合住一栋小楼,他家住楼上,有个小卫生间在楼下,很小,就在楼梯肚里。天井的印象很深,那天正好憋足了一泡小便,说好一会就走,偏偏时间有些长,他便悄悄地问附近有没有厕所,要去方便一下。李学东一怔,问他要来大的还是小的。天井说要小便,李学东说这容易,楼下就有,就在下面。李学东说完亲自带天井下楼,那楼梯并不宽敞,天井进了卫生间,这也是他人生中第一次面对抽水马桶,尿完了,不知道怎么弄,研究半天,发现旁边还放着铁皮水桶,又看见还有个龙头,就放了点水,倒进马桶冲了一下。

陪李学东去阿四家就更尴尬了,从一开始,天井便在寻找各种理由推托,害怕见到李择佳。自从把李择佳从费教授家的楼上推下去后,他再也没有见过她。天井很害怕面对李择佳,想到要见她就怵,就六神无主,又实在找不到什么能站得住脚的理由拒绝。阿四说我妈一直惦记你,知道你跟我在一个厂里上班,好几次都提到你,你应该去见见我妈。阿四的话让天井更加忐忑,他好像已忘了李择佳是阿四的母亲,他一直希望能把阿四她妈是李择佳这件事给忘了。

找不到一个正当的借口,天井最后只能硬着头皮,陪李学东去李择佳家。天井心里七上八下,一千个不是,一万个害怕,在想万一李择佳真要问起当年的事,又怎么办,应该如何应对,如何回答,是矢口否认,还是老老实实承认,向李择佳赔礼道歉,请求她的原谅。到了真正见面的时候,没有想到李择佳对天井十分客气,对他甚至比对李学东更友好,更关心,说有几年没见到他,他看上去像个大人了,又问他爹民有现在过得怎么样,是不是还在原来的那学校上班。

天井感动得想哭,真的想哭,他知道李择佳这是故意放过他。她若无其事的样子,只是不想让他难堪。从李择佳的眼神里,天井看到了她对他的宽恕,看到了她对他的原谅,一刹那间,天井真想大哭一场。他从小就没有母亲,记忆中,只有这个女人曾给过他像母亲一样的关心,给过他母亲一样的温暖。他太后悔自己当年不小心做过的那事,他闯了一个太大的祸,差一点就造成了李择佳的死亡。李择佳现在什么也没说,她显然不是不知道当时是谁干的,她显然知道是天井干的,她只不过是不说,故意不说出来。

8

李学东和阿四双方的家庭,似乎都不是很中意自己孩子选择的对象,都对对方不满意。李学东母亲的态度很坚决,门不当户不对，李学东家是革命干部家庭，根红苗正，阿四家呢，是资本家，成分不好，徒有资本家的虚名，还穷，父亲不在世了，母亲是家庭妇女，子女多负担重。阿四的母亲李择佳好像知道对方看法，知道对方会看不上自己家，语重心长地告诉阿四，说她若是真嫁到这种人家，注定要受气，那个未来的婆婆肯定会看不起她，会没完没了给她脸色看，会给她罪受。

李择佳的意思很简单，也很直截了当：

"不是一家人，莫进一家门。"

在阿四声名狼藉之前，大家都觉得她和李学东是天作地合的一对。阿四人长得漂亮，在标准件厂绝对出众，李学东也挺帅气，家庭出身无可挑剔。郎才配上了女貌，想让人不羡慕都不行，想让人不眼红都不行。结果却出乎大家意料，见了双方父母，阿四和李学东的关系，没有更上一层楼，反倒是出现了深深的裂痕。两人开始了没完没了的口舌之争，你觉得我不对，我觉得你有问题，好好坏坏分分合合，不为什么事就大动干戈。

没想到这两个人最终会分手，他们争吵的时候，并不需要天井去调解，既轮不到他去说什么，这两个人也根本不把他放在眼里，不止一次当着天井的面就吵起来。刚开始，天井还有些担心他们会分手，按照天井的想法，两个人在一起是件非常严肃的事情，两个人如果分开，不准备再在一起，同样是件非常严肃的事情。渐渐地，天井开始习惯了他们的争吵，习惯了他们的打情骂俏，没想到他们真的就分手，真的就恩断义绝。

有一天，到中午吃饭时间，天井去食堂取饭盒。那时候工人都自己带菜，自己带米，早晨来上班，第一件事是先淘米蒸饭，将淘干净的米放铝饭盒里，搁到大蒸架上去蒸熟。天井看见阿四与生产技术科的章明取了饭盒，很亲热地走在一起，心里突然觉得有点异样。当时他还不知道李学东与阿四分手了，就是凭直觉，觉得现在这两个人走在一起的样子，有那么点不对劲，怎么看都有点别扭。

章明就是借托尔斯泰的《复活》给阿四看的那位技术员，大家都知道这家伙有女朋友，都知道他女朋友很漂亮，文工团跳舞的女演员。在同一个工厂上班，一起走并不奇怪。奇怪的是，阿四与李学东谈了对象后，一直都是他们两个走在一起，表现得很亲热，别人习惯了他们这样，怎么现在阿四身边突然就换了一个人，而且还是一样亲热。阿四和章明有说有笑，好像是故意在做给别人看的，别人怎么看，他们根本不在乎。

然后就是消息传开，迅速传开了，大家都知道这件事，都知道阿四与李学东已分手。不只分手，更夸张的是，阿四和章明这两个人竟然还真的弄到一起去了。这个事不是什么传闻，是货真价实，是铁板钉钉。究竟哪个是因，哪个是果，一时说不清楚，众说纷纭。有人说分手是章明插了手，横刀夺爱。也有人认为是阿四见异思迁，攀上了更高的枝，章明继父的官更大，家庭条件更好，比李学东家更有权势。也有人说是李学东撒手了，他抛弃了阿四，抛弃的理由有两个：一是嫌弃阿四的家庭，儿子终于听从了母亲的话，接受了母亲的教诲；二是接受不了阿四的历史，他发现她以前谈过恋爱，与别的男人有过往来，而且好像还不止一次。

不在乎哪条传闻更靠谱，也不管真相究竟是什么，阿四立刻声名狼藉。大家都当笑话讲，大家都当丑闻看。反正现在再跟章明搞到一起，在众人眼里，这与和李学东谈恋爱的性质，已经完全不一样。阿四可以不在乎，章明也可以不在乎，但是这个厂里的大多数人，都会觉得这两个人做得不对，都会觉得他们做得不道德，尤其是章明的前女友找上门，也就是文工团漂亮的女演员，泪眼婆娑地前来告状以后。

要告状自然是要去找厂领导，据说这位漂亮的女演员前女友事先找过阿四，与阿四有过一番激烈谈话。她求阿四与章明分开，前女友告诉阿四，自己与章明的关系早已非同一般，女演员早就是他的人了，为他已堕过不止一次胎。谈话没有任何结果，阿四先是不吭声，最后说这些话跟我说了没用，真要想说你就去跟章明说，你跟他说，章明想跟谁在一起，这是他的自由，章明喜欢谁，这也是他的自由。

谈到最后，前女友便哭着开骂，说："你真的是不要脸！"

阿四冷笑，不屑地说："你要是真还要那张脸，就不应该跑来跟我说话。"

"章明他可以玩弄我，他也一样可以玩弄你。"

"我乐意，我乐意被他玩弄。"

"你不要脸。"

"我就不要脸了。"

"你神气什么，我的今天，就是你的明天。"

"好吧，我就等着这一天。"

"你哭的日子在后面——"

"我哭不哭，跟你没关系，你现在不哭就行了。"

"你等着！"

"我等着。"

章明的前女友把她们的谈话，原封不动复述给标准件厂领导听。她咬牙切齿，眼睛里喷着火，嗓子里冒着烟，对章明没有多少怨言，仇恨全集中在了阿四身上。厂领导听了直叹气，直摇头，哭笑不得。很快，两个女人之间的对话，传遍了全厂，全厂的职工都知道了，大家都是在看热闹，背后都当笑话讲。天井当然也会听说，不止一次地听说。他不太敢相信，不太愿意相信，不相信阿四会这么说，会那么做，然而不相信，不愿意相信，又能有什么用。阿四成了大家眼里的堕落女孩，成了《复活》中那个被坏男人引诱后，变得放荡的玛丝洛娃，变成无可救药的恶之花，而章明也难逃指责，毫无疑问他就是那位罪不可赦的花花公子聂赫留朵夫。

第四章

/

1957年

麻雀之劫,
穿猎装的璩民有

1

天井的母亲江慕莲投河以后，民有感到非常悲伤，有一种说不尽的惆怅。江慕莲希望他能照顾好几个孩子，把孩子托付给了他。民有的父亲和继母，建议民有只留下天井，把甜甜和米米送去江慕莲的娘家。民有坚决不同意，他把几个孩子都留在了身边。可能是出于内疚，他觉得自己太对不起江慕莲，良心上有点痛。也许民有若是表现得稍稍有点男人的样子，能够把这个家撑下来，江慕莲也不会走到那一步。除了天井，江慕莲还留下了一个九岁的女儿甜甜，一个五岁的儿子米米，民有把三个孩子正式领回了自己家，交给他的父亲和继母。

民有征求过甜甜和米米的意见，米米太小，他的意见有没有不重要。甜甜连想都没想，就说爸爸我们要跟你在一起。这两个孩子跟民有特别亲，特别有缘。可能江慕莲心情总是不太好的缘故，一直都把跟前夫生的两个孩子看成负担，她对这两个孩子真的说不上太好，骂是经常，还不止一次打过他们。反倒是民有像个大孩子，很愿意陪他们玩，陪他们一起放风筝，陪他们看儿童电影。他喜欢他们，甚至超过了喜欢自己的亲儿子天井，天井还不懂事，一点都不好玩，很招人烦。甜甜和米米却是两个非常懂事，又惹人喜爱的孩子，他们在母亲死了以后，都把民有当作自己唯一的亲人。

民有的父亲和继母自然是不会，也不可能心甘情愿帮民有照顾这几个孩子。好在这几个孩子都很乖巧，两个老的虽有怨言，也还能接受。毕竟把这么可爱的孩子送到乡下，看着他们去受罪，多少也有些于心不忍。民有请了保姆照看天井，天井太小，他还只有一岁，没人专门照顾不行。好在花钱请个保姆不是很难，花钱也不是特别多，璩家虽然败落，当时还有些老房子，住几个人进来不是问题。况且费教授也郑重许诺，不时地还会有些贴补，老先生一言九鼎，对江慕莲的离世十分伤心，早在她还在世时，就许诺可以帮她抚养小孩，现在江慕莲真不在了，他每月都会主动付一笔钱给民有。

民有依然经常在外面住，还是很少回家，他只要负责往家里拿钱就行。有钱就能太平，有钱才能养老和养小，有了钱，什么事都好办。都说养儿防老，天井的爷爷好不容易培养儿子念了大学，让民有养他的老，也是天经地义。老爷子天生的享乐主义，天天都要吃好的，好像人活这一辈子，最讲究就只剩下一个吃。天天早晨都要去饭馆吃碗面条，小酒一天两次，也不多喝，一天一斤黄酒，中午半斤，晚上半斤。民有的继母大户人家出身，与天井的爷爷一样，家境虽然败落了，手头总是缺钱，派头还在，也是要吃好穿好。她嫁到璩家来，最喜欢说的话，是没想到我们娘家不行了，你们璩家会更糟糕。

民有的这位继母年轻时,据说还抽过大烟,正经八百地抽过。那时候家里有钱,不在乎,老爷宠太太,太太宠女儿,老爷抽,太太抽,女儿跟着抽,然后到了国民政府时期,搞"新生活运动",都不让抽,绝对不让抽,只能乖乖地戒了。这继母说起昔日辉煌,说起昔日的败落,一套又一套。自从老爷子娶了这位继母,民有基本上就不怎么在这个家住,现在他还是不想回家住,却送了三个孩子回来,老爷子不说话,继母难免叽里咕噜,话越说越难听,越说越不像话。当初江慕莲挺着大肚子到璩家来闹过,民有又耍赖说过她肚子里的孩子,未必真是他民有的,老太太因此觉得有了把柄,三个孩子中有两个已经肯定跟璩家无关,而有关的这一个天井,按照民有自己的说法,很可能也不是的。

"你这儿子可真是好样的,放着正正经经的媳妇不娶,倒是很喜欢替别人养孩子。"

老爷子也有点心存疑虑,成天有个女人在耳边吹风,说风凉话,私下忍不住也问民有,这个叫天井的小子,究竟是不是他儿子。民有无可奈何,知道是继母在捣蛋,叹着气,咬着牙,说:

"爸,你要是觉得我还是你亲儿子,那天井就是你百分之百的亲孙子。你说过,你不是说过吗,他跟我小时候一模一样。"

老爷子说:"是一模一样。"

"那还有什么可怀疑呢?"

天井对父亲民有年轻时的模样没什么具体印象。三岁前的记忆,根本就不存在,后来稍稍开始有点记忆,民有又去劳动改造。天井印象中的父亲,最早也就是一张照片,一张民有穿着猎装照的相，很神气的样子。别人都是指着照片告诉他，这个人就是你爸爸，你爸爸姓璩，叫璩民有。

现实生活中的民有，在当年比照片上还要帅气。这张照片拍摄于1957年，正是他最春风得意，又很快要触霉头的年头。那时候，他依然改不了喜欢与有夫之妇交往的毛病，正同时与两位中年妇女打得火热，一位是某报社女记者，还有一位是市团委的干部。女记者的丈夫是省检察院一位干部，市团委女干部的老公在一家军工厂保卫处上班，民有吸取过去教训，心动不行动，与这两人都有些暧昧，坚决不突破底线，大家再有好感，再有共同语言，也不越雷池一步。

民有买了一支气枪，专门用来打麻雀。当时老房子的屋顶上，屋檐下，经常有麻雀飞来飞去。他身上穿的那件猎装，感觉也是存心要与气枪配套才买的。民有不只是在璩家花园的老房子周围打麻雀，在他上班的学校里也打，常常会有一群孩子跟在后面捡麻雀。传说中他的枪法很准，几乎百发百中，打中的麻雀用一根粗铁丝穿着，一穿就是一长串，最后便烧了吃，通常是红烧，给天井爷爷下酒。那段日子，民有很开心，前途一片光明，上级部门正在考虑提升他为副校长。

民有是外语组的负责人，英语能教，俄语也能教，在一所中学，绝对是个出类拔萃的人才。谁也没有想到，命运会突然发生改变，从令人欢喜的上升通道，突然转入下坡路，他从此跌跌爬爬。民有仿佛突然走进一条死胡同，到处碰壁，越往里走越黑暗，越来越看不到尽头。他的种种不幸与小胡的死有关。小胡本名胡学武，是民有学校的地理老师，喜欢写新诗。

在一次联欢会上,小胡朗诵了一首胡风的诗,严格地说,是一首长诗中的某些片段,民有参加了这次联欢会,对小胡的朗诵有印象,但也没太往心上去,当时正是江慕莲怀孕,肚子里有了天井,民有被这件事弄得焦头烂额。

结果不久以后"反胡风",把小胡给批判了。小胡喜欢胡风的文字,按当时社会风气,把他算作胡风集团的分子也是顺理成章。小胡为这事没少作检讨,深刻检讨,承认自己在思想认识方面,确实有许多错误。本以为认识了错误就好,这也是学校领导的意见,没想到处理决定十分严重,小胡竟然被开除了公职。失业的小胡生存立刻成为问题,他不断地向组织上诉,向昔日同事诉说自己的糟糕境遇,加上他正好又有肺病,走投无路之际,一个想不开,便上吊自杀了,就吊在学校的一个高大的梧桐树上。

这件事与民有本来也没什么关系,小胡只是个喜欢写诗的书呆子,他心中除了领导,眼里平时没有别的同事。失业后的小胡曾与民有抱怨,他就像鲁迅笔下的祥林嫂,与很多人都抱怨过。小胡自杀前后,正好是民有得意之时,江慕莲的事烟消云散,他除了打麻雀,与两位有夫之妇不断地暧昧,安心地等待提升,没有任何烦恼。

2

时间是1957年,穿着猎装、扛着气枪的民有,并没意识到自己即将跌入人生低谷。"大鸣大放"开始了,学校的同事纷纷开始给领导提意见。民有根本没想到要提什么意见，说老实话，他也没有什么意见。很多人都把矛头指向了学校的俞书记，轮到民有发言，他似乎不得不说几句，便自作聪明地发挥，说俞书记对他一向还是很关心的，还是很爱护的，言下之意，俞书记曾经保护过自己，他一直存着感激之心。不过在对待小胡的问题上，校方处理有些严重，过分了，民有说他记得小胡对自己抱怨过，说当时上台朗诵胡风的诗，事先向俞书记汇报过。

民有的意思，小胡跑到舞台上去朗诵，在当时，没人会想到那么长的一首诗里藏有问题，如果有问题，你们做领导的为什么没有先看出来，为什么没有审查出来。

> 你微微俯着巨人的身躯
> 你坚定地望着前面
> 随着你抬起的手势
> 大自然底交响乐涌出了最高音
> 全人类底大希望发出了最强光

民有近乎卖弄地还来了几句，表现自己过目不忘的才能。一时间，他完全忘乎所以，只剩下了自以为是。那时候，他只是觉得小胡那样的书呆子，就这么在梧桐树上吊死了，实在有点可惜，太可怜了。民有一番话的目的，只是就事论事，批评了俞书记的工作方法。小胡曾经告诉过民有，俞书记当时还说这诗挺好，很不错，很有气派，民有并没有把这话说出来，他知道这个不能说，不能随便说，说了就是坑俞书记了。民有觉得自己很有分寸，他想表达的意思，无非是要治病救人，不能一下子把人给弄死了，开除了小胡的公职，最后并没有达到救人效果，而是直接导致小胡的自杀。民有说他知道这是组织的决定，然而这种决定，这剂药太重了，俞书记显然负有一定责任。他代表组织开除了小胡的公职，如果能处理得再轻一点就好了。

话多必失，事实上，民有那天话说得确实多了一些，说得太多了。他觉得大家都同意自己的观点，觉得他的发言反响热烈，引起了群众共鸣，得到了大家的赞同，于是越说越来劲，越说越感觉良好，越说越放肆。民有根本没想到这番话会有什么严重后果，更没想到很快就开始反右派，民有的这次发言，成了最典型的右派言论。风向说变就变，现在，该批判而不是批评的，已经是璩民有。俞书记的解释非常明确，非常冠冕堂皇，当初判定小胡是不是"胡风分子"，这是件很严肃的事情，是你死我活的阶级斗争，它是教育局党委的决定。俞书记只不过是代表教育局党委，宣布了这个决定。

民有这样的"反革命分子"，被打成右派，可以说是理所当然，罪有应得。大家踊跃发言，众口批判，揭露他的个人野心无非是想赶俞书记下台，削弱党的领导，觊觎校长这个位置。有人站出来揭发，说民有曾私下夸过海口，说自己的教学水平，不要说当副校长，当正校长都绰绰有余。民有被推到风口浪尖，他成了大家口诛笔伐的靶子，问题越来越严重，弄到最后，连民有都觉得自己的罪行的确很严重，罪不可赦。

不只思想上反动，在生活作风上，民有也是属于腐化堕落的一类。与江慕莲的纠葛不用说了，与报社的那位女记者，与市团委的那位女干部，这些关系都是说不清道不白。民有坚决否认自己有越过红线的行为，一再声称他们不是那种男女关系，更没有那种男女关系。他说自己声名狼藉没关系，无所谓，不能随随便便地就用男女关系毁了人家女同志的清白。民有没想到还会有比男女关系更严重的关系，那位女记者成了新闻系统的著名右派，她与民有有联系，思想上有过交流，相互之间又不止一次通过信，大家都发过共同的牢骚，因此他们被认定是同伙，可以说是铁证如山，不容抵赖。

民有就这么被打成了右派分子，好在他的态度非常端正，该揭发的就揭发，该检举的就检举，该认罪的就认罪。报社的那位女记者，问题相当严重，被发送青海劳改，相比之下，民有所在的中学，没有太为难他，没有给民有戴上"极右"的帽子，没有开除他的公职，只是让他暂时下放劳动，去南京郊区的江宁镇大炼钢铁。

天井那时候太小了，对民有发生的这一切，一无所知。父亲对于他来说，还是那一张照片，穿着猎装，很神气的模样。民有平时很少回家，基本上是不回来，三岁的天井根本就见不到他，对当时的他并没有什么印象。不仅父亲形象是模糊的，天井甚至连祖父是什么样子，也没有能够记清楚。虽然他们共同生活了两年多，据说老爷子高兴时还抱过他，但是年岁太小，他完全不记得祖父，没有一点印象。

天井的祖父在民有被打成右派不久，便生病死了，老人家究竟生了什么病，说不清楚。民有接到父亲病逝的消息，匆匆赶回家奔丧。匆匆将老人埋葬，丧事刚结束，就准备回江宁镇继续炼他的钢铁。继母拦着民有不让走，跺了跺脚，咬着牙说，你小子不能走，不能一甩袖子就走人，你爹他是不在了，你爹是不要你养了，可我这个后妈，你还得管是不是，你还得管我的死活是不是。

不仅是这个难缠的继母，还有三个孩子怎么办。民有此时的工资，减去了一半都不止，要养活自己都够呛。他不知道该怎么办，真不知道怎么办，继母要钱，保姆要工资，三个孩子还要吃饭，焦头烂额的民有走投无路，无路可走，干脆就耍起无赖。他说我来想办法，总会想到办法的，天无绝人之路，总得让人活下去，结果却是不顾死活，他自己一走了之，撂下一个烂摊子，眼不见为净，心不想不烦，别人该怎么办，该怎么活下去，他管不了，顾不上了。

3

璩家还留下的一点老房子，就是在那期间，被民有继母能卖的都卖了，三钱不值两钱地卖了。不只卖老房子，她还让江慕莲的娘家人过来，把三个孩子全部接走。没人知道她是怎么和江家的人联系上的，反正江慕莲的一个弟弟赶了过来，把三个孩子接走了。事情发生得很突然，等到费教授闻讯，立刻赶去璩家，人都走了。他想托人打听，想知道他们的下落，结果问了几个人,最后也没有下文,没人知道这三个孩子去了哪里。

天井他们去了高淳,高淳并不远,现在是南京的一个区,也就一百多公里路。不过在1958年,还是相当远,非常遥远,要先坐船绕道去安徽芜湖,再从芜湖换上更小一号的船,用人工一直摇到江慕莲的娘家。路漫漫其修远兮,感觉在船上过了好多天,才最终到达目的地。一路上,都是同母异父的姐姐在照顾天井,那时候,十三岁的甜甜已很懂事,她一直都在保护弟弟天井,不让同船的孩子欺负他。

这一年,天井才四岁多一点。说起来,他人生中最初的记忆,可能就是从高淳开始,高淳方言也是天井最初能听明白的语言。几年以后,从高淳回到南京,没人能听得懂他说的那一口高淳话,高淳话的确是非常难懂,太难懂了,跟地道的南京话完全不是一个语系。天井虽然学会了高淳话,他对高淳的记忆仍然是模糊的,只是一个个不太清晰的片段。所有的人,脸都仿佛是模糊的,唯一印象深刻的,是一直在保护他的姐姐甜甜,她有一双很明亮的眼睛,尖尖的下巴,梳着辫子。甜甜始终都是在护着他,哥哥米米有些要强,会以大欺小,会用小拳头捶他,甜甜总是会帮着天井。

还能记得的是在田野上放风筝,有很多孩子在奔跑,米米要跑得比别的孩子更快。风筝放得很高,放着放着线断了,孩子都叫喊着去追,然后看着风筝在远处掉了下来。放风筝的那个人,天井并不认识,只记得他戴了一顶很奇怪的帽子。大家一起唱着歌去食堂吃饭,一起打麻雀。打麻雀的记忆太深了,突然就锣鼓喧天，突然就鞭炮齐鸣，就看见彩旗在摇动，房顶上，树上，门前屋后，到处都是在吓唬麻雀的人，乒乒乓乓敲盆打鼓。

天井对当时的大饥饿，没什么太深印象。为什么要一起去食堂吃饭，为什么又突然不去了，他完全弄不清楚，也想不明白。反正大家都会觉得饿，是人都会觉得饿，都吃不饱。外婆和舅舅一家总是嫌弃他们，说他们姐弟三个是外姓人，此地连一块能挖茅坑的地皮都没有，根本就不应该跑到这来。外婆总是在诅咒他们的母亲，一遍遍在骂江慕莲死得活该，说她自己死了也就算了，最后还要把祸害留给别人，还要让别人过得不安生。

然后甜甜就不在这个家了，就走了，就离开了。临走，甜甜紧紧搂着天井这个弟弟，说了些什么他也记不清楚，只记得她说还会回来看他，要他听外婆的话。多少年以后，天井听民有说过，甜甜是去跟着岳师傅学了裁缝，因为没有饭吃，跟着师傅学裁缝，多少还可以吃上一口饭，这也是没有办法的办法。再然后，米米也走了，也不在了，也离开外婆家。来的陌生人选择了米米，说是要去很远的北方，那个地方有饭吃，没有饥荒，从来都不会饿死人。

民有曾对天井说过，说他的运气好，说人家看不上他，如果当时来的人选择了天井，他们父子可能从此就再也不会见面。当然这样也好，天井真被人领走了，民有也可以少操不少心，省很多事。米米应该是去了内蒙古，据说当年的民政局有过档案，记载了这批被救助的孩子去了哪里，可是到了"文革"中,这些档案都被销毁,不复存在,天井也就不可能知道米米最终去了哪里。

天井只记得有一天,民有突然来了,突然出现在他面前。他记得姐姐甜甜和哥哥米米,一直都在盼着民有回来,民有迟迟没有出现。现在民有突然来了,他为什么会来,怎么就来了,这不重要,重要的是这个人来了,这个人终于出现了,一脸嫌弃的样子,一脸的不愿意。姐姐和哥哥已经都不在了,外婆告诉天井,来的这个人就是他父亲,就是那个不要脸的不顾儿子死活的爹。老太太从头到尾都在指责民有,民有被她骂得不敢吭声。

老太太说:"你不是人,你是畜生!"

老太太又说:"你连畜生都不如!"

民有带着天井去看甜甜,那时候,天井六岁多了,记忆已经开始清晰。他看见了甜甜,又一次看见自己太想见的姐姐。甜甜看到他就哭了,天井很高兴,非常高兴,他终于又看到了很想念的姐姐,他不知道搂着自己的甜甜为什么要哭,为什么要哭得那么伤心。甜甜挺着一个大肚子,她竟然怀孕了,肚子里竟然已经有了小孩。那时候的天井当然不会知道这是怎么回事,只知道姐姐哭得很厉害,他就用手帮甜甜抹眼泪。民有要带甜甜一起走,甜甜好像也有点愿意,也想,但是好像也不可能,不太可能带甜甜走,甜甜哭,民有也哭。

民有带着天井与甜甜告别,告别时,大家都很平静,甜甜脸上还带着点微笑。在回南京的船上,天井看见民有坐在船头哭泣,他用拳头击打自己的脑袋。这件事天井怎么也忘不了,他不知道一个大人为什么会那样暗暗地流泪，为什么要用拳头打自己的脑袋。天井当时的想法，就是这个有点陌生的男人，这个被别人指定是他父亲的民有，并不喜欢自己，他没有对天井表示出任何亲热，他好像只是没有办法，只是迫不得已，才不得不过来把天井接走，而且知道他很痛苦，因为不能带甜甜走。

很多年以后，民有才告诉天井，说甜甜是被她的裁缝师傅弄大了肚子。民有说我对不住甜甜，我对不住她。甜甜的师傅是个驼背，龅牙，很怪的长头发，非常难看的一个老男人，岁数已经很大了，有个很邪恶很不讲理的老婆，有儿也有女，儿女的岁数比甜甜都大。

4

甜甜与母亲江慕莲长得很像，她出生在成都，抗战胜利后，一直跟着母亲生活在南京。在费教授每天都要写的日记中，曾多次提到过甜甜，说她是个极懂事的女孩，天性善良，聪明伶俐，懂得照顾母亲和弟弟。说起来，因为没有了父亲，前面的日子过得就不算好，已经很糟糕，母亲死了，继父民有又成了右派，她带着两个弟弟到了外婆家，日子变得更糟糕。两个弟弟都还小，小了就对什么事都无所谓，歧视也好，虐待也好，都不会太往心上去。

在外婆家，甜甜什么事都要做，帮着小舅带小孩，他们的一个小表弟还没有断奶。洗全家的衣服，喂猪，烧全家的饭。外婆家成分是地主，外婆就是个很凶恶的地主婆，村上的人歧视她，歧视她家，她就歧视甜甜姐弟三人，把仇恨都转移到他们身上。几个舅舅都是老实人，尤其与外婆一起住的小舅，永远是不说话，小舅母很凶，动不动就责骂小舅。小舅与江慕莲是龙凤双胞胎，大学没能念完，这个那个干过不少，没一样干出名堂。他就是个没出息的人，回到乡下养病，没想到这一养病，再也没办法进入城市，变成不折不扣的乡下人，小舅母为了这事，没完没了地数落。

甜甜和天井的外公当过汪伪时期的伪县长，他死得早。外婆对江慕莲的怨气，是在这个女儿身上花的钱最多，供她上大学，上了中国最好的女子大学，赔了那么多真金白银，最后没有得到任何回报，反而还给娘家添一堆麻烦。三年困难时期，说来就来了，大家都吃不饱，江家一下子又添了三张嘴，外婆一看到甜甜他们，就不会有好话讲，看到他们姐弟三个，就恨得咬牙切齿。

那一阵，裁缝岳师傅正好来村上做活。乡间裁缝都是流动的，必须一个村子接一个村子自己找活干。岳师傅天生是个驼背，他小时候得过佝偻病，背上仿佛是背着半个篮球，仗着一手不错的裁缝手艺，小日子还算说得过去。他听见天井的外婆在骂甜甜，又看甜甜长得水灵，脸色又红又润，皮肤嫩得能掐出水来，便主动提出可以收她为徒。外婆显然从岳师傅闪烁的眼睛里，看到了什么不好的东西，她看到了他的不怀好意，想到能少一张嘴吃饭，竟然就动了心。

外婆话里藏着话,看着岳师傅,说:

"我这外孙女儿,养这么大了,不可能就这么白送给你了,是不是这个理?"

岳师傅也话里有话,也看着外婆,说:

"跟我学徒,都不跟你要学费,我是白教她了,应该算是我便宜了你,你怎么能说是白送呢?"

两个人经过一番讨价还价,岳师傅给了外婆两段多下来的零头布料,又给了外婆一个自己平时常带在身边用的小铝锅,就把甜甜带走了。这以后,岳师傅便成了甜甜的师傅,甜甜便成了岳师傅的徒弟。师徒二人开始过起了典型的乡间裁缝生活,在农闲的日子里,一个村一个村地做活,在哪家做裁缝,便吃住在哪家。到晚上,岳师傅通常都是在主人家的客堂铺上稻草,睡地铺。甜甜则是主人家有女孩子,就跟人家女孩子睡,没有就跟人家的小媳妇,或者是老太太一起睡。

这是有活干的时候,没活干的时候,甜甜便帮着岳师傅家做家务。岳师傅的大儿媳妇刚生完第二胎,头胎是个女儿,才一岁多,刚学会走路,甜甜除了做家务,还要带孩子,喂鸡喂鸭,比在外婆家更苦更累。终于等到春耕结束,岳师傅带着甜甜又出去找活干了,又要出门了。他们生活的那个区域,河道纵横,水路发达,坐船的机会比走路要多。上了岸,高坡上会有许多桑田,他们抬着一台缝纫机,东村走,西村串,经常要从成片的桑田里走过。

在一片桑田里,岳师傅看看四周没人,便要求停下来休息。两人歇了下来,岳师傅又看了看四周,让甜甜过去给他捶腰,说是腰部那里疼。甜甜便上前为他捶腰,捶着捶着,他转过身来,一把拉过甜甜,把她压在了身底下,解她的裤腰带。

甜甜极力挣扎,想喊,岳师傅便威胁她,说:"喊什么,喊了让人看到,你丑不丑?"

甜甜不敢喊,可能也是怕,不敢喊,不好意思喊。岳师傅那只非常肮脏的手,伸到了她的裤子里,一阵乱摸,又强行把她裤子脱去一条裤腿,霸王硬上弓地就乱来。无奈有点力不从心,甜甜太小了,不肯配合,也不可能配合,草草就让他鸣金收兵结束了。这只是开了个头,事后甜甜哭得很伤心,哭得上气不接下气,岳师傅板着脸,没好气地说,哭什么,有什么好哭的,我又没有把你怎么样,你早晚都会是我的人,早晚都是我碗里的菜。以后只要是有机会,只要是没有人,他就会故技重演,他就会老调重弹,对甜甜一次又一次地猥亵,一次又一次地蹂躏,一次又一次,没有一次能够真正成功。

眼见着农忙又要开始,岳师傅脸上显得有些沮丧,有些烦躁,做活时,动不动就骂甜甜,各种各样找碴,总是说这里不对,那里不好。甜甜作为徒弟,挨骂是经常的,一时也学不到什么,无非帮着做些手工,缝缝纽扣之类,或者师傅画好了线条,按着线条用剪刀剪。岳师傅的心情很不好,这个不好当然与自己不能最后得逞有关。在有人的时候不能做,在没人的野地里又做不好。有一天裁缝的活计做完了,因为紧挨着淳溪古镇,岳师傅便说此次出门,在外面待了不少日子,说回去就要回去了,既然现在都到了淳溪,我也带你去镇上看看,吃碗面条或者小馄饨。

到了淳溪镇上，街上也看不到什么人。有一家很破的小旅馆，岳师傅带着她进了小旅馆，问好了价钱，就开了一间房间。然后就进去，看了看房间，将"无敌牌"的缝纫机和包裹放好，再带着她走出来，到小旅馆隔壁的馆子里，要了一碗面条，要了一碗馄饨，面条是岳师傅的，馄饨是为甜甜要的。那时候进馆子，必须要付粮票，粮票比钞票还值钱，岳师傅有个女婿是城市户口，这粮票还是他给的，岳师傅一直偷偷地藏在身上。

吃完了面条馄饨，岳师傅又带着甜甜回旅馆。进旅馆的时候，那个负责开票的男人，眼睛直直地盯着他们看，目不转睛，眼神里流露出很多种意思。好像已知道他们这两个人是怎么回事，既有点羡慕，羡慕岳师傅，他居然带了一个这么漂亮的女孩子到旅馆来，又有点同情，同情甜甜，为她感到惋惜，为她感到太不值得，想不明白她怎么会落到这么一个糟男人手里。

5

天井跟着父亲一起坐船回南京城，先是小船，人工叽叽嘎嘎摇的那种小船，有风的时候，还可以升起白色的风帆。然后就是大船，柴油味很重的那种大船，机器声一直在轰鸣。民有一路上也不跟天井说什么，一路上都在想心事。这时候，天井开始有了比较明确的记忆，大船在长江里行走，白浪滚滚，他看见成群黑色的鸟，突然从江面上开始起飞，扑打着黑色的翅膀，沿着水面往上飞，越飞越高，越飞越远。

南京城越来越近，经过民有下放劳动的江宁镇，再往前开，经过了板桥，经过了江心洲，前面就是此行目的地下关码头。民有在江宁镇待了将近三年，这三年，干过许多事情，大炼过钢铁。江宁镇附近的山上就有铁矿，民有他们还真炼出了铁疙瘩。除了大炼钢铁，大打麻雀的时候民有也大出过风头，他的枪法很好，有一支别人没有的气枪，子弹不够用，便自己用铅丝加工。他还给当地的小学代过课，上算术课，当了几个月的孩子王。当然，他也跟着挨过饿，大家都吃不饱肚子，他一个到农村劳动改造的右派分子，不可能例外。

在下关码头下了船，天井感觉自己是被一个陌生人牵着走，民有不跟他说话，也不告诉他这是要去哪。父子俩显得很生分，更糟糕的是，天井说的高淳话，民有根本就听不明白。

"儿子，你说什么呀，能不能不这样说话？"

天井于是不再说话，不开口，像哑巴一样。民有也不想跟儿子多说话，他好像有一肚子心事，能不说话，就不说话。他领着天井坐上了公共汽车，天井坐在一个靠窗口的位置上，十分好奇地看着窗外，不知道这辆公共汽车什么时候能开，为什么现在还不开。穿着工作服的司机姗姗来迟，终于上车了，车身突然一晃，公共汽车拐了一个大弯，开始驶向城区，天井听见民有对自己嘀咕了一句：

"唉，我总算把你带回来了。"

过了一会，民有又小声嘀咕了一句：

"操他妈的，我们总算又回家了。"

能回南京的理由，谁也说不清楚。不同的年头，民有自己的解释也不一样。反正现在是再一次回到了南京，他离开了自己劳动改造的江宁镇，回到了自己的城市。原来的那份公职，已经不复存在，他成了临时工，要自己找活干。回到南京以后，初步安定下来，民有便带着儿子去见费教授，费教授见是民有父子，想到逝去的江慕莲，不胜唏嘘，摸着天井的小脑袋瓜，对民有说：

"你能把这孩子接回来，这很好。"

民有说自己能回南京，他想到的第一件事，就是要去高淳乡下，把儿子接回来。民有说天井已经认不出他了，见了他，连一声父亲都不肯喊。天井这孩子现在是一口高淳土话，说什么谁也听不懂，就跟说外国话一样。民有显得有些兴奋，费教授却十分紧张，毕竟民有是个右派，虽然是劳动改造回来了，总是适当保持距离为好。应该划清的界限，还是应该划划清。聊了好半天，费教授渐渐放松警惕，开始问这问那，然后便带着民有父子，到附近一家馆子饱餐一顿。费教授是有名的教授，又是政协委员，薪水高，请客吃饭不是问题，他也知道民有带儿子过来的目的，不外乎就是为了能吃点什么。

民有父子大快朵颐，天井印象中，这是吃过的最好的一顿，虽然就两三个菜，实在是太好吃了。在费教授家，民有始终没有提到甜甜和米米这两个孩子，费教授似乎也忘了问。民有很担心他会问，真要是问了，又应该如何回答。好在老先生对他能去把天井接回来，已经感到很满意，觉得民有这么做是对的，是应该的，对得起自己的承诺，对得起死去的江慕莲。费教授指着墙上的一张照片，问天井认不认识这个女人，他告诉天井，这个女人就是他妈，就是他的亲妈，姓江，叫江慕莲。天井很木然，不明白墙上这张照片，这张照片上的女人，为什么是自己亲妈。天井从小没有妈的概念，他好像天生就是没妈的。这张照片后来也没了，天井根本没能留下印象。

民有帮天井回答，苦笑着说：

"他怎么能知道她是谁，我不是跟你费老说了，他连他爹我是谁，都不知道。"

接下来，民有开始为自己的工作奔忙。想来想去，最好还是能回到原来的那所中学。他有过去干部学院的念头，想请费教授帮自己说说话，可是在费教授家，根本开不了这个口。他明白这个完全不可能，一来自己虽然在干部学院兼过课，教过俄语速成班，此一时彼一时，中苏关系正在变坏，俄语已不吃香了，人家不会需要俄语老师；二来自己的右派身份，干部学院根本看不上他，况且费教授这种迂腐的老先生，在学校里也说不上什么话，没人会把他当回事。

民有拎了一只活的大公鸡去俞书记家拜访，俞书记见到他，既感到意外，似乎又在预料之中。大家都说了些套话，俞书记说欢迎民有改造成功，欢迎他重新回到人民群众中来。民有则说他觉得劳动改造确实很有必要，通过在江宁镇这几年的劳动锻炼，自己对建设社会主义，对与劳动人民打成一片，都有了新的思想认识。

俞书记的太太季老师在学校后勤部门工作，也算是民有当年的同事，那天对民有非常客气。她希望民有能够明白，他之所以会犯错误，会在思想上出现问题，并不是俞书记个人对他有什么意见,而是民有确实在思想上有问题。民有表示自己早就心服口服,早就意识到自己的思想错误,要不然,他也不会来看望关心他的俞书记。

季老师说:"我们家老俞,对你的业务能力还是认可的,犯了错误,只要还能改,就是好同志嘛。"

6

民有继续为自己的工作奔忙,他户口虽然回到南京,如果不能尽快找到一份工作,不仅意味着生活没有保障,作为一名归居委会管辖的无业游民,他能不能继续在南京待下去,都会成为问题。当时流行着这么一句口号,"我们也有两只手,不在城里吃闲饭"。闲饭可不是那么好吃的,言下之意是你如果游手好闲,那么就请你下乡,民有可不想再被赶到农村去。

俞书记通过与李校长讨论协商,决定让民有先回学校临时兼课,教中学英语。学校本来有个挺好的英语老师,是从印尼回来的华侨,英文相当不错,没想到有了意外,突然病故了。学校的外语课还得上,一时又找不到合适的英语老师,于是想到了民有。民有本来就是学英语的,英语俄语都能教,他大学读的是外文系,英语才是专业,俄语并不是他的第一外语。现在遇上了这么个好机会,民有必须要抓住,当然不能轻易放弃。

民有知道自己遇到的真正贵人,是俞书记的太太季老师,如果不是她在俞书记枕头边不断吹风,民有也不可能得到这份工作。这份工作来得太及时，有了这份工作，尽管还是临时的，尽管没有正式编制，他被赶下乡的威胁，起码可以暂时解除。说起来，俞书记也是老革命，在延安读过抗大，上过前线，打过仗，以他的资历，去市级机关当个官员绰绰有余，但是他更喜欢搞教育，更喜欢在教学第一线工作。他说民有可以来学校上课，别人还真不敢反对。

季老师是民有曾经的同事，对他这个人，应该说也还是有所了解。人嘛，总难免犯点错误，季老师作为一名做学校后勤工作的女同志，对民有没有太多成见，也没有觉得他有多坏。她知道这个人是有业务能力的，大家在背后对民有的评价并不低。当然，这也与他擅于讨女人喜欢有关系，大家都觉得他挺可惜，如果不是犯了错误，民有也可以算得上一表人才，是个不折不扣的小白脸。事实上，就算是犯了错误，就算是个右派分子，依然会有人对他不错，依然有人喜欢他。

民有开始兢兢业业教学，非常珍惜这个机会。为了能把课上好，上精彩，他还经常去向费教授请教，跟费教授借《牛津大词典》。一转眼，大学毕业十多年了，由于不怎么使用，没有机会复习，他发现自己的英文水平正在大踏步地倒退。新教材看似简单，要想把这门课上得有趣，让同学们觉得这位老师有水平，并不是件容易的事情。大多数同学都对英语不感兴趣，很多人根本不准备考大学，他们甚至觉得这门外语课，完全可以不用开设，既然已经上了，考试时马马虎虎让大家过关就行。

季老师有个妹妹，丈夫得腰子病死了，有个与天井差不多大的儿子。她觉得民有也是有个儿子，也是单身，如果能和自己妹妹重组家庭，应该还是个挺不错的选择，便征求妹妹意见。妹妹是玻璃厂的工人，眼光很高，那时候工人很有地位，她看了民有的照片，愿意与他见面。民有听从季老师的安排，与她妹妹一起看了两场电影，又去玄武湖划过一次船，最后妹妹表态，觉得民有这人不靠谱，不太适合自己，不愿意与他继续下去。

民有如释重负，卸下了一个大包袱。这事本来就很突然，因为是季老师出面，对方又是季老师的妹妹，是俞书记的小姨子，虽然长得不是很漂亮，如何应对还真不好办。不热心不行，太热心也不行，万一又得罪了谁，后果可能会有点严重。他带着季老师的妹妹到自己家做客，家里很乱，脏乱不堪，房子又不大，更关键的是他在经济上还寒酸，还小气。大家肚子都很饿了，用季老师妹妹的话说，人都饿得快走不动路了，经过一家小馆子，民有硬是装作没看见。

结果是女方主动提出不想继续发展下去，民有也就不算得罪人家。相反，他还可以故意做出很失落的样子，仿佛失恋了，让女方觉得很有面子，很对不起民有。季老师便是这么认为的，她让民有不要太在意，不要在意自己妹妹的态度，不要放不下她妹妹，她会再为民有介绍一个更好的、更有缘分的女人。

7

天井跟着父亲民有回到南京，开始过一种全新的日子，一种与以往完全不一样的生活。有一点还是一样，还是没有变，不管在哪里，在高淳，在南京，他总会被别人欺负。比他大的孩子要欺负他，比他小的孩子，也会欺负他，那些岁数比他小的男孩，背后常常会有自己的哥哥在撑腰。天井还没有到上小学的年龄，还差那么一点，还差个大半年，这一段时间，民有根本没精力照料他，没办法管他的一日三餐。

日子过得还是有点焦头烂额。虽然在上课了，已在教中学英语，民有毕竟还是个临时工，还是在兼职，薪水也不高，可以说是很少，随时还可能被解聘。民有有时也会想到甜甜，觉得她太不幸了，她太可怜了，也有过要去把她接到南京的念头，但是这些念头一闪而过，立刻就意识到不妥，就知道很不现实。自己现在连天井这么一个儿子都照顾不好，如果再把甜甜接过来，她又是怀了孕的，这个日子更没办法过。况且民有与甜甜没有血缘关系，真把她弄到南京来，有些事更说不清楚。事已如此，多一事不如少一事，江慕莲就算是在天有灵，也怨不到他民有，怪不着他不顾甜甜死活。

为了让天井中午有地方吃饭，民有开始与李择佳有了最初的接触。那时候，李择佳是幼儿园的园长，这个幼儿园是前些年专为永红服装厂职工办的，民有父子与永红服装厂毫无关系，人家也没有什么一定的理由要收天井。民有只能玩可怜，向李择佳诉说自己的无奈，诉说自己的悲惨故事。他也是实在没办法，大家都住在璩家花园，好歹也都是邻居，都说远亲不如近邻，恳求李园长能体谅他的难处。李择佳看着民有，看着他一个大男人难成这个样子，不由得心生同情。她问民有，天井这孩子为什么会没有母亲，他妈去哪了，怎么人就没了，是生病走的，还是夫妻离婚，分开了。民有重重地叹了一口气，摇了摇头，不说话。

李择佳当然只是随口一问，他回答不回答都可以，然而过了一会，民有神色忧伤，很痛苦地说：

"你既然要问，我也就不瞒你了，她是跳河走的，从仙鹤桥那边跳了下去——"

那时候仙鹤桥还没有修，不过说是已准备要修了。接下来的话不用再说，还能有什么比这更悲惨。李择佳也不想知道更多，她与民有都住在璩家花园，两人并不太熟悉。璩家花园是一大片住户，一条街也很长，既然大家都是邻居，天井母亲又遭遇了那样的不幸，民有这么为难，可怜天下父母心，李择佳决定收下天井，幼儿园不多这一个孩子。就这样，天井进了幼儿园，起码天天的一顿中饭，可以有个着落。永红服装厂附属的幼儿园，晚上一下班，孩子都接回家。民有这人稀里糊涂，常常错过下班时间，李择佳不能总是在幼儿园等他，他老是迟到，干脆就把天井带回家，她自己家的两个女儿，阿四阿五也在这个幼儿园，正好一起带走。

一来二去，民有与李择佳的关系，渐渐非同一般。天井在幼儿园时间并不长，很快就上小学。上了小学，天井跟阿四是一个班，阿五在隔壁班，正好厂办幼儿园由于各种原因，也快办不下去，民有父子干脆在李择佳家搭伙，解决吃饭问题。搭了一阵伙，外面开始有些议论，又不得不分开，其实那时候，民有和李择佳之间，并没有什么实质性的进展，只是在互相帮助，只是在互相照顾。民有上过大学，是个文化人，李择佳对这样的男人，天生会有点好感。

两人真正要有事，要有那层关系，还得再过几年，还得等到"文化大革命"开始。那时候，李择佳又一次成了家庭妇女，没有了经济来源，靠典卖家里的财产，靠给人家做保姆，勉强度日。民有教了好多个学期的英语，仍然还是临时工，还是兼职。学校还是不能解决他的正式教职，老师的编制太困难了，一直都说要考虑给他弄个工人编制，以工代干，拖了好几年，这个工人编制，也没有最后解决。

史无前例的"文化大革命"开始了，民有学校的俞书记和李校长首当其冲，成了"走资本主义道路的当权派"，铺天盖地全是他们的"大字报"。民有也被动卷入其中，居然也想造反，也想当造反派，还真当过几天造反派，跟着大家一起写"大字报"，揭露"走资派"的狼子野心，煞有介事地写批判文章。写着写着便忘乎所以，他没有吸取以往的教训，没有夹起尾巴做人，跳出来为自己摘帽，认为当年被打成右派，也是"走资本主义道路的当权派"迫害他的罪证。

民有的"大字报"墨迹未干，大批判矛头就直指过来。右派分子借尸还魂，向党猖狂进攻的大帽子，立刻朝他头上扣过去。中学的红卫兵特别生猛，对民有还算客气，也就是用皮带抽他几下，扇了几个耳光，没狠狠地打他，没把他打得鼻青脸肿。

第五章

/

1979年

婚礼，
第八个是铜像

1

1979年的4月3日,天井与阿四结婚了。为什么会选择这一天,为什么是这一天,天井想不太明白。好像也没什么道理可讲,阿四说我们挑个日子,让我好好想想,我想想,好吧,就订4月3日这一天,就是它,就是它了。阿四这人向来这个毛病,向来就这个脾气,她说要订在这一天,就订在了这一天,没什么可商量的,用不着再商量。

后来,又过了好多年,他们的儿子璩达都快要上小学了,阿四这才悄悄地告诉天井,说4月3日是个特别的日子,那天她和章明正式宣告分手,那天那个王八蛋不要我了。阿四说,天井我告诉你,我们要是不分手,我们要是不分开,我是说我和章明如果不分手,如果不分开,你天井也没这个机会,我们也不会在一起。这番话说完,阿四意犹未尽,阿四遗恨未消,说天井你真要感谢那个章明,感谢那个混账王八蛋,感谢他把我给踹了,要不是他不要我了,要不是他成全你了,你也不会有这个机会,我们也不会有今天。

很显然，早在阿四与章明刚谈对象的时候，厂里就没人看好他们的前景。这两个人最后要分手，什么时候分手，只是迟早的事。我们不妨把时间拨回到 1975 年，当时有几个北京工学院的大学生，在他们的朱老师带领下，来到标准件厂实习。那时候，标准件厂与另一家工厂合并，正在酝酿改名，要改成液压件厂。生产的产品也要改型，不再生产标准件，与简单的螺丝螺母告别，开始生产液压件，生产液压的油泵和油马达。新产品据说是用于潜水艇，属于军工产品，技术水平必须改善提高。

也就是在这时候，又有一批新的徒工进厂。工厂的气氛完全改变，年轻人变多了，学习的氛围很浓。这几个来实习的北京工学院大学生，起到了非常好的带头作用，他们在自己的朱老师带领下，在厂领导的支持下，就在工厂的食堂，办起了"七二一工人大学"。"七二一工人大学"是"文革"的新生事物，是当时教育革命的方向，发展很迅速，势头很猛烈。有数据统计，那时候类似的"七二一工人大学"有一万多所，参加的学员有七八十万。

工人大学的基本特点，就是半工半读，一边上班，一边学习。招生布告贴了出来，年轻人都可以报名参加。大家很兴奋，天井看见李学东报名了，看见阿四和章明报名了，看见很多人都报了名，当然他也跟着去报名。政工小宗具体负责这个事，负责录取名单，最后湿漉漉的名单出来了，就贴在工厂的大门口，天井发现自己的名字并不在名单上，他不知道为什么名单上会没有自己的名字，看到了李学东的名字，看到了阿四的名字，看到了很多熟悉的名字，偏偏就是没有自己。

正好过来贴录取名单的政工小宗，人还没走远，天井连忙追了上去，问他为什么没有自己的名字。政工小宗看了看他，上上下下地打量了一番，一本正经地来了一句："你报名了吗？"

天井说："我报了，当然是报了。"

政工小宗说："报了又怎么样，你以为报了名，就一定要录取你？"

天井被他说得哑口无言。

政工小宗不无得意，带着几分嘲讽地说："也不是什么人都能录取，像你这样，对了，你的那绰号叫什么的，叫'二呆子'，我们怎么能录取一个脑子不好的人呢，你说是不是，是不是这么个道理？"

天井没想到会这样，明知道政工小宗这是在欺负自己，非常明显，是赤裸裸地耍流氓，可是又拿他没有办法。政工小宗在厂里可以说是人见人恨，人人都讨厌他。他抽烟从来不买烟，喝酒只喝别人的酒。喜欢到处跟人借钱，虽然只是三块两块，却已经没人肯借给他，都知道这个人借了钱不会还，都知道他这是在变相敲竹杠。他就是这么个永远在占小便宜的家伙，不要脸，就是欺软怕硬。别人不借钱给他，根本不拿他当回事，他也没什么招数，不借就是不借。跟天井借了，借了一次，又涎着脸还有下次。到了下次，天井拒绝了，他便怀恨在心，当时就咬牙切齿，明目张胆地说了一句"你等着"。像天井这样老实无用的家伙，竟然也会学别人的样，敢不把他放在眼里，他怎么可能不寻找机会报复。

天井不知道那份湿漉漉的录取名单上，还少了一个人，还少了一个人的名字，这就是章明。

2

厂里的"七二一工人大学"正式开学了，说开学就真的开学。开学的那天，也是天井非常不高兴的日子。他看见很多跟自己一样的年轻人，拿着厂里发的课本，拿着厂里发的圆珠笔，说说笑笑，兴冲冲地去食堂上课。天井看到了李学东，李学东喊他一起走，一起去上课，听说天井竟然没有被录取，不明白是怎么回事，笑着说：

"这玩的是什么鬼，难道还有录取不录取这一说？"

天井看到阿四跟章明一起去上课，两人有说有笑，往食堂的方向走去。这以后，每周有三个下午上课，有时候是朱老师给学员讲课，有时候是北京工学院的大学生给学员讲课，先从高中数学开始讲起。学员的程度不一样，这个课很难上，没办法上，天井不是学员，课堂上究竟怎么样，他并不知道。

天井知道了一件事，这也是后来才知道的，在公布的录取名单上，不仅没有天井，而且确实也没有章明。章明可不像天井那么好说话，他带着阿四，气鼓鼓地跑去找政工小宗，让他解释为什么，把话说说清楚。政工小宗说你都已经是技校毕业，本身就是技术员，你这个水平，还要上什么工人大学。按照阿四的说法，政工小宗之所以会使坏，故意把章明排除在外，其实就是嫉妒，就是嫉妒章明和阿四在谈恋爱，就是不想让他称心，不想让他和阿四一起上课。

章明的话很不客气，说：

"姓宗的，你给我把话说明白，是不是觉得自己很牛，是不是觉得你想让谁上，就让谁上，不想让谁上，就可以不让谁上？"

当着阿四的面，政工小宗不想示弱，言语中依然有些得意，说：

"不能这么讲，不能这么讲。"

"那要怎么讲？"

政工小宗仍然很得意，看了阿四一眼：

"不能这么讲——"

章明抡起拳头，朝着政工小宗的脸上结结实实就是一下。这一拳很厉害，竟然把他的牙都给打掉了一颗。政工小宗捂着脸，蹲了下来，一边哀号，一边大叫：

"你打人，打人！"

政工小宗去医院躺了一星期，足足一个星期，赖在病床上，不肯出院，要章明赔钱，要他赔礼道歉。厂领导便跟章明谈条件，商量，说赔钱不必，反正是公费医疗，赔礼道歉有那么个意思就行了。章明说不要做梦，你们帮我转告他，他小子出来，我不再打他就算是客气了，还想让我给他赔礼道歉，门都没有。章明继父是省物资局领导，这个位置很重要，厂领导觉得得罪不起，同时，也实在是不喜欢这个政工小宗，也觉得他被打是自找，不值得为他出头，这个事就不了了之。

政工小宗被打的事，全厂都知道，都觉得他活该，都觉得打得好。天井也感到出了一口恶气,很遗憾不是自己打了那一拳,很遗憾这一拳不是自己打的。天井从来没打过人,这一拳打得好,打得解气,打得像个男子汉。也难怪阿四会喜欢章明,她听说天井没能录取,屁也不敢放一个,就那么算了,就那么认了,笑他太没出息,笑他太没用,太软弱,太孬了:

"小宗那种坏人,就欠章明那样一拳。"

阿四说像政工小宗这种坏人,打一拳都嫌少,应该在他那边的脸上,再来一拳。打掉一颗牙都不够,要把他满嘴的牙都打掉才好。厂里办的这个"七二一工人大学"风风火火,热闹了一阵,很快虎头蛇尾。北京工学院的朱老师虽然教得很认真,学员的学习态度却越来越糟糕,越来越不想学。大家程度也不一样,好多人本来就是来凑热闹,反正是上班时间,聚在一起玩玩,玩到最后,发现还没有上班好玩。

李学东首先不去了,他不去的原因,是不想看到章明和阿四,不想看到他们在课堂上展示恩爱。阿四虽然声名狼藉,年轻人的目光有所不屑,还是忍不住要盯着她看。上课的人越来越少,大家越上越不认真,紧接着,章明和阿四也不去了,章明基础好,他嫌程度太浅,阿四基础极差,她嫌程度太深。再以后,这个工人大学名存实亡,没办法再继续上课。也就是在这一年,厂里居然分配到了一个上清华大学的名额。那年头上大学没有高考这一说,所谓工农兵大学生,名单都是分配的,谁去要靠组织推荐。

天井他们那个厂不大,突然从天上掉馅饼,掉下来一个清华名额,这可不是什么小事。很多年轻人心里顿时有了想法,毕竟这个是真金白银，和闹着玩的"七二一工人大学"完全不是一回事。不过有想法也没什么意义，很快就知道这事与大多数人根本没关系。大家很容易被排除在外，最后只剩下了两个人，只有李学东和章明两个人在争，在斗，在赤裸裸地竞争。

李学东的后台是厂长，章明的后台是书记。表面上风平浪静，背地里刀光剑影。都知道章明继父来头大，省物资局的领导，仗还没有开始打，输赢好像已经注定。在讨论推荐方案的时候，厂长率先提出了一些对章明明显不利的方案，他认为被推荐的人要年轻，要有个年龄限制，章明生于1948年，已经二十七岁了，这岁数再上大学可能不太合适，这岁数按说都应该大学毕业。书记听了，很认真地看文件，看了一会，皱着眉头思考，然后很认真地说：

"文件上没有年龄限制这一条，这个我们不能自作主张，你看这里倒是还有这么一句，'考虑到学员长期在第一线战斗和工作，年龄可以放宽'，是'放宽'，连'适当'两个字都没有，你看是不是这样。"

书记和厂长各不相让，各有各的理由，各有各的道理。最后一致认为，要公平，不能比开后门，要杜绝不正之风。干脆让章明和李学东两人考试，比一比，谁的成绩好，就推荐谁去清华。嘴上这么说，后面当然还是大有花头，还是大有文章。显然书记出的招更厉害，也更能拿到桌面上来说，李学东不可能考得过章明。知道内情的李学东母亲不甘束手就擒，使出了别的招数。

那年头还不流行请人上馆子吃饭，没有包间，想说什么话也不方便。要请就要请到家里，这个也不太合适，容易引人注目。还是悄悄送礼为好，李学东母亲让中间人跟厂长商量，怎么送，送什么。厂长认真想了想，说这样不太好吧，用不着这样，又说也不能光给他一个人送，真要送，书记那里最好也备上一份。书记帮不帮忙不重要，不在背后捣乱就行。于是都送，送一个搓衣板，一块塑料窗帘，一瓶洋河酒。

3

当时南京人出差去北京，最喜欢托他购买的，是搓衣板和塑料窗帘，两样东西都是稀罕之物。为什么只有北京才有，也搞不明白，反正听说有人要出差去北京，这玩意照例最受欢迎。时过境迁，再往后，可能就算不上什么，拿不出手了。在当时，在物质匮乏的1975年，送人北京产的搓衣板，不亚于现在送人一台洗衣机。北京产的塑料窗帘，更意味着一种时髦的新生活，那年头，家家户户不锁门，也都不关窗，或者说不把窗户遮起来，隐私仿佛根本不存在，有了不透明的塑料窗帘，只要一拉上，有些什么事，大白天也都能干了。

洋河酒是江苏自产的，凭票供应，也很不容易搞到。这三样东西，厂长书记都送，都悄悄地送到他们家里。还有一个政工小宗，前面两样就不送了，只给他送一瓶酒，搞定他，一瓶酒已经足够。政工小宗还是单身，搓衣板和塑料窗帘暂时还用不上。他挨过章明一拳头，结了仇，要让他帮忙，有没有这瓶洋河酒都行。

试卷由北京工学院的朱老师来出，他是外人，谁也不认识。试卷出好，他亲手交给书记，书记又亲手转交给政工小宗，准备第二天再考。恰好遇到了周三，那年头还没有双休，每周休息一天，为了节电，各区的工厂轮流休息。天井他们厂是周四休息，因此考试就要放在周五。试卷到了政工小宗手中，他当着书记的面，锁在了办公室抽屉里，下班时，又偷偷地拿出来，带回家，然后等天黑透了以后，悄悄送往李学东家，让李学东把一道道题目给抄下来。

结果还是出了差错，李学东抄题目的时候，居然会接连抄错两题，或许是心慌的原因，或许是完全不懂题意，反正就是抄错了。本来就不会解答，题目不正确，更是解答不了。第二天，他去找曾经的中学老师，中学老师忙了半天，也仍然解答不了，说这题太难了，解答不了。都没想到是题目错了，李学东也不敢说这题目从哪来的，是怎么回事，都在一个劲地想这题目太难，怎么会这么难，连老师都解答不了。

李学东输得莫名其妙，输得无话可说。这件事要过很多年，才会彻底揭秘，大家才会当笑话讲。朱老师根本不想与谁为难，他出的试卷，可以说是最基本的，最简单的，绝大多数题上课时还给厂工人大学的学员讲过。命中注定这个清华大学名额与李学东无缘，注定要与他擦肩而过。章明也不能算考得特别好，跟李学东相比，显然不一样，他很快把卷子交了，满脸很轻松的样子，给人的感觉就是，这太容易，这样水平的试卷也能拿来考他。

章明就这样进了清华大学，成为工业自动化系一名工农兵大学生。阿四信誓旦旦要等他三年，章明也信誓旦旦，保证三年不会变心。事实是不到一年，根本用不了一年，两个人便分了手。第二年的4月3日，也就是1976年4月3日，阿四接到章明一封长信，说他正在天安门广场悼念逝去的周恩来总理，参加这个活动很危险，经过反复思考衡量，决定还是忍痛割爱，断绝与阿四的恋爱关系。为有牺牲多壮志，章明说自己正在做一件非常伟大的事，他要成为革命者，不想再连累她。

南京城里也有类似活动，3月28日这一天，南京大学四百名师生抬着周恩来遗像，扛着花圈，前往梅园新村举行悼念。工厂和机关成千上万人加入，人群高举着"谁反对周总理就打倒谁"的大标语。天井没有参加，他们厂没人参加，不过他看到了那条"谁反对周总理就打倒谁"的大标语。当时的南京城有些激动，还出现了更激烈的"打倒大野心家、大阴谋家张春桥"的大幅标语，有人将这条标语刷在了南来北往的绿皮列车上，不过这些事天井只是听说，并没有亲眼看见。

过了没几天，"天安门反革命事件"变成一个天天在报纸上反复出现的词汇，大家都在说要"反击右倾翻案风"。阿四感到很愤怒，愤怒的不是天安门革命群众被镇压，而是愤怒章明居然提出了要与她分手。早在他提出分手之前，阿四已经有了预感。章明写信不再像以往那么频繁，对阿四的热情正在消退，屡屡表现出了不耐烦。阿四问他是不是在北京有了别的女生，是不是已移情别恋，章明回信大发牢骚，说就算是有了别的女生，又怎么样，真要有，阿四她也拦不住的。

"天安门事件"给了章明一个很好的借口，他把自己弄得很神秘，弄得真像一个搞地下工作的革命者。这期间他还悄悄回过一次南京，还把阿四接到他家去住。与李学东母亲不一样，章明的母亲对儿子跟谁谈恋爱，好像根本无所谓。章明有自己的房间，还没结婚，女朋友就睡到儿子的房间里去，她只当作没看见，也不让保姆去收拾房间。章明他们躲在房间里吃什么，怎么吃，她这个做妈的完全放任不管，有时候是保姆送过去，有时候是章明自己去厨房里取。章明告诉阿四，他在天安门广场上喊过口号，收藏了好多广场上拍的照片，这些照片一旦被公安民兵发现，他很可能被抓进监狱。

阿四想跟章明谈谈清楚，问个明白，4月3日的这封分手信，为了什么，凭什么，到底怎么说，究竟是个什么意思。章明面不改色，很冷静，心平气和，解释说跟你在信里说得很清楚了，说得非常清楚，还要怎么清楚，就是信上讲的那样，就是那个意思，我们一刀两断，我们已经不再是那种关系，我们已经不再有恋爱关系，我和你，我们已经分手了。

阿四先是不解，继而大怒，说：

"什么乱七八糟的，你把我喊来，这个那个，从床上下来了，刚从床上下来，然后呢，然后就一刀两断了——"

4

阿四和章明分手，说到底，与她和李学东分手的原因，其实差不多。俗话说门不当，则户不对，怎么能不在乎，怎么可能不在乎。章明的新女友，货真价实的开国中将千金，也是南京人，也在清华读书，比章明小三岁，却要高两届。阿四的家庭背景，与章明新女友家相比，地位太悬殊。一方是高干，家里有警卫员，有冰箱，另一方是保姆，还要帮人倒马桶。阿四一想起自己的家庭状况，一想到她那个当了保姆的母亲李择佳，就硬气不起来，她觉得自己如果是章明，也不会选择自己。

章明有了新女友，与阿四偷偷地还有交往。阿四知道这样不好，知道这样不对，可是并没有坚决拒绝。她相信当初章明刚跟自己好的时候，肯定也是这么做的，肯定与那个文工团舞蹈演员藕断丝连。他就是这么个东西，做了坏事也能理直气壮，缺了德还能光明正大。阿四心里在想，文工团女演员能这样，她为什么就不能，为什么就不可以，为什么不能让章明的新女友也感到不痛快，自己为什么不能恶心恶心那位新女友。

阿四突然心血来潮，突然想到了要改变，要自强，要让自己变得强大。她突然想到了要读书，要用读书来改变自己，要用读书来提升自己。在厂工人大学上课，成天和章明腻在一起，她并没有心思认真听课和看书，一直都在走神，什么课都听不进去，什么书也看不进去。现在，阿四被抛弃了，阿四和章明分手了，有一股要向上的力量产生了。她突然想到要去夜校上课，要去夜校补习，突然想到了要让天井陪她一起去，陪她一起去读夜校。

阿四要去夜校读书的念头，与唐山的大地震几乎同时爆发。这一年，1976年，这样那样的事特别多。唐山发生了大地震，一时间，各路小道消息，十分惊悚地迅速传开，在南京城引发一连串恐慌，到处在搭简易防震棚。这一天正下着倾盆大雨，防震警报突然响了，大家很恐慌地往防震棚里钻。阿四冒着暴雨跑来找天井，雨哗啦啦地下，天井没想到她会冒雨跑来找他。阿四衣服已经湿透，她气喘吁吁，不停地抖着粘在胸前的衣服，就好像是专门过来给天井送一个上夜校的通知。这事来得有些突然，很突然，太突然。不过这样的好事，能找他一起去读夜校，当然求之不得。这事做梦都不会想到，天井怎么会拒绝，高兴还来不及。

事实上，自从被厂"七二一工人大学"拒绝，天井就有过要去读夜校的想法。他不止一次研究过夜校招生简章，当时读夜校完全免费，厂领导也鼓励大家报名，年轻人追求上进永远都是对的。结果上夜校的想法被父亲民有浇了一盆冷水，活生生地被打消。听说儿子要上夜校，民有很不屑，非常不屑，说上什么狗屁夜校，你要想学，自学不就行了，我告诉你，自学这玩意最好，什么事都要靠自学，都得靠自学，你爹我说起来也算是安徽大学毕业，那点本事其实还都是靠自学得到的，老师教不了你什么，跟大学里的上不上课没什么关系。

民有事实上只在安徽大学待过一年，前三年都是在南京的伪中央大学读书，他不愿意对别人提起这一段，伪中央大学很不光彩，一个"伪"字，让很多人抬不起头来。写简历，民有从来都说自己毕业于安徽大学，偏偏内心深处，又看不上这个大学，觉得安徽大学外文系不行，外文系老师也不怎么样。他忘了自己的俄语就是在安徽大学时跟在一位俄国老太太后面才有了明显进步，没有那位俄国老太太，如果不是跟着她翻译苏联小说，他的俄语水平也好不了。

　　读夜校是阿四的主意，只能她要读什么，天井就跟着读什么。阿四选择了高中语文，天井本来很想学机械制图，作为一名钳工，这个挺实用。阿四一口否定，说这不行，什么机械制图，扯淡，你得陪我选高中语文，就高中语文了，不能改，不许改。结果就选了高中语文，夜校讲什么课，老师有一定自主权，并不按照当时的高中语文课本讲。给他们上课的是魏老师，魏老师觉得当时的语文课本太烂了，他希望在夜校能讲一点自己想讲的东西。

　　这个老师是个书呆子，一手粉笔字很漂亮，写在黑板上，铿锵有力，就像用刀刻出来的一样。魏老师的岁数不小了，看上去比天井父亲还要大一点，说话也有点民有的腔调，谦恭中不无傲慢，和蔼里尽显刻薄。在天井和阿四刚读夜校的那段日子，发生的大事情特别多，一件件接着来。大地震风波刚过去，毛主席逝世了，"四人帮"粉碎了，人们又上街，到处挂起了"英明领袖华主席"的肖像，再然后，邓小平又一次出山了。

　　天井记得那天魏老师讲课时有些走神，有些分心，他正在给大家讲解鲁迅先生的《药》，说这绝对不是鲁迅最好的小说，甚至可以说是鲁迅比较差的一篇小说，不过它最容易读，最容易理解，最适合拿来给民众讲解，为什么呢，因为中国人喜欢吃人血馒头，中国人的国民性是有问题的。魏老师讲着讲着，突然有个同学站了起来，没头没脑地问了一句：

　　"魏老师，我能不能问一个问题，听说要恢复高考了，有没有这么一回事？"

魏老师一怔，摇了摇手上的粉笔，说他也听说了，说也听到有人在议论这事。他陷入深思，很认真地想了一会，让提问题的那位同学先坐下，说他非常希望能恢复高考，高考是治国的一剂良药，这药可以医治很多毛病。中国的封建社会靠什么维持，靠的就是科举，科举可以为国家选举人才。抗战那么多年，那么艰苦，高考都没有中断，怎么能像现在这样，像现在这样开开后门，找找关系，什么群众推荐，什么领导批准，这个怎么行，怎么可以，不可以的，这样下去，国家是要完蛋的。

5

恢复高考后的那两年，最被大学梦折磨的是阿四，她发疯似的想考大学，一心想成为一名大学生。那段时间，厂领导对许多年轻人不安心上班只想着考大学非常不满意，担心会影响生产。书记直接在大会上发飙，说现在阿猫阿狗都在想考大学，都以为自己能考上大学，我看是未必，要我说，有些人就是考不上，你不要以为自己能考上，你就是考不上。

结果不幸被书记言中，书记说的就是阿四，阿四觉得自己被这番恶毒的话给诅咒了。整整一年，阿四的心思都用在高考复习上，如痴如醉，一下班就拉着天井去补习班上课。天井记得，和阿四刚去读夜校时，那时候还没有恢复高考，阿四在魏老师的影响下，最初只是一个文学女青年。她开始喜欢看外国小说，看伏尼契的《牛虻》，看哈代的《苔丝》，看托尔斯泰的

《安娜·卡列尼娜》,还有福楼拜的《包法利夫人》,这些小说天井都跟着翻过,说不上喜欢,也说不上不喜欢。当然,他之所以会看,会把那些小说翻一遍,就是因为阿四看了,她喜欢这些小说,说这些小说好,是她让他看的。

想上大学的念头让阿四着魔,她又一次变了,再也不是文学女青年,一门心思想上大学。天井也受到影响,亦步亦趋,她怎么说,他就怎么说,她怎么做,他就怎么做。民有所在的中学办了高考补习班,为应届考生补习功课,专门发了听课证,他为天井和阿四两人各弄了一张。民有不反对儿子考大学,不过也谈不上多赞成,作为一个过来人,一名曾经的大学生,他并不是特别看好大学生的未来。儿子混得也不怎么样,当工人也好,考大学也好,只要天井自己高兴就好。看到儿子上班下班,总是与阿四在一起,他忍不住还要问一声,要关心一下:

"是你看上人家李择佳的女儿,还是她女儿看上你了?"

天井连声否认,让民有千万不要这么说:

"不要瞎说好不好,我们只是在一起补习。"

"不要补习补习,就补出什么事了。"

"人家是一起在准备,你没看见我们在一起做功课吗?我们不是一直都在准备,准备考试。"

民有冷笑一声,说我看到了,都看在眼里,不要怪你爹喜欢说什么触霉头的话,我看你们不一定能考上,你就不像个能考上的样子,那个阿四,我看是更不像。天井后来把这话学给阿四听,阿四听了叹气,说我真是倒了霉,倒了八辈子的穷霉,你爸和我们厂那个狗日的书记一样,都是他妈的咒了我了，都害得我上不了大学。阿四说，他们说得也都对，我就是命里没大学上，不是上大学的命。

难怪阿四会失望，难怪她会绝望，就算考前准备得已经相当好了，准备得很充分，上了考场，还是差临门一脚的运气。1977年第一次高考，她比天井考得好，甚至参加了复试，可惜复试没过关，眼看着要录取，结果名落孙山。过了半年，1978年高考又要开始。阿四毅然决定改考文科，补习班老师对她额外关照，他告诉阿四，说她明显是文科的水平高，更适合读文科。阿四听从了这个意见，好在只是她自己改了，没强迫天井跟着一起改。反正大家还在一起补习，一起上补习班，高考主要是看语文和数学，还有政治，不管是考文科，还是考理科，这三门功课都得考。

补习班的重点是语文和数学这两门课，其他的要靠自己温习，毕竟还要上班，毕竟还是在职人员，这一年，天井和阿四都已经二十四岁。结果阿四再一次名落孙山，她的分数很低，感觉比上一次更糟糕，更不好。天井考得也不行，虽然很努力，总分还不到三百分。他们基础实在是太差，都不是什么读书人，考不好在情理之中。他们不可能像应届学生那样，有大把的时间用来做习题。经过两次高考失利，阿四彻底灰心丧气，不想再考了，连夜校也不想再读，夜校的老师都认识，她不好意思再去见老师。

更让阿四感到别扭的是，天井突然接到了一纸通知，录取他为航务工程专科学校港口水工建筑专业的学生。天井拿到通知目瞪口呆，不知道这个学校为什么会给他发这个通知，为什么会录取自己,他从未报考过这个学校,也完全不知道这个学校是怎么回事。当时有个说法叫扩大招生,就是你虽然报考时没有填过这个学校,学校有了招生名额,也可能录取你。天井拿着录取通知单去见阿四,她正在车床上操作,完成了最后一道工序,将车床关了,过来问他是怎么回事,手里拿的是什么。

与天井一样,阿四也从未听说过南京航务工程专科学校,更不知道什么港口水工建筑专业,她很好奇,也充满了疑虑,天井居然会被这个莫名其妙的学校录取了:

"这是个大学吗?"

天井从阿四的语气中,听到了不屑,从她的表情上,看到了鄙夷,他很没有底气地回了一句:

"是大专。"

"大专是什么个意思?"

"我也不知道,反正如果读的话,只要三年,只要读三年就可以毕业。"

"我从来都没听说过这学校。"

"我也没听说过。"

"三年,为什么只是三年,人家大学不都是要读四年吗?"

天井也不知道大专为什么是读三年,作为一名初中毕业生,"大专"这个词他是刚知道。好在有这个学校的门牌号码,南京长江后街6号,有录取通知书,阿四答应陪天井一起去看看,亲眼见识一下这个学校的情况。正好第二天就是厂休日,两人相约骑自行车一起去,到学校门口,只见大铁门关着,不让别人进去。看情形,与一所普通中学似乎没什么太大区别。

从铁门的缝隙往里看，里面正搞建筑，正在盖楼房。

两人在门口巡视了一会，从旁边的小门走出一位中年妇女，阿四便上前招呼，向她打听学校的情况。中年妇女也不知是学校的什么人，是教师，或者是教师家属，反正对这所学校有诸多的不满意，有一肚子的牢骚，听说天井是被这所学校录取了，轻蔑地咂了一下嘴，开口便是贬低：

"说老实话，这个学校，实在是不怎么样。"

天井和阿四没想到会听到这么一句，心里顿时感到非常困惑，不知道她为什么要这么说，为什么把这个学校说得这么不堪。中年妇女接着还是一番贬低，说关键的一点，这所学校的学生，毕业以后，工作分配一般都不会太好，最后都是要出去做工程的，航务工程很辛苦，不知道就把你弄哪去了，弄不好就弄到非洲去了。

6

很多年后，阿四和别人聊起天井当年的放弃，难免有好几个意思。一是天井为了能跟她在一起，为了爱，放弃了这机会，大学诚可贵，爱情价更高；二是有点可惜，非常可惜，他们当时会那么看轻这个学校，觉得它不怎么样，觉得它没什么好的前景，考上了居然还会放弃，真是太没有脑子，真是太不识时务。他们完全没想到，没想到这所学校前途无量，人才济济，在后来的岁月中，出过交通部长，出过中央委员，出过院士，出过南京市委书记，出过最年轻的上海市委副书记。天井没有去读的那所航务工程专科学校，后来的发展很辉煌，二十二年以后，它干脆被南京的东南大学给兼并了，成为这所985名校的一部分。

从航务工程专科学校回去的路上，天井和阿四一直都不说话，大家都埋头骑自行车，都在想自己的心事。阿四有点闷闷不乐，不高兴，很不高兴。天井知道她为什么不高兴，她没有考上，他考上了，虽然这个学校不怎么样。阿四心里不高兴，天井也开心不起来。事实上，天井已暗自下定决心，决定放弃，决定不读这个航务工程专科学校。他心里在想，只要阿四愿意，只要她同意，自己可以陪她再考一次，他们不妨再努力一把，再备考一年，万一两人能考取同一所学校，这样多美好，这样多完美。心里这样想着，天井却不知道怎么开口，阿四早已明确表过态，不想再参加高考，她已经对高考彻底绝望了。

直到两人要分手，天井才把自己的想法说出来。阿四听了有些吃惊，她很意外，感觉很突然，甚至都没有想到天井这么做完全是为了她。她没有想到，他是为了她才不想读这个学校，她只是以为天井觉得这个学校不怎么样，觉得这个学校太差了，他是看不上这个学校，才决定不读的："既然都已经考上了，不去读的话，好像也太可惜了，这事你可要好好想想。"

天井说："我想过了，就是不想去读了。"

"你真的是嫌这个学校不好？"

"学校好不好无所谓，我去不去也无所谓，真的是无所谓。"

阿四不知道他是怎么想的，也不是很明白他说这话是什么意思，看着天井心事重重的样子，在等他说出下一句。天井的下一句话，迟迟不肯说出来，他傻傻地看着阿四，不吭声，明明是有话，很想说的话，就是不肯说出来。两人就这么对看了一会，对看了好半天，阿四急了，忍不住了，有点不耐烦地问他：

"你一口一个无所谓，这无所谓，到底是什么意思？什么叫无所谓？"

"无所谓，就是无所谓。"

这件事天井没有跟父亲说，他觉得跟民有说不说，商量不商量，意义都不大。民有对儿子读不读大学，本来就是无所谓的态度，考上也好，考不上也好，人生的道路很漫长，人生的道路注定曲折，谁知道以后会怎么样。考上了不去读，起码说明天井这孩子敢做敢当。说白了，民有对那个航务工程专科学校，也不会怎么看好，被打成右派以后，他下放江宁镇劳动改造，曾亲眼看到航道工人在作业，江边风大，风吹雨打，很辛苦的，这样的学校，不去读也罢。

阿四在很长时间里，一直不愿意承认天井是为了她，才放弃去读这个学校。即使心里明白是这么回事，全厂也都知道是这么回事，她还是不太愿意承认。明知道天井为了她，做什么样的事都可以，做什么样的牺牲都可以，阿四就是不愿意承认，就是不想承认。一旦她承认了，意味着自己对天井有亏欠，阿四的性格就是一个要强，她不愿意让天井觉得自己对他有什么亏欠：

"你要不去是你的事，是你自己的事，跟我无关，将来若要后悔，千万不要怪到我的头上。"

事实上，天井从没后悔过，他根本就不后悔。后悔的只是阿四，在后来的日子里，她不止一次后悔，她无数次后悔。后悔没有用，后悔已经来不及。毫无疑问，天井失去了一次非常好的机会，如果他能从航务工程专科学校毕业，最不济也会进入吃香喝辣的国企。刚恢复高考的那几届毕业生，有很多人都飞黄腾达，以天井的性格，以他的能力，当官发财或许不太可能，但肯定不会像后来那样下岗。

　　天井不后悔的原因很简单，如果不放弃去读那个大专，如果去了航务工程专科学校读书，他就不太可能与阿四成为夫妻。得成比目何辞死，愿作鸳鸯不羡仙。还有什么能比得到阿四更美好的事情，为了能够与阿四成为夫妻，不要说让天井放弃去这个学校，就是让他放弃北大和清华，他也会毫不犹豫地立刻答应。很难说阿四是被天井这一放弃打动了，但是必须要承认，不得不承认，这件事很重要，非常重要。

　　一起读夜校的同学，有个叫王容生的人，是元件十九厂的青工，考上了南京航空学院。上夜校的时候，他对阿四就有些意思，就追求过她，考上南京航空学院，春风得意的王容生主动来到液压件厂，约阿四一起出去玩。因为与天井也是同学，大家都认识，自然要顺带喊上天井，让天井也一起去，约好骑自行车去栖霞山看红叶。那天的天气很晴朗，阳光灿烂，一路上，王容生对阿四十分关照，讨好之意十分明显。阿四似乎也很享受这种被男孩子追求的感觉，眼见着，王容生要成为新的李学东，要成为新的章明，天井看在眼里，急在心里，仍然装作若无其事的样子，仍然是在往后退，仍然是在往后缩。

天井也不是很清楚，王容生这家伙算不算阿四正式的男朋友，算不算她众多的男朋友中的一个。可以算，也可以不算，反正阿四很大方地告诉过天井，他要计较也好，不计较也好，她确实有过好几任男朋友。事实就是事实，真相也是明摆着的，她不想对他隐瞒，当然也隐瞒不了。当时曾经流行过一部阿尔巴尼亚的电影《第八个是铜像》，在"文革"中，可以看到的电影很少，外国电影更少，这部电影大家都看过，阿四别有意味地对天井坦白：

"你就是那第八个铜像。"

天井一直不太明白这话是什么意思，为什么他就是那第八个铜像。电影中的第八个铜像，是牺牲的英雄，由七个活着的战友抬着他。说老实话，这部电影一度很流行，天井也看过两遍，还是没看懂，还是有些不明白。阿四说他是"第八个铜像"，更把他给搞糊涂了，天井不太清楚阿四究竟是什么意思。从栖霞山回来，王容生又兴致勃勃约阿四去采石矶玩。阿四说天井去她就去，于是王容生转过头来，邀请天井。天井怔了一下，学着阿四的话，说她要去他就去。于是隔了半个月，又一起去采石矶，采石矶路程有些遥远，在安徽的马鞍山，好几十里路，天突然冷了，阿四觉得太累，不值得玩这一趟，说早知道这么累，早知道这么远，就不玩了。

事后，阿四逮住一个机会，看准了四下里没有人，一把拉住天井，气呼呼地责问，气呼呼地教训他，说："你不觉得王容生他是在追我吗？你那眼睛瞎了是不是，你难道就没看见，难道一点都没看出来，我说你不会一点感觉都没有吧。"

天井没好气地说："他要追你,我又有什么办法。"

阿四听了,咬了咬牙,恨恨地说："你死人呀,我知道你根本就不在乎!"

天井仍然还是没有好气,十分委屈,说："我在乎了又有什么用,我能不在乎吗?"

阿四笑了,狠狠地推了他一下,咬着嘴唇说："有用没用是一回事,在乎不在乎,又是一回事。"

天井突然笑了,他怎么能不笑,顿时好高兴,顿时好开心。

阿四看着他,脸红了,非常红:"难道你对我,就真的一点意思都没有吗?"

7

1979年的4月3日,天井与阿四的婚宴,在夫子庙永和园举办。一共是两桌,液压件厂只请了三位,书记、厂长、邢师傅。邢师傅的丈夫和民有的新女友倪英文也来了。这时候,民有已摘掉了右派帽子,落实了知识分子政策,正式担任学校领导,先是副校长,不久以后又升为正校长。别人为他介绍的新女友倪英文,这一年刚过四十岁,烫着短发,看上去还很年轻。

其他的都来自阿四家,比阿四小一岁的阿五,这时候已经结婚,已经有了女儿陆路萱。阿四的三个姐姐也都是全家,三个姐夫加上各自的孩子。民有的新女友倪英文话最多,最出风头,很多话都是她起头的,她问天井,说听说你们是青梅竹马,从小就认识了,那么到底是什么时候开始的呢。天井只知道傻笑,不回答,倪英文就说,新郎不肯说,那么新娘可以代他回答。

阿四说:"你要我说,我只能说不记得了,反正就是从小就认识。"

天井插嘴了,一本正经地说:"我们从幼儿园开始,就认识了。"

大家都笑,倪英文笑着说:"那也太早了,也不能早恋成这个样子,是不是?"

大家又是一阵笑,李择佳发话了,她说天井当年在幼儿园时,总是被阿四和阿五欺负,阿四有一次咬天井的手指头,差一点要把他的手指咬断。李择佳问天井,还记不记得有这件事,天井摇了摇头,他对这事没有一点印象。李择佳继续说故事,说那时候民有经常下了班不来接天井,她没办法,只好把小天井带回家,与阿四阿五一起玩。李择佳说那时候的小天井就是个小人精,问他是喜欢阿四还是阿五,怎么哄他都不肯说,就怕得罪其中一个,问急了,就说都喜欢,要不然很滑头地来一句,我都不喜欢。

阿四便大大方方地问天井:"喂,你是不是也喜欢过我们家阿五?"

天井急了,脸涨得通红,连声说没有没有。阿五也急了,在另一张桌上大叫:"阿四你是不是神经病,瞎说什么呀,没看见我们家小陆还在这呢,你真是个神经病。"

大家继续大笑,哈哈大笑,都很开心。小陆叫陆晓明,是阿五的丈夫。邢师傅开始打岔,说阿四你不要欺负天井好不好，天井这孩子老实，不能因为他老实，你就总是欺负他。阿四说师傅你不知道，你真不知道，他可是一点都不老实，只是看着老实，心里其实坏着呢。书记和厂长听了这话，都笑了，笑得说不出话来，又都要抢着说，最后还是厂长先说，说天井坏在什么地方，我们怎么一点都没看出来。书记说，你当厂长的没看出来，我这个书记可是看出来了，你们说我们厂那么多男的在追求阿四，都不是省油的灯，不过，最后阿四又落到了谁的手上，你们说说看，这个天井还能说他不坏。

倪英文对今天的这对新人满是羡慕之情，说你们这样真好，真是有缘，真是让人羡慕，从小就认识，一个幼儿园，一个小学，一个中学，最后还进了同一家工厂，今天又正式成为夫妻，不要太幸福呀。邢师傅觉得她这番话讲得好，接着她的话继续发挥，说都说有情人终成眷属，你们今天也算是修成正果了，我这个当师傅的，话怎么讲才好呢，真是看在眼里，喜在心头。天井这孩子就是老实，你们不要听我徒弟瞎讲，说他什么心里坏着呢，我是都一直看在眼里，天井这孩子不坏，绝对是个好孩子，他就是胆子太小，不敢下手，天井我告诉你，追女孩子要勇敢，要胆子大，你说是不是这个道理。

喜宴吃到中途，新人应该改口，众人起哄。阿四很大方地叫了一声"爸"，天井扭扭捏捏地喊不出声，阿四又急了，说我都喊你爸叫爸了，你还有什么不好意思的，你太应该喊我妈叫妈了，我妈可是从小就带过你，从小就喜欢你，你还不好意思叫。

天井红着脸，很大声地喊了一声：

"妈!"

这一声喊得响,众人起哄喊好,要求再喊一声,天井扭捏了一下,便又喊了一声:

"妈!"

天井与阿四在领证的那天晚上,也就是举办喜宴的一个月之前,才第一次做那样的事,才真正完成了人生的第一次。洞房花烛夜,久旱逢甘霖。那天上午,两人在街道办事处领完证,喜气洋洋地一起回家,顺路去照相馆取一张放大的两人合影,这张照片还是王容生拍的,背景是栖霞山,远远的栖霞寺隐约可见。他们曾经在照相馆拍过一张结婚彩照,那时候彩照刚开始有,还不怎么流行,拍得并不好看,两人的表情都有些僵硬,一商量,觉得还是这张黑白照片好,大家看上去都精神,于是决定把它放大,配上镜框挂在新房里。照相馆有现成的镜框卖,当时便商量好了,准备放多大,配上多大的镜框。

在照相馆取了放大好的照片,照片已经镶在镜框里了,看着让人挺满意,都觉得不错。两人又在一家面馆,一人吃了一碗皮肚小煮面,然后回天井那里,讨论怎么布置新房。新房其实就是旧房,就是天井家原来住的地方。民有落实政策,单位里刚给他临时分配了一间房子,理由是儿子要结婚,没房子。当时的分房政策,家里如果有了私房,不可以分公房。因此民有破例拿到的学校的那套房子,名义上只是借给他,只是借。

民有搬到学校去住了,老房子用来当作儿子的婚房。虽然只有一间,天井和阿四似乎也心满意足,毕竟有了一间完全属于他们自己的房子,想干什么就干什么,想怎么干就怎么干。

那年头，南京的住房非常紧张，家家都很拥挤，很多下放户落实政策回南京，没有地方住，都在搭盖违章建筑，棚户区随处可见，墙角边和城墙底下，是地方就可能搭出一个简陋的草棚来。民有搬走已有一段日子，房间里还是有些零乱，买的几样结婚用的新家具，因为太新了，放在旧的房间里，很新潮，很扎眼，感觉并不是很搭配，总觉得有点突兀。床也是新买的，床上的被子却还是旧的，被单也是旧的，新的全套床上用品已经准备好，随时都可以换上。

天井把镜框钉在床头的墙上，左看右看，看着镜框里的自己和阿四，回过头看了看四周，很认真地问阿四，问她什么时候把床上这些旧的玩意统统都换成新的。天井说你说说看，什么时候换合适。阿四说这个都可以，看你高兴，你什么时候想换都可以换。天井对这事很认真，说难道不用等到4月3日那一天。阿四想了想，说不用吧，不用那么认真，那么当回事。天井确实很认真，很当回事，非常有仪式感。他想到那天人家会来闹新房，他参加过别人的婚礼，闹过别人的新房，新房闹起来很厉害。新房必须要有新房的样子，必须都是崭新的，必须是全新的，现在就换上，会不会早了一些。

阿四哭笑不得，不知道跟他说什么好，真是无话可说，天井他就是这么一个缺心眼的人：

"有什么早不早的，我们都领了证了，就是合法的夫妻，你还在担心别人会说什么，你这呆子，真是够呆的，没有比你更呆的人了。"

第六章

/

1964年

费教授,
政协委员

1

每当收到学校秘书处转下来的江苏省人民委员会的"机密"函,费教授便知道又要召开政协会议。他本来也是个怕开会的人,最怕听人作报告,可是自从1957年的反右派之后,胆小谨慎的费教授,开始有点喜欢参加这个会议。快要到日子,他心里就在盼望。能去开这个会,也是一种荣誉,费教授对虚名一直不太在乎,但是他知道,能参加这样的会议,能坐在人民大会堂里开会,起码在政治上是上了一层保险。他虽然不是右派,显然不是右派,思想上难免或者说偶尔也会有些右倾,有了省政协委员这个身份,安全系数陡然就增加了。

费教授精通多国外语,学贯中西,难免是个保守派,难免倚老卖老。他对传统的中国文化,始终保持着一种坚守态度,他反对简化字,反对拼音化,认为简化字和拼音化,都是为废除汉字做准备,觉得一旦废除了汉字,后果会非常严重,很可能会亡国灭种。前些年,南京为了城市建设,开始大规模拆除城墙,费教授一度也坚决反对,后来看到实在拦不住了,不得不表态支持拆除城墙。识时务者为俊杰，南京有一位反对拆古城墙的教授朱偰，就是因为不肯放弃反对拆，被划为右派。费教授觉得自己很幸运，幸好能及时刹了车，适时改变了观点，否则莫名其妙地成了右派，实在是有点不值得。

城墙毕竟不是什么了不得的东西，保护不了也就算了，说白了，一个城市的城墙完蛋了，没了就没了，想要还可以再建，汉字如果真的没了，那就会和古埃及文字一样，没了就真的没了。费教授知道在北京城，有个反对简化字的古文字学家陈梦家，就是因为不赞成简化字，被划成了右派。这个人和费教授一样，也是地道的南京人，也是在国外待过好多年。南京的反右派斗争结束，有人曾旧话重提，认为费教授的反对简化字，同样属于右派之行为。这事对费教授触动很大，他为此专门写过检讨，在检讨中玩弄字眼，强调自己只是不赞成，并不是真正反对简化字，不赞成则轻，反对则重，程度完全是不一样的。

经历了1957年的反右派，费教授变得小心翼翼。说他变得小心翼翼也不太准确，费教授向来就是个谨慎小心之人，只能说他是更加谨慎，更加小心。谨慎能捕千秋蝉，小心驶得万年船，费教授早就明白这些道理，因为谨慎和小心，他没有再娶。在费教授的床头，始终贴着两个女人的照片，一个是生病早殁的发妻，另一位就是天井的母亲江慕莲，这两个女人的照片成了他的守护神，他可以用这床头的两个女人，来搪塞和拒绝其他女人。为了对得起自己的发妻，他起过誓不会再娶，她是他唯一有过肉身关系的女人。与江慕莲却是精神上的联系，他敢把她的照片挂在自己床头，只是为了向别人证明他们之间的关系清白。

费教授盼着参加政协会议，当然还有个说不出口的理由，开政协会议可以大快朵颐。即使费教授这样的高薪阶层，在困难年代，也不能免俗。参加政协会议，虽然要缴伙食费，要缴纳粮票，不过都是象征性地意思一下，绝对物超所值。三年困难时期，很多好东西就算你有钱，就算你有粮票，你花了钱，付了粮票，还是吃不到。吃饭成为人生最重要的事，一般人每日所思所谈，最为关注的就是上街购买，争购副食品，燃煤炉煮菜做饭。像费教授这样的高级知识分子，著名的老教授老先生，也是一日三餐，早早地赶到食堂排队等待，难免瞻望鹄立，得则就桌而食，急吞大嚼，嘴唇上下合触"翩翩"有声，所谓快速"齿决"者矣。费教授是一个很斯文的人，手上拿着一根拐杖，非常注重风度礼节，这时候也顾不上文雅，没那么多的讲究。

时间到了1963年的1月，难熬的日子似乎突然就翻篇了，市场上的供应正在好转。有一天，费教授又一次收到写着"机密"的来函，这次并不是通知去开政协会议，而是要组织一次政协委员的视察活动。通知上写有几条给政协委员的食宿须知，应该缴付多少钱多少粮票，同时，也把准备要去视察的几个地方做了一个简单交代。其中之一，是去江宁县的陆郎人民公社，视察敬老院。

那天正好民有去拜访费教授，请教翻译方面的问题，费教授问他知道不知道陆郎这个地方，民有说费老要问别的地方，还真不知道，要说起这个陆郎，我正好是知道，还真是知道。民有告诉费教授，当初在江宁镇劳动改造，后期曾去一所小学教过书，那个小学就离江宁镇不远，属于陆郎人民公社，那个地方生产的甘蔗很甜，非常好吃，很值得去看看。费教授本来想找个理由，谢绝这次视察，被民有这么一说，也动了心，想自己闲着也闲着，不如到乡下去走走，散一散心，也没有什么不好。

费教授这一年七十周岁，都说人生七十古来稀，他自觉身体还不错，吃饭不如前些年那么狼吞虎咽，然而不太好的睡眠则大大改善了，各方面状态，较之前几年没有退化，反而有着明显进步。两年前，因为胆囊炎发作，他住过一次医院。出院不久，民有从江宁乡下劳改回来，带着儿子天井来看望费教授，当时民有印象最深的是，患有胆囊炎的费教授，胆子比他这个被打倒的右派还小。费教授对民有的上门非常恐惧，就怕民有会给他带来什么不好的牵连。

2

陆郎人民公社的敬老院的院务委员李某，为前去视察的政协委员介绍情况，前后说了竟有一个多小时，费教授等人听了，颇有些不耐烦，又不能打断他。这位院务委员李某自己年龄也不小了，大约是专门负责日常接待的，能说会道，讲惯了，套话一套接着一套。费教授心里很不受用，觉得眼前这个所谓的敬老院，更像是孤老之收容所，把一些无依无靠的孤单老人收容起来，煞有介事地让他们看书读报，表演给别人看。

有一位老人被介绍给大家，说是已经年过九十，身心都十分健康。老人毕恭毕敬地一直站在那，一些年纪明显比他小的老人，却坐着一动不动。费教授站了起来，表示要把自己的座位让给他坐，他的这一举动，立刻引起连锁反应，好几个人见势，纷纷站起来让座。九十岁的老人不停地摆手，嘴里说着不要不要，一再推让，最后终于很勉强地在一把空椅子上坐了下来，感觉还是很不安的样子，眼睛偷偷地在看那位院务委员李某，李某脸上明显露出了不快。

参观视察活动也就一天，晚上写日记，费教授大发感叹，觉得这家乡间的敬老院徒有虚名，全无真正的敬老之意，只是在做做样子给别人看，背后究竟怎么样，真正是天知道。就他的观察，这样的敬老院，怎么可能实实在在地善待老人。还是在欧洲期间，费教授便养成了写日记的习惯，为了锻炼自己的外语能力，有时用英文写，有时用德文写，有时则用中国的文言文写。长期以来，写日记一直都是费教授生活中的大事。有什么重要或不太重要的事情，想发的牢骚，不能对外人说的话，别人跟他借钱，借了多少，还与不还，都会很详细地写在日记中。

在费教授那天的日记中，还记录了几餐都吃了些什么，其中一顿晚餐极为丰富，每人居然还有一只个头很大的对虾。让费教授称赞的是香醇鸭，火候非常合适，皮脆而不焦，油而不腻。在陆郎吃的那顿中午便餐也很有特色，费教授对当地的豆腐干赞不绝口，称是他吃过的最好吃的豆腐干。政协委员中有个字写得很好的书法家，当地的干部求题字，费教授便让书法家写了"甘之如饴"四个字，书法家喝了不少酒，正好找不着词，就把这四个字写了，送给当地做匾当招牌。费教授则在当地干部的笔记本上，用钢笔题了"五味俱全"四个字。

因为好吃，费教授还专门买了一些陆郎豆腐干。当时没有用于包装的塑料袋，称好的豆腐干都是用风干的荷叶包裹。回到家，费教授一个人也吃不了那么多，便分了一些给李择佳，让她带回家去，和孩子们一起分享。这时候，李择佳在费教授这里帮着照顾家务，前前后后差不多也快两年了。她尝了尝费教授给她的陆郎豆腐干，很有感慨，说她死去的男人当年有个伙计，就是陆郎人，过去回乡下，常常会为她家带些陆郎豆腐干过来，因此早在那时候，她就知道陆郎的豆腐干好吃。

吃了陆郎的豆腐干，李择佳沉浸在了回忆中，竟然忍不住有些伤心起来，眼睛也红了，泪水在眼眶里打转。她不由得想到丈夫生前，坐在院子门口，坐在开着花的樱桃树下，就着陆郎豆腐干喝酒，再加上一盘花生米，那种心满意足，那种岁月静好，说断就断了，说没有就没有了。丈夫走的时候，才三十七岁，实在太年轻了，李择佳才三十四岁。她意识到自己不应该这样伤感，伤感的不是时候，不应该在费教授面前这样，便又跟费教授打岔，说：

"陆郎不光是豆腐干好吃，那里的甘蔗也很不错，没有广东的甜，不过水分还是挺多的。"

费教授说在参观时，确实也有人拿了甘蔗过来，不过他的牙已经不行了，咬不动，也就没尝试。李择佳接着又把话题回到豆腐干上，说过去的陆郎豆腐干，好像要比现在的大，压得也不像现在这么紧，也没有这么甜。费教授说他觉得陆郎的这个豆腐干，好就好在一个"紧"上面，紧了，就耐咀嚼，咬起来有劲道。要说它的甜味，确实也是有一点，豆腐干本身是咸的，咸中带了一点甜，口味就丰富了。

两人没想到会因为一个豆腐干，就能聊上半天。费教授看到李择佳说着说着，很快就从往日的感慨中走了出来，心里顿时也感到些许安慰，他本是一个怜香惜玉之人，对女性，对弱者，天生有一种同情之心。李择佳对费教授来说，虽然是帮佣的保姆，相当于旧社会的仆人，但他从来不把她当下人看，一直对她保持着一份应有的尊重。新社会讲究人人平等，互相帮助互相尊重，他觉得这个非常好，为人之道，就应该这样，这样才是社会主义的新气象。

李择佳问费教授，以往每年一次的政协会，都要好几天，为什么这一次，连头带尾，只开了两天就结束了。费教授便对她解释，说此次开会，主要还不是去听报告，省长根本就没出席，也没有安排任何学习，就是参观考察，让大家目睹一下祖国的大好形势，接下来，还会安排大家东走西顾，分成一个个学习小组，要走出江苏，到省外去参观访问。他已经报了名，想去内蒙古看看。早在年轻的时候，费教授就有过这样的愿望，没想到七十岁以后，将近耄耋之年，还会有这样的机会。

3

说起来，李择佳与费教授的故事，和江慕莲与费教授的故事，还真是有点相似。起码这两个女人，在最初都有过主动求嫁的意思，不同点是两人出身不同。一个是乡间的士绅家庭，江慕莲上过大学接受过新式教育，自身历史还算清白，可是父亲和丈夫都有严重问题。江慕莲父亲是汉奸，不是大汉奸，死得早。江慕莲的丈夫也是来自乡间，毕业于黄埔，后来死于淮海战场。

江慕莲不到三十岁就守了寡，李择佳丈夫病死的时候，李择佳还不到三十五岁。与江慕莲不一样，李择佳生来就是城里人，夫家和娘家都是做生意的，她没有上过大学，只是初中毕业，出嫁的时候，丈夫家有钱，娘家也有钱。李择佳娘家的陪嫁，在当年可以说是绝对丰厚，出嫁以后，李择佳一连生了五个女儿，婆婆心里很是不满，也只能一直都是捏着鼻子，只能在背后捣鬼，不敢过分当面欺负这个儿媳妇，毕竟这个家支撑不下去的时候，都是靠儿媳妇来操持，能支撑住这个家不容易。李择佳的那个丈夫侯晋如，虽然是长房长孙，又是大学生，基本上就是属于那种读书不怎么样，做老板当资本家也不行的窝囊废。每一次搞运动，跟他多少都会有点关系，好事不沾边，坏事跑不了。

侯晋如活着的时候，李择佳必须马不停蹄地帮他擦屁股，帮他收拾烂摊子。丈夫死了以后，家庭重担全部落在李择佳肩膀上，她索性放开手脚一拼。侯晋如在时，李择佳只能站在背后，他不在了，什么都得自己来。首先是不再准备做家庭妇女，李择佳能做一手很漂亮的针线活，家中有一台"无敌牌"缝纫机，这还是家庭条件好的时候置下的，那时候，除了做衣服的裁缝，私人家庭里很少有缝纫机，李择佳喜欢裁剪做衣服，就跟有钱人家的少爷喜欢下海唱京戏一样，买这台缝纫机完全是为了缝衣服好玩。

当年的"七仙女"缝纫小组,最初的主角,最重要的那个角色就是李择佳。可以这么说,没有李择佳,就没有"七仙女",也就不会有后来的永红服装厂。最初的缝纫小组,唯一一台缝纫机是李择佳她家的,当时唯一真正会踩缝纫机的,也只有她李择佳。"七仙女"少了谁都可以,缺了谁都没关系,就是不能少了李择佳。李择佳是最早出主意的人,是最早的召集人,是她想到了这个主意,是她提议要组织一个缝纫小组,是她手把手教会了其他几个人怎么操作缝纫机,是她教会了其他几个人怎么裁剪,是她主动地去找活干,是她去拉生意,是她去推销产品,反正在一开始,在最初的那一年,无论什么事都是她,是她是她还是她,是她是她都是她。

缝纫小组很快就有了几十号人,都是周围的家庭妇女。当地报纸上一篇《告别家庭妇女》的报道,让"七人小组"声名鹊起。1958年大炼钢铁,一时间,劳保用品急需,这恰恰又是技术含量最低的,家庭妇女加入后,几乎不用学习就会,就能做好。

永红服装厂厂址最初确实是天井家祖上的,也可以说是曾经璩家花园的最核心部分,是在天井爷爷的爷爷手里重修,然后到了下一代,这一片房子最初还属于天井家,不过周边的一些房产,已经陆续卖了。等到民有出生,原先卖出去的房子,几经转手,都换过几轮主人,这一片带有祖宗阁的老宅,也早就不再是璩家的房产。永红服装厂这里曾为"国防部保密局"所有,在此之前它曾是汪伪临时政府一位高官的住宅,抗战胜利，没收汉奸财产，成了军统洗劫的目标。一度还想在这办一个学校，搞搞培训什么的。也有人居住，住在这里的人，只留下一些不靠谱的传闻，并不是很清楚，只知道其中有两个人后来被枪毙了，因此也留下凶宅之名。1949年以后，很少再有人住，房子便给了房管局，再以后，就成了永红服装厂。永红服装厂发展很快，上级派了干部过来，"七仙女"中有一位积极分子鲁秀英是党员，被派来的干部看中培养，成了服装厂的领导，当了厂长，李择佳则被安排去了幼儿园。

这一切发生得都很迅速，太快了，李择佳把两个还不懂事的小孩，也就是阿四和阿五交给婆婆看护，自己与其他六个家庭妇女一起创办了缝纫小组。从创业的功臣，到幼儿园的园长，时间短得让人难以置信。永红服装厂的发展有多迅速，李择佳的失望就有多严重。"告别家庭妇女"是李择佳追求进步的目标，这并不来自家庭压力，丈夫虽然死了，家庭中的顶梁柱看似没了，可是靠着祖上积蓄，靠着家里的存款，以及公私合营后许诺给侯家的定息，过日子根本就不成问题。

这也为李择佳后来又成为家庭妇女埋下伏笔，如果不是为了赌气，不是因为好强，她完全可以进入永红服装厂当一名普通工人。巨大的落差让李择佳心理失衡，当幼儿园决定停办之后，李择佳要回到服装厂，厂方提出的"先享受一阵临时工待遇"的方案，彻底激怒了她。很明显，曾经的"七仙女"之一，那位当上了厂长的鲁秀英，是在故意为难李择佳，她不愿意能力更强的李择佳成为自己的对手，她害怕又会像过去一样，大家都听李择佳的话，都听她的调遣和安排。

4

于是就有了李择佳主动求嫁费教授的故事，谁也没想到情况会急转直下，日子会过不下去。李择佳重新成为家庭妇女，很快就坐吃山空，说好给资本家的定息，说到期就到期，说没有就没有了。在她即将四十岁的那一年，有着五个女儿的李择佳，突然走投无路。走投无路之际，她开始郑重其事地考虑再嫁，再找个合适的男人把自己嫁出去。对于骨子里很要强的李择佳来说，这是一个非常艰难的选择，她不知道应该怎么对年迈的老婆婆说，怎么跟自己的五个女儿开口。

李择佳与费教授的第一次见面，是以去帮佣开始的，介绍人根本不谈婚嫁之事，只是跟费教授说，他老人家眼见着就要七十岁，生活上必须有个人来照顾，为他做饭洗衣服，他若生病，帮他服药，送他去医院。此前的费教授，一直都是在邻居周厂长家搭伙。周厂长是开关厂的厂长，妻子是开关厂的工人，家里有一堆孩子和老人，雇了一个住家保姆朱妈负责日常生活。这个朱妈每天中午都会给费教授送午餐过来，到了晚上，费教授便去周厂长家吃饭。

然后就是周厂长的太太与保姆朱妈发生了不快，不准备再聘用朱妈，朱妈只得另寻人家。周厂长家也准备另找保姆，这一折腾，费教授的中餐和晚餐突然就成了问题。介绍人是居委会的徐主任，她看准了这个机会，便安排李择佳与费教授见面。如果双方没有意见，都觉得合适，就让李择佳顶替朱妈，负责费教授的中餐和晚餐。于是双方见了面，初次见面，感觉都可以，费教授中意，李择佳也中意。在李择佳这边，介绍人徐主任是先把意思说透了，带着媒人的直截了当，目的性很明确，而费教授那边，却什么也没有说，没有任何透露，费教授一向都是打着独身招牌，介绍人也不敢轻易开口。

一段日子相处下来，双方似乎都很满意，费教授尤其满意，李择佳做菜的手艺比朱妈高出太多。费教授平时过日子，本来也不算是一个特别讲究的人，不过能吃得好，总不会是坏事。尤为关键的还在于，他对李择佳的不幸身世深表同情，觉得像她这样一个长得也挺漂亮的女人，年纪轻轻就这么守了寡，还有五个孩子，实在是太不容易了。一来二去，三番五次，大家越来越熟悉，谈话就难免越来越深入，相互之间也就没什么戒心。费教授知道了对方的身世，也开始掏心窝地诉说自己的故事。

费教授的故事，自然是从床头两张照片说起，从两个早已不存在的女人说起，一个是他的发妻，还有一个就是江慕莲。发妻的故事多说也没什么意思，只是悲伤，并不复杂。费教授与发妻分多合少，婚后大多数时间，他都在欧美游学，回国后夫妻总算有机会团聚，总算有了孩子，却不料她会难产病故，谁能想到呢。费教授说自己此生亏欠发妻太多了，所以发了毒誓不再续娶。有此誓言铺垫，后来的江慕莲虽然极其爱他，一心想嫁给费教授，痴心不改，最终仍然被他严词拒绝。虽然是严词拒绝，故事说出来却凄楚哀婉，催人泪下。照片上的江慕莲非常漂亮，比真人更漂亮，谁看了都会忍不住伤感。

李择佳不禁哀叹说："这个江慕莲真漂亮。"

费教授说:"确实是很漂亮。"

想到自己从未见过面的江慕莲,最后会是投河自尽,这么美丽的一个女子,结局竟然是那么悲惨,李择佳难免物伤其类,心有戚戚焉,难过地流下了眼泪。说到底,这个世界上,最不幸的总归还是女人。女人生来就是要受苦的,女人最后就是要承担各种各样的痛苦。那时候,李择佳还不知道江慕莲就是天井的生母,她虽然也听说过他母亲是自杀的,并没有把她们联系在一起。

介绍人徐主任有过很多次做媒人成功的经验,与李择佳私下进行沟通,两人商量下来,决定让徐主任去对费教授说,摸底摊牌,只说这件事是瞒着李择佳的,不要让她本人知道。如果老先生没那个意思,他老人家不愿意,就当这事根本不存在,什么也没有发生过,也就不再对李择佳说了,免得大家会尴尬,毕竟人家女同志嘛,更要面子。再说了,李择佳最后是不是愿意,也还得再问,毕竟她比费教授整整年轻了三十岁。

费教授立刻表态说不行,就像当年拒绝江慕莲一样,他紧张得直摇手,连声说:

"不行,这个绝对不行。"

介绍人徐主任想知道怎么个不行,为什么不行,是他费教授觉得不行,还是他费教授觉得李择佳会觉得不行。

费教授想了想,十分严肃地说:

"都不行,我觉得不行,她肯定也觉得不行。"

介绍人徐主任拐弯抹角,说万一人家觉得行呢,万一她要是愿意呢。费教授听了,不再犹豫,很坚决地表态,没有任何商量余地，不给任何机会：

"那也不行，就是不行。"

5

这以后，果然就跟什么事也没有发生一样。介绍人徐主任说她不会告诉李择佳，不会向李择佳透露任何信息，希望费教授只当作什么事都不知道，就当她什么也没说。这正好也是费教授所希望的，他知道李择佳不可能不知道，大家装作不知道，这样就非常好，双方都会有面子，都不会觉得难为情。

大家都是在掩饰，大家都是在做戏，都装作什么也没发生，演着演着，就真的跟什么都没发生过一样。李择佳心里在想，幸好老先生不愿意，要不然，下嫁给这么一个老家伙，别人不知道背后会怎么说自己。费教授心里也挺高兴，想自己虽然一把年纪，居然还会有女人能看上他，能为他心动，还能惦记他，想着想着不禁有一些得意。接下来，双方都不想让对方感到尴尬，都是这么想了，相处起来，反倒比过去更融洽，更和谐。

这么过了不到一年，李择佳家经济没有任何好转，越来越窘迫，越来越难熬。她也只能与时俱进，放下少奶奶的架子，安心做起了保姆。不止费教授这一处，只要是有活都愿意做。帮人家倒马桶，缝补衣服，糊纸盒子，什么都可以做。刚开始，她还很在乎面子，只说是帮忙，毕竟自小家里没有断过用人，当惯了主人，没想到现在自己却成了保姆，越想越不甘心，不甘心也没用。

费教授的胆囊一直不好，说是里面有石头，有一次病情发作，还是李择佳帮着喊了人，用周边人家单位里买菜的三轮货车，将他送去医院看急诊。医生说割掉胆囊是根治的唯一办法，现在还处于发作期，要等到不发炎的时候，再进行手术。急诊室条件太差了，到处透风，连张像样的床都没有，后来转到病房，条件仍然非常不好，十多个人住一个大房间，到晚上睡觉，开过刀的病人，整夜都在痛苦呻吟，吵得人根本无法入眠。

费教授因此很生气，扬言自己宁愿病死，也不做那该死的手术。李择佳觉得老先生脾气太倔，不能这么任性，让二女儿去干部学院，请求学院的领导派人来处理此事。学院领导与医院领导接洽，强调了费教授的身份，说他是政协委员，又特别申明他的学术地位，于是让费教授转入干部病室，正好干部病室还有几张空床位。干部病室条件很好，相当好，与大病房完全不一样，两者相比较，诚有九天与九渊之别。

结果一昼夜间，转危为安，升沉颠倒去苦就乐，费教授十分糟糕的心情，立刻变好了。他觉得这件事首先要感谢李择佳，是李择佳找人把他送进了医院，又是李择佳帮他找了干部学院领导，让他最后住进了干部病室。以费教授的脾气，他绝无可能去找什么领导，干部病室是为人家高级干部设置，他不会僭越提出这样的要求。人都是贪图舒适的，现在费教授睡的钢丝床，硬度也合适，铺陈又软又厚，大白布棉被十分温暖，晚上睡觉极其舒适，一夜睡到天亮。每床又另给黑绒毯一条，灰布厚棉大衣一袭，起来上厕所，出病室散步，都不会觉得寒冷。

费教授尤其喜欢枕头边的拉线开关，轻轻一拉，门外红灯即亮，女护士趋至床前，问寒问暖，有所需要，能满足则尽量满足。干部病室应该是两人一间，另一张还空着，费教授独享了一间。据说这里的医师及护士，都是专门选调而来，医师技术高明，护士勤勉尽职，态度和蔼言辞文雅，做事从容而周到。费教授写日记，盛赞其为"皆文明社会中人，女护士人人美艳"。以至于要出院都不想离开，真到了出院之际，约定两个月后，病情稳固，再入医院手术，说好由最好的主任陈医生亲自为他开刀。

两个月后，李择佳再次送费教授入院手术。费教授有点熟门熟路，忍不住又向李择佳说起干部病室的种种优点，说伙食如何之好，价格又如何公道，或者说不只是公道，国家肯定有贴补。既然医院伙食不错，李择佳便不用再为费教授送菜，而是按照护士吩咐，为老先生熬些红枣白木耳，每隔一日去探望一次，说好了，真要动手术，会天天过去看他。费教授没有家人，此时住院做手术，有个李择佳能去探视，感觉还是挺好的。

手术那天，正好是费教授七十周岁生日。他此前特地对李择佳解释，说古人嘴里的多少岁"初度"，"初度"二字又是什么意思，所谓"初度"其实就是代表生日。"皇览揆余初度兮，肇锡余以嘉名"，一个人刚生下来的时候，与日月首次相遇，这个就是"初度"。那天李择佳早早地就去，为了这一天，她专门请了假。进了病区，发现费教授人不在，说是被护士喊去净身了，做手术前要剃毛。

手术前的剃毛是费教授没有想到的，直到被女护士喊进了治疗室，才明白怎么一回事。他原以为只是剃去刀口部分的汗毛，没想整个下身都要剃光。这件事有些尴尬，费教授虽然一把年纪，真要让他褪去裤子，他非常犹豫。犹豫也没用，事已如此，只能老老实实照办。护士往他身上倒痱子粉，白色的痱子粉倒在了他的肚皮上，然后拿着刀片，很轻巧地为他净身。略有点疼，也有些紧张，因为疼，因为紧张，费教授咬牙切齿。渐渐地，刮到了那个部位，护士戴着橡皮手套的手指，触摸到了他的那个地方，轻轻地捏住了那个东西。

费教授便有些控制不住自己，直直地竖了起来，护士大约也没想到会这样，立刻松开了，可是为了刮干净，必须要把事情做完，要把任务完成，又不得不一次又一次地触碰那个东西。费教授觉得太尴尬，好尴尬，又不能说什么，只能听之任之，只恨自己的那个玩意太淘气，太不听话，多少年都没有这样狼狈过，现在这样突然地雄赳赳气昂昂。他觉得自己早就心如死灰，早就欲望如死水，早已经没有了那方面的想法。没想到现在会这么出洋相，都这么一把年纪了，还会如此丢人现丑。

终于结束了，从治疗室出来，回到病室，李择佳正等着他，看见他红光满面，又有些紧张忐忑的样子，便低声安慰他，告诉他手术一定会成功，肯定会成功。费教授瞪大了眼睛，看着李择佳，不说话。就这样，大家好像也确实没什么话好说，没办法再说下去。两人相顾无言，过了半个多小时，一辆推车过来接费教授，要送他去手术室做手术。

6

去内蒙古视察的政协委员，先要在北京的六国饭店住一晚。六国饭店的房间很有意思，房间中间还有房间，两人住一间，六人住一套，据说这个设计，是专为避难的有钱人定制的。战乱一来，全家躲进六国饭店，仿佛上海和天津的租界，有洋人的保护，安全就不会成问题。费教授与胡教授住一个房间，他们原来就认识，都是欧洲留学生，费教授学的是经济，胡教授学的是艺术史，在国外时有过交往。

与费教授的家道败落不一样，胡教授是公子哥，家里非常有钱，地道的官宦人家子弟。虽然进入了新社会，政治运动搞过一次又一次，轰轰烈烈的"四清"已结束，"文革"还未开始，胡教授一举手一投足，俨然还是公子哥派头，还是大少爷的作风。费教授的祖父乡试中了举人，然后进京当了一名内阁中书，长年在午门楼上干活，缮写上谕和诏诰。光绪十五年外放过一次北闱乡试同考官，可惜年纪不大就死了，费教授从未见过这位祖父。祖父死后，留下十几本日记，都是写在铺子里用的账本上，记载他买过的青铜器，有文字的甲骨，还有宋人和明人的字画，每一笔进出花了多少钱，都有详细记录。

这次与胡教授一路同住，两人聊天，费教授便问胡教授，说自己祖父也就是一个内阁中书，当年怎么会有那么多钱买古董和字画。胡教授就说，中书官不大，油水可不少，说他曾祖父当过湖广总督，回到北京，每天要上朝时，先得称出三百两银子，合现在的新秤，差不多要十八斤多，再分成一个个红包，分别孝敬皇宫里的中书。这个是绝对名正言顺，不能算是行贿，只是预付的酬劳，委托中书们遇有重要上谕，能及早抄寄一份告知。胡教授让费教授想一想，全国得有多少巡抚和总督，每人给一个红包，费教授的祖父要买些字画古董，还不是跟玩一样。

费教授祖父收集的这些珍藏，在运棺材回老家的途中，全部被窃劫了。费教授父亲告诉他，说从北京宣武门外住宅准备启行，负责运输的车户们请示祖母，说路上不太平，箱子里装了什么，轻重要有个区别。费教授祖母多了一个心眼，考虑到车户与黑道往往会有勾结，这样问话，很可能是探路的，于是回答说，"一个穷中书，有什么轻的重的，不过一堆破烂罢了"。结果在半道上，经过一个村子，遇到了早已埋伏好的劫匪，车尾捆绑箱子的粗绳被斩断了，箱子跌落在地，字画和古董荡然无存。

在北京期间，六国饭店的饭菜，按说不可能太差，胡教授却对费教授说，难得来一次北京，能不能再来另说了，现在既然到这了，我们还是得吃一回北京烤鸭，要不就去东来顺吃涮羊肉。费教授说这两样口味，不瞒你说，都不太对我的胃口，不过胡先生既然想念，恭敬不如从命，你去哪里，我都可以奉陪。同行的政协委员不止他们两位，费教授的意思，两个人悄悄去就行了，偏偏胡教授热情洋溢，又喊了两位，最后索性扩大了，胡教授要请整个代表团都去。接待方一商量，一研究，觉得让胡教授掏腰包不合适，干脆公家请客，一起去全聚德吃烤鸭。

离开北京，第一站就是哈尔滨。费教授也没什么地理概念，心想明明是去内蒙古参观访问，怎么会突然先到了东北，为什么是这么个走法。胡教授吸取教训，到了东北哈尔滨，也不再说要出去吃什么了，免得工作人员为难。"哈尔滨"是满语，所谓"打鱼晒网之地"，人口已有两百多万，在当时属于相当大的城市。老旧房屋以俄国风格的为多，其教堂尤为显著。介绍说解放以前人口只有七十万，现在增加的大多是工人，由此可见当地工业进展之迅速。接待人员安排大家参观市容，乘汽车走马看花，方向亦记不太清楚，只记得是先到学校区，次则工业区，再然后是商业区。

离开哈尔滨，火车往西北方向开，穿过了大兴安岭，终点站是满洲里。应该是慢车，站站都会停。费教授以为大兴安岭是高峰连亘，没想到亲临其境，才知道并不是这样，从软卧车厢往外看，感觉窗外的山坡度甚缓，渐高渐低，牛马羊之群常见，房屋与人迹则很少见到。大草原成片，各种颜色的花都在开放，十分好看。路经海拉尔，唐宋元明清，这个地方为元朝的发祥地，成吉思汗大约就是在这里起家的，现在是呼伦贝尔盟专署所在地。

与胡教授在一起，费教授感到最大的好处，就是两人可以没完没了地聊天。说起来，他们认识这么多年，早在国外游学的时候，胡教授就请他吃过饭，不只是一起上馆子，还拉着费教授去过那种风流场所。正是第一次世界大战结束，欧洲十分萧条，加上俄国的"十月革命"，很多出逃的白俄女子沦落风尘，当了舞女甚至是妓女。费教授属于那种出淤泥而不染的男人，到了妓院和舞场，也是不苟言笑，每到最后时刻，便会主动离开，绝无真正的不轨行为。胡教授最后会如何，费教授并不清楚，反正只知道他是花钱的金主，穷学生都知道他有钱，让他当冤大头破点费也算不上什么。

胡教授是学艺术史的，身上难免一股艺术家的气息。与费教授的专业是经济一样，他们在专业方面，都属于元老级的人物，都是中国这方面的第一代专家，后来又基本上都离开了自己的专业。费教授成了外语方面的权威，他精通多门外语，幸好有外国文字的本事，他的那经济学理论，根本就派不上什么用场。胡教授的艺术史知识，同样不合时宜，他成了历史系的大教授，给大学生讲世界通史，讲古希腊和古罗马的历史。

过去的很多年，费教授与胡教授虽然住在同一个城市，也见过几次面，像此次这样作为政协委员出门参观视察，一路同吃同住，车上同一间软卧车厢，到了参观的城市，又住同一个房间，白天和黑夜都能联床聊天，确实是十分难得。在海拉尔参观，他们得到一条消息，费教授和胡教授都认识的植物学家林教授逝世了。这个消息很突然，林教授也是省政协委员，而且还是常委，他是先留学比利时，后来又留学苏联，好像要比费教授和胡教授都略年轻一些。大家都认识，于是话题免不了要说说他的故事。

林教授离过两次婚，他最牛的是植树，据说在国民政府时期，中山陵种了很多树，品种单调整齐划一，结果闹了虫灾，非常厉害的虫灾，好端端的树木死了很多。大家都在商量怎么根治，用什么杀虫药更有效，林教授的方案很简单，早在这之前，他就提出过单一品种的弊端，要想根治，便是栽上不同的树苗，要杂，树杂了，对虫害就会有天然的抵御能力。有关方面根据林教授的建议，栽了各种树苗，结果每到秋季，紫金山变得五颜六色，极具观赏性，其审美效果，犹如百花齐放，也迎来百鸟争鸣。

费教授与林教授很少见面，大家都是政协委员，却不在一个组别。胡教授与林教授也不在一个组，但他们都是政协常委，一起开会的机会略多一些。半年前，听说林教授身体不太好，胡教授还与他人相约，一起专程去看过他，当时林教授已横卧床头，说是刚从鼓楼医院回家未久，仍然以豪谈为乐，并向胡教授介绍其妻楚夫人。胡教授形容楚夫人，说其貌亦楚楚，而风骚特甚，因此得出一惊人结论，说林教授得病之所在，是"以一年老之衰翁，而当如虎之年之娇妻，安得不病乎"。

胡教授的一番戏谑之语，让费教授不由得一阵感叹，想自己当年住医院割去胆囊，做手术前，曾经也有过一念，就是考虑与比自己年轻三十岁的李择佳成婚。幸好此念头只是一闪而过，说过去就过去，否则很可能同林教授一样，自蹈其覆辙也。费教授也曾见过林教授之新妻楚夫人，年轻自然不在话下，不过也不觉得像胡教授说的那样楚楚动人，起码与江慕莲和李择佳相比，姿色绝不在她们之上，而"风骚"二字，则是各人各感觉，不好说，费教授只记得她一双眼睛很明亮，喜欢盯着人看。楚夫人是林教授的学生，先生娶女弟子，仅此一点，费教授就觉得不太妥当。

那天晚上，恰好有联欢会，当地人能歌善舞，联欢到最后，邀请客人也参与一下，胡教授便演唱了一段昆曲，声情并茂，很有味道，可惜唱到最后，用力太猛，假牙飞了出去，好在他手快，又一把抓住了。联欢会结束，回到住处，外面忽然淅淅沥沥下起雨来，风声也大，两位教授简单洗漱，上床睡觉，似乎还没有困意，又聊了会天，又说起刚逝世的林教授。话题由林教授之死，转向林教授的少妻楚夫人，由楚夫人再往下聊，说着说着，由远及近，胡教授与费教授说起自己的老妻，说到当前的现实，不禁兴尽悲来。

情怀渐觉成衰晚，鸾镜朱颜惊暗换。胡教授夫妇结婚转眼接近五十年，说是伉俪情深也好，说是鸾凤和鸣也好，不争不吵太太平平，好歹过了半个世纪。没想到这些年，经常会有些不愉快发生。与费教授一样，胡教授夫妇都喜欢看戏，什么戏都爱看，京戏、昆曲，各种地方戏，是戏就爱看。胡太太不仅爱看戏，还能演唱，她的昆曲水平相当高。胡教授也喜欢唱，也能跟着唱，与自己太太相比，逊色太多。胡太太几乎就是专业水平，比一般的专业演员都要好。

与胡教授一样，胡太太也是出身于官宦人家，家世显赫，祖上也出过封疆大吏，又接受过新式教育，是中国最早的女大学生。结婚以后，新女性的时髦、旧女子的传统美德，二者都不缺乏，都是恰到好处。没想到晚年性情大变，变得让人无法理解，不是往老年痴呆的方向发展，而是变得特别好嫉妒，不可理喻的嫉妒，一种近乎疯狂的嫉妒，所谓看见自己男人用夜壶都恨不得要嫉妒的那种变态。她容不得胡教授和别的女人说话，容不得胡教授与别的女人通信，容不得他提起别的女性。胡教授又生性喜欢开玩笑，喜欢说笑话，尤其喜欢与异性逗笑。

最后除了家中的保姆，胡教授夫妇周围再也见不到别的女性。胡家的保姆袁妈从十七岁起，就来到胡家帮佣，多少年下来，结了婚，有了儿女，又有了孙辈。此次出门前，袁妈身体不好，让她的儿媳妇过来代替一阵，儿媳妇人长得不漂亮，能做一手好菜，深得胡教授喜欢，而胡教授又是个吃户，就好一个吃，在吃方面特别讲究。这儿媳妇喜欢吃着上顿，便问主人下一顿要吃什么，有一天，大约胡教授表现得过于兴奋了一些，她又问明天吃什么，胡太太竟然板着脸，硬生生地来了一句：

"吃屎！"

这么粗俗的话，这么下流的字眼，从胡太太嘴里冒出来，实在是不可思议，太有辱斯文。胡先生还想帮着掩饰，轻轻地嘀咕了一句，意思是你说什么呢。胡太太接着还是那两个字，更清晰更用力，拉长了语调，又明确无误地说了一遍。因为是与费教授联床夜话，胡教授说着，不禁从床上坐了起来，瞪大了眼睛，看着费教授，用拳头捶了一下床：

"费兄你说说看，一个人怎么可以变成这样？"

费教授听了，无话可说，无言以对。

胡教授又说："这不是有病嘛，费兄你说是不是。"

费教授还是不说话，还是无言以对。

胡教授继续感慨，深深地叹息道：

"家里有个女人真要是这样，还不如像老兄这样，独自一个人清静，这样多好。"

7

去内蒙古的这一路，费教授最得意之处，是他与胡教授都对中国传统旧戏有着浓厚兴趣。每到一处，当地接待的同志必定热情招待，各种山珍，还有茅台酒，动辄就招待大家看戏。内蒙古人对京戏之热情，让费教授和胡教授感到不可思议，譬如某地方京剧团演的《坐宫》，饰杨四郎者为女演员，岁数似乎也不小了，其演唱苍老而有韵味，绝不输于叫座的名角大腕，拉胡琴者亦甚佳，可惜饰公主者嗓子太尖细，胡教授之点评，是还须"得名手指授之"。

与胡教授同居一室，费教授有机会听他大谈连台本戏。连台本戏在中国传统戏曲中有着很重要的地位，很有些像后来的电视连续剧，故事连贯，有文有武通俗易懂，非常受观众喜爱，可惜这些年来，连台本戏正在逐渐消逝，已经很难见其踪影。没想到两位同为政协委员的大教授，都是连台本戏的爱好者，胡教授的本行是艺术史，他不仅喜欢，而且一直都在热心收集。谈到投机之处，胡教授答应这次参观访问结束，将为费教授抄一段阳腔目连戏《救母》中非常精彩的一折。

回到南京不久，轰轰烈烈的"文化大革命"便开始了。在惊天动地的口号声中，费教授收到了胡教授的邮件，那是专门为他抄写的《山河图》，阳腔目连戏《救母》中的一折。阳腔目连戏可以追溯到南宋，是集体创作的产物，是多年来文人学者的艺术结晶，也包含了民间艺人的持续努力，为后来的昆剧、徽剧，以及被称为国剧的京剧的诞生，奠定了非常重要的基础。

山　河　图

人物	角色	简称
刺使官	（净）	（刺）
小鬼四个		（鬼）
刘氏	（旦）	（刘）
葛光亲	（外）	（葛）
爱育明	（生）	（爱）
耿氏	（花旦）	（耿）
和尚		（和）
道士		（道）
张氏		（张）

剧情：阴世有金桥、银桥、奈何桥。善人过金桥、银桥，恶人过奈何桥。刘氏行至奈何桥不肯前去，被小鬼逼下奈河。

（二小鬼领刺使官上）

刺　（念板）官居刺使观幽冥，

　　　　　执掌三河颇有声。

　　　　　过金桥，真欢喜，

　　　　　过银桥，不非轻，

　　　　　过奈何桥，

　　　　　打断他的脊梁筋。

　　（白）执掌桥梁刺使官，

　　　　　世人谁不仰威风。
　　　　　三河分着三桥过，
　　　　　定在吾行掌握中。
　　　　　开门，今当乃是过关日期，写几句口号，张挂桥头。

鬼　　（白）老爷，写恶的还是写善的。
刺　　（白）善恶都要写，
　　　　　世人对恶汉莫奈何，
　　　　　恶人偏将善人瞒。
　　　　　善人金银桥头过，
　　　　　恶者拉他过奈河。
　　　　　河中滚滚水扬波，
　　　　　桥下铜蛇铁犬多。
　　　　　世间恶人无奈何，
　　　　　奈何桥上他奈何。
　　　　　沙哉沙哉。

鬼　　（白）乃是妙哉妙哉。
刺　　（白）沙妙相同，张挂桥头。
　　　　　（刘氏内白，苦啊）（二鬼带刘氏上）

鬼　　（唱〔七言诗〕曲牌）
　　　　　婆娘一路叫怨怨，
　　　　　叫你修来不肯修。
　　　　　夕阳桥下水东流，
　　　　　野草闲花满地愁。

　　（白）来至三河渡口，挂号前行。

刺	（白）	刘氏可曾带到？
鬼	（白）	带到了。
刺	（白）	带上堂来。（介）听点一名犯妇刘氏。
刘	（白）	有。
刺	（笑）	呵哈。
鬼	（白）	老爷为何发笑？
刺	（白）	非是你家老爷发笑，我说听点一名犯妇刘氏，他说道有酒，有酒，就是老爷的妙朋友到了。
鬼	（白）	应答老爷的。
刺	（白）	看看他的来文好发介。刘氏在阳世持斋把素，念佛看经。嘟，嘟，刘氏乃是一个好人，为何将他带来了。
鬼	（白）	刘氏的来文，好有一比。
刺	（白）	好比何来？
鬼	（白）	好比驴子屎。
刺	（白）	此话怎讲？
鬼	（白）	外面光表表，里面一包草，翻过来看看他的来文。
刺	（白）	刘氏在阳世，夫在持斋，夫死开斋，恶迹难容，拖下去重责。
		（内白，善人到）
鬼	（白）	善人到。
刺	（白）	过去相迎。
		（葛光亲、爱育明、耿氏上）
葛	（念板）	自幼在家读文章，

		烈烈轰轰报君王。
		一片忠心常保国，
		方表男儿志高强。
爱	（接念）	父天母地恩无量，
		子孝双亲理所当。
		爹爹听信继母言，
		将我赐死梦黄梁。
耿	（接念）	鸳鸯对对落草堂，
		烈女怎肯嫁二郎。
		恼恨继母歹心肠，
		将我赐死草木箱。
众	（白）	来此三河渡口，挂号前行。
鬼	（白）	善人已到。
刺	（白）	过去相迎，你这位老善人。在阳世有何为善？
葛	（白）	老汉葛光亲，忠心耿耿，扶保朝廷，昏皇听信奸人之言，将我赐死冥途，死到阴世，蒙阎君发善，来到大人宝关，挂号前行。
刺	（白）	小善人在阳世有何为善？
爱	（白）	小生爱育明，在阳世孝顺双亲，恼恨爹爹听信继母之言，将我赐死冥途，来此大人宝关，挂号前行。
刺	（白）	女善人，在阳世有何为善？
耿	（白）	奴家耿氏，在阳世未婚守节，恼恨继母，逼我

刺	（白）	改嫁，是我执意不从，将我赐死冥途。死到阴世，蒙阎君发善，来此大人宝关，挂号前行。
刺	（白）	原来是忠臣，孝子，节妇。不用挂号。打从金桥而过。
刘	（白）	苦啊。
葛	（白）	何人在此叫苦，家住哪里，姓甚名谁，说得明白带你一同过金桥而去。
刘	（白）	家住南耶王舍城中，傅相之妻，罗卜之母，刘氏青提。我在阳世持斋把素，一门好善，死到阴世，大人不把我过金桥而去，叫我误锁桥头。有劳善人与我讲个人情，放我过金桥而去。
葛	（白）	当得如此。
鬼	（白）	善人复转。
刺	（白）	官居相迎，善人为何去而复转？
葛	（白）	桥头锁的那一位妇人，家住南耶王舍城中，傅相之妻，罗卜之母，刘氏青提，在阳世一门好善，吾等为他讲个人情，带他一同过金桥而去。
刺	（白）	这泼妇在阳世，夫在持斋，夫死开斋，休管他人。
葛	（白）	有罪了。大人台前讲情不准，纸钱与你使用。
刘	（白）	多谢了。
葛	（唱〔江头金桂〕曲牌）	
		时月轻风于放。
		叹世人都是贪生怕死人，

	为臣尽忠。
爱	（接唱）子孝双亲。
耿	（接唱）替夫守节。
	败坏纲常悔时迟。
葛	（白）多蒙刺使大人可。
爱	（白）便怎么？
葛	（接唱）请吾等过此金桥，
	早把银桥过。
	却是鬼门关，（重句）
	超升天府，遥望天庭，
	永享长生，快乐逍遥。
	人为善好，（重句）
	善人有报，到今朝，
	善人自有天察鉴，
	不枉阴世走一遭。（重句）
	（三人下）
鬼	（白）看过他的来文好发介。
刺	（白）待我看看他的来文，夫在持斋，夫死开斋。
鬼	（白）看过了。
刺	（白）待我翻过来看看，打僧骂道，拆毁桥梁，牵下去重责。
鬼	（白）善人已到。
刺	（白）泼妇的造化，将他锁住桥头。
	（和尚、道士上）

和	（念板）和尚阳间修上修，
	金装佛象砌高楼。
	金童玉女双双对，
	不风流来也风流。
道	（念板）道士阳间修上修，
	光行方便度春秋。
	奉劝世人郎早修，
	光阴如箭水东流。
	（白）来此三河渡口，挂号前行。
鬼	（白）善人已到。
刺	（白）官举相迎，你这高僧在阳世有何为善？
和	（白）贫僧在阳世金装佛象，起造高楼，死到阴世。蒙阎君发善，来到大人宝关，挂号前行。
刺	（白）你这道长有何为善？
道	（白）我在阳世，光行方便，最度春秋，死到阴世，蒙阎君发善，来到大人宝关，挂号前行。
刺	（白）原来高僧高道，不用挂号，打从银桥而过。
和、道	（白）多谢大人。
刘	（白）苦啊。
和	（白）何人在此叫苦，家住哪里，姓甚名谁，说得明白，我带你一同过银桥而去。
刘	（白）家住南耶王舍城中，傅相之妻，罗卜之母，刘氏青提。我家一门好善，又被大人将我锁在桥头。有善人与我讲个人情，带我一同过桥而去。

和　　（白）当得如此。

鬼　　（白）善人复转。

刺　　（白）善人为何去而复转？

和　　（白）非是我等去而复转，桥头锁了一位妇人，家住南耶王舍城中，傅相之妻，罗卜之母。他家一门好善，又恐大人将他误锁桥头，吾等回来讲个人情，带他一同过桥而去。

刺　　（白）这泼妇打僧骂道，拆毁桥梁，休管他人。

和　　（白）有罪了。大人不准，须须纸钱与你使用使用。

刘　　（白）多谢了。

和、道　（唱〔盗军令〕曲牌）

　　　　一时生居阳世，

（二句）叹浮生都是梦中人。

和　　（接唱）因此上顿修道。

道　　（接唱）几度春秋。

和　　（接唱）到今朝乐正中，

　　　　感皇天劝善。（重句）

　　　　玉女和着金童，

　　　　珠幡或着宝盖，

　　　　双双前迎，对对迎送，

　　　　迎出了城皇，接归天宫。

　　　　跟关上相迎送，

　　　　云桥驾彩虹，

　　　　银河冰雪拥，

　　　　　　　从此去进入了天宫。

　　　　　　　再来到超升天府,

　　　　　　　福寿绵绵享吾荣。(重句)

　　　　　　（二人下）

鬼　　（白）看看他的来文。

刺　　（白）待我看来,辱骂吕公变犬。吕公是他什么人?

鬼　　（白）是他丈夫一辈好友。

刺　　（白）把你这泼妇,吕公前来相劝与你,辱骂他变犬,牵下去重责。

　　　　　（内白,善人到）

鬼　　（白）善人到了。

刺　　（白）今日三河渡口,不知到了多少善人。泼妇的造化,将他锁住桥头。

　　　　　（张氏上）

张　　（念板）我在阳间修上修,

　　　　　　　修是修的福悠悠。

　　　　　　　若不修行遭折挫,

　　　　　　　谁云善恶可同流。

　　　（白）来此三河渡口,挂号前行。

鬼　　（白）善人已到。

刺　　（白）官举相迎,你这女善人,在阳世有何为善?

张　　（白）我乃曹献忠之妻,名唤张氏。在阳世持斋把素,念佛看经,死到阴世,蒙阎君发善,来到大人宝关,挂号前行。

剌	（白）	原来是一品诰命夫人，不用挂号，打从金桥而过。
张	（白）	多谢了。
刘	（白）	苦啊。
张	（白）	叫苦之鬼，家住哪里，姓甚名谁，一言说得明白，大人跟前讲个人情，带你过金桥而去。
刘	（白）	家住南耶王舍城中，傅相之妻，罗卜之母。我在阳世持斋把素，看经念佛，大人将我误锁桥头。有劳善人，与我讲个人情，带我过桥而去。
张	（白）	你在阳世，可曾定下一媳？
刘	（白）	定下一媳，曹献忠之女，名唤赛英。
张	（白）	说来你是我的亲家母。
刘	（白）	你是何人？
张	（白）	我乃曹献忠之妻，赛英之母。
刘	（白）	此是当真？
张	（白）	当真。
刘	（白）	果然？
张	（白）	果然。
刘	（白）	亲家母啊。
张	（接唱）	曹家女，名赛英。
		奴便是他的娘亲。
	（诗求）	嗳，亲家母，
		亲家母在世持斋把素，
		念佛看经，
		未满六月亡故，

亲家母死到阴世，
也是这般光景。
这等看将起来，
持斋把素成何用，
念佛看经真是空。
亲家母，叹伊家，
积善门如何有园，
如何有悠受苦情。
唉，赛英亲儿，
世上命苦也有，
没有儿这般命苦。
在家靠你娘亲，早已丧命，
去到傅家靠你婆婆，
又是这般光景。
可怜娘儿不得两相见，
婆媳又何两离分。
痛伤心，痛伤心，好伤心，
儿在阳间靠何人。

（白）亲家母休要啼哭，等我回去，到大人跟前讲个人情，带你一同过桥而去。

鬼　（白）善人复转。

刺　（白）善人为何去而复转？

张　（白）非是我去而复转，桥头锁那妇女，家住南耶王舍城中，傅相之妻，罗卜之母，他在阳世持斋把素,念佛看经。又恐大人将他误锁桥头,我等回来,与他讲个人情,带他一同过桥而去。

刺   (唱〔上山虎〕曲牌)

    他徒干好善名,

    背夫言,私开五荤,

    昂昂恶怒冲,

    对皇天立誓愿。

    若有开荤埋骨事,

    层层地狱罪非轻。

    罪命终,恶贯盈,

    休管他人误自身。(重句)

张   (白)有罪了,大人不准,纸钱与你使用使用。

刘   (接唱)公差苦逼催,

    好叫我两泪垂。

    (白)亲家母上青天,老身入黄泉。

    (接唱)天远两离分,

    若要逢,万不能。

    (白)此去得见亲家,把我的苦楚劳劳说上吧。

    (接唱)老身受尽千般苦,

    怎不叫人两泪淋。

    战兢兢,好伤心,痛伤悲,

    痛断肝肠裂碎心。(重句)

张   (唱〔盗军令〕曲牌)

    云桥高渡,

（二句）天河自此通。
　　　　　别却凡尘，
　　　　　一路逍遥多惊人。
　　　　　叹世人昏昏醉梦，(重句)
　　　　　终日醉昏昏。
　　　　　笑看经总是空，
　　　　　岂知道善果由人，
　　　　　天性皆通。
　　　　　驾雾腾云，乘鸾跨凤，
　　　　　人有善念天必从，
　　　　　云桥驾彩虹，
　　　　　银河冰雪拥，
　　　　　从这去进入天宫，
　　　　　再来到超升天庭，
　　　　　福寿绵绵享吾荣。(重句)
　　　　（下）

鬼　　（白）看他的来文。

刺　　（白）来文不用看，拉过奈何桥。

刘　　（白）我还要转去。

刺　　（白）你这泼妇，为何去而复转？

刘　　（白）我在阳世，看过弥陀佛，诵破大悲咒，尔应把我从金银而过，反将叫我过奈何桥。这等看将起来，持斋把素成何用，念佛看经真是空。种瓜者不得瓜，种豆者不得豆，爷爷。

刺	（白）	我把你这泼妇，拉开一张蒲包嘴，呱打呱好不会讲，你讲的佛语云，有八句，为何只说四句。
刘	（白）	那四句，小妇人不知道。
刺	（白）	哪里不知道，说出口来要打出你的病来。
鬼	（白）	老爷，他没有病。
刺	（白）	他乃心头之病。老爷说出口来与你听这么一听。经咒本慈悲，冤结如何救。早者自不修，作者还自受，自我心不愿，念佛未会愿。夫在持斋，夫丧开斋，把你这泼妇泼妇。
刘	（白）	老爷，佛语云有四句，如何只说两句？
刺	（白）	那两句，你老爷不知道了。
刘	（白）	哪里是不知道，说出口来又恐怕打动老爷青等结。
刺	（白）	鬼卒，青等结是什么东西？
鬼	（白）	骂老爷放屁。
刺	（白）	啐啐啐。
鬼	（白）	喂喂喂。
刺	（白）	你这个泼妇骂你家老爷放屁，你有屁放来。
刘	（白）	小妇人自作是我错，理当受责我，莫说当受事于人方便，老爷为官之人，何不与人家行些方便。爷爷。
刺	（唱〔下山虎〕曲牌）	婆婆住口。
	（二句）	思想过仙桥，苍天有眼，见他生嗔怒。

　　　　　　谁叫你故违誓愿,
　　　　　　折毁桥梁,背子开荤,
　　　　　　今朝到此难逃脱。
　　　　　　桥下水涌涌,(重句)
　　　　　　滔滔无休息,
　　　　　　又只见铜蛇张口,
　　　　　　铁犬摇头。
　　　　　　铜蛇张口,铁犬摇头。
　　　　　　奈何桥上你叫走。(重句)
刘　　（白）来在奈何桥,惊人魂魄消。河中千条浪,翻身浪来飘。
　　（接唱）我也曾持斋把素,
　　（二句）善果将人怒。
鬼　　（白）谁叫你开荤。
刘　　（接唱）又听得兄弟之言,
　　　　　　他教我开荤吃酒。
　　　　　　作事多差错。
　　　　　　到今朝独木为桥,
　　　　　　魂魄俱消。
　　　　　　有怒难生,有口难诉,
　　　　　　过前顾后空泪流,
　　　　　　桥下水涌涌,
　　　　　　滔滔无休息。
　　　　　　又只见铜蛇张口,

　　　　　　铁犬摇头，

　　　　　　奈何桥上如何过。（重句）

鬼　　（接唱）不必滔滔。

　　　　　　河上高架独木桥，

　　　　　　善人金银桥上过，

　　　　　　谁许你桥头坐。

刘　　（接唱）蠕动两头摇，（重句）

　　　　　　额自焦。

　　　　　　怕只怕行到桥中跌下河去，

　　　　　　铜蛇乱翘。铁犬乱咬。

　　　　　　吓、吓的我惊怕，

　　　　　　奈何桥怎能过。

　　　　　　（下）

第七章

/

1976年

1976

1

1976年给费教授留下最深刻的印象,是耳旁常常会有哀乐。哀乐声低回,空气中仿佛总是在抖动着那几个凄怆的音符。费教授身体开始变得很不好,浑身的骨头都疼,是骨头在疼。这时候,负责照顾费教授的是老魏,老魏自己的腿就不好,多少年来,走路都是一瘸一拐的。费教授躺在床上,没完没了地在喊骨头痛,老魏喝了点酒,要么是当作没听见,要么就是很不耐烦地教训他一句:

"骨头有什么好疼的,你忍忍,忍忍不就过去了。"

费教授一直都在忍,忍不住,他才会呻吟。忍不住,他只能一个劲地叫唤。转眼间,老魏负责照顾费教授差不多也有一年,刚开始还行,这活还算比较轻松,进入1976年,费教授的身体状况急转直下,突然变得不好,很不好,老魏的活计也变得有些辛苦起来。

老魏的儿子奎保还在监狱坐牢,"五一六分子"的事刚消停,刚解除隔离,又因为跟人打架,把人打成重伤,差一点把人打死，被捕入狱判了徒刑。什么时候能放出来，没有人知道。老魏也已经六十好几，他从未有过正式工作，未来会怎么样，靠什么养老，没人知道。在大家眼里，老魏父子都不是正常人，行事都有些奇怪。他们之间并没有血缘关系，事实上，老魏这一辈子也没结过婚。他说话带着很重的河南口音，说明他的老家肯定是在河南某地。奎保是个弃儿，当年来南京逃荒的难民留下来的，根本不知道父母是谁，也不知自己来自何方。他在南京长大，被老魏收养，跟着老魏，也能说几句似是而非的河南话，平时与外人交流，自然是说一口地道的南京话。

有很多年，老魏父子就在仙鹤桥那里摆渡。那时候，那个地方还没有桥，桥的名字却早就有了。很可能是有过浮桥。历史上，南京最早的桥都是浮桥，譬如最有名的朱雀桥，就是漂在水面上的浮桥。比浮桥更早的叫"津"，什么叫"津"呢，说白了，就是渡口，秦淮河的最南端，在东吴时，被称为"南津"，再以后，又称之为"航"，南京历史上有二十四航，也就是二十四个渡口，最有名的便是朱雀航，地点应该在今天的中华门一带，《东城志略》上有这么一句："晋立大航以与朱雀门对，故名朱雀航。"

一直到了唐朝，秦淮河上才开始真正有桥，有了那种跨河而过的木桥。南京秦淮河上有名的这桥那桥，一说都是故事，吹嘘起来都挺风光，它们的历史并不像南京人想象得有多久远。唐朝之前没有镇淮桥，南宋之前没有武定桥，明万历之前没有文德桥。老魏父子在仙鹤桥摆渡，一直摆渡到仙鹤桥建好。摆渡挣不了什么钱，老魏父子不过苟活而已。除了摆渡，他们什么都干过，日子马马虎虎过，奎保自小有一顿没一顿，常常挨饿，反正也没饿死。老魏大约是当过兵的,要不然一条腿也不会瘸,性格也不免有点兵痞。奎保小时候常被别人欺负,老魏要骂他,就嘀咕一句话:你娘的不欺负人,活该被他娘的别人欺负。

因此奎保永远是在欺负别人,很小就成了璩家花园一带的混世魔王,惹不尽的麻烦,淘不完的气,闯不完的祸。天井八岁那一年,在秦淮河里学游泳,奎保把他从渡船上直接扔了下去,差一点把他给淹死。这是个很严重的事件,天井差点送了命,被人捞上来的时候,已经没有了气息,路过的大人扛着天井,在肩膀上不停地颠,硬是把他给救活过来。所有的人都愤怒地教训奎保,教训完奎保,又纷纷指责老魏,问他真要把人淹死了怎么办,老魏不当回事地说:

"淹死了咋办,你们说咋办,俺也把奎保给你们弄死,偿命好了。"

老魏父子养过一条狗,有点像德国狼狗,又有点像中国的草狗,为它取名叫"小德"。因为缺少食物,很瘦,谁家孩子要拉屎,就招呼它,一呼唤就到,见了屎就舐食干净。平时十分温顺,只有和奎保在一起时,奎保若发号施令,对谁凶,它就狗仗人势,也会跟着主人对谁乱吠。那时候秦淮河里还有鱼,老魏喜欢钓鱼,钓着的鱼,成为下酒的菜肴,而鱼骨和鱼头,便丢在地上喂小德。有一次小德被鱼刺卡了,它总是哽咽,不停地像人一样咳嗽。再后来,突然有一阵子,小德天天焦虑不安,狂吠不止。老人们都说,这狗养的时间太长了,总是不太好的,对主人尤其不利,说不定还会有什么狂犬病病毒。

居委会和派出所轮番找上门,非要老魏父子对小德进行处理。奎保为此还发了狠话,说谁要敢动他家的小德,他就对谁不客气。话是这么说的,他确实也拿出过菜刀,做出要拼命的样子,到最后还是让了步,老魏父子决定自行了断。在处理小德之前,先好好地喂它一顿,老魏端着狗食,叹着气说:

"小德啊,也是没啥办法啊,大家缘分已尽,俺和奎保只能送你上路了。"

可怜那只对主人十分忠诚的小德,高高兴兴吃了一饱,便被吊死在渡口的一棵树上。再然后,剥了皮,烧了一大盆煮熟的狗肉,老魏父子饱餐一顿,据说香味传出去很远,很多人都闻到了。也是在同一年,仙鹤桥开始动工,很快桥修好了,老魏父子摆弄的那条小渡船也失去了意义,父子俩从此成为真正的无业游民。这以后,奎保在社会上闲荡了一段时间,进了永红服装厂当工人,老魏则是到处打杂,一会干这个,一会干那个。

一晃又是十年,终于有一天,1975年的晚春,干部学院负责人事的工作人员,经过筛选,找到了老魏,让他负责照顾费教授的日常生活。这时候,费教授已经老了,真的老了,他身边没有一个人照顾不行。费教授身边必须时刻要有一个人,这个人会是谁呢,这个人就是老魏。

2

从内蒙古视察访问归来,这一段日子,可能是费教授这些年来最美好的一段岁月。他得到了久违的尊重,看病能够住干部病室，学院领导几次慰问，党委陆书记对他尤其看重，亲自上门嘘寒问暖。教育部组织编选的一套教材，专门邮寄过来，请他审定，并且准备在编委名单上挂上他的名字。费教授从来不是个图虚名的人，可是人一旦老了，有时候能得到一些虚名，得到一些尊重，也是挺可以让人享受的。

费教授这一生的学问很杂，太杂了，以至于自己都稀里糊涂，不知道究竟应该属于哪一方面的权威。费教授拥有国外名牌大学的经济学博士头衔，一度也是国内著名的经济学教授，精通好几门外语，就阅读而言，他最喜欢的是各种文字版本的大百科全书。费教授对字典和词典有着不同寻常的兴趣，只要有时间，面前永远都摊着那种大部头的工具书，他永远都是在用放大镜阅读这些工具书。任何语言方面的问题，只要你能向费教授提出来，只要你能给费教授一定的时间，他最后一定能帮你解决。

1949年以后，费教授对经济学几乎失去了兴趣，他觉得自己学的那些东西根本就不适合中国。南京的高校，似乎也都没有兴趣保留这门专业。经济学方面的老师，要么改行，要么离开南京。费教授拒绝离开南京，他早已习惯了这个城市，为了留在这个城市，他宁愿当一名最普通的外语专业老师。虽然从来没有进过什么外语系，也没有什么外国语言学方面的学位，他的外语水平，在外语方面的能力，到哪都是属于一流的，到哪都不会有人比他更好。

费教授选定在璩家花园居住，也是源于对先贤"绛云楼"的敬仰，他知道自己住的这藏书楼遗址未必靠谱，完全可能就是一个传说,然而就算是个传说,他也有那么点心满意足。大隐隐于市,所谓结庐在人境,而无车马喧,璩家花园很热闹,他隐藏在这里,埋没在人群的世俗之中,无丝竹之乱耳,无案牍之劳形,既享受人间烟火,又不太会被不相干的市民打扰,感觉自己快活得就像很遥远的古人一样。

如火如荼的"社会主义教育运动"开始了。简称为"四清运动"的"社会主义教育运动"从农村开始,最初的口号只是"清账目,清仓库,清财物,清工分",这些貌似与城市无关的运动,很快会掀起不一样的波澜。这时候,经济形势说是在好转,中国和苏联的关系正在急剧恶化,很多事情费教授搞不明白,心里略有些明白的就是要谨慎,要小心翼翼。在跟胡教授的通信中,他说出了自己的隐约担心,胡教授回信,笑他割去了胆囊,没有了胆囊,所以胆子比常人更小了,或者说不是更小,是索性就没了。

费教授决定防患于未然,立刻处理自己多年来写的日记。写日记是费教授每日都在坚持的功课,几十年下来,他的日记已有几十本,这些日记上面有英文,有德文,有文言文,甚至还有不太规范的俄文。一般人应该是看不懂他的日记,真要是看懂了,会引起非常不必要的麻烦。毫无疑问,把差不多是一旅行包的日记放在哪里,让费教授颇费脑筋,思来想去,决定还是与李择佳商量。

事实上,除了为自己帮佣的李择佳,费教授也找不到什么更合适的人。民有可以信任,不过他是个右派,能保护好自己就不错了。费教授认识的人,不是已经有问题,就是可能有问题。费教授平时做人很谨慎，说话小心翼翼，不越雷池一步，写日记难免放肆，难免出格出界。写日记仿佛是对情人说悄悄话，仿佛男女之间枕头边的耳语，极其私密，容不得有旁人偷听。

李择佳一口答应，同意帮费教授保管他的日记。为了万无一失，她把满满一旅行包的日记，都寄放在大女婿家。大女婿是军工厂的工人，祖孙三代，都是工人。工人阶级是领导阶级，根正苗红，再怎么搜查，也不可能查到他们家去。事实证明这个决策非常英明。不久，"文化大革命"开始了，李择佳家是资本家，属于剥削阶级，经过公私合营，明知道抄不到什么，造反派还是没有放过，仍然是仔细搜了一遍，把她家的地板撬了搜查。费教授这边，当然也还要抄，学院的红卫兵来过，什么也没找到。

红卫兵开始追究费教授日记的下落，费教授回答很从容，说全烧了，全被他给烧了，为什么要烧呢，他觉得自己日记里的一些想法，是错误的，是落了伍的，因此应该把它们毫不犹豫地销毁。红卫兵很生气，认为他敢这样做，是在销毁罪证，是在负隅顽抗。当时来了一大群红卫兵，乒乒乓乓翻箱倒柜，楼上楼下地来去，把地板踩得咚咚乱响，费教授十分担心人太多会把摇摇欲坠的小楼给踩塌了。

接下来就是十分激烈的"批斗会"，这一年，费教授七十三岁。南京民间有个俗话，说人过六十两个坎，七十三，八十四。七十三岁是道坎，八十四岁也是一道坎，能过了这两道坎，活个一百岁也有可能。费教授不相信这个，他知道这典故的出处，传说孔子活了七十三岁，孟子活了八十四岁，所谓七十三八十四，不过是说这两位圣人的大限。费教授没想到自己会在七十三岁这一年，被挂着"资产阶级反动学术权威"的牌子，站在主席台上，遭受革命群众批斗。

3

干部学院的陆书记确实被打得很惨，据说是因为不肯认错，死不认错。这一切都发生在费教授的眼皮底下，毫无疑问，他被吓着了，真是吓着了，老先生本来就老实，这一下，更老实了。红卫兵问他，你知道自己有什么错，费教授立刻俯首回答：

"错了，我什么都是错的。"

红卫兵说："你老实一点，不是说你什么都错，是问你错在什么地方？"

"错了，我什么都是错的。"

红卫兵对费教授这样的老家伙，真没什么太大兴趣。"批斗会"还是免不了的，不过费教授永远都是配角，都是陪斗。斗完了书记斗校长，斗完了校长再斗书记。上面终于派人过来干涉，发出警告，要文斗不要武斗。费教授毛笔字写得还可以，他这岁数的人，都能写毛笔字，红卫兵就让他抄"大字报"。

那一段日子，费教授确实有些被吓糊涂了，晚上睡不好，老是做噩梦，白天便浑浑噩噩。附近的小孩子也总是捉弄他，费教授本来已经被通知退休，完全可以不用再去单位，可是运动如此轰轰烈烈，他还真不敢不去上班。周围的小朋友经常在上班的路上等候，看见他就高喊口号，有时候还拦住他，非要让他背出两段《毛主席语录》，才肯放他过去。因为紧张，因为害怕，费教授常常会背错，一错，小孩子异口同声地大喊大叫，骂他"反动"。

有一次"批斗会"，弄了几个钟头，一个个批斗下来，最后轮到费教授，让他老实交代，还有什么罪行没有说出来。费教授很是紧张，说自己的罪行，事无巨细，早已经统统都交代了。红卫兵不肯放过他，非要逼着他再说，再交代，必须老实交代。费教授急了，说不能再交代了，真的不能再交代，再要交代问题就严重了，就不得了了，就没命了。红卫兵说不要抵赖，不管多大的事，都要交代出来。

于是费教授脸憋得通红，憋了半天，忽然语出惊人地来了一句，还带着哭腔：

"我是该死，我，我想谋杀林副主席！"

谁也没想到他会说这么一句，大家都被他的话惊呆了。手无缚鸡之力的费教授，忽然冒出了这么一句，竟然冒出了这么一句。这么让人感到恐怖的一句话，弄得在场的人，都不知道怎么接他的话。主持大会的造反派怔了好半天，突然大喝一声：

"胡说，你胡说！"

大家都很生气，也都很惊讶，感觉费教授是在存心扰乱会场，简直就是在捣蛋。不过大家也知道费教授没那个胆子，他绝对不是那样的人，显然是神经不正常了。在这样的场合，没人敢扰乱和捣蛋。费教授肯定是太紧张了,他已经魂飞魄散,他已经神不守舍,不知道自己在说什么。俗话说不作死,不会死,这无疑是在作死,是在找死。然而费教授真这样做了,真这样胡说八道了,作死了,找死了,大家一时还真不知道怎么办。

最后就是不了了之,最后只能不了了之,送费教授回家,让他老老实实地待在家里。从此以后,费教授再也不用去学院上班,他现在可以真正地在家享受退休生活。不过也就是在这段时间,费教授的经济状况出现了问题。"文革"开始的时候,他主动申请降低工资,因为他有这个自知之明,知道自己最惹人民群众生气的就是高薪。你一个糟老头子,凭什么拿那么多钱。作为一名拿着高工资的高级知识分子,他拿的人民币实在是太多了。费教授主动要求降薪,每月只领取十五元钱的生活费,其他的钱都缴给国家,都缴还给党和人民。听说学院的朱院长和陆书记也是这么做的,他们的工资都被当作党费给扣发了,费教授觉得自己也可以参考他们的例子,把降薪的钱当作党费来处理。

如果是在单位吃食堂,十五元钱过一个月,应该是可以了,食堂的饭菜并不贵,马马虎虎还能过。可是让费教授自己照顾自己,这就会有一个吃饭的问题,伙食会成为严重的问题。过去的很多年,费教授从未开过伙,他根本就不会做饭。不是在邻居家搭伙,就是请保姆代做。"文革"开始,费教授与李择佳之间的雇佣关系便不复存在,对于李择佳来说,失去了每月急需的十元钱补助,对于费教授来说,每天的伙食没有了着落。

当然还是要找李择佳,只能找李择佳。费教授表示,愿意付她每月十二元,这十二元是给她的工资及伙食费,他自己还要留下三元钱零用。很显然,这么做也是迫不得已,过去是十元工钱,十五元伙食费,加在一起是二十五元,两个数字一比较,就知道多么不合理,就知道很难让人接受。然而李择佳还是选择了接受,她觉得费教授很可怜,她如果不管他,她如果不照顾他,老先生又能怎么样呢。他太可怜了,一个七十多岁的老头,这日子怎么能过下去呢。

在那段最艰难的日子里,李择佳在自家经济十分糟糕的状况下,还要同时照顾天井和费教授这一老一小。接纳他们的理由,都是她要是不出手相助,这两个人就没有饭吃,就有可能饿死。尤其难得的是,这一老一小,搭伙的方式还不一样,天井是在李择佳家吃,只是一天三顿都吃在她家,费教授却还要李择佳每天给他送过去。

4

费教授每天不再出门,这让璩家花园那些顽皮孩子少了许多乐趣。有一段日子,他们习惯了捉弄老先生,拿费教授寻开心。孩子们躲在巷子口,就等费教授走近了,突然蹿出来,让他背《毛主席语录》,让费教授唱几句《东方红》,不完成不让走。费教授被这帮孩子折磨得够呛,他也曾挥过手杖,吓唬这些小家伙,可是这些无法无天的孩子,这些天不怕地不怕的孩子,根本不把费先生的恐吓当回事。费教授又不敢真的打他们,他们却非常调皮地把费先生的手杖给抢走了。

有一天,费教授去学院报到点名,又遇到了几个顽皮的孩子。这一次不是躲在暗处突然跳出来,而是远远地就在那等候,费教授看到他们,想绕道避开他们,已来不及了,他已经无路可退,无路可走,只得硬着头皮过去。那群孩子拦住了费教授,其中一个剃着光头的男孩,指着他的鼻子,大声问道:

"老头,老实交代,你为什么反对毛主席?"

费教授吓了一跳,不知道该如何回答,喃喃地说了两个字:

"不敢。"

孩子板着脸,手叉着腰,说:

"谅你也不敢,谅你也没有这个狗胆。"

费教授只能点头称是。另有一个孩子说这老头是"反动分子",是阶级敌人,自然是要反对伟大领袖的,我们要打倒他,必须要打倒他,说着,便举起了拳头呼喊口号。费教授听了,有点害怕,非常害怕,害怕他们真的会动手。小孩子做起事来,向来没有轻重,他这把老骨头,怕是经不起他们的打倒。孩子们看他害怕了,他害怕的样子很可笑,开始大笑,同时捡起地上的泥块,向费教授身上掷去。

璩家花园的小孩,早在奎保当孩子王的时候,就以敢调皮捣蛋闻名。奎保进了永红服装厂,老的孩子王不在了,新的孩子王自然也就产生。天井也曾是那伙调皮捣蛋的孩子中一员，当然，他只能是跟屁虫，跟着别人起哄，只能跟在别人后面干坏事。孩子们抢走了费先生的手杖，玩腻了，便交给天井保管。天井也不知道应该怎么保管，就爬到巷口的树上，用绳子将手杖吊着，吊在半空中，这样一来，费教授经过的时候，他可以看见自己的手杖悬在那里，看得见，又够不着。孩子们在一旁看着就笑，非常开心地大笑。

那一段日子，也是民有被关进牛棚之时。民有的处境一度与费教授一样，始终都处在陪斗的位置上。他是右派，属于当然要被打倒的角色，不同的是，民有完全失去人身自由，已不能回家。与干部学院相比，民有所在中学的运动来得更猛烈，中学生干起什么事来，要比大学生更没有数，更不靠谱，更能恶作剧。被关进牛棚的"牛鬼蛇神"，每天都要相互检查背《毛主席语录》，背"老三篇"，背不出来、背错了的，都要受惩罚。民有是聪明人，脑子好，记忆力强，他很少受到红卫兵的捉弄。

天井在民有刚被关进牛棚的那段时间，晚上是一个人睡觉，心里总是有点不踏实。白天好办，一日三餐都在李择佳家吃，他不仅不用担心肚子饿，还天天能和阿四阿五在一张桌子上吃饭。一个人睡在家里，最初几个晚上，还是有点害怕，一夜要醒过来无数回。

好在这些都会过去，都能过去。很快，天井就感觉到了独居的好处。有一天晚上尿床了，因为是一个人，必须庆幸是一个人，这样民有就不会再说他，不会再责怪他。要是住在李择佳家，这个丑就出大了，这个脸就丢光了，阿四和阿五不知道会如何嘲笑。现在只要悄悄地把被褥焐干就行，神不知鬼不晓。不只是天井一个人享受着独居的好处，小伙伴们也跟着沾光。天井家成了秘密聚会的地点，在这里没有家长管束，没有成年人控制，孩子们可以在一起密谋干坏事。天井提供了活动场所，召集人不是他，出主意的人也不是他，大事小事都轮不到他做主。天井只是一个小马仔，只是在一群调皮捣蛋的毛孩子中鞍前马后奔跑的小喽啰。

璩家花园的这群孩子，真没有少干坏事。他们不仅会捉弄那些被打倒的"阶级敌人"，什么好玩的恶作剧，都能想得到，都能做出来。那年头，男人要办"大事"，都是上公共厕所。在公共厕所最常见的镜头，就是嘴上衔着一根香烟，手上拿着一张报纸，抢到了一个坑位，一蹲就是半天。先抽烟，抽完烟再读报，慢慢地读，很有耐心地把每一版都看完。于是这帮孩子计划好了，以牙还牙，要捉弄那些喜欢占着茅坑慢慢拉屎的男人。在早高峰来临前，先去公共厕所占好位子，装腔作势，等候前来上厕所的人。上公共厕所的规矩，必须按照先来后到的秩序，先来者占了位子，后来者就必须老老实实等待。

结果就是，原有程序完全被打乱，带了香烟和报纸的那位，烟抽完了，报纸也看完了，坑位还没有让出来。吆喝也没用，斥骂也没用，只当作没听见。最后被逼急了，孩子们便还嘴，说平时拉一泡屎，你不也是又抽烟又看报纸，你能够磨时间，为什么我们就不能，为什么。有孩子王在背后撑腰，加上是有备而来，面对成年人的威胁，他们显得并不慌张。这次捣乱是有针对性的，就是要治治这位抽烟看报纸的主。上厕所通常都是一对一地等待，孩子们采取的策略，就是别的人可以让，偏偏就不让这一位，他要等谁的位置，谁就坚决跟他磨洋工，憋死他。

最有趣的当然还是去看武斗，男孩子在一起玩，谈得最欢乐的，就是哪支造反派队伍最能打。"五中八八"是大家心中的英雄，他们都支持"五中八八"，都愿意为它摇旗呐喊。终于逮到一次好机会，虽然消息是错的，完全错了，错得有些离谱，但是大家还是选择了相信，这就是"五中八八"要和"南无八一二"干一仗。"五中八八"和"南无八一二"都是威名远扬，这两支队伍真要能打起来，必定是火花四溅，精彩纷呈。

结果一场精彩的武斗，还是给孩子们看到了，可惜没有"五中八八"，也没有"南无八一二"，只是同一单位两派之间在对抗，对抗很激烈，一方进攻一方死守，叫喊声不断。双方都有长矛和大刀，都只是用来吓唬对方，并没有真正短兵相接。双方都是依靠投掷来进行战斗，石块和木板满天乱飞。守在楼上的显然更容易，从上往下扔，要容易许多。楼下的想扔上楼很难，虽然只有两层楼，有几把自制的弹弓，配上了钢珠，打出去很有力，但是准星很差，很难打到想打的目标。这场战斗从中午一直打到下午，攻的人多，守的人少，眼看着攻方就要胜利，眼看着攻方冲进了大楼，看热闹的孩子们欢天喜地，就在这时候，一块木板从二楼飞下来，像一只展翅的老鹰一样，在空中缓缓滑过，砸在天井的天灵盖上，当场把他给砸得昏死过去。

天井被送进了医院，成了这次武斗中受伤最为严重的一个人。他能苏醒过来也是一个奇迹，医生的解释，木板在空中滑行，力量分散了许多，如果角度再偏一点，天井非送命不可。

5

费教授拿到补发的工资，完全变了一个人。民有一直坚持认为，费教授能补发到这笔工资，他功不可没。费教授补发的钱不是小数目，在当时绝对是笔巨款，民有的努力很重要，不过他再努力，再功不可没，还要归功于天井的被砸伤。儿子如果不被砸伤，如果他不被送到医院，作为父亲的民有，就不会从牛棚里出来，要是不从牛棚里出来，后面的许多故事，有可能会是另外一回事。

天井被送往医院，大家都慌了神，一起看热闹的小伙伴们乱成一团。首先想到的是如何通知他的家人，可是天井又是一个人住，幸好有人知道他在李择佳家搭伙，于是通知到了李择佳家，偏偏李择佳又不在，就告诉了阿四。告诉阿四时就没怎么说清楚，就是让赶快通知天井的家人，通知天井的父亲，让天井的父亲赶快去医院，赶快去。人命关天，阿四倒也没耽误，喊上了阿五，一起去民有所在的那个学校。民有还被关在牛棚，只能再由别人去传达，结果一误再误，以讹传讹，去传达的人把天井被人砸伤，误认为是天井把人砸伤。

造反派先狠狠地教训了一通民有，说他儿子涉嫌阶级报复，把人家给砸伤了，问题的性质十分严重，让民有赶快去接受处理，老老实实赔偿伤者的一切损失。民有忐忑不安地赶往医院，听说受伤的是自己儿子，心中立刻一块石头落下。总算不用跟人道歉，也不用赔偿人家的损失，自己孩子吃点亏也就算了。这时候，李择佳闻讯也赶到医院，十分着急地等候在那，天井的受伤虽然与她毫无关系，可是这孩子一日三餐毕竟是在她家搭伙，相当于跟她生活在一起，出了这样的事，心里多少都会有点过意不去，不管怎么说，她也是答应帮民有照顾天井的。

天井这次肯定是脑震荡，加上八岁时差点淹死，这以后，无论是民有、李择佳，还是阿四和阿五，对他都"刮目相看"，都觉得天井的脑子是受过伤的，都觉得他脑筋不是太好，不太正常，应该是属于有后遗症。天井在医院住了一个星期，民有要照顾儿子，造反派也就网开一面，对他结束隔离审查，把他从牛棚里给放出来。民有也因儿子的祸得福，不仅获得了人身的自由，与李择佳的距离也顿时走近了很多，两人关系迅速升温，很快发展到不能再近了，温度高到了不能再升温。

天井被送进的是一家中医院，这家中医院离出事地点最近。民有也因此认识了许医生，许医生医术高强，能说会道，更像是位民间的江湖医生，针灸推拿拔火罐，什么都懂，样样都会，还会发功，也就是后来流行的气功。民有对他十分崇拜，真心地佩服，很快就拜师学艺，成为许医生的入门弟子。

民有虽然是个右派，好歹也是个大学生，许医生觉得到了这年头，还能有个大学生愿意成为自己弟子，是挺有面子的事，很当回事地教他。

也正是在那段日子里，民有和李择佳成了乱世里的一对野鸳鸯，他不无得意地告诉李择佳，说自己这一辈子就佩服两个人，一个是费教授，一个是许医生。费教授的学问太大了，你若是跟在他后面，自己的本事会跟着增长。民有说他跟费教授学到了许多东西，外语水平因此大涨，说自己只是运气不好，空有了一身本事施展不开。民有很佩服许医生，许医生的那套江湖本领非同寻常，有了这些江湖本领，在哪都会有口饭吃。他拜师学艺颇有些临时抱佛脚，下放去农村的风声一阵阵吹过，南京人都难免人心惶惶，不知道下放的通知何时会落到自己头上。民有却一点都不担心，他相信自己如果真要下乡，光是给人看病，就不至于饿死。

针灸推拿拔火罐，这些技艺只要心细和胆子大，差不多都可以无师自通，或者说可以像佛教的禅宗那样顿悟。民有在这方面有着惊人的领悟能力，确实有很多人被他治好了，起码是在他的治疗下，病情有了明显的好转。天井的尿床据说也是通过针灸治好的，反正自从被民有在几个穴位上扎过以后，他就没有再尿过床。除了学会针灸推拿拔火罐，民有还跟着许医生学会了发功，懂了一点气功的皮毛，就是说可以通过手掌发热来给人治病。更让人难以置信的是，民有还顺便学会了催眠术，这一招也不知道是跟谁学的，屡试不爽，可以让别人在他的暗示下，像陀螺一样原地打转。

就在天井进工厂当工人的那一年除夕，民有父子，还有费教授，他们都是在李择佳家吃的年夜饭。饭菜谈不上丰盛，不过能这么聚在一起也挺好。对于民有父子来说，在李择佳家度过大年三十，这并不是第一次，却是最后一次。双方都已经是心照不宣，从此以后，这两个人就结束了那种关系。侯门一入深似海，从此萧郎是路人。年夜饭吃到一大半，民有很神奇地表演了自己的发功，他让大家站起来，都听他的口令，听他的指挥，结果在他的暗示下，阿四鬼使神差地原地打起转来，先是顺时针方向旋转，然后又反着转，越转越快。不久，阿五也开始有了反应，她居然会神经质地用肩膀往墙上撞，一下一下又一下，越来越用力，越来越夸张。

民有很得意，都说眼见为实，别人相信也好，别人不相信也好，奇迹就是这么发生的。大家都觉得眼前发生的这一切不可思议。真是一个令人难忘的除夕之夜，吃完了年夜饭，民有偷偷地与李择佳惜别，他从口袋里摸出一个玉手镯，说是别人送的，他们父子留着也没用，这玩意应该是女人戴的。李择佳拿着手镯看了一会，不说话，民有很轻松地说：

"不是什么好东西，不值钱的。"

李择佳把手镯还给了民有，说：

"不值钱我也不要，你还是拿回去吧。"

民有见李择佳不肯收，就想送给阿四和阿五，阿四和阿五也不要，母亲不肯要的东西，她们自然也不能要。民有只好把手镯重新放回口袋，闷闷不乐地和天井一起送费教授回家。这时候的费教授，已经又有了一根新的手杖，那根像文明棍一样的直把手杖，已不复存在，现在费教授使用的就是老人常用的那种弯把手杖。那年头的除夕很安静，没有电视，没有春晚，也没有爆竹声，街上根本见不到行人，只有费教授的手杖戳在地上的声音，一声接着一声，民有父子把费教授送到家，送到二楼上。他们没有立刻离去，在费教授那里又待了一个多小时。

费教授让民有搬了一张凳子垫脚，让他将放在橱顶上的一个旅行包拿下来。旅行包里是费教授的日记，这些日记从"文革"前开始，一直到两个月前，都是寄存在李择佳的大女婿家。就在两个月前，费教授让李择佳将日记归还于他，理由是这些日记起码在目前，应该是非常安全的。经过这几年的运动，费教授对当下形势又有了新的判断。他已经完全退休在家，基本上就算是与世隔绝，单位里那些造反派，应该不太会再来找他的麻烦。当初被批斗得很惨的陆书记，现在是干部学院的革命委员会主任，基本上是官复原职。在费教授看来，运动也应该差不多结束了。

费教授决定要把自己纷杂的日记，重新整理出一份，交给民有保管。既然民有自认为是费教授的学生，甘心当他的弟子，那么也只有民有才适合保管这些日记。费教授也心知肚明，他也知道，眼下事实上只有这个学生和弟子，才真正地欣赏自己，真正地懂得他的价值。对民有，费教授可以说是又爱又恨，爱是因为身边实在是找不到一个能懂得自己的人，恨是觉得民有多少有些滑头，为人处世过于轻浮。自从补发了工资，这是一大笔钱，同时，又恢复了工资待遇，现在的费教授是个不折不扣的有钱人，说话与办事的态度也随之大变，动不动就对人发号施令。

6

民有与费教授之间的关系，确实有些特殊，有些难以形容。他们有时候像师生，像父子，有时候又像忘年交的好友，有时候则更像主仆。民有知道费教授有钱，知道他现在很有钱，但是并不在乎他的钱，他让天井去偷费教授的人民币，严格意义不能叫偷，只是去拿，去拿回应该属于自己的一份报酬，是他应该得到的回报。费教授没有太计较少掉的那些钱去了哪里，民有也没有进一步讨要，没有再跟费教授要此前许诺的两百块钱，这个数字当时约定好的，费教授也是答应要给的。反正事情到了最后，也就到此为止，结果只能是不了了之。

费教授这一生最在乎的，还是自己的几十本日记，这是他多少年来的心血，这是他无数的情感寄托之所在。此时此刻，这些日记完好无损，又回到费教授手里，感觉就像失踪多年，在外面受到伤害的孩子，再次回到自己身边。连续多少天，他一直都在品读这些日记，都沉浸在以往的回忆之中。日记可以让失去的历史复活，让那些消失的场景再现。事实上，这些日记寄存在别处时，在那些最难熬的日子，费教授仍然没有完全放弃写日记。他开始在碎纸片上写，在用过的信封上写，甚至就写在书上，在一本《反杜林论》的空白处，顽强地做着记录，他竟然把这本当时最流行的恩格斯著作，当作自己的日记本。

日记重新回到了自己身边，费教授顿时有一种春暖花开的感觉。他开始重新收拾这些最原始的记录，整理这些年零零碎碎写下的日记碎片，有好些日期阴差阳错，已经对不上号，很容易就搞混了。应该是年纪太大的原因，费教授很快就感到头昏眼花，稍稍看多了一些，不只是头昏眼花，干脆就是天旋地转，就是恶心欲吐。这时候，他突然意识到，自己真的是老了，很快就要八十岁了，八十老人意何求，无奈之下，费教授明白他必须要找个人来帮助自己。

费教授要找的这个人就是民有，他希望民有帮自己把纸片上的内容，誊抄到笔记本上。这些内容都是用英文写的，辨认起来十分吃力。不过民有并没有一口拒绝，没有拒绝的理由说起来也十分可笑，只是因为他对于英文的热爱，因为对费教授的敬佩。自从被打成右派，除了一本原版的英文字典，民有很少再有机会接触到像样的英文。在中学代课，说起来是教英语，那个英文实在太简单，简单到让民有产生怀疑，孩子们学了这些口号化的中式英文，究竟能有什么用，能派上什么用场。

费教授写在纸片上的日记，有些字虽然不容易辨认，总体内容却很容易看明白。民有觉得他不得不佩服费教授，必须佩服，学习有时候就是一个贵在坚持，身处如此困难的境地，他居然还能坚持用英文写日记。费教授曾经告诉过民有，练习英文写作，最好的方法就是用英文写日记，这是一种最行之有效的训练。民有也曾尝试过用英文写日记，很认真地写过，可是写了没多少天，就因为这样那样的原因中断。不管是用中文还是英文，开始写日记总是很容易，中断同样很容易，或者说更容易。

费教授的英文属于一种很典雅的书面语，据费教授自己介绍，它取法于英国兰姆的《伊利亚随笔》，讲究文思晓畅，追求隽永淡雅。他的那些日记片段，记录了自己的亲历和目睹。费教授日记的特点，通常是事无巨细，只有枯燥的记录，不多作评价，都是流水之账，读来却别有意味。

在一张白纸片背面，写着一个"偷屎"的故事，是用英文写的，字迹有些模糊，个别单词已经辨别不清楚，仍然十分精彩耐读。干部学院地处西南城隅，有个小农场，教学区在城墙内，城墙之外还有一大片。正好这一段城墙被拆除，最初是日本人攻城炸毁一截，再以后，有了这个缺口，拆起来方便，大拆城墙时，又接着拆一大截。城外那一大片，长年荒芜，附近农民开垦了种蔬菜。"文革"开始，学校里揪出一堆"牛鬼蛇神"，便勒令他们去种菜，种菜要肥料，公厕后的粪池成为宝库，费教授负责看守，不让农民过来偷粪。当地农民偷惯了，人一过来，费教授拿出一个脸盆，再拿一个茶缸，对着脸盆当当地乱敲，吓唬农民。

再说这个公厕，位于学院与学院外居民的交界处，不只学院的师生使用，附近居民也要使用，粪池里的存货相当可以。为了改造思想，造反派也参与了种菜，两个造反派组织为争夺粪池控制权，开始大打出手，负责看守粪池的费教授形同虚设，不知道应该听哪一方的话才好，谁来了都先教训一通费教授。围绕粪池的故事，真是非常有趣，斗智斗勇各不相让。一方捷足先登，抢到了肥料，为了不让对方继续使用，便往粪池里兑水，就在看守人费教授眼皮底下，一桶一桶的清水，往粪池里倒。另一方很生气，把费教授又教训了一顿，跑到对方的菜地里去拔菜苗，为了这事，还发生了一场大规模的持械武斗。再以后，革命造反派开始大联合，放弃前嫌，握手言欢，粪池再次化为共有，不再争抢。

　　费教授不止一次暗示，百年以后，自己的这些日记，可以考虑留给民有收藏。对于费教授来说，他能这么想，他要这么做，意味着对民有极大的信任，颇有些托孤的意思。能被费教授看中不容易，但是民有并不在乎，没觉得是什么了不得的荣誉。他承认费教授的日记写得挺有意思，当然，还可能很有价值，不过这些所谓的价值，与自身都难保的民有，又能有多大关系呢。费教授一向自以为是，民有越是对他尊重，他就越把自己当回事。民有越是夸他的日记写得好，写得精彩，他就越是来劲，越是以为自己真有多么了不起。

　　民有很快就失去了阅读的兴趣，当时实在是很空，真的很空，最富裕的就是时间。像费教授这样退休在家的，像民有这样代课当中学老师的，说起来都是"臭知识分子"，都是"臭老九"，基本上都不在风口浪尖。到了"文革"后期，闲着也闲着，民有虽然在口头上答应帮费教授誊抄日记，实际上也没有认真干上几天活。一是日期太乱了，不是作者本人，根本分辨不清楚是哪一天。二是许多内容重复单调，随便看几篇挺有意思，真要把每一篇都抄下来，还是挺烦人。三是有一个最好的借口，好多单词他不认识，为了不认识的单词老是去查字典，不值得。

换句话说，要想完成誊写的任务，几乎是不可能，也没有什么必要。就那么保持原样也挺好，乱有乱的特点，乱才能更真实地反映出那个时代，才能原汁原味，一整理，一收拾干净，反而是吃力不讨好。当然这只是民有心里的想法，他知道这个话不能对费教授说，费教授不会接受，不可能接受。熟悉费教授的人都知道，他这人看似温和，看似低调，其实是个非常自恋的人，他对自己的日记，早就自恋到了无以复加的地步。民有把与江慕莲有关的文字随手摘抄了几段，心里想着，也许有一天可以让天井看看。

事实上，除了费教授自己，除了他本尊，真正读过他日记的人，寥寥无几，可能只有一个民有，而且民有读到的，也只是其中极小的一小部分。说老实话，民有读得也不算太认真，他确实在这些日记中读到许多好玩的东西，譬如费教授的一串钥匙遗失了，无缘无故没了踪影，他回不了家，进不了家门，费教授因此有种预感，觉得是他的大限快到了，过不了羊年，也就是在1967年他注定要死。又譬如在1970年，民有要帮他争取补发工资，费教授听了，"莫名惊骇"，觉得完全是天方夜谭。还有就是学院的陆书记又突然成为院革委会主任，"几乎官复原职"，成为第一把手，让费教授"心生欢喜"，认为此事属于拨乱反正，"甚好甚好"。

在费教授日记里，可以看到一些来去账目，说是来去，大都只是去，没有来，基本上都是一去不返，有去无还。特别是他补发工资以后，各路上门求资助者，可以用络绎不绝来形容。费教授几乎也是来者不拒，有求必应，事后又常常懊悔，觉得自己不该助长这种风气。其中有个叫朱奇隆的中年教师，当初批斗费教授，态度十分恶劣，看见他走路迟缓，行步艰难，竟然斥骂费教授是条老狗，说看你这样痛苦地活着，还不如死了拉倒，说是要用锄头挖一个坑，把费教授给活埋了。就是这个穷凶极恶的朱奇隆，也有脸上门向费教授求助，理由是他在农村的妹妹住院做手术急需要钱救命。

民有还在费教授的日记中看到了自己，看到了李择佳。日记中的民有是"Q"，李择佳是"Y"，自己是"Q"可以理解，民有姓璩，为什么李择佳是"Y"，让民有想不明白。费教授把自己少的那一百五十元钱，记录在对"Q"的存疑上，也就是说，他确实怀疑民有拿走了这笔钱。为了表示感谢李择佳对自己的照顾，他首先决定提高她的工资待遇，将保姆费恢复到每月十五元，同时把自己的伙食费，仍然定在十五元，这样就比原来总数的每月二十五元，多出五元钱。其次，费教授决定弥补过去几年的亏欠，他因为扣发工资，每月只给李择佳十二元钱，现在按日子重新补还。

有了钱的费教授，说话语气也和过去不太一样，常常用到的一句话就是，"付某某××元"。他确实有钱，补发了一大笔钱，每月薪水又高。费教授还准备送一台缝纫机给李择佳，她不肯要，说非亲非故，这台缝纫机不能要。费教授坚持要送，李择佳就说他弥补给她的工钱足够买一台缝纫机，她就用这钱买缝纫机好了，结果真买了一台新的"蝴蝶牌"缝纫机。缝纫机买回家一直没什么用，李择佳早已没兴趣做衣服，她都忘了当年曾经是多么喜欢自己裁剪，喜欢自己缝纫做衣服。新买的缝纫机只是个摆设。十年以后，它成了阿四的陪嫁，阿四也从来没有用过，大家突然不约而同地都不再用缝纫机，它同样还是个摆设，有好几年，家中的那台"熊猫牌"黑白电视机，就一直搁在缝纫机上。

年代久远，费教授最早的一些日记本已经散开了，侧面的线都烂断了。如何维护这些笔记成了费教授的心病，他知道民有认识的人多，喜欢结交各路朋友，便请他帮着打听，帮着找人，看看有谁能帮忙重新装订这些日记本。正好民有在东方红印刷厂有个朋友，朋友再托朋友，再去托人，便找到欧阳师傅。这位欧阳师傅有着非常精巧的独门手艺，能够通过人工维修方式，配上新的硬纸板和布面，把旧书改造成精装版的新书。如果你愿意，愿意花这个钱，他还可以用柔软的小羊皮，做成新书封面。

欧阳师傅试着为费教授维修了一本旧的日记本，效果绝对惊人，费教授完全惊呆。重新装订的新日记本，最后用机器切过一刀，也就是把卷起的毛边切去，一眼看上去，是一本新的未使用过的笔记本。这简直就是太神奇了，真的很神奇。费教授不敢相信自己的眼睛，感觉就像已死去的老人，又一次婴儿一般活了过来。接下来，欧阳师傅再接再厉，试着又维修了几本，效果没有第一本那么好，也足够让费教授满意了。

7

中国历史上有过三次由政府公布的简化字方案。第一次是在民国时期，民国二十四年，也就是1935年暑假，国民政府教育部颁布第11400号部令，正式公布了《第一批简体字表》，共计324个字，规定"凡小学、短期小学、民众学校各课本，儿童及民众读物，均应采用部颁简体字"，并通知到各家印书馆。到了1956年，中华人民共和国国务院公布了515个简化字，简化偏旁54个。这两批简化字，对中国大陆识字的人来说，已经基本定型，大家都习惯了。

从一开始，费教授就是简化字的反对者，无论是在民国时期，还是在解放后。有一天，民有不知又从哪弄来了一份《第二次汉字简化方案（草案）》，说是第二次，其实应该是第三次，也就是不把民国的那次算在里面。这一次运作的力度比较大，很多字一经过简化，大家都不认识了。或者说就算是认识，也有点哭笑不得，复杂的事情弄得太简单，简单的反而变得更复杂。譬如将"病"字写成"疒"，"熊"字写成"厷"，又譬如"鸡蛋"成了"鸡旦"。费教授作为简化字的一贯反对者，看到了这个方案，当然是生气，不只是生气，而且大怒，怒不可遏。

民有明知道老先生会生气，可还是拿了这份简化字方案草案来气他。不过费教授也就是跟民有发发火，并没有过多发表什么具体意见。差不多是二十年前，有过相似的情景，当时就有几位比费教授更有身份的大佬，公开站出来反对简化字，结果被打成了右派。民有自己就是一个右派，现在他又拿出这么一份东西来给费教授看，费教授生气之后，突然变得警惕起来，觉得民有是不怀好意，觉得他是别有用心。事实上，费教授也是多担心，这个《第二次汉字简化方案（草案）》试行没有几年，因为大家反对，正式宣布取消，只是宣布取消的时候，费教授已不在人世。

随着眼睛越来越差，费教授现在看书看报非常吃力，要戴度数很深的老花镜，再配上放大镜。对于当前的复杂形势，费教授并不落伍，他有台收音机，每天新闻总是要认真聆听。最近一段时间，收音机里不停地在"批林批孔"，把林彪和孔子放在一起批判，调子越来越高，火力越来越猛，满城风雨甚嚣尘上。林彪已经死了，没什么好批判的。对于孔夫子，费教授虽然是老派的旧式人物，毕竟留洋出身，学贯中西，学问很杂，对孔子有所尊重，但谈不上五体投地，更不会誓死捍卫。

正是从收音机里，从播音员铿锵的音节中，费教授仿佛又一次听到了运动的脚步声。这个声音是如此熟悉，让他不寒而栗。于无声处听惊雷，时间好像又回到暴风雨即将来临的1956年，又回到1964年"文革"前夕，费教授明白，不能因为补发了工资，不能因为恢复了高薪，不能因为退休在家，自己已八十高龄，就放松了警惕，就忘乎所以。

突如其来的恐惧，让费教授方寸大乱，让费教授坐立不安。他又一次想到自己的日记，想到这些日记很可能让他被灾蒙祸。轰轰烈烈的"文革"开始前，费教授曾将日记藏到李择佳的大女婿处，这一举措不仅保住日记，也让他逃脱了许多罪名。费教授知道自己的日记有太多不合时宜，这些东西就是定时炸弹，仿佛一堆沉寂在那的火药，一旦遇火引爆，后果不堪设想。

费教授本来胆子就小，都说小心驶得万年船，就是凭着处处小心翼翼，缩着脑袋夹着尾巴做人，他才会有今天的安逸，才会有今天的太平。费教授忽然有种预感，感觉新的运动又要到来，可能更激烈的斗争又要轰轰隆隆地开始了。历史又要重演，民有这样心气浮躁的家伙，显然是靠不住的，自己的日记如果是放在他那里，肯定很不安全。费教授必须重新找个靠得住的人，这个人的历史要清白，不要引人注目，不会让人怀疑。

于是他选中了那位欧阳师傅，欧阳师傅是扬州人，说话慢声细气，有腔又有调，感觉说什么话都带有三分道理。选择他也是顺其自然，自从费教授请欧阳师傅帮忙维修日记本，一本接着一本，他手上本来一直就有费教授的日记。也就是说，有些日记已在欧阳师傅手上，费教授选择欧阳师傅是不得已而为之。他很快就后悔了，后悔也来不及。这一次，费教授对形势的判断出现了一些问题，他以为又要开始搞运动了，没想到形势却朝着另一个方向发展，朝着一个完全不同的方向走了过去。

从收音机里，费教授听到了邓小平重新出山的消息，接下来，邓小平去美国参加联合国大会。费教授从收音机里听到了"爱国人士"和"民主人士"，这种称呼有着特殊含义，许多知名人士都以这种名称陆续复出。

时间是1975年初春，在这样的形势下，费教授开始讨要自己的日记。万万没有想到，本来应该非常简单的事，突然变得难以想象得困难。欧阳师傅开始编造各种各样借口拖延，寻找各种各样理由控制在手头不还。按说费教授对这个人早已有所了解，知道这个人贪财，知道这个人品行不好。只知道他贪财，只知道他人品差，没想到他会那么坏，坏得完全没有底线。欧阳师傅三番五次地跟费教授借钱，名目繁多花样百出，不是父亲过生日，就是母亲病危，事实上他父母早就不在了。费教授不止一次信以为真，每次都被他的谎话骗得团团转。

最让费教授感到紧张的一次，是欧阳师傅虚构说自己被警方传唤了，原因是为了给费教授的日记本做封面，偷盗了厂里的小羊皮。小羊皮是准备用来为外宾定制礼品书的，十分贵重，厂方已怀疑是欧阳师傅所为。他吓唬费教授的目的，无非是想告诉他，为了他的日记本，自己多么不容易，承担了多大风险。费教授被吓到了，不知道怎么解决这事，最后只能在欧阳师傅的暗示下，花钱消灾。欧阳师傅带来一位自称公安的便衣，上门与费教授交谈，来者是个年轻人，非常神秘地宣称，为避免造成国际影响，警方决定暂时隐匿小羊皮被盗之事。费教授对小羊皮究竟怎么回事并不了解，只知道西方有羊皮书，只知道西方最早的图书是印在羊皮上，也就是印在所谓的羊皮纸上。费教授只知道这件事很严重，小羊皮是从国外悄悄进口的，在当时，从国外进口一些东西非常不容易。

费教授被吓住了，被吓唬坏了，这时候，他已经八十二岁，脑子本来就不太清楚，欧阳师傅与那位所谓的便衣，连蒙带哄，费教授被他们越搞越糊涂，越糊涂越不明白。说到最后，牵涉国家利益的偷盗案，偷盗珍贵小羊皮的主犯变成了费教授。是费教授在幕后策划，是他唆使欧阳师傅进行了偷盗，真正要追查起来，所有的责任必须要由费教授来承担。这事远远不是花钱就能消灾，事实上，晚年费教授祸不单行，一次次落入被欺诈的陷阱。欧阳师傅和那位自称公安的便衣，借着小羊皮这事，没完没了地对他进行勒索，不断变出花样进行敲诈，直到真把他吓出病来，送进医院。费教授因此大病一场，最后还是干部学院出来收拾残局，毕竟他是这个学院名声最响，级别最高的教授。费教授无儿无女，多少年来，几乎从没有亲戚上过门，这时候，学院不管他，谁来管他。

也就是在这时候，老魏被学院的人事干部选中了，负责照顾晚年的费教授。老魏在社会上闲荡了好多年，对于他来说，自己的生活反正没着落，能让他照顾年老多病的费教授，有吃有喝，不失为一份美差。不过老魏把丑话说在前面，不管怎么说，他也是个大男人，有些活他是不能干的，譬如倒马桶。这个倒也容易解决，老魏不仅不用倒马桶，连饭菜都不用做，李择佳天天会给他们送过来。

费教授的身体从此没有恢复，夏天还没有完全结束，他就一直躺在床上，再也爬不起来，心里却还在惦记自己的日记，让李择佳把民有叫过去，让他帮着去追讨日记。费教授对民有郑重许诺，如果日记追讨回来，将放在他那里，交给他保管。民有对是否保管这些日记，并没有太大兴趣，他和那位欧阳师傅也不熟络，虽然这个人的出现，与他有直接关系，是他找了朋友，朋友再找朋友介绍的。现在要去找他，只能再找朋友，然后还是朋友再找朋友，最后终于找到了。欧阳师傅抵死不承认日记在自己手上，说是已交给谁了，在谁的手上，要想拿到这些日记，可能要怎么样怎么样，民有一下子就听明白了潜台词，无非是还想要再敲诈一些钱。

钱不是太大的问题，钱能解决的问题都不是问题。民有没想到，费教授也没想到，大家都没想到，其实在这时候，费教授的日记已不翼而飞，已经无影无踪，已经没了。问题竟然是出在那位假冒公安的便衣身上，一次次的敲诈成功，让欧阳师傅的这个同伙起了异心，一心想将这些日记据为己有。这家伙本来就是个社会上的混混，既然每次敲诈都那么容易，太容易了，说明这些日记本中，一定会有些非常特别的东西，没想到结果让他大失所望，最后什么也没有找到，全是些不认识的外文，有一点中国字，又都是他读不懂的文言文，而且还是竖着写的，真是活见了鬼，白忙乎了。

这家伙从欧阳师傅那里神不知鬼不晓地盗走日记，连着旅行包一起拎走。等到欧阳师傅发现那包东西没了，想明白很可能是他偷的，吃准了只有他会偷，便找到他要问个明白。他当然不能承认，不会承认，死活不认账。欧阳师傅就威胁他，说你如果不把这些东西给我老老实实地交出来，我就报警。那人说你报警好了，尽管去报，我又没偷，你报了警又能怎么样，报了警，正好证明我的清白，你他妈的想吓唬谁。欧阳师傅说，不要以为我不敢，你不要以为我不会，我真的会去报警的。

欧阳师傅只是嘴上这么说，当然不敢真报警，他知道自己也不干净，真让警方知道，警方一认真调查，不会有好果子吃。对方却是想想害怕，越想越害怕，就想到了要销赃，要掩盖罪证。他竟然在一天晚上，在夜幕掩护下，骑了自行车，满大街乱窜。看到垃圾箱，便从旅行包里抽出一本日记，扔进垃圾箱。看到有大院的围墙，看看四周无人，又往围墙里扔一本。推着自行车上桥，靠在桥边往下看，看了一会，若无其事地往秦淮河里也扔了一本。总之就这样，东一本西一本，直到扔完最后一本，扔完了事。最后干脆把那个空的旅行包，连同那些零零碎碎的日记纸片，一起扔了。扔了，都扔完了，心也安定了，心也踏实了。这一来，是死无对证。这一来，赃物不复存在，查无可查，也不怕欧阳师傅是不是会去报警了。

8

　　费教授到死，都不知道自己的日记究竟怎么回事，不知道它们到底在哪。刚开始，他的头脑还有点清醒，还与民有商量，要花多少钱，才能把日记赎回来，渐渐地，脑袋变得糊涂，精神状态完全不正常，心里还在惦记那些日记，嘴上也会念叨，已经弄不太明白。时间开始颠倒，空间变得混乱，他能想起的，偶尔能想到的，日记里记的一些事，各式各样的碎片，仿佛漂浮在海面上的杂物，完全不是原来的形状。民有对于费教授的追问，能糊弄就糊弄，不管怎么说，日记要不回来，不是他的错，不能怨他。民有确实也去讨要了，也找到了那位欧阳师傅，除非去报警，想不到别的好办法，要报警，费教授显然是不会愿意。

　　眼见着费教授就不行了，身体一天比一天更虚弱，民有便跟李择佳商量，觉得日记一事，能瞒就瞒能蒙就蒙。费教授反正搞不明白，就让他不明白算了。再说了，就算日记拿回来，又有什么用呢，又不能当饭吃，也不能当药用。到了最后的岁月，真正一直在跟费教授打交道的是老魏，老魏也弄不清什么日记，他告诉李择佳，说你们就骗他那日记还在，好好地替他保存着不就完了，老先生现在眼睛也看不见了，什么事都弄不清楚，什么事都弄不明白，你们随便扯个谎，不也就万事大吉。

在费教授最后的日子里，渐渐地，他似乎也忘记了自己的日记。费教授自己都忘了，别人也就更加不会去关心这个事。都知道费教授有钱，学院领导专门督促单位里的会计，帮他处理好这个事，先把存款冻结了，所有开支只动用费教授的工资。给李择佳的保姆费和伙食费略有增加，再加上一份老魏的伙食。李择佳仍然像过去一样，为费教授打扫卫生和做饭。给老魏则另付一份报酬，条件是他必须把费教授给照顾好，一直照顾到把老先生送走。

断断续续地还是会有人赶过来，借探视请费教授通融借钱，大家都知道他是孤家寡人，他的钱借了也是白借，不借白不借。结果，这些人统统被老魏打发走了，老魏像打发要饭的一样，高高地扬起手臂，请他们立刻离开，立刻滚蛋。对于老魏来说，费教授最后的日子，恰恰是老魏生活相对最安定的日子，一日三餐有现成的饭吃，还有酒喝。当时好一点的白酒，都是凭票供应，市场上有一种很便宜的烧酒，也不知道是怎么加工出来的，只要几毛钱一斤，不限购，老魏手头略有点余钱，每天晚上都会喝个二两，然后酒气冲天地陪费教授睡觉。

有的人只要喝点猫尿，难免会做些混账事，老魏到费教授身边没多久，就开始色眯眯地注意到李择佳，开始用语言来骚扰她，吃她的豆腐。李择佳不像那些泼辣妇人，不会用恶语骂他，只是横眉冷对，冷眼瞪着老魏。老魏被她看得灰头土脸，自己给自己找台阶下，说我知道你出身高贵，知道你是良家妇女，知道你看不上我们这些下三烂的。不过呢，我也告诉你，我们也不是什么癞蛤蟆，也不想吃什么天鹅肉，男人女人就这么回事，要是得罪了，你呢，也不用往心上去，大人不记小人过，我给你赔礼就是，给你说一声对不起还不行吗。

李择佳依然是不理他，不亢不卑，继续做着自己的事，渐渐地，事情也就过去了。老魏似乎也觉得心中有愧，反倒不好意思，见了她有些手足无措。秋天到来的时候，费教授的情况越来越糟糕，大小便开始失禁，房间里总是有臭味，臭气熏天，老魏为此难免生气，对费教授忍不住骂骂咧咧。再后来，为了图省事，干脆不让他穿裤子，就让他光溜溜地躺在被子里。李择佳过来送饭，打扫卫生收拾房间，撩开被子，看着费教授光着两条瘦骨伶仃的腿，不禁产生怜悯之心，想费教授平时一个多么斯文的老先生，最后竟然是这个样子。

老魏的呵斥让费教授显得更加文弱，他伸手想拉被子盖住自己，可是手在空中乱摸，什么也捞不着。李择佳每次去看费教授，第一件事就是帮他重新盖好被子。老魏便说你给他盖了也没用，马上又会蹬掉的。费教授偶尔也会有片刻清醒，与老魏说话，与老魏聊天，聊奈何桥的故事。他问老魏知道不知道什么叫奈何桥,老魏说我他妈就知道一个仙鹤桥,自从修了这么个屌桥,老子的饭碗就没了。

费教授说奈何桥有两个故事,一个是孟婆汤,一个是奈何桥下的那条叫"奈何"的河。老魏有些不耐烦,不停地咂嘴,费教授问老魏看不看戏,老魏说看屁的戏,一来老子没那个闲钱,二来也没意思,都骗人的,我要有那钱,还不如买酒喝呢。费教授生气了,说你为什么不听我把故事说完,老魏说好好好,你说,你尽管说。费教授说人到临死,喝了孟婆汤,就什么都不记得了。老魏又笑了,说干吗还非要等到临死才喝,我他妈现在就想喝。

老魏大约是从费教授身上,看到了自己的未来。费教授有钱,费教授有单位,费教授有身份。老魏什么都没有,一无所有,没有钱,没有单位,更没有身份。有了钱,有了公费医疗,老了还好办,没有这个和那个,到时候也就只能两眼一闭,腿一蹬拉倒。他的儿子奎保还在坐牢,天知道什么时候才能放出来,很可能就出不来了,也可能已经死了。老魏父子的为人处世,一向都是一个"恶"字当头,都是不太讲理的主,欺软不怕硬,跟谁都敢逞凶斗狠。没想到最后因为侍候费教授,老魏突然变得少有的善良。可能他觉得,人总是要死的,为费教授送终,照料即将老死的费教授,差不多也算是为自己的善终做一点好事,积一点德。

有时候,费教授大约也不是特别难受,竟然还会清清嗓子,若无其事哼上那么几句,他究竟哼了什么,文绉绉的,老魏也听不明白:

来在奈何桥，惊人魂魄消。

河中千条浪，翻身浪来飘。

桥下水涌涌，滔滔无休息。

又只见铜蛇张口，铁犬摇头。

铜蛇张口，铁犬摇头，

奈何桥上你叫走。

秋去冬来，费教授并不觉得冷，只是整天在喊骨头疼。年初的时候，周恩来总理逝世了，他耳朵里总是在回响着哀乐，一阵又一阵的哀乐，以至于忍不住要问老魏：

"周总理怎么又死了？"

老魏知道他是糊涂了，还是要和他较真：

"什么叫又死了，死了就是死了。"

1976年的7月7日，天很热，气温突然升高，费教授的生命走到尽头，他死了。在前一天，老魏告诉费教授，九十高龄的朱德元帅死了。

费教授已经不知道朱德是何许人也，他的眼睛望着天，喃喃地问道：

"朱德是谁？"

第八章

/

1983年

民天文化

1

天井和阿四结婚不久，还处在蜜月里，政工小宗下到车间，找到了正在干活的天井，很神秘地让他去一趟人事处，说有话要跟他说。看到他鬼鬼祟祟的模样，阿四便问天井，说这家伙跟你说什么呢，干吗要背着人说话。天井便把政工小宗的意思原封不动地转告给阿四。阿四听了，低头想了好一会，有些不放心，说我陪你一起去，感觉这家伙没安什么好心，不知道又想玩什么花样。

政工小宗看到两个人一起来了，有些吃惊，想不太明白，说怎么两个人一起来了。阿四说怎么了，难道不可以吗。政工小宗笑了，说当然可以，你们现在是合法的两个人了，是合法的夫妻，当然可以。阿四就说有话快说，有屁快放，叫天井过来有什么事。政工小宗说怎么这么说话，就不能好好地说吗。阿四说，什么好说坏说的，你找天井，把天井叫来，到底有什么事。

政工小宗慢条斯理地来了一句：

"也不是什么坏事。"

阿四又要发急，政工小宗连忙对她摆手，说：

"其实也不完全是天井的事，应该是天井他爸爸的事。"

天井和阿四想不明白，天井他爸会有什么事。政工小宗便解释，说天井他爸不是右派吗，现在政府不是开始给右派改正错划了吗，也就是说，天井他爸是右派这个事，以后就不再是个事。这话说完，天井没有任何反应，阿四也没有任何反应。右派摘帽，报纸上早就说过了，没有人不知道，几天前就已经家喻户晓。民有也早就恢复了工资，早已是中学的副校长，现在突然跟天井说这个，实在是莫名其妙。

阿四愤愤不平地说：

"小宗，你脑子是不是有病，把天井喊来，就是告诉他这个？"

政工小宗却难掩得意，笑着说：

"当然不只是这个——"

政工小宗拿出一个档案袋，脸上带着诡异笑容，说这里面藏有一份材料，根据国家现行政策，要交给天井本人销毁。阿四便问什么材料，什么样的材料要交给天井销毁。政工小宗说不是跟你们说过了吗，就是天井他爸是右派的事。天井和阿四不明白他这话是什么意思，政工小宗继续解释，在天井的人事档案中，有天井他爸是右派的材料，这些材料自从建立个人档案时，就一直伴随着天井，只是他不知道而已。

政工小宗不无得意地说：

"小璩当年刚进厂的时候，每个人都要政审，我那时候就知道你爸爸是个右派。小侯家的情况，我们也知道，小侯你爸爸是资本家，对不对，这些事，我们都知道。"

阿四看着政工小宗，很不屑地说了一句：

"知道了又怎么样？"

政工小宗说这个当然不会怎么样，不能怎么样，重在表现嘛，还是要看个人的表现。小璩刚进厂的时候，分配他当钳工，大家都知道，我们这个厂，除了电工，最好的工种就是钳工。说到这个，小璩你真要感谢人家伍师傅，要感谢你师傅。那时候你师傅就说了，不要跟我说什么右派，右派怎么了，让我挑人，我就挑我喜欢的，你师傅这人脾气多大，他说要你，我们最后不就是把你给他了吗。

天井过去也听说过伍师傅点名要他，没想到是这样要的他，顿时心里有些感激。政工小宗要把档案袋里的材料拿出交给天井，阿四拦住了他，说不要拿出来，就放在里面好了。她说既然这个材料当年又没碍着天井什么事，现在右派早都摘帽，自然更不会影响天井，你就把它放在档案袋里，只当是做个纪念吧，你也可以留着当饭吃。政工小宗急了，说这不行，这样不行，上面说了，这个是有红头文件的，这些个材料，都要当着本人面销毁，必须把它彻底销毁。阿四拉起天井就走，一边走，嘴里一边还在喋喋不休，骂骂咧咧。政工小宗追在后面喊，大声地喊，让他们别走，别走。

晚上阿四带着天井回娘家，把白天经历的事说给李择佳听，李择佳听了，觉得他们不应该小孩子脾气，还是把那份东西烧了好。阿四说妈你就是老一套，能怎么样呀，我们不是照样进了工厂，当了工人。李择佳说话不能这么说，也不完全就是这么回事，你大姐当年没上大学，就是不让她考，就是因为政审不合格，为这事你大姐恨透这个家。阿四不服气，说大姐是没上大学，二姐不是照样上了大学，这个事又怎么说。

李择佳转向天井，问他怎么看今天这事，天井很认真地想了想，回答说：

"妈说得对，我也觉得还是烧了好。不过我爸右派这个事，真要是有影响的话，烧了也还会有。"

李择佳觉得天井说得很有道理，点头赞许。阿四撇了撇嘴，说想不到他这么会说话，讨好了丈母娘，丈母娘的马屁拍到了，又不得罪老婆。天井听了，十分得意，脸上在傻笑。李择佳就批评阿四，说人家天井说得对，说得有道理，你不要老欺负他。

阿四笑了，说我不欺负他欺负谁。

2

民有当了二十年右派，这二十年，一直过得很憋屈。憋屈就是不痛快，过去二十年，真他妈太憋屈，真他妈太不痛快。右派摘帽的消息，让他感到有点木然，事先听到一些风声，组织上跟民有宣布这事，他也不是很吃惊，或者说一点都不吃惊。反正是一下都给解决了，他再也不是代课的临时工，工资恢复，也不存在补发工资这一说。民有不无得意地跟天井分析，说儿子你想想，那么多右派，国家也有国家的难处，哪有那么多钱给我们补发,能给摘帽就很好了,就很不错了。

能够摘帽,民有已经谢天谢地,已经心满意足,他跟儿子解释费教授在"文革"中为什么能补发工资。关于这件事,民有仍然不忘自己当时所起的作用,仍然强调在这件事上如何帮助了费教授。他说你想想,像费老那样的高级知识分子又能有几个,费老一下子补了七千多块钱。民有为自己仔细算过一笔账,二十年损失的工资,若是真补给他,数目不比费教授当年补的钱少到哪去。不过呢,经济损失与精神损失相比,这笔钱实在算不了什么。人活得不快乐,人活得憋屈,钱又能算什么。

民有已五十出头,五十知天命,记忆中更多的是乱世。他喜欢钱,喜欢有钱的感觉,可是谈不上有多在乎钱。钱这玩意,你在不在乎也没用。在他小时候,大人总会告诉他,说他们家过去很有钱。说谁家过去有钱,就仿佛讲古时候的故事,讲的人和听的人,都会沉浸在一种并不存在的快乐之中。事实上,自从民有记事,璩家就再没有富贵过,由于没钱,由于贫困,只能怀念和想象过去有钱的日子。那是一种精神上的享受,真正的有钱人,真正的公子哥,不太能体会到这种快乐。回忆是美好的,想象也是美好的,只有没钱的人,才可以因为自己没钱,享受和想象有钱的快乐。

璩家花园的光荣历史,就像费先生的日记,它可能确确实实存在过,也曾被人用文字用照片记录,但是说不存在,就不存在,说烟消云散,立刻荡然无存。"璩家花园"这四个字,它最直接的历史,当然与璩家的先人有关,如果再往前数,再往前考证，有名有姓的王府，世禄侈富的大户人家，会多得数不过来。自六朝以来，璩家花园这一带也算是南京的风水宝地，可惜经历了一次次战乱，眼见为实，大家后来看到的，曾经的繁华之地，只剩下一幅幅惨烈景象。为什么人们会记住璩家花园，原因是在璩家花园之前，这里是大片的荒地和乱坟岗。

因此非要托大，称璩家花园这一带过去都是璩家的，也不算大错，当年这里都是荒地和乱坟岗，璩家最先在这立足，最先在这打下了基础，盖出了成片的房屋。璩家捷足先登，后来一块块不断出让土地，别人家买了他家的地，在他们家周围盖起新的宅子，这个地方才真正兴旺起来。在璩家花园，长长一条街上，有钱的人家早就不是璩家，或者说一开始就已经不是，后来的刘家大院，方律师家的大小洋楼，苏家的大账房，欧阳家的大宅院，包括李择佳的夫家侯家，说起来，都要比璩家更有钱。璩家花园成了暴发户竞相看中的地方，繁华总是转眼即逝，富贵很快就荡然无遗。

旧时王谢堂前燕，飞入寻常百姓家。璩家花园之所以得名，是国民政府时规范街道名称，要在地图上标注地名，"璩家花园"这一称呼，就这么一直定了下来。民有虽然姓璩，是璩家的唯一传人，更多的只是枉担虚名。璩家花园显赫一时的人家都不再显赫，民有所在的南京六十九中，前身是苏家大账房，刘家大院成了塑料五厂，方律师家的大小洋楼，大洋楼成为一家印刷厂，小洋楼成了辖区的派出所。自晚清以来，风水轮流转，《桃花扇》中的那几句，"眼看他起朱楼，眼看他宴宾客，眼看他楼塌了"，最为应景。如果说民有还看到一点当年繁华过的残影，天井能见到的，就是脏兮兮的小街小巷，就是乱糟糟的大杂院。

摘了右派帽子的民有，当时最迫切的愿望，是赶快做事情。做什么样的事情，还没有想好，只是觉得必须抓紧时间，尽快做出成绩，让大家看看他的真本事。民有被正式任命为副校长，赶上的第一件大事，就是恢复高考，全社会掀起了高考热。这时候的俞书记快退休了，他把民有叫到自己家谈话，留他吃饭，很认真地开导他，说时间不饶人，现在赶紧要做的，是把被"四人帮"耽误的时间补回来。一时间，民有耳朵里能听到的，都是抓紧时间，都是赶快做事。俞书记的原配太太季老师，前几年过世了，俞书记与小姨子重组了家庭，生活在一起。这个小姨子，也就是当年那位差点要与民有处对象的玻璃厂女工。

俞书记的小姨子，应该说俞书记的新太太，对民有十分热情，比当年的季老师还要更关心他。她说俞书记在背后经常夸民有，说俞书记非常看好他，说民有应该赶快入党。她直截了当地暗示民有，说俞书记很希望民有以后能接他的班，他要好好干，他应该好好干，不要辜负了俞书记的希望。那天的菜很丰盛，民有光顾着听俞书记夫妇说话，俞书记说了一通，新的俞太太又接着说了一通，以至于最后都回想不起来，他究竟吃了什么，只记得菜多，一桌子的菜，话多，菜好吃，自己不断地在吃，在被表扬和鼓励。

为社会上准备参加高考的考生开设补习班，这是民有当了副校长后走的第一步棋。别的学校似乎还没有来得及想到这一招。高考说恢复就恢复了，民有所在的六十九中，地处璩家花园，这一带早已沦为贫民区、棚户区，很多下放户回到南京，没地方居住，沿着城墙根，用树枝和油毛毡搭建了许多最简易的棚子。用后来流行的话说，这一带脏乱差，考生生源非常不好，学习氛围几乎没有，不要说是眼下，就是过去的很多年，"文革"前，甚至解放前，教育都不是这个地区的强项。大多数家庭压根没准备上大学，中学毕业能不下乡，不去农村，在南京有份工作，就已经是上上签。俞书记主政六十九中这么多年，从来没把高考当回事，当回事也没用，这所学校的穷孩子太多，没人在乎上不上大学。

民有主抓的补习班，给六十九中带来极大声誉。首先这个学校考上大学的学生人数创造了前所未有的纪录。当年没什么考上大学的排名，六十九中能考上大学的人，一直都是寥寥无几，都知道六十九中算不上好中学。刚恢复高考那几年，在六十九中上过补习班的考生，考上大学的人数突然暴增。六十九中名声大噪，大家一致认为，只要在这个中学的补习班上过课，分数都会有明显提高。最后不只是六十九中学生，社会上准备高考的学子，一个个慕名前来，听课证出奇紧张。补习班老师不够，民有便到别的中学去借。那时候，一线有教学经验的老师，都像隐居在南阳的诸葛亮，只要民有能三顾茅庐，能看中他的教学能力，能英雄相惜欣赏他，基本上都是一请就到，免费都愿意干。士为知己者死，女为悦己者容，"文革"这些年把有能耐的老师给憋坏了，是卧龙迟早都会愿意出山。

当了副校长，不久便有民主党派找来，希望民有能参加民进，也就是参加民主促进会。理由是民进在教育界，尤其在中学教育系统，有很多知名的会员，而民有拥有的各方面条件，非常符合民进要求。民有对民进没有太多了解，来人对他强调，参加民进并不会影响他以后加入共产党。规则是这样的，可以先加入民主党，加入了民主党，还可以继续加入共产党，反过来则不行。既然是这样，既然来动员的人那么热情，民有也没有太多犹豫，如实填了一张表，从此成为民进会员。再以后，过了没多久，又有人过来让他填表，民有便成了区政协委员。他对政协委员印象深刻，感觉良好，当年的费教授，就是省政协委员。

3

从副校长到正校长，这一步眼看着就要实现。有一段时间，六十九中没有正职，一直都是民有这个副校长在主持工作。大家已默认了民有的能力，也确实看到在他领导下，学校办得有声有色，各方面都大有进展。高考补习班是民有的成名之战，然而成也萧何，败也萧何。民有领导的六十九中，凭借高考一战成名，同样也是因为高考出局。刚恢复高考那阵，地不分南北，年龄不管应届往届，只要你愿意，只要你有这个能耐，就能读六十九中的补习班。花很少的钱，就能买到以六十九中名义编印的复习材料。最初的复习材料还是油印，学校请老师刻钢板，自己刻自己印，只收点工本费。后来发现需求实在太高，送到印刷厂去印，结果还是供不应求，最后，竟然有人开始高价倒卖。

这样的好日子并不长久，事实上，恢复高考后，只有前三年有往届考生，也就是77级、78级和79级。到了1979年高考，年龄方面有很严格限制，往届生比例已很小。六十九中生源质量不高的问题，开始凸显出来。那时候读中学不用考试，按居住地区分片读书，你住在哪里，户口在哪，就必须按指定的中学去读书。璩家花园这一大片是平民区和棚户区，很快跟别的中学拉开差距。民有也算是想了很多办法，可惜教学质量从来不是想提高就能提高，同样一批老师，同样的教室，同样的学习环境，学生说不行就不行了。

那段日子正好处于改革开放的初级阶段，"文革"结束不久，璩家花园这一片地区，因为穷，穷则思变，改变反而最快。南京最早一批个体户，就出现在璩家花园。当时来钱最快的是卖鸭子，在街头摆摊卖盐水鸭和烧鸭。南京人都爱吃鸭子，鸭子的生意大有文章可做，盐水鸭好卖，烧鸭更好卖。烧鸭其实就是烤鸭，后来才改口叫烤鸭，不过当时的南京人，都还习惯叫烧鸭。这个叫法也是有来头的，在清代人的《金陵物产风土志·本境动物品考》上就有这么一句："举叉火炙，皮红不焦，谓之烧鸭。"

卖鸭子的个体户成了南京最先富起来的一拨人，那年头的有钱人，被称为"万元户"，意思是说如果有了一万元存款，基本上一辈子吃喝都不用发愁。璩家花园卖鸭子的不止一家两家，这个买卖技术含量并不高，只要愿意学，只要能吃苦耐劳，谁都可以干，谁都能干好。卖鸭子可以很容易就致富，璩家花园的有钱人突然多了起来，有钱容易，它的环境并没有变好，反而变得更乱更脏更差。有钱人多了，暴发户多了，读书氛围变得更糟糕。过去这一带的风气就是觉得读书没用，现在看着先富起来的一拨人跟上学毫无关系，于是更不把读书当回事。

无论民有怎么努力，六十九中的学生成绩都上不去。区里偶尔举行一次统一的摸底考试，学生的分数让人汗颜。也没什么人指责民有，大家觉得现实就这样，学生的来源决定一切，有什么样的学生，必然会有什么样的成绩。民有只是自己心里有点过不去，总是忍不住要怀念他刚主持工作那会，那时候的六十九中是多么风光。好在上级领导也很实事求是，知根知底，对现在的这个六十九中也不抱什么太大希望，学校之间进行调整，六十九中便成为改革开放后第一批被取消高中的中学，成为一所没有高考压力的初级中学。民有呢，也正式由副转正，成为这个学校的校长，名副其实的一把手。

既然学生的成绩上不去，民有便想到为教职员工做点事，做点实事。能做什么事呢，无非是搞点钱，增加一点大家的福利。前几年印的复习材料，让学校赚得盆满钵满，这以后，尽管六十九中声名狼藉，它编印的那个复习资料，一本接一本的习题集，却始终都在畅销，说起来也应该算是非法出版物，但没人取缔，又受大家欢迎，赚的钱也没有落入私人腰包，都在公家账上，大家只是知道，六十九中有钱，六十九中赚了很多钱。

六十九中前身是苏家大账房，苏家的买卖在汪伪时期做得很大，抗战一结束，被国民政府当作逆产没收。这以后几经周转，曾短暂出现过一所技术学校，据说还和当时的谍报部门有关。再以后，1949年以后，成为南京的第六十九中学。民有是这个中学的第三任校长，前两任校长都是干部出身，都是老革命，当过兵打过仗，当校长期间，主要是抓政治搞运动。现在轮到民有当校长，历史进入新时期，"文革"已结束，已经被定性为"十年内乱"，剩下来的事情，就是顺势而为，要抓经济。

作为一名中学校长，想抓经济也有点勉为其难，不过民有很快向大家证明，他是个有能耐的人，有办法搞到钱，有办法提高大家的生活水平。一个人只要做了官，种种能耐都可能显现出来，让民有抓政治搞运动，这个不行，这个他不擅长，让他想办法弄钱，改变教师的福利待遇，还真是有点办法。民有想到了盖房子，没有什么是比房子更好的福利，像六十九中这样的学校，自开办以来，从未有过老师住房，连最普通的宿舍都没有。大家都是在外面住，爱住哪住哪。民有要为大家做的事，就是自己盖房子，在学校里盖宿舍楼，正好在六十九中的东北角，有一片危房快要坍了，原来是苏家大账房的库房，已是危房，废弃好多年，民有决定就在那动手，盖一栋四层的宿舍楼。凡事也要靠机缘，正好省建筑安装公司几名工程师新成立了一个小公司，正在找活干，想干出一个样板工程给别人看看，于是与民有一拍即合，说立项就立项，说上马就上马。

盖房子尤其是盖楼房，在当时还不是一件很容易的事。设计不成问题，技术监督也不是问题，只是小工不够，帮忙干活的人手不足，民有便发动学校的老师进行义务劳动，不只是老师要参加，学生也以劳动锻炼的名义，参加搬砖，用板车拖水泥和黄沙。前前后后忙了不到一年时间，四层的宿舍楼终于完工。所有户型都是一样的，区别只是楼层和东西向，东面的二楼三楼，公认最好的两套房子，分配给了离休的俞书记和李校长，然后再按工龄分配。中学老师居然也能分到公房，在当时差不多属于绝无仅有，六十九中因此又一次名声大噪。

新盖的是栋四层楼，每层有六套房子，四六二十四，一下子添了二十四套新房，民有怎么也不会想到，居然还不够。六十九中一共也没有多少位老师，过去那么多年，没有这二十四套新房也过来了，现在添了二十四套房子，突然发现不够分配。民有为此感到很生气，把分管后勤的副校长找去好一顿教训，说我就奇了怪了，这个新房怎么会不够分，到底是怎么一回事。副校长瓮声瓮气地回答，说我有什么办法，现在是人是鬼都跟我要房子，当然是不够分的，再多的房子也不够分。

民有说："按定好的规矩来，该有的就有，不该有的，就不应该有。"

副校长说："说是这么说，真执行起来并不容易。"

"有什么不容易的？"

"真的是不容易。"

分配方案早就张榜公布，大白于天下，有很具体的打分标准，有各种各样的计算细则。最后分数也算出来了，不敢说绝对公平，起码是相对公平。民有看了看分配名单，问副校长是不是按定的规矩执行的，如果是，就把这个名单公布，有什么问题，有谁不满意，让他来找我好了。几位领导在一起重新讨论，反复衡量，觉得分配名单确实没什么大问题，可以公之于众。

　　分配方案公布的时候，并没有什么动静，现在正式的分房名单出来了，立刻有了动静，动静很大，非常大。食堂的老浦拎着一把炒菜的长勺，追着要打负责分房的副校长。正好是学校的下课期间，操场上楼道里都是看热闹的学生。副校长被老浦追得一边跑，一边说我又不是学校的一把手，规矩也不是我定的，你盯着我干什么，有能耐你去找校长。老浦气势汹汹地说，我找什么校长，我找的就是你，老子今天要跟你玩命。当时的情景有些搞笑，同学们看着副校长在前面狼狈不堪地跑，另一个人举着长勺在后面追。这时候，校长民有出现了，他喝住了他们：

　　"怎么回事，这像什么话！"

　　老浦的岁数与民有差不多，个子不高，人很壮实。他不由得一怔，回过头来，看着民有，气焰顿时有所收敛。正好上课铃也响了，民有挥了挥手，示意同学们赶快回教室上课，可是大家更想看热闹，一边往教室去，一边回头。民有看着老浦手上的长勺，很不屑地说了一句：

　　"你干脆拿一把菜刀过来，这样可以更吓唬人！"

　　老浦没想到民有会说这么一句话，一时不知道说什么好，咬牙切齿地说：

"这把长勺,也一样能打死人的。"

民有根本不吃他那一套,说:

"你还废什么话呢,你要想打死谁,你就去打死谁好了。"

老浦索性耍起横来,说:

"我还正想要找你,这是你自己撞上来的。"

"我就在这,你来呀。"

"你不要以为我怕你,我老浦从来没有怕过什么人。告诉你姓璩的,今天我反正是豁出去了,老子跟你拼命,老子跟你一命换一命。"

这一幕就发生在学校的操场上,发生在大家的眼皮底下。有人冲过去拉住老浦,越是想拦住他,他越来劲。民有对拦老浦的人打招呼,说别拦他,你让他撒野好了,让他有什么招数都亮出来,我今天就是想看看,看他怎么收场。老浦说姓璩的,你算个什么东西,不就是一个反革命右派吗,自己被打倒的日子忘了是不是,你神气什么,还说老子不算什么正式编制,我比你在这里混的时间都早,你还不是当过多少年的临时工吗,你还不是曾经什么狗屁都不是吗,这才神气几天,这才当了几天校长,你神气个什么东西。

人一生气,不会有什么好话讲。老浦说起来确实有些冤,早在苏家大账房时期,他已经是伙房的厨子,自以为是这个学校资格最老的人之一。不过这只是他自己认定,正式的档案记载可不是这样。老浦是扬州人,十五岁时跟着老乡到南京来混,也没学会什么手艺。他吹牛说自己是苏家大账房的厨子,其实就是一个打杂跑腿的,大师傅从来就不让他掌勺。后来苏家大账房成了第六十九中学，他打着苏家大账房厨子的旗号来应聘，把俞书记给蒙住了，等到大家发现这完全是胡说八道，他的实际做菜水平一塌糊涂时，老浦都已经成了食堂的厨师。

好在那年头食堂不重要，大多数教师不在学校吃饭，学生也不在学校用餐，都不把食堂的厨师当回事。有厨师也好，没厨师也好，老浦一直没有转为正式编制。他还离开过一段时间，三年困难时期他不知跑哪去了。老浦真正出风头，应该是1966年，"文革"开始了，俞书记和李校长被双双打倒，在批斗俞书记的现场，老浦突然出现了，他冲上了主席台，狠狠地扇了俞书记两记耳光，说他不是什么书记，是旧社会的恶霸地主，而老浦则是地主家干活的长工，干了十多年的苦力，都不给人家转正。

事实上，直到七十年代初，也就是"文化大革命"的中后期，老浦的编制才算正式解决。在此之前，他一直都是临时工，没有工资级别。这也怨不了别人，属于历史遗留问题，与民有的情况并不相同。民有也是享受了相当长时间的临时工待遇，跟老浦一样，也拿临时工工资，他被打成右派，本来就是正式的教师，国家有文件规定，被扣发的工资不补了，这期间工龄都要算。老浦现在完全是胡搅蛮缠，他拎着长勺上蹿下跳，大呼小叫，一口一个你璩校长穿了件西装，就人模狗样了，就不得了了，凭什么你这个临时工的工龄可以算，老子的工龄就不能算。

民有被老浦的话激怒了，他也不想再跟他讲什么道理，板着脸说：

"那好，老浦，不要一口一个'老子'，不用在这跟我撒野。我呢，也把话都给你撂这，政策这个玩意，它也不是我姓璩的就能定。不要再跟我玩'文革'中的那一套，你要是觉得真比我更有资格住新房子，你就搬到我那套房子里去住，你不是觉得牛吗，你不是觉得你资格老吗，那好办，你去住我那套房子，你要是觉得你能住，你就进去住！"

老浦被民有这番话噎得无话可说，他的狠话也说完了，不再嚷嚷，而是小声嘀咕：

"我怎么敢住你璩校长的房子——"

"璩校长算什么狗屁，我算什么东西，你不是说了，我这个璩校长，当年一样是临时工吗?！"民有接着他的话，嗓门高了起来，不无挖苦地说，"你说得对，很对，我确实是临时工，好吧，不要再说什么敢不敢了，我们都不如你，我们都怕你，二十四套房子，你随便挑，俞书记那套也行，李校长那套也行，你看中哪一套，随便挑。俞书记和李校长的房子，你若是不敢要的话，你看中哪一套，觉得谁资格还不如你，你就先搬进去，你不是觉得自己很牛吗?！"

4

天井和阿四结婚后，有一种掉到蜜罐里的感觉。现在他可以一天差不多二十四小时都和心爱的阿四在一起。这种感觉对于天井来说，非常好，很快乐。不过对于阿四来说，可能就不一定了,两个人整天这么腻在一起,如胶似漆,这一点都不好玩。在家里两人不分开,上班下班,也都不分开。阿四说我们能不能不要这样,不要这样眼睛一睁开,就你看着我,我看着你,你说这样有意思吗。

天井觉得有意思,他不太明白阿四的意思,傻傻地看着她。阿四说你这么看着我干什么,天井说我不看你看谁呢。他这么一说,阿四也无话可说了。天井说得对,他说得很对,房子就这么大,世界就这么小,不盯着她看,还能看谁呢。小夫妻的一举一动,李择佳明明白白都看在眼里。趁天井不在的时候,她悄悄地告诫阿四,说你既然已跟天井成了夫妻,便要对他好一些,不要老欺负天井。阿四从母亲的话中,琢磨出了别的含义,说妈你别老觉得我欺负天井,人家天井哪有那么好欺负,我什么时候欺负他了。阿四很狡黠地笑,说妈是不是担心天井以后会对我不好,怕他像他爸一样。阿四显然也是话里有话,李择佳听了,只能摇头,只能叹气。

阿四干脆把话挑明,说妈你别以为我不知道你和天井他爸的事,别以为我不知道。李择佳心里咯噔一下,脸顿时红了,红得发紫,然后又白了,说你知道什么。阿四说你知道我知道就好,其实我跟阿五都知道,我们什么都知道。李择佳被阿四说得哑口无言,没想到她还要继续,阿四说妈我告诉你,我才不怕天井以后会甩了我,这个你真不用担心。李择佳说我担心什么,我担心你会甩了天井,我跟你说阿四,既然嫁给了天井,跟他成了夫妻,就要一心一意,就要一起好好过日子。阿四说妈你这话什么意思,我怎么不一心一意,怎么不好好地过日子了。

阿四一连串的反问，让李择佳彻底哑火。李择佳不吭声了，阿四意犹未尽，决定要跟她妈聊聊天井的继母倪英文，她知道李择佳对这个很好奇，很想知道这个女人是怎么回事。阿四说妈你知道，那个姓倪的自己没有小孩，所以她很喜欢天井，我跟你说老实话，她对天井不错，还真把他当作自己儿子。倪英文没结过婚，是个老姑娘，福建泉州人，个子不高，四十出头，与民有在一起，老夫少妻，很有点小鸟依人。阿四与天井结婚后，与这个倪英文并没有多少接触，内心深处并不喜欢这女人，不过为了气气李择佳，她故意这么说。

李择佳没好气地问了一句："你喊这女人喊什么呢？"

阿四说："喊什么，天井怎么喊，我就怎么喊。"

"天井怎么喊？"

"喊倪阿姨。"

阿四与天井结婚，转眼就是一年多，周围变化巨大，她似乎越来越不安心于自己的工作。作为一名操作车床的车工，这工作非常单调，谈不上什么技术含量。天井还在继续当他的钳工，阿四对天井说，自己想调换一个工种，不想成天守着那台618车床。天井不知道她为什么会这么想，所以也就不知道应该怎么回答。阿四说你觉得我的想法对不对，是不是这样。天井的回答显然不会让她满意，他从来就不知道反对阿四的意见，她说什么都好，说什么都对，他总是说好吧，那就这样。阿四说你不要又是来一句"好吧"，不要说来说去都是"那就这样"，什么叫"就这样"，到底怎么样。

天井一本正经地想了一会，还是老一套，还是那几个字：

"好吧，那就这样。"

阿四说看来你是真没有什么别的词，跟你着急也没用。时间到了1982年，变化日新月异，天井父亲再也不是灰溜溜的右派，他现在是中学校长，很神气很威风。李择佳早就不当保姆，阿四满师不久，也就是费教授逝世后，她不再为人倒马桶。困扰着李择佳家的经济，得到明显好转，侯家落实了政策，一直没解决的房产问题终于有了说法。在璩家花园，侯家当年也属于那种有很多私房的人家，过去的岁月里，这些私房卖的卖，租的租，还有被公家没收的，最后都成了一笔糊涂账。1949年后，私房出租很麻烦，经常收不到房租，收不到房租，只好请公家的房管所代管。公家也不想代管，代管收来的房租，还不够维修房子，老房子维修起来并不容易。

政府落实政策的方案，让侯家很满意，一下子分了三套房子。二姐大学毕业在外地，大姐和三姐的丈夫家有房子，于是李择佳一套，阿四和阿五各一套。在当时，几乎是不可想象的好事。自从阿四懂事，全家都住一间面积很小的平房，祖孙三代挤在一起。新房的事说定就定，图纸看过了，正在动工的工地也去过，已经建得差不多了，只等着交房拿钥匙。

相较阿四，李择佳喜欢阿五，阿五更听话更乖巧。阿四是猪狗脾气，动不动会淘气，动不动会跟人吵架。不过如果是比较女婿，李择佳显然对天井更偏心，觉得天井老实厚道。阿五只比阿四小十三个月，结婚比阿四还早，生了一个女儿。她丈夫陆晓明是中学体育老师，从小练游泳，很强壮，人也长得白净，给人第一印象非常好，可是不喜欢说话，跟谁都没有话说，眼睛里也没人。李择佳凭直觉，就觉得这个女婿不好相处，根本不知道这个人在想什么，总是处在一种心不在焉的状态，对谁都是不理不睬，对阿五也是不冷不热，对他和阿五的孩子，对自己的亲生女儿，基本上是一个不关心，不闻也不问。

与阿四的不满足现状相比，李择佳对当下相当满意。她出身于富贵家庭，小时候没吃过什么苦，人到中年，死了丈夫，守了寡，失去了收入来源，上要养老下要养小，能熬过来很不容易。阿四的记忆中，贫穷几乎是与生俱来，小时候，经常缴不起学费，老师总是在提醒，在班上报名字，说还有谁谁没有缴学费，阿四常为此感到羞愧。在她读书的年代，富人是要被打倒的，真正的穷人又会被人看不起。阿四和阿五小时候几乎没穿过新衣服，都是旧衣服补来补去，都是她们姐姐穿过的。当然，对阿四伤害最深、影响最大的，还是李择佳挨家挨户帮人倒马桶，在璩家花园，大家都知道阿四和阿五的母亲是帮人倒马桶的。李择佳偶尔也会说起过去，聊自己家历史，说李家的过去，说侯家的过去，说当年曾经怎么阔气，怎么有钱，阿四总觉得不真实，很像是编的故事，像神话一样。

阿四一上班，当了学徒，拿到工资便全部缴给李择佳。她知道自己家缺钱，知道她妈维持这个家不容易。相比之下，阿四的几个姐姐，尤其是大姐二姐，小时候家里还有钱，没吃过什么苦，因此都不太顾家，结婚以后，从来没想过要给娘家贴点钱。这方面，大姐二姐与阿四阿五完全不一样。阿五也是有了工资，都缴给李择佳。李择佳说妈心里有数，这些我都为你们存着，妈心里有杆秤，谁给我多少钱，谁为这家出过多少力，我都会记着。阿四工作后，一直让她妈不要再当保姆，先可能还是嫌这活丢人，后来是真的心疼她。

事实上，自从阿四工作，李择佳就不再帮人倒马桶。她知道做这事，自己孩子面子上很不好看，过去那些年太穷，也是没办法。不再帮人倒马桶，还帮人做点事，比如帮人家带孩子。落实政策后，除了分配几套房子，还拿到一笔数目相当可观的钱，李择佳再也不用帮人带小孩。阿五有了女儿，李择佳很愿意帮她看管孩子，转眼间阿五女儿小萱开始学走路了，她忍不住就会问阿四，为什么她肚子里还没有任何动静。

这时候，阿四已经过了二十八岁，心态常常更像是十八岁。身边的人都在改变，以阿四与天井所在的工厂为例，熟悉的人都在想法子离开，没能耐离开的，也在想方设法从一线工人转变为科室人员，有的去了工会，有的去了仓库，最不济的也想挤进车间办公室。电工李学东考上了人民警察，当时的社会治安不是很好，市公安局要招一批可以立刻派上用场的年轻人。通过公开考试招聘，考政治和语文，还有数学。说起来是公开，有大专学历的优先录取，不过真正知道内情的人并不多，李学东报了名，同时还没忘了跟天井说一声，问他愿不愿意一起去考。

天井跟阿四结了婚，李学东与阿四处过一段时间对象，这些往事并没有影响他们之间的关系。毕竟两人有过一段不同寻常的友谊，毕竟在他们之间，还隔着一个章明，有了这个章明，天井和李学东甚至都算不上是情敌。李学东和同厂一个叫薛艳的女孩成为夫妻，薛艳要比李学东晚一年进厂，她和李学东与天井夫妇同一年结的婚，现在身孕已很明显。经过考试筛选，李学东被市公安局正式录取，接下来，一个月的集中培训，他将被分配到下属单位，分配到派出所去。

5

厂里的同事又聚集在安乐园酒家，为李学东送行。安乐园离天井他们厂不是很远，离璩家花园也很近。在这聚会大家都方便，想当年天井的师傅退休，就是在这儿摆的酒。这地方天井来过好多次，安乐园是一家回民馆子，老南京人有个特点，他们自己不是回民，却喜欢去回民馆子用餐，把上回民馆子称为"吃教门菜"。

照例是一起凑份子抬石头，参加者都是与李学东一起进厂的这拨人，一转眼，大家进厂已十一年，都是不折不扣的老师傅，基本上都带过徒弟。薛艳挺着大肚子参加聚会，阿四本来是不想参加，都知道她和李学东有过那么一段故事，召集人开玩笑地对阿四说，大家都是一起进厂，我觉得你和天井都应该去。这个"都应该去"一说出口，说的人和听的人都有些尴尬，阿四好像也没有理由拒绝，拒绝了就是不敢去，不拒绝就得去。

阿四说："去就去，去又怎么了！"

结果那天居然凑齐了两桌，三个女的，阿四和薛艳之外，还有黎露露，也是一起进厂的。三个女的在一桌，天井和李学东也在这一桌。一开始，天井无动于衷，阿四和李学东夫妇多少有些不自然。李学东便找话对天井抱怨，说你跟我一起去考多好，这次参加考试的人数不算少，其实真正有竞争力的并不多，你要是去考，肯定也能考上。天井说我不想离开这个厂，要离开的话，我前几年就可以走了。天井这话，是说他那年放弃了去航务工程专科学校。黎露露是个没心没肺的女人，就接着天井的话，说我们都知道，你是离不开小侯，不去那个什么专科学校也好，真要是去了，你也追不到人家小侯了。

阿四姓侯，小侯就是阿四。天井听了黎露露这话，很憨厚地笑了，觉得说得有道理，说到了点子上。他笑得很放肆，肆无忌惮，十分坦然地承认，当初不愿意离开这个厂，就是不想和阿四分开。天井确实不想和她分开，他只是不愿意和她分开，最后能与阿四成为夫妇，这个有点出乎意料。一次随随便便的放弃，竟然会得到一个意想不到的收获，还真让天井大赚了一笔。一直不开口的薛艳终于也开口说话，她话里有话地看着天井，说那也是过去的事，现在小璩你都把阿四追到手，她已经是你的老婆了，你是不是也应该考虑离开，离开我们这个厂，老在我们这个破厂里待着，又有什么意思。

话匣子打开了，大家都变得轻松起来，不自然变得很自然。黎露露说薛艳这话说得对，在我们这个破厂里熬着有什么意思，你看李学东，你看人家小李，说走就走，拍拍屁股就真走了。李学东便与阿四打趣，说小侯你不会是舍不得天井离开吧，天井不会又是为了你，不肯与我一起去参加考试，是不是这样，我觉得肯定是。阿四说我干吗舍不得，他要是能离开，那也是越早越好，你们家小薛不是说了吗，这个破厂有什么好待的，我是没办法，如果有办法离开，我立马抬脚走人。

十一年前，大家刚进厂的时候，那时候当工人确实很吃香。工人阶级领导一切，说起来，他们都是幸运儿，当时只有这一届初中毕业生，全员躲过了上山下乡。现在当工人已没什么意思，大规模下岗潮还没有开始，不过生产不景气，产品销售不了，日子就要过完。大家高高兴兴为李学东送行，没想到话说着说着，没想到天聊着聊着，都是对当下的不满意。时过境迁，风水轮流转，反倒是当年下乡插队的那些人，现在一个个回到城里，有好多都进了国营单位，进了事业单位。过去的年轻人，只有留城和下乡的区别，留城进了工厂，工资也差不多，最多也就是全民所有制和集体所有制的区别，现在不一样，现在名目繁多差别巨大，大家拿的钱，多和少已经完全不一样。

一起进厂的吴抗美，已是工会主席和团支部书记，他过来敬酒，郑重其事地告诉大家，准备组织一次秋游，包一辆公交车，去安徽马鞍山的采石矶游玩。李学东说你们去马鞍山，我还能去吗。吴抗美说当然能去，除非你不想跟我们一起去。李学东说怎么会不想呢，那就说好了，你们日子定下来告诉我，我肯定去。阿四说马鞍山有什么好玩，为什么不能找个稍稍远点的地方，譬如去黄山。吴抗美笑了，说黄山当然更好，可我做不了这个主呀，现在能为大家包个车，已经很不容易了。

于是到了日子，又去马鞍山。阿四和天井上次去马鞍山，骑车去的，一起去的还有王容生。现在王容生已从南京航空学院毕业，分配在无锡一家研究所工作。李学东果然如约参加秋游，他穿了一身崭新的公安制服，与厂里同事在一起，显得与众不同。这一路，阿四与薛艳同座，天井与李学东同座，坐在她们后一排。薛艳一直不吭声，阿四几次主动逗她说话，一问一答，答完就没话了。她知道薛艳是不想搭理自己，既然不想搭理，干脆大家都不说话。坐在后面的天井和李学东没完没了，一路上都在聊天，天南海北，什么都聊什么都说，最热闹的是讨论女排。正好是中国女排最火爆的那几年，世界女排锦标赛在秘鲁开打，在预赛中，中国队0∶3输给了美国队，到了最后进入决赛，中国队又3∶0干掉了东道主秘鲁队，第一次拿到世锦赛的冠军，大家感到特别兴奋，全国人民都为此疯狂，都在议论中国女排中谁最厉害。

不只是李学东和天井在聊中国女排，一车的人都在说"铁榔头"郎平，连根本就不看球的阿四，也忍不住加入议论。有人说美国队的海曼更厉害，海曼是美国女排的主攻手，她比郎平还高十二公分。中国女排最后虽然拿到了冠军，面对拥有海曼的美国女排，还是有几分忌惮，要不然也不会在预赛中，先0∶3输给美国队。聊了一段时间女排，因为要去采石矶，采石矶最著名的景点是太白楼，李学东又说起唐朝诗人李白，说他参加这次公安局的公开招聘，语文考试中，就有一题是默写出你所知道的两首李白的诗，说这个题目好刁钻，写几句李白诗中名句没问题，一时还真想不起完整的两首。

阿四听了，回过头来，笑着说：

"这个要是让天井去考，他可以，他喜欢背唐诗。"

天井不作声，心里在想，粗粗估算了一下，让他背出十首李白的诗，应该还没什么问题。大家把话题都转移了，七嘴八舌，开始说李白的诗，结果发现，大家都知道李白，能完整说出李白诗的人并不多。天井能知道一些，要感谢民有给他的一本《唐诗三百首》，没事无聊的时候，没书看的日子，他还真背过一些唐诗。吴抗美说我只知道一句，"先生在上莫题诗，吾辈此中惟饮酒"，意思很简单，到了太白楼，大家不要再说什么诗了，干什么呢，喝酒。天井听了笑出声，吴抗美说你笑什么，难道我说错了，天井连声说不是，说我记得还有一句，"诗甘称弟子，酒不让先生"。

吴抗美连声说这句好，这句太好了，一定要记下来。到了太白楼，果然见到这些对联，吴抗美记错了，应该是"吾辈此中堪饮酒，先生在上莫题诗"，左右颠倒了。离开太白楼，又去太白纪念馆，再然后就到馆子里去吃饭，李学东说我们来到这里，肯定要喝点酒，这个酒我来请。吴抗美说不用你请，我们有公款，公家请客，今天我做主了，大家都可以喝一点，我们写诗不行，喝点酒还是可以的。

喝完酒大家沿江堤散步，有几个年轻人在草地上跳交际舞，看上去像是大学生。那时候，跳交际舞也是刚流行，通常都是大学生在跳。要不就是一些年轻人中的活跃分子，譬如像阿四这样胆大的，她并不会跳舞，三步四步弄不明白，可是禁不起诱惑，别人邀请她跳，她犹豫了一下，还真的就勇敢地上过几次场。草地上放着一台很小的录音机，录音机里放着台湾邓丽君的歌。邓丽君的歌在大陆非常流行，不过录音机还没普及，对于一般家庭来说，还属于奢侈品。草地上跳舞的那群年轻人，也是南京游客，很热情地邀请围观者，有个男士往这边来了，一眼看中阿四，就邀请她，阿四连连摇手，毕竟大家也不认识。

厂里的同事拍手起哄，说小侯你就跳，跳一个给我们看看。那位男士还在等候，厂里人还在起哄，阿四看了看天井，说跳就跳，有什么了不起的，多大的事，不就是跳个舞吗。她大大方方上场了，扶着男士的肩膀，说我可不会跳，踩到你的脚活该呀。男士一口南京话，说我也不太会跳，大家瞎跳跳，高兴就行，开心就好。于是两个人开始跳舞，我搭着你的肩，你搂着我的腰，中间隔了很大一段距离，十分拘谨地跳起舞来，步子略有些乱，总是踩不到点子上，阿四跳得不好，那男的跳得也不好。

阿四这是相当于为大家带了个头，气氛算是活跃起来，跃跃欲试的人顿时多了。好就好在都不怎么会跳，大家都不会，就不用太当回事。李学东拉着薛艳一起跳，薛艳挺着大肚子，走了几步，便不肯再跳下去。由于他穿的是一身公安制服，别人也弄不明白他们这些人是怎么回事，为什么会有一个人民警察混迹其中。薛艳不愿再跳舞，李学东只好与别人跳，先是与柳丽一起跳，然后又和黎露露跳。和黎露露一起跳的时候，黎露露悄悄问李学东，说你要是不怕你们家薛艳吃醋的话，应该与阿四一起跳，敢不敢这么做。李学东偷眼看了看阿四，发现阿四已经和天井在一起跳了。

李学东说："跳就跳，有什么不敢的。"

录音机里的磁带放到头了，有人上前取出录音带，换了个面，继续播放，跳舞也继续。黎露露主动上前拉住了天井，要和他一起跳，天井看看阿四，阿四此时的眼睛正看着别处，黎露露不由分说，便把天井往草地中间拉。天井嗫嗫地说他不太会跳舞，黎露露说大家都不太会，你说这里谁会了。天井还在扭头看阿四，阿四终于回过头来，看到天井已经和黎露露在一起，若无其事地笑了。就在她笑的时候，李学东走到她面前，邀请她一起跳舞。

6

倪英文是福建泉州人，那个地方的人在"文革"结束以后，走在改革开放最前列，最先开始做生意，也最先富裕起来。倪英文的哥哥到南京来看妹妹，送了一台走私的四喇叭三洋双卡录音机，这玩意在福建沿海一带不算太稀奇，在南京还不多见，要到友谊商店去买，价格昂贵不说，必须是用外汇券。

双卡录音机的好处是翻录磁带方便，在回南京的路上，大家话题都转到了台湾歌星邓丽君身上，都觉得她的歌太好听了。天井和阿四坐，坐在前一排，李学东和薛艳坐，坐在后一排。这样一来，天井要和李学东说话，必须回过头来才行。他告诉李学东，说他父亲的那台三洋录音机，现在已经转送给他，如果李学东有什么好的录音带，大家可以互相转录一下。李学东说这个好办，要说邓丽君的磁带，不是我跟你吹，我们不要太多。原来李学东分配到基层的派出所,管辖的地区有个自由市场,经常有人倒卖磁带,派出所每次出去巡查,都可以没收一批非法的原版磁带。没收的磁带最后都要集中销毁,在销毁前,悄悄地借几盘出来翻录一下,绝对没有问题。

这以后,李学东真的就借了好几盘邓丽君的磁带给天井,条件是每一盘都要翻录成三盘,派出所的另一位警察也想保留一份。这个事情用双卡录音机来操作,并不难办,很容易。不过有了翻录磁带这事,李学东与天井夫妇的来往,不知不觉也就多起来。恰巧李学东所在的派出所,就在璩家花园,去他们家也方便。那段时间,阿四家落实政策分配的新房,已经盖好了,天井和阿四就等着新房子发钥匙,然后欢欢喜喜地搬新家。

这一天活该有事,天井在厂里加班,是天井和阿四的厂休日,车间有台机床出了问题,必须抓紧时间修好。这个所谓修好,就是要大修,很费事的。李学东到了目的地,才知道天井不在,随口说了一句,说早知道天井今天不休息,我就不来了。阿四便问他找天井有什么事,李学东说也没什么大事,就是再翻录两盘带子,这盘邓丽君的歌,我们派出所的同事想要。其实此前这盘盒带已来翻录过,并不是派出所同事想要,而是薛艳的亲戚想要,他觉得说是派出所同事,可能更好一些。

阿四很大方地说:"那你就在这翻录好了。"

李学东听了,笑着说:"这不好吧,天井不在,就我们两个人。"

这话本来也是开开玩笑,也是随口一说,真说了出来,李学东立刻后悔,确实有一些轻浮,有一些出格,毕竟他们有过一段故事。阿四大约也没想到他会这么说,也是一怔,不知道怎么接他的话。阿四说,你要是觉得不合适,你可以走,该去哪去哪。李学东笑了,说我人都来了,你却要赶我走,这叫什么事。阿四说是你说的这不太好,既然是不太好,当然就是不太合适,既然是不太合适,你还留下来干什么。李学东便给自己找台阶下,还是那句话,说我人都来了,人都已经在这了,你还真要赶我走呀。

阿四说:"我可没说要赶你走,是你自己要走的。"

李学东说:"那好,我就不走了,既然来了,我干吗还要走?"

这地方李学东过去不止一次来过,经常来,毕竟他刚进厂的时候,与天井是最要好的朋友。当然还有一个大家都知道的原因,李学东与天井关系密切,主要还是为了能够接近阿四,还是因为阿四的家离天井家不远。阿四是李学东的初恋情人,从暗恋,到与她处上对象,再到一言难尽地分手。世事真是难料,李学东怎么能够想到,他做梦也不会想到,这个地方,现在竟然会成为天井和阿四的婚房。墙上挂着放大的黑白结婚照,照片上天井和阿四的眼睛正盯着拍照的人看。李学东知道他们新分配的公房已经差不多了,等拿到新房子,就会搬走,就会离开现在这个地方。

过去的老房子,照例大门都是不怎么上锁,也很少用什么窗帘。各家各户的房门,通常都是敞开着,邻居要串门,招呼也不用打一声,随时都可以进来。后来开始有了变化,开始尊重隐私,大家的经济条件在改善,家里或多或少会有些值钱的东西，社会秩序也变得不太安定，各家不仅有了门锁，还增加了防盗窗条。那时候的防盗窗条，与后来坚固的防盗窗不一样，基本上还都非常简陋，一般都是把那种工厂报废的铁皮下脚料，钉在木制的窗框上。天井和阿四的家也不例外，现在他们有了一台四喇叭双卡录音机，挺高级的一台录音机，不得不防着一点，就怕被小偷惦记上。

时间已经是晚秋，录音带正反翻录一遍，要一个小时，关键是还有两盘，就得花两个小时。如果天井在家，李学东把空白录音带交给他就完事，现在他人不在场，阿四也不怎么会操作，只能让李学东自己来录。阿四和天井结婚，做饭这事基本上都是天井在忙活。阿四自小有母亲操持，吃惯了现成的，最怕煮饭做菜。天井跟父亲民有过日子，一直都是马马虎虎，民有不太会弄，天井也不太会弄。阿四常报怨天井做的菜不好吃，难以下咽，说他那是在瞎做，不过抱怨归抱怨，再难吃也只好忍着。她宁愿吃不好的，也不愿意自己动手。

阿四说："天井不在，我也没什么东西弄给你吃，眼看着吃饭时候也到了，我们去门口吃碗面条吧。"

璩家花园一带不只出了很多做鸭子生意的，还开了好多家小馆子，这也为后来的美食一条街奠定了良好基础。录音机还在继续工作，他们出门挑了一家小面店，一人吃了一碗小煮面，小煮面里有皮肚，有自制的香肠，再搁点肉丝和青菜叶子，味道还是挺不错。吃完面条回去，正好录完了一盘。那种盒带录完一盘要一个小时，录完一面则是半个小时。进门的时候，李学东也是随手，轻轻一带，房门便自动锁上了。门锁咔嗒一声，李学东连忙不由自主地看了一眼阿四，阿四也正好在看他，那眼神仿佛是在说，你怎么把门锁上了。

李学东问阿四要不要把门打开，说这屋里就我们两个人，把大门关上了，怕是不太合适吧。阿四说有什么不合适的，你心虚什么呢，我们又没做什么。她这么说也是很坦然，房门旁边就是一扇对着院子的窗户，只要不拉上窗帘，从外面往里看，可以很清楚地看到室内，因此门关不关，其实都是一回事。李学东说我怕天井突然回来会多心，阿四说你又没做什么亏心事，有什么害怕的。她这么说，确实是觉得没什么可担心，她根本没往别的方面去想。李学东却话里有话，瞥了一眼挂在墙上的照片，说那也不一定，这种事情说不清楚。阿四说你放心，你尽管放心，天井不是那种小心眼的人，他才不会胡乱瞎吃醋呢。

本来也是随便聊聊天，没想到阿四的这话，让本来就有些想法的李学东，雪上添霜，火上浇油，心里顿时七上八下。阿四说的话似乎是戳到了李学东的痛处，事实上，他们当年之所以会分手，与李学东的吃醋有很大关系。往事又重现在了眼前，李学东心潮起伏，在邓丽君既深情又欢快的歌声中，走到窗前，若有所思地往窗外看。阿四不明白他为什么会这样，也跟着他来到窗前，与他一起往窗外看。她注意到李学东的脸色有些异样，好像有什么心事，有什么话要说，就在阿四还没反应过来的时候，李学东突然一转身，搂住了阿四，把阿四吓了一大跳。

阿四说："你疯啦，你想干什么？"

李学东说："我不想干什么，我只是不甘心，不甘心，真的不甘心。"

阿四有些心慌地往外看，怕院子里有人，怕被别人看到。李学东绕到了阿四的身后，两只手非常不安分地在阿四身上乱摸。

阿四说："你住手，赶快住手。"

李学东丝毫没有住手的意思，他的两只手分别捏住了阿四的两个乳房，当然还是隔着衣服。这动作很容易让阿四想起两人过去谈恋爱时的情景，那时候，他做的最出格的事，也就是这样了。李学东从后面搂着她，紧紧地搂着她，两只手捂在她的胸前，下面隔着衣服顶着她的屁股。那时候的人都还很保守，都还很纯洁，他们能在学徒期间就开始公开谈恋爱，已经是非常出格，已经是做出了坏的榜样。那时候的李学东毫无性经验，除了与阿四保持这种姿势，基本上就没再往前进一步。每次李学东想有点变化，想做些新的尝试，都被阿四给拦住了。他至多也就是隔着裤子，摸摸对方。当时阿四正好是身上来例假，弄得毫无这方面经验的李学东一头雾水。

现在的情况完全不一样，两个已经结了婚的人，太容易擦枪走火，很容易就弄出事来。李学东的手突然伸进了阿四的外衣里，他的手很容易地就碰到了她最敏感的部位，虽然还隔着内裤，隔着一层布。李学东说我跟你只是枉担了虚名，我们真是白白地好了一场，别人都以为我跟你有过什么，其实我们什么都没有，什么都没有。阿四有些心慌，又要往窗外看，又要不住地拉他的手。根本就拉不住，结果就是，阿四伏在窗台上，假装在往外看，李学东则躲在她身后，手抄到她的前面，极力想突破了那一层布，上上下下一阵乱摸。

阿四很严肃地阻止他，板着脸说：

"李学东，我们到此为止好不好，你结婚了，我也结婚了，我们不能这样，我不能对不住天井。"

李学东不说话，他什么也不说，显然是不达目的誓不罢休。阿四注意到院子里有人走过，是个中年大妈，虽然不是往这边走，但正在往这边看。光天化日之下，阿四的注意力，不得不放在这位中年大妈身上，她必须要做出若无其事的样子。大妈看着她，她也看着大妈。大妈干脆不走了，干脆停了下来，不住地在往这边看，好像发现了什么。阿四越是装作若无其事，大妈越是不肯离开，时不时地回过头来。

明知道大妈不可能看到李学东，她看不到躲在阿四身后正猫着腰的李学东，她远远的也不可能走过来，然而阿四还是在担心，担心大妈会走过来。李学东色胆包天，越来越不安生，越来越不像话，越来越放肆。得陇望蜀得寸进尺，他的手终于到达了不该去的地方，趁阿四不注意，竟然毫无障碍地触碰到那个部位。阿四真急了，用力拉他的手，打他的手。

7

民有没有想到，六十九中不仅第一批被取消了高中，成为初级中学，而且还会更进一步，索性被彻底取消了。六十九中从此不复存在，学校的老师重新分配，能退休的退休，甚至可以提前退休。上级部门与民有谈话，告诉他对中学的调整势在必行，合并一批取消一批，这些都是经过仔细研究认真讨论的。六十九中的问题是学校太小，学区不好，升学率太低。又问他想去哪个中学，这件事可以有个商量，只是民有不再当正职校长，而是去其他中学当副校长。也谈不上是降职，毕竟学校与学校体量不一样，民有的级别并没有改变，工资也是一分钱不会少。

民有表态，组织上希望他去哪，他就去哪，坚决服从组织分配，服从领导安排。转眼间，民有发现自己离退休已没有几年。过去的一段日子，他这个校长，不说有太大功劳，多少也有些可以吹嘘的苦劳。民有把一个不起眼的六十九中，一度弄得名声很响，在刚恢复高考的那几年，曾经大出风头。他还为学校的教职员工盖了住房，这件事也引起过很大轰动，自建住房在中学可以说是绝无仅有，引得很多中学老师都不安心，都想往民有的六十九中调动。

教育局领导知道民有是个人才，有能耐，便安排他去区里最好的一所中学当副校长，抓三产。当时社会风气是全民经商，下海挣钱成风，民有去了以后，做的第一件事情，是为学生定制校服。在当时，校服还是新鲜事物，南京只有几家有名的大学在尝试。学校的意思，希望通过这事，多少创造些经济效益，毕竟有那么多学生，好歹也应该是笔很大的买卖。民有负责与厂商谈判，找了好几家服装厂，在这方面他简直就是商业奇才，首先狠狠地压低价格，拼命压，酒香不怕巷子深，他们既然是最好的学校，就应该会有名校效应，无论哪个厂家，只要承接了这个活，相当于做一个很好的广告。民有他们学校带了头，接下来其他学校的订单，必定会接踵而至。

结果就是用一个非常好的价格，谈成了一笔大生意。学校制服的好看与否，有时候并不重要，关键是你穿在身上，名校的辨识度才是关键，别人一看，立刻知道你是哪所名校的学生。如果光是校服好看，学校不怎么样，校服再漂亮光鲜，学生也不太会愿意穿。这件事校长并不满意，此前有人建议定制校服，这位校长曾经否定过。他觉得家长一定会反对，毕竟是要让学生花钱，会增加学生家庭负担，多一事还不如少一事。后来听说能为学校挣一笔钱，加上经商下海的风气正在流行，这个潮流根本拦不住，新调来的副校长民有又热情很高，也就不再反对。当时也有一家工厂的领导，通过熟人，找到了他这个一把手，希望能开后门拿到校服订单，校长也点头答应。没料想跟民有打招呼，民有竟然一口回绝，坚决不给他这个校长面子，说事不能这么办，说校长你不知道这里面的门道，差别太大了。民有让校长放心，说校服这件事，他一定会办好，会做得非常好。

没想到校服这事完成以后，虽然为学校挣了大钱，办得又风光又体面，却让校长心里有了疙瘩。民有更没想到的是，校长一边当面表扬了民有，夸他工作有成效，一边又偷偷地派人去查账，怀疑民有从中得到什么好处。民有吃辛吃苦，动了很多脑筋，磨了许多嘴皮，自以为为学校办成了一件很漂亮的事情，做成了一笔好买卖，没想到最后会被这样对待。是可忍孰不可忍，他一气之下，差点去找校长拍桌子。俗话说身正不怕影子歪，不可以这么污辱别人，不可以这么当面一套，背后一套。现在这么做，完全是以小人之心，度君子之腹。在定制校服这件事上，民有绝对问心无愧，他完全都是为学校考虑，没有获得一点点私利。赚的钱全部缴给学校，为学校赚了钱，以奖金的名义，让大家获得了实际的好处。

好在民有转念一想，突然想明白了，觉得没必要跟校长斗气，"识时务者为俊杰"这话不会错，胳膊永远拧不过大腿，在这方面，他可是吃过大苦头，付出了非常惨重的代价。民有已经不再年轻气盛，回忆自己以往的历史，他为人心高气傲，和顶头上司的关系总是搞不好。二十多年前被打成右派，最重要的原因，就是给校长和书记提意见，在他眼里，校长和书记都名不副实，实在是没有什么水平。事实证明，与领导闹别扭，最后吃亏的必定都是自己。民有这些年也当过好几年领导，也当过一把手校长，知道一把手的厉害。

既然想明白了，既然想通了，民有也就不再去生那闲气。转眼他都五十六岁，再熬个几年就要退休。自从当过校长，民有对在第一线上课，教初中英语，早已经没有兴趣，早就厌烦透了。他知道自己从来就不是一位好的中学英语老师，对于教学工作根本谈不上尽心尽力，教中学生也只是为了有口饭吃。民有很遗憾自己没能成为一名翻译家，这个才是他当年的理想，他很想翻译十九世纪的世界文学名著，很想翻译当代的那些外国文学名篇。有很多年，民有拜费教授为师，虚心向他请教，明知道自己不可能在外语方面达到费教授的高度，起码可以通过不断地请教,让自己的外语维持在一定的水平之上。教初中生外语,成天与最简单的英文单词打交道,教那些根本不想学外语的毛孩子,教到最后,民有发现自己外语的实际水平变得越来越差,越来越糟糕。

民有是区政协的委员,政协组织委员出去调研,他和一个叫龚政策的总是住一个房间。这位龚政策与民有过去就认识,当了政协委员,两人有机会同住一个房间,聊得非常投机。龚政策是一家百货商场的经理,听说民有抓三产,弄了一批校服,个人居然没有得到一点好处,反而弄得心情很不愉快,笑着说民有实在太傻。民有说这个很正常呀,为公家做事情,这是应该做的,我怎么可能自己得好处。龚政策说璩校长你这个人还是太保守,跟不上形势发展,现在有个说法叫"回扣",什么叫回扣呢,就是按百分之几收取回报,事先说好,按合同来办事,合理合法,该拿多少就是多少。龚政策为民有算了一笔账,一共是多少套校服,成本费用是多少,卖给学生后,又是多少,利润就是钱,也不要往多里说,拿一个百分之几,或者拿一个千分之几,这样总可以吧,天经地义。

民有说:"这个我还是第一次听说,不可能的,你是把我当个体户了。"

龚政策笑了,说:"璩校长可不要看不起个体户。"

民有说:"怎么会看不起个体户呢,现在这些个体户都成了有钱人,这个我是知道的。"

龚政策说:"璩校长只知道个体户有钱,他们有多少钱,你怕是根本就想象不出,真要说出来,会吓你一跳。你肯定不知道他们怎么就有钱了,怎么一个个就都成了万元户了。"

民有不服气,自以为是地说:"我怎么不知道,我在六十九中当校长,很多学生的家长是卖鸭子的,那些卖鸭子的,都是万元户,一下子就突然都有钱了。"

龚政策笑得很神秘,很不屑,说:"我告诉你璩校长,以后的有钱人,才不会是这些卖鸭子的,绝对不会,卖鸭子就那么回事,吓不死人。你知道现在最来钱的是什么,手上有这个权那个权的人,那些高干子弟,有些东西,特别是那些紧俏玩意,别人弄不到,没办法弄到,你能弄,你能弄到,这就是钱。以后要发财的一定是这些人,百分之百。"

龚政策很能聊,他见多识广,滔滔不绝。他说起自己家庭的历史,说起他父母,说父母都是从安徽逃难过来的,在八卦洲开荒种地,大字也不识一个,苦一辈子,熬成了地主。好在南京土改还不厉害,划了个地主成分,父母又变成农民。龚政策说他在北方上学,中专毕业刚工作,参加过土改。北方农村苦,地主就那么回事,除了有点地,好像也没什么钱。龚政策说要当地主,就要当江南的地主,你看富庶的苏州、无锡一带,地主都跑城里去了,都成了工商资本家,都成了城里人。

龚政策相信,若要出人头地,就要混得好一点,就要混得大一点,就要混出个名堂。他说你别看现如今那些卖鸭子的暴发户,不要羡慕他们挣的那点辛苦钱,万元户没什么了不起,小打小闹吓不死人。骑驴看唱本,得走着瞧,出了水才看两腿泥,以后的路长着呢。比卖鸭子挣钱的事有的是,龚政策告诉民有,他从来都不看好在街头摆摊卖鸭子的,这种摊子说取缔就会被取缔。他更看好那些有门店卖鸭子的，有了门店，才可能持续发展，最好是连锁，不只是卖鸭子，还要能养鸭子。

类似的观点，民有也听说过一些，不过从龚政策嘴里说出来，感觉又不太一样。作为一名百货公司的经理，龚政策对钱这个玩意，怎么拥有怎么使用，知道得更多，了解得更具体，分析得也最有道理。形势确实在变化，社会风气也完全不一样，比如在商场里买东西，做经理的批个条子，打个招呼，就可以便宜一些，这在过去绝对无法想象，绝对是不可能的事。两人同住一个房间，开政协会很无聊，龚政策又特别能说，天天都聊得很晚，说了很多民有闻所未闻的奇事。

很难说民有被龚政策说服了，不过他说的话，深深地启发了民有，让他开了窍，让他茅塞顿开。龚政策说民有遇到的最大问题，就是为公家做生意，没把话说清楚，没把国家的法律法规吃透。现在动不动喜欢说什么"三产"，各个单位都想创收，其实哪有那么简单，赚钱哪有那么容易。像民有这样为公家办事，帮公家赚钱，弄不好就会鸡飞蛋打。说到最后，龚政策劝民有干脆辞职下海，彻底摆脱公家身份的束缚，自己来干，未来的形势明摆在那，这年头，饿死胆小的，撑死胆大的。民有听了直摇头，说你是要让我辞去公职，这怎么可能，怎么可能，绝对不可能。他不只是摇头，而且明确无误地表明态度，说老龚你这个说得太夸张了，说得也太轻巧，一个人怎么可能不要自己的工作。

龚政策说为什么不可能，为什么，这年头什么事都可能，不瞒你说，我最近就在考虑这事，正在认真地考虑要不要放弃公职。民有说,辞了公职,以后怎么办,以后不是就没有退休工资了吗。龚政策说问题就在这里,大家都怕,谁能不怕呢,所以一定要考虑好,我们单位现在就在酝酿内退,什么叫内退,就是留职停薪,不给你发工资,你也不用上班了,关系还给你保留着,等你到了退休年龄,一切都还照旧,照样还有一份养老的工资。

民有不太相信,他是第一次听说,瞪着眼睛问:

"还能有这样的好事?"

龚政策似笑非笑,看着一脸吃惊的民有:

"是不是好事,现在还很难说,真的很难说,对于有能耐的人,当然是无所谓,你让那些没能耐的,没本事的,什么也干不了的,让他们内退,让他们回家,他们接下来怎么养活自己,事情没那么简单,你说是不是?"

8

接下来,龚政策果然下海了,是真的下海,开始做生意。他要拉着民有一起干,民有很犹豫,可以说是非常犹豫。龚政策便与他分析,说民有已经到了这岁数,副校长的位置肯定是做到头了,现在的校长,年龄与他相仿,水平也就那样,要说前途,既升不上去,也一时不会离开,民有绝无替代的可能。关键是大家都觉得民有这个副校长精明强干,精明强干有时候未必是好事,他越是能干,越有能耐,校长就可能越不喜欢他。

龚政策是百货商店的经理，刚下海的时候是倒卖彩电。当时彩电非常紧俏，买彩电必须要凭票。他结识了几个高干子弟，其中有一位是某省领导的千金，与香港人合作开了一家"海通文化贸易公司"，也不知道通过什么门路，经过了海关，弄到一批荷兰生产的彩电，价格不便宜，质量也就那么回事，但是那时候的彩电刚流行，大家都还在看十二英寸黑白电视，能买到就是很大面子。民有所在学校的那位校长，知道民有居然有这个路子，便向他开口，希望能帮忙买一台。民有心里还有点不乐意，还在记这位校长的仇，龚政策知道了，立刻表态可以给校长一台，说价格上甚至还能再优惠一点。

民有不明白龚政策为什么要这样，龚政策解释说他其实也存有私心，为什么呢，因为龚政策现在急需帮手，需要民有能够跟着他一起干。这时候，让民有完全辞职下海，下狠心摔掉铁饭碗，民有依然不会答应，也不敢答应。但是，假如是留职停薪，或者说索性让他提前退休，这样就能达到双赢的目的。民有觉得这事不好办，龚政策便亲自去跟校长谈，同时还把那位省领导的千金一起带去，跟校长说好话，跟校长谈条件，居然真把这事给说成了。

校长显得非常豁达，绝对通情达理：

"这事好说，留职停薪也行，提前退休也行，就看璩校长自己怎么想了，我觉得可以商量，可以走一步看一步。"

于是就这样定了，有这么一段日子，民有的身份是半公半私。学校依然给他发工资，他呢，人就在龚政策的"海通文化贸易公司"干事，名义上是学校与海通公司有合作关系。龚政策能够看中民有，自然也是有他的道理，靠倒卖彩电，虽然赚到了第一桶金，下一步继续发展才更重要。做生意嘛，从来都是什么好卖卖什么，彩电好卖，这大家都能想到，大家都能想到的生意，很可能已不是什么好生意。龚政策看中民有不是没有原因，他知道民有与印刷厂熟悉，过去在六十九中做校长，学校私下印刷的复习资料非常有名。现在龚政策想到了要做挂历，通过香港的朋友，精选了十二张香港女电影明星照片，那时候反正也没版权，只要你能想到，只要你能弄到，大胆印出来就行，印出来就能赚钱，能赚大钱。

民有对龚政策的这个计划难免怀疑，心里完全没有把握。龚政策说你不用担心，我让你做，你就大胆去做，负责做好就行，最后赚不赚钱，你到时候就知道。事实证明龚政策英明正确，当时的市场上虽然也开始有些小挂历，老百姓日常更习惯的，还是那种每天撕一张的日历。民有他们弄的这个每月一张的大挂历，很大的一张美人艳照，突然就风行起来，成了当时送礼的最佳选择。无论是德高望重的老干部，还是普普通通的平民百姓，都喜欢在家里挂这样的挂历。流行往往没什么道理可言，说流行就流行了，民有他们的挂历在市场上不是唯一的，但是印刷精美，成为最受大家喜欢的一个品种，可以说一炮而红。虽然印了很多，一印再印，仍然供不应求。大家都喜欢这样的美女头像，都喜欢香港女明星。

挂历提前出了样品，龚政策带着民有，拿着样品，请新华书店的采购人员吃饭，送红包，让他们尽量多进货，然后又到处去推销，去各个单位的工会。南京的军工厂很多，都是些带号码的军工企业，什么511，什么714，关节只要一打通，关系只要一理顺，需求量竟然会大得惊人。龚政策大胆而敏感地让民有加印，连续加印了两次，结果就像龚政策倒卖彩电一样，让民有也赚到了第一桶金。民有做梦也不会想到，这年头，只要步伐踩准了，只要胆子足够大，赚钱竟然会那么容易，竟然会那么简单，那么痛快淋漓。

龚政策让民有赶快注册一个公司，注册成功之后，召开庆功大会，宣布"民天文化有限公司"正式成立。"民天文化"这个名称，最后还是龚政策帮着定的，为什么要成立一个分公司呢，新成立的公司，可以有税务方面的优惠。最初准备直接用民有的名字，就叫"民有公司"，感觉也挺不错，不过静下心来一想，显然不太合适，好像是有点要和"公有"对着干。龚政策说名字这东西，非常讲究，不能乱来，你儿子叫"天井"，我看最理想的话，就应该叫"天井文化公司"。民有听了不太愿意，说我办的公司，干吗要用我儿子名字，我不同意。最后就父子各用一个字，取名叫"民天文化有限公司"，简称"民天文化"，总经理就是民有。

庆功大会召开时，天井和阿四都到场了。阿四此时怀孕七个月，肚子已经很大，挺得高高的，显得有些特殊，在庆功会上很引人注目。当然，那天更引人注目的，注定还是那位省领导千金，一看就不是一般人，肯定有什么特殊背景，肯定有什么很大的来头。她是龚政策与香港方面的中间人，头发烫了大波浪，涂着很浓的口红，穿着皮裤子和皮靴，这在那个年代，绝对与众不同。谁见了，都会忍不住悄悄问一声，这位时髦的女人是谁。阿四自然也会问天井,天井说他不知道,他是真的不知道。龚政策把天井夫妇介绍给省领导千金,说他们是民有的儿子和媳妇,她点了点头,看了看天井,又看了看阿四,笑着对民有说:

"你这个媳妇很漂亮,很像那香港的那谁——"

大家一时都没办法接她的话,都不知道她说的是谁,都在想。省领导千金怔了怔,晃了晃脑袋,终于想起来了,眨巴着眼睛说:

"就你们那挂历上印的那个,那叫利什么的,怎么刚到嘴边又忘了,我再想想,对,叫利智,就叫利智,我看你媳妇就像那个女的。"

天井听了,在琢磨挂历上的美女,阿四到底像谁。他倒没有想到阿四像谁,反正挂历上十二个美女,个个都好看,个个都跟仙女似的。当然,阿四也好看。阿四的好看跟她们不一样,阿四怎么好看,阿四好看在什么地方,天井说不出来,他就是觉得她好看,觉得她很美,觉得她比别人都漂亮。现在让省领导千金这么一说,天井情不自禁地又多看了几眼阿四,阿四回过头来,白了他一眼。

省领导千金住在刚开张的金陵饭店,当时还只是试营业,要九十美金一晚上,而且还只能使用外币兑换券。大门入口外有写着"衣冠不整恕不接待"的标牌。那时候要想了解金陵饭店,有个最简单的途径,就是买票参观最高层的璇宫。璇宫是个旋转餐厅,坐在座位上可以俯瞰南京城全貌。金陵饭店的"第一高楼"宝座保持了十年之久,是当时南京的最高建筑。

有一部高速电梯，从底部直达三十六层，只需短短二十九秒。不过要想在那吃一顿饭就太贵了，可以喝咖啡，省领导千金做东，请民有全家喝咖啡。喝完咖啡，又去她的房间参观，蹭澡洗。大家轮流去洗澡，民有和倪英文，阿四和天井，一个个都轮着来。

　　房间里放着好几台还没打开的法国电油汀，这是当时用来取暖的一个新玩意，也是海通公司正准备试销的新产品，谁也没有见过它。省领导千金为大家接通了电源示范，让各位感受一下它的制热效果。房间里本来就热，又用上这东西，突然更热了。阿四很关心地问起费电情况，省领导千金笑了，说费不了多少电的，这样吧，我送你一台，你用了就会知道，这不是马上要生孩子坐月子吗，我就告诉你，有了这个东西，有了它，你再也不会怕冷。

第九章

/

1986年

阿五的分尸案

1

　　1986年,天井已经三十二岁。他发现这个世界变化太大,事实上,过去的这些年,一直都在发生变化,变化一直都是很大。他突然发现,变化突飞猛进,大得不可思议。首先是阿五说离婚就离婚了,阿五是阿四的妹妹,天井的小姨子,也是天井小学和中学的同学,就住天井家同一单元的楼上。在天井的意识里,离婚是件非常大的事情。结婚是一件大事,离婚也是一件大事。

　　他傻乎乎地问阿四,问她阿五为什么要跟陆晓明离婚。陆晓明是阿四的妹夫,阿四说我怎么知道他们为什么要离婚,我又不是他们肚子里的蛔虫。天井就问她到底谁想离,是阿五想离,还是陆晓明想离。阿四说我管不了那么多,天要落雨娘要嫁,当初嫁也好,现在离也好,反正我是早就觉得他们不对头,早就觉得他们不对劲。怎么不对头,怎么不对劲,阿四也说不清楚,反正就是觉得有问题,有非常严重的问题。天井没有得到任何答案,说到底是什么问题呢,阿四不耐烦了,说你真要想知道，不要问我，直接去问阿五好了，你又不是没有嘴。

天井曾听阿四说过，说阿五老公喜欢"走后门"。他不明白这是怎么回事，不明白什么叫"走后门"。私下也请教过阿四，阿四说我一开始也不明白，也不懂什么叫"走后门"，怎么走，是阿五告诉我的，她说陆晓明这个人很变态的，我就问她怎么变态，她又不肯说，后来才说，后来才告诉我。阿五说她不愿意，不愿意让陆晓明这么做，这么做也太臕怪了。"臕怪"是标准的南京话，意思是说太恶心了。阿五告诉阿四，说自己被陆晓明逼着尝试过一次，差点没把她给疼死。天井听了，还是不太明白，还是要追着问，为什么臕怪，为什么会差点疼死，阿四也不想跟他多解释，不想再跟他讨论这个，仍然是那句话，天井真要想知道，真要想弄清楚，非要想知道，非要弄清楚，就自己去问阿五，让阿五告诉他怎么回事。

这种事天井当然不能去问阿五，他一个大男人，怎么开这个口，怎么可能去问一个女人呢，就算她是自己的小姨子，就算她是自己的同学。模模糊糊地，连蒙带猜地，天井大概也有点知道是怎么回事。陆晓明和一般男人不一样，他不喜欢女人，他更喜欢男人。天井第一次听说同性恋这个词，在过去的岁月里，对于他这种生长背景的人来说，同性恋绝对是个从来就不存在的词汇，这种事只有国外才有，只有腐朽的资本主义社会才有。

以天井的思维，他永远都想不明白，一个男的为什么会喜欢上另外一个男的。男人可以和男人交朋友，男人可以和男人成为哥们,可是男人和男人怎么可以那样,这个天井真是永远都想不明白。可能是自小练习体育的缘故,陆晓明不只人长得白净,看上去非常健壮,关键是相貌非常漂亮。他完全可以称得上是一个美男子,一般的男人见了他,很容易产生自卑,很容易自惭形秽。陆晓明完全不像天井他们少年时代讥笑的"二胰子",读中学的时候,他们化学老师明明是个男的,瘦瘦的,一举手一投足,都有点娘娘腔,同学们忍不住会在背后讥笑他,笑他的翘兰花指,笑他的说话声音嗲。

阿五和陆晓明要比阿四先结婚,因此,他们的女儿陆路萱比天井他们的儿子璩达要大,要整整大四岁。陆路萱是李择佳一手带大,阿五和陆晓明离婚,她便跟着外婆过。好在李择佳也不在乎照看几个孩子,带一个也是带,带两个也是带,璩达出生以后,和陆路萱一样,一直都是她在全权负责。天井要去厂里上班,那时候还不是双休,每周只能休息一天,大家都是早出晚归,基本上照顾不了儿子。阿四不在厂里上班了,她现在比过去上班更忙,比天井更没有时间照顾儿子。

阿四正是在这一年,辞去了工厂的工作,成为龚政策在南京的代理人。龚政策去了深圳,很快又去了香港,据说很快还要移民加拿大。奇迹总是不断地在龚政策身上发生,有一段时间,传说他要与那位省领导千金结婚,后来又不结婚了,说是根本没有这回事,这两个人还是合伙人,仍然在一起做生意。龚政策的生意越做越大,大得听起来都离谱,大得让人都不敢相信。他去深圳不久,有一天,阿四和天井去新街口的中央商场购物,从商场出来,看见一个很像龚政策的人,站在路口,手上拿着一支圆珠笔,一本正经地在小笔记本上做记录。

阿四不敢相信,不敢相信眼前的这个人就是龚政策,都知道他去了深圳,听说他在深圳生意做得很大。心里有了疑问,她就问身边的天井,问他那边的那个人是不是龚政策,天井仔细一看,当然就是龚政策,不是他还能是谁。阿四按捺不住好奇之心,很好奇地上前打招呼,走到龚政策面前,冒冒失失地说了一句:

"这不是龚叔叔吗,你怎么会在这,不是说去深圳了吗?"

龚政策一怔,没想到会遇到天井夫妇。

阿四忍不住要继续追问:

"龚叔叔这是在本子上记什么呢?"

龚政策开始解释自己在干什么,告诉阿四,他正在计算从商场走出来的人数,看看每小时会有多少人从里面走出来。他的这个解释,让阿四和天井都感到莫名其妙。龚政策继续解释,说他对中央商场里走出来的人数很不满意,非常不满意,为什么呢,因为实际的人数说明,南京这个城市的购买能力还是不行,还是不像一个现代化的大城市。他告诉天井夫妇,自己正在为一家国际化的大投资公司做秘密调查,这家投资公司资金雄厚,很想在南京找到一个好的投资项目。新街口是南京城最好的商业中心,要想在这投资,前期必须要配合做一些调查。

龚政策的话让天井夫妇似信非信,无论是天井,还是阿四,在当时对"投资"这两个字,多少还是感到有点陌生。龚政策说自己帮着做调查的这家投资公司,钱实在是太多了,多得你们根本无法想象，眼下最着急的事情，就是要赶快找地方花钱，就是要把钱砸出去。天井和阿四想不太明白，过去只听说下海和做生意，只知道很多人下海做生意赚了钱，赚了大钱，投资砸钱这个事，他们还真是第一次听说。龚政策为他们解释什么叫投资，为什么要砸钱，意思说白了很简单，就是要找到合适的项目，把钱投出去，这样可以赚更多的钱。

天井听得目瞪口呆。阿四点了点头，笑着说：

"我明白了，龚叔叔这话的意思，就是钱很容易赚，赚钱很容易，是不是？"

龚政策非常严肃，他看了看傻站在旁边一言不发的天井，一本正经地说：

"不是很容易，是太容易了。"

过了一会，龚政策又语重心长，接着补充了几句：

"当然，这还要看是谁，关键看你是跟着谁，看你是给谁在干。把话说回来吧，赚钱哪有那么容易，关键还是要看准了，眼光要厉害，要跟对了人才行，跟对了人，你想不赚钱都不行。"

就这样，阿四突然就被龚政策说动了心。龚政策天生会说，会讲故事，他信心满满地告诉阿四，自己正在考虑在南京设立一个办事处，正准备物色人选到他的办事处协助工作。如果阿四愿意，如果她能够胜任这份工作，他可以考虑聘用阿四。于是很快，或者说立刻，阿四就成为龚政策公司在南京办事处的总干事。这件事几乎不用跟天井商量，虽然天井当时就站在她身边，阿四当场表态，不存在她愿意不愿意，如果龚政策觉得她可以，如果龚政策可以让她试一试，阿四非常愿意接受这个工作。她早就不想在厂里再干了，她痛恨自己天天上班要操作的那台车床，生完孩子以后，阿四一直没有好好地上过班，动不动就请病假，现在突然有这么一件好事在等着她，为什么不抓住这个机会呢，她没有理由放弃。

2

龚政策设在南京的办事处，用后来的眼光看，说白了，就是一个来头看上去有点大的"皮包公司"，可以蒙蒙人，表面上很光鲜，却注定会失败。龚政策也确实是赚到一些钱了，他给了阿四一份很不错的薪水，远远超过在工厂里上班的薪资。除了阿四，公司还聘请了两位员工，都是女的，都比阿四年龄还小，都属于那种考过大学，又没考上大学，又不想进工厂的社会青年。阿四成了办事处的总干事，另外两位下属的头衔是项目经理。总干事干什么事不重要，项目经理做什么项目也不重要，重要的是在名片上要印得好看。

这期间，阿四的顶头上司，自然就应该是龚政策，她又是分管两位项目经理的上司。办事处宣告成立之时，很风光，借了一个大礼堂搞仪式，请了当地的新闻记者，请了电视台的人过来摄像，还请了当时很少见的礼仪小姐迎宾。那时候还没有流行送红包，也就是请各位在馆子里吃一顿。要的只是影响，办事处成立，开个发布会，有个动静有点声音就行了。接下来，龚政策带着她们跑过一段业务，教她们怎么到处谈生意，讨论项目。最接近要谈成的一笔大买卖，就是准备把玄武湖建设成"世界公园"。当时玄武湖门票很便宜，已经从原来的五分钱涨到了两毛钱，仍然是入不敷出，越来越难维持。

龚政策后来喜欢到处吹嘘，说深圳一度最火爆的"世界之窗"用的就是他的点子。这个主意最初就是他想到的，可惜最后被别人拿去挣了大钱。把偌大的玄武湖公园改造成"世界公园"的初步方案，龚政策聘请专家做了出来。公园领导觉得很好，市政府似乎也没什么太大意见，谈不上支持，谈不上反对。事实上，早在半个世纪之前，还是在国民政府时期，南京的这个玄武湖公园就改过名，当时叫"五洲公园"，路数与龚政策的方案差不多，都是在模仿一张世界地图上做文章。关键还是具体的资金投入，怎么也谈不拢，怎么谈都说不到一起去。前期需要的启动资金，都是龚政策真金白银地拿出来，为了这个项目，他还真是下过些血本。

玄武湖公园很大，好地方也多，随便拨出几间空房子交给阿四她们使用，就成了"世界公园"筹备处的临时办公室。那一段日子，阿四与她的两位下属，风风火火，天天在玄武湖公园里上班。办公地点就在风景如画的湖边，旧房子重新粉刷一遍，窗外是玄武湖，门外是桃树林，正好是初春岁月，阳光灿烂，桃花突然盛开了，红红的一大片。

天井始终没有弄明白，阿四刚辞去工作的那几年究竟在忙什么，究竟干了些什么。反正就看着她在瞎忙，整天瞎折腾。不只是天井不明白，阿四自己回想起那段日子，也会有些不明不白。她并不知道自己应该怎么干，说是坐吃山空并不过分，龚政策很快就回了深圳，他在深圳还有别的生意要做，还有别的问题要处理。南京的办事处就剩下三个女子，三个还在坚守的女子。总干事和两位项目经理，三十二岁的阿四，还有两个没考上大学，刚过了二十岁的年轻女孩。

在龚政策的遥控下，她们无非成天印印广告，到处散发广告，动不动嚷嚷着要投资，不停地在寻找合作方，结果是光听见了打雷声，光看见了刮大风，雨却一直没能下下来。刚开始，阿四她们还在想方设法，还能够主动出击，接下来只能是守株待兔，最后终于把公司的钱用完了，龚政策也不遥控了，临到真正倒闭前的那几个月，阿四她们上班就是打扑克，不打扑克也没有别的事可以干。

十多年以后，龚政策成了真正的大老板，资金实力雄厚，他在玄武门附近圈了一大块地，准备盖一栋高楼，一栋很高很高的楼，从这栋高楼上可以俯瞰玄武湖。今非昔比，卷土重来的龚政策身着一身名牌西装，比过去更有派头。他已经拥有了加拿大国籍，正以外商身份和地方政府谈生意。电视台一连好几天都在播放他的镜头。天井看着电视里的龚政策有些眼熟，一时竟然想不起这个人是谁，便把阿四喊过来一起辨认。阿四看了过后，不敢相信自己的眼睛。他们一直盯着屏幕看，终于在屏幕上出现龚政策的名字，现在终于可以确认了，千真万确，眼前这个混得风生水起的成功人士，就是当年的龚叔叔。

然而在当时，在十多年前，阿四根本不可能想象到龚政策会有今天。她们在玄武湖公园的办事处就仿佛一艘被遗弃的小破船，渐渐地，无声无息地沉没到了水底。当然不能完全怪罪龚政策，怪罪他对她们的放弃，对她们的见死不救。那一段时间，龚政策自身难保，南京的这个办事处却像一个无底洞，花多少钱都是在打水漂，花多少钱都做不成事。事实上，阿四她们自己确实也没做成功任何一件事情，她们只是把龚政策投入的钱，全部给花光了，花得一干二净。因此对于龚政策，对于带她下海的这个龚叔叔，无论他后来是成功还是失败，阿四更多的只是惭愧。

阿四从来没有后悔过自己的贸然辞职，工人下岗潮是后来的事，她冒冒失失辞了职，丢了工作，丢了铁饭碗，亲友们为她担心，与她关系不好的人等着看笑话，到最后大家纷纷下岗，便觉得她这一步是走对了，反正迟早都会有那么一天。阿四记得自己刚把辞职的事告诉李择佳，她妈惊得半天说不出话来，憋了半天，才说：

"你也是太冒失了，怎么不跟大家先商量一下？"

"跟谁商量？"

"天井知道吗？"李择佳一时还无法从万分的惊慌中恢复过来，她觉得这是一件大事，一件天大的事，叹着气，"天井知道也没用，你个死丫头，怎么会听他的话。"

阿四乐了，李择佳说得对，她根本不会听天井的话。天井根本管不了她，他想反对也没有用。李择佳的意思，是说女儿应该先跟她商量一下。丢了工作，不是一件闹着玩的事，李择佳当年就是为了赌气，放弃了永红服装厂的工作，结果吃尽苦头。阿四说我要是跟你商量，你肯定不会答应，肯定会坚决反对，既然是这样，我还不如不跟你商量，免得你操心，你操了心也没用，也是白搭，我根本不会听你的。为了打消母亲的疑虑，也为了让李择佳安心，阿四特地安排，让天井带着儿子，还有李择佳，一起去参观自己的办事处。

天井骑自行车驮着儿子璩达，先到玄武湖公共汽车站，在那里等李择佳，等他的丈母娘到了，便推着车，与她一起去玄武湖公园。阿四已在公园门口等候，办事处设在公园里，跟守门的门卫打个招呼，天井一行不用买票就可以直接进去。根据新的城市交通法，自行车不可以在马路上载人，学龄前儿童可以例外，进了公园就无所谓，阿四让李择佳坐在自己的自行车后面，天井依然还是驮着儿子璩达，大家往阿四的办事处骑过去，很快就到达目的地。

桃花已经谢了，阿四带着一些卖弄，指着门前的这片桃林，说如果是桃花盛开，一眼望过去，红红的一大片，非常非常好看，可惜那时候没让他们过来。她让儿子看树上结的小毛桃，很小的毛桃，也就比指尖大一点，璩达那时候刚刚三岁，天井抱起他找了好一会，才找到阿四说的毛桃。璩达口齿不清地问阿四这毛桃能不能吃。阿四说当然不能吃，要等长熟了才能吃，说完立刻又补了一句，这个叫毛桃，专门是让人看它开花，毛桃是不能吃的，不好吃。

办事处也没什么可参观，三张同样款式的办公桌，像课桌一样列队放着。属于阿四的那张办公桌上，多了一部电话，那是玄武湖公园的分机，要通过总机，才能拨出去，打进来。李择佳从来不打电话，那年头，还不是家家都有电话，安装一部电话很不容易，花钱不说，还得开后门排队等候。物以稀为贵，现在桌子上竟然放了一部电话，李择佳对阿四辞职的担心顿时少了许多：

"能在这个地方上班，倒也是不错的。"

阿四指着窗外的玄武湖，说我们可以骑车沿着这玄武湖绕一圈。李择佳听了，觉得这主意蛮好。她虽然是南京人，小时候就到过玄武湖，还来过好几次，真正长大以后，掰着手指算算，好像就没怎么来过。过去的日子实在太艰辛，也没那个心情，五分钱一张的门票不算贵，有时候还真是舍不得。从家里走过来太远，坐公共汽车又得花钱。

李择佳情不自禁想起了以往的那些岁月，不由得一阵心酸。阿四父亲在世，总说要带她和孩子们一起去玄武湖玩，要不就去中山陵或灵谷寺，说是这么说，事实上一次也没有去过。忙的时候没时间去，后来人落难了，倒霉了，这个运动那个运动，又更加不想去了，根本就没那个心情。丈夫走的时候，李择佳才三十四岁，这一晃，竟然又过去了差不多三十年，她已是个不折不扣的老太太。

阿四和天井骑着自行车，一个载着李择佳，一个驮着璩达。阿四骑在前面，李择佳回过头来跟女婿说话，她说我看到阿四桌子上的那部电话，就想起她爸爸在的时候也曾跟我念叨过要装一部电话。那时候他装电话好像也不像现在这么难，只要有钱就行。李择佳说当年的璩家花园，那些有钱人家里，那些最有钱的，家里都是安装了电话的。阿四的父亲也曾经很想装一部电话，侯家条件好的时候，真的也想过喊人来装电话，可是仔细想想，也就算了，真的是不敢安装电话，世道太乱了，兵荒马乱，有电话的人家太显眼，能安装电话的都是有钱人，最容易被坏人盯上：

"我们侯家最好的时候，装电话的钱，还是有的。"

李择佳继续跟天井讲阿四她爸当年的事情，说他的公司里曾经有一部电话，阿四她爸要想和家里联系，有什么话要跟家里说，就会打电话回来。那时候离侯家不远的一个小店里有传呼电话，阿四她爸有事先打到小店，小店就会上门通知，然后李择佳就去小店，回拨阿四她爸公司的电话号码，就可以跟阿四她爸通上话了。那时候的电话号码，跟现在的一样，都还是五个数字。阿四回过头，打断了李择佳，纠正她的说法：

"妈你错了，南京的电话号码，现在都改成六位数了，今年刚刚改的。"

李择佳说那也是刚改的，她又不打电话，怎么会知道。阿四说你不知道是你的事，人家报纸上电视上都说过了，不过当然了，你知道不知道，确实不重要，反正你也没有电话，也不打电话。因为李择佳说起了传呼电话，天井和阿四对这事，都还有印象。天井没有怎么用过这玩意，没人给他打传呼电话，阿四却是记忆深刻，她可没少用这玩意，与章明谈朋友的时候，经常用这种方式与他联系。

小店里的传呼电话，一直都是有的，很多年来，都是打一次电话要四分钱，如果是传呼就要七分，三分跑腿钱，超时还得再加钱。为了省钱，阿四有时候会故意挂断电话，让章明再打过来。小店的人为这事很不高兴，接听是免费的，不能收钱，这就等于白白占用了小店的传呼电话。李择佳平时很少对女儿说她们的父亲，阿四阿五都太小了，对父亲根本就没什么记忆。父亲只是墙上挂着的那张黑白照片，阿四对父亲的印象，就像天井对母亲的记忆一样，根本就是不存在的。他们曾伤感地谈过各自的感受，说到最后，其实就是一个没有感觉。天井说阿四好歹还有一张挂在房间里的照片可供凭吊，起码是知道自己爸爸长什么模样，他却什么都不知道，天井的母亲一张照片也没有给他留下。

对于阿四和天井这一代人来说，渐渐远去的历史从来就是用来聊天的，都是靠聊天说出来的，说出来以后才存在。譬如天井在过去，根本弄不明白什么叫右派，甚至都没听说过，"地富反坏右"只是个很笼统的词儿。虽然父亲民有就是右派，天井能够知道右派这事，完全还是因为右派改正错划。阿四也是，她根本不知道天井他爸是右派，直到听人事处政工小宗说要销毁什么材料，才知道民有是右派，她才知道世界上还有右派的故事。阿四也不知道她们还曾经有过钱，她的父亲还想过要安装电话。

3

阿五新结交的这位男朋友，叫黎明晖，曾经是个杀猪的。之所以说是曾经，也就是说过去杀过猪，干过这活，后来早就不干了。说是新交，也有点疑问，究竟阿五与他是离婚前就好上了,还是离婚以后,除了本人,除了两位当事者,谁也不知道。李择佳自然是不赞成,很不赞成,首先是不赞成阿五离婚,其次是不赞成女儿与黎明晖相处。跟阿四相比,阿五自小是个相对老实听话的丫头,结了婚以后,性情大变,变得比桀骜不驯的阿四更不听话,变得更倔强,更喜欢跟母亲李择佳对着干。

离婚后的阿五,变得有些肆无忌惮,她就住阿四的楼上。大家是同一个单元,卧室也是一上一下。这房子的隔音效果不是很好,楼板很薄,上面如果有些什么动静,很容易传到下面。阿五没有离婚的时候,似乎总是安静的,自从有了这个黎明晖,有了这个杀过猪的男人,就开始闹腾得不像话。用阿四的话说就是,这个叫黎明晖的家伙,不是在杀猪,而是在他妈的杀人。只要一那个,阿五的叫声便惊天动地。黎明晖也喜欢鬼叫,叫得要多难听,就有多难听。阿四忍无可忍,向阿五抗议,说你们能不能动静小一点,文明一点。阿五被阿四说得有点不好意思,红着脸反驳,说什么动静小一点,怎么不文明了。

这以后,有了阿四的抗议,楼上声音果然降了许多。可还是能让人感觉得到,还能感觉到是在做那事。声音被压抑了,被控制了,人声没有了,起码是在有意识减弱,叽叽嘎嘎的碰撞却声声入耳。阿四便跟天井抱怨,说也不明白阿五是怎么想的,这个黎明晖要什么没什么,阿五为什么非要喜欢他。阿四说人家都说我他妈那个,想不到阿五比我还他妈那个,她说我们干脆也放开来,我们也可以喊,这个谁不会呀。天井听了不吭声,心里在想,这怎么能喊出声来,楼上有声音,他们能听见,他们要是动静太大,楼下的李择佳又会怎么想。天井也有点想不通,与阿五的前夫陆晓明相比，黎明晖似乎更加不堪，起码陆晓明人长得比他神气多了。阿四说人长得神气有个什么屁用，当年阿五就是看中陆晓明长得神气，人长得好看，结果呢——

天井不知道阿四说的结果到底是什么，隐约能猜到一些，大概是那个意思，等她继续往下说，她偏偏又不说了。这个黎明晖的岁数，看上去显然是比阿五要大，具体能大多少岁，不好说。阿四问过一次，李择佳问了不下三次，阿五就是不想说，她不肯说，拿她也没办法。正月里黎明晖上门做客，阿五自作主张地要留他吃饭。大过年的以和为贵，李择佳脸色虽然不好看，也不太好直截了当拒绝，硬着头皮答应了。于是全家就坐下来，围坐在一张八仙桌上一起吃，气氛谈不上很和谐。

正好电视在播放动画片，陆路萱和璟达根本没心思吃饭，闹着要看唐老鸭和米老鼠，就另外安排小桌椅，让他们一边吃，一边看电视。天井怕黎明晖尴尬，主动与他聊天，东拉西扯，说着说着，便说到了杀猪。一说这个话题，黎明晖来劲了，说杀猪的关键，必须要有把好刀，好刀的关键，又在于怎么才能把刀磨好，说一千，道一万，磨刀才是最重要的。天井做了十多年的钳工，天天跟机械打交道，怎么磨杀猪刀，他说不上话，插不了嘴，感兴趣的是什么钢材适合做杀猪刀。黎明晖被问住了，想了一会，文不对题地来了一句：

"当然还是人家小日本的刀最好。"

天井又接不上话，怔了一会，刚想再说些什么，李择佳有点不耐烦地打断，让他们不要老是说话，赶快吃饭吃菜。阿四和阿五对看了一眼，知道李择佳这是对黎明晖不满意。阿五撇了一下嘴，故意招呼黎明晖，说我妈让你吃，你快吃呀。恰巧这黎明晖就是个没心没肺的男人，毫不介意，连声说一直在吃，一直在吃，你妈做的菜真是不错，这个鱼烧得就很有水平，水平很高。阿四和阿五听了都有些忍不住，不约而同地扑哧一声，笑了起来。阿五摇了摇头，说好吧，你觉得我妈做的菜好吃，就多吃一点，尽量吃，放开了吃。说完，阿五看向李择佳，又看看阿四和天井，忍不住又笑。

大家都能看出来李择佳对黎明晖不满意，吃完饭，阿五送黎明晖离去。他们刚出门，还在下楼，阿四就埋怨起李择佳，说她太不给人家面子，平时挺讲理的一个人，今天怎么会这样。李择佳说我就是觉得这男的不太对，阿五怎么会看上这么一个男人，怎么会看上他。阿四说既然阿五看中了，你想管也管不了。李择佳不想听这话，说我为什么管不了，我好歹是她妈。阿四笑了，说好好好，你是她妈你就管吧，我看你怎么管。母女俩你一句我一句，各不相让地拌着嘴，天井在一旁不吭声。阿四便问他，说黎明晖这人，你觉得怎么样。

天井心里打起了小算盘，这个黎明晖与自己毫无关系，犯不着他去觉得怎么样。要是说挺好，明摆着李择佳会不满意，不合丈母娘的心思，说不好吧，这话真轮不到他来说，况且天井也没觉得黎明晖有什么不好，便支支吾吾，顾左右而言他，不直接表态。李择佳继续发表她的意见，说她也不放心小萱，反正以后不管怎么说，小萱这个外孙女儿，她这个当婆婆的总是要一直带下去的，要负责到底。南京人管外婆叫婆婆，事实上，从出生开始，到目前为止，阿五的女儿陆路萱、阿四的儿子璩达,都是李择佳这个婆婆在照顾。

正说着话,阿五送走了黎明晖,推门回来了。一进屋,看见大家都不再说话,突然变得安静,就知道刚刚又是在说自己,在说黎明晖。她也不问别人,就直截了当地问天井,说天井你给我说实话,她们是不是又在背后说我什么坏话。天井连忙否认,说没有,没有说什么坏话。他的反应他的表情,与其说是在否认,还不如说是在承认。阿五笑了,说天井你不要为她们打掩护了,我知道是怎么回事。

天井急了,连声说:"没有没有,真没有。"

阿五说:"不要没有没有,瞧你那个笨劲,说谎都不会。"

天井有些无奈:"我没说谎。"

阿五说:"你不是没说谎,你是不会说谎。"

李择佳却认领了,说:"不要冲着天井去,你有话直接跟我来,直接跟我说。"

阿五说不是我有话跟你说,是你有话直接跟我说。李择佳说她正准备要说,现在阿五要她说,那来的就正好,她也就不客气了,就说了,她就直接说。李择佳说我就是觉得这个黎明晖,跟你不合适。阿五便问怎么个不合适。李择佳我也说不清楚,反正就是觉得不合适。阿五说妈的这个意思,妈说的这个不合适,是不是我也应该跟妈一样,跟男人离了,就跟男人死了一样,就应该一直守寡下去,就应该一直一个人。这话阿五也是脱口而出,说完了才觉得有些严重,过分了,她看了阿四一眼,阿四没想到她敢这么说,狠狠地瞪了她一眼。李择佳被阿五这几句抢白噎得说不出话来,过了半天,才为自己辩白:"我不是这个意思。"

阿五说:"我知道妈是什么意思,妈是觉得黎明晖这家伙靠不住,怕我和他结了婚,以后会怎么样怎么样,我知道妈是在担心。"

李择佳说:"知道就好,知道大家都是在为你担心就好。"

阿五又开始不耐烦了,她并不领她妈担心的这个情,觉得自己可以换个办法,换个角度,索性把话讲讲透,索性把更让李择佳接受不了的真相说出来,让李择佳干脆死心拉倒:"妈你根本不用担心,我告诉你,你完全是多操心了,你操那么多闲心干什么呢,我又没准备嫁给黎明晖,妈那么着急,又是何苦。"

阿五决定跟李择佳摊牌,她说你们都不用担心,都不要瞎操心好不好,我从来没想过要真嫁给这个黎明晖。李择佳不相信这话,说不想嫁给他,你跟他这么来往,算是怎么回事。阿五不当回事地笑了,说高兴呗,大家开心就好。这话别人听了,都觉得不可思议。阿五说她没想过要嫁给黎明晖,李择佳不相信,在一旁的阿四和天井也不相信。没想到接下来阿五说的一番话,更加不可思议,足以让在场的家人惊掉下巴。她说好吧,你们听了不要害怕,我就明话告诉你们,黎明晖有老婆有孩子,他也不可能离婚,我们是不可能真正在一起的。大家都听傻了,李择佳惊恐万分,两眼瞪着阿五:

"不要胡说八道好不好。"

"没有胡说八道。"

"你就是在胡说八道。"

大家都觉得阿五可能只是在说说气话,不过她的神态,那种满不在乎的表情,透露出来这个重要信息,显然不是什么气话。黎明晖竟然有家室,这让问题突然变得更麻烦,更复杂,更严重。对于李择佳来说,简直就是五雷轰顶,几乎就是万箭穿心。她本来只是不赞成阿五离婚,不赞成她跟黎明晖处朋友,现在退一步想想,离婚也没什么大不了,可以接受,结交一个看上去不怎么样的新男朋友,也没有什么大不了,也可以接受。事到如今,李择佳不只是担心,不只是接受不接受,而是觉得痛心,觉得太丢人,自己的女儿,竟然会跟一个有妇之夫搞到一起去了,没有比这更丢脸的事。

李择佳希望阿五说的不是真的:"你不会在骗你妈吧,这事,这种事开不得玩笑。"

阿五很认真,说:"干吗还要骗你们呢?"

"他真的是有老婆有孩子?"

"有老婆有孩子,有两个小孩,一男一女。"

4

多年以来,在自己的几个女儿中,李择佳一直是觉得阿四最叛逆,最不听话。阿四这丫头容易闯祸。她如果有些什么不像话,有些什么出格行为,也在预料之中。阿五从小就是个乖孩子,李择佳没想到她要么不做,要么不出格,一做一出格,就比谁都厉害。接下来果然是麻烦不断,阿五嘴上说是不想跟黎明晖玩真的,不打算跟他继续玩停妻再娶的游戏,却是藕已经断了，还保持丝连，时不时又会鸳梦重温。

先是黎明晖的老婆过来闹，鸡飞狗跳，那女人很凶，阿五真的有点怕她。终于与黎明晖彻底断了，这家伙又上门闹过几回，寻死觅活缠着阿五不放，丢下了各种狠话，还扬言要与阿五同归于尽。好不容易太平了没几天，与阿五离婚的陆晓明的母亲，又找上门来，说是要把自己的孙女儿带回家，理由是阿五名声不太好，她不能让孙女儿受到影响。李择佳气得不知道如何应对，陆路萱自小就在她身边长大，现在奶奶又突然跑来抢夺孙女儿，竟然给出了那样的理由，她舍不得，又无可奈何。李择佳性子弱，不会吵架，陆晓明的母亲嫌她女儿阿五名声不好，她却没办法反驳。结果还是天不怕地不怕的阿四跳了出来，像轰瘟神一样地把陆晓明母亲给赶走了：

"嫌我妹妹名声不好，你家儿子的名声就好了？"

阿四采取的方法是以毒攻毒，在当时，阿五的罪名不过是乱搞男女关系，见不得人，陆晓明他喜欢男人，更见不得人。陆家一直都在拼命掩盖这个，陆晓明与阿五结婚，从一开始就是在做表面文章，从一开始就是别有用心。阿五显然是上了陆晓明的当，显然是被他骗了。阿四还跟陆晓明的母亲算经济账，这些年来，他们母子，做奶奶的和当父亲的，在陆路萱身上究竟花了多少钱，她现在倒好，跑来要想把孙女儿带走，先把这笔钱算清了再说：

"我们侯家没给陆路萱改姓，就已经算是客气。"

陆晓明的母亲落荒而逃，阿四击中了她的要害，她连再申辩几句的勇气都没有，掉头就走，话也不说了，孙女儿也不想要了。陆晓明母亲是小学教员，她有三个儿子，陆晓明最小，他母亲最喜欢的也是这小儿子。作为母亲，在儿子上中学的时候，她就意识到他在性取向方面，与他两个哥哥不一样。虽然他喜欢锻炼，喜欢线条匀称，喜欢身上的肌肉比别人好看，但是他更喜欢在背后男扮女装。恰如阿四所言，陆晓明与阿五结婚，并不是他喜欢阿五，并不是他的性取向改变了，只是为了掩盖自己的同性恋身份。

阿五与黎明晖断了，断得并不彻底，偶尔还会往来，还有些接触，同时又开始不断结交新男友，隔三岔五就换一个，给人一种破罐子破摔的印象，谁也不明白她究竟是看中哪一位。李择佳拿她一点办法也没有，一说就是吵，就是几天不理不睬。李择佳怕丢人，阿五不怕丢人。最后没办法了，便让阿四出面劝劝阿五，阿四说你是她妈，妈的话她都不听，怎么会听我这个当姐姐的话，你又不是不知道阿五那脾性。嘴上是这么说，阿四还是决定跟阿五好好地谈一次，说老实话，她也是想不明白，不明白阿五这个原本很听话的乖妞，为什么会变成现在这个样子。

阿五告诉阿四，说她觉得有人想杀她。阿五很认真地说起这件事，说得非常认真，可是又说不出理由。她的话完全就没有来头，阿四问她为什么，谁会想杀她，她又是做了什么，做过什么。阿五一口一个不知道，一口一个自己并没有做过什么，反正就是这么想，就是觉得会这样：

"阿四我不骗你，真的有人想杀我。"

阿四觉得她神经有点不正常，换句话说，就是精神病，脑子出了问题,私下里和天井讨论,为什么阿五会这么想,这实在是太奇怪了。阿四想不明白,天井也想不明白。他只能瞎想象,既然阿四是跟他在讨论,便大胆发表自己的看法。天井的意思是可能陆晓明他妈说话说得太狠了,很可能还在阿五面前说了什么我们不知道的话,阿五因此受到了刺激,一个人只有受到非常严重的刺激,才会这样。阿四想了想,觉得不可能,不是这样。天井又说,会不会是陆晓明狗急跳墙,是他在威胁阿五,是他在吓唬阿五,阿五把他的那个事说出去了,让他无法做人,因此要跟阿五来一个鱼死网破,要跟她玩命。

阿四琢磨了一会,摇了摇头,说:

"陆晓明不敢,借个胆子给他也不敢。"

阿五失踪前那段日子,确实太不正常。所谓不正常,就是跟以前不一样,怎么看都觉得不对。首先是不想上班,不想再去永红服装厂上班。李择佳认为这是阿四的错,她开了一个不好的头,轻而易举把工作给辞了。阿四好歹还有辞职这回事,还和人事处招呼一下。阿五是自作主张,不上班,不去就不去了,打什么狗屁招呼,完全不计后果。阿五很认真地问过阿四,有没有什么可能,有没有什么办法,让她尽快离开南京。阿四曾经考虑过,让她跟着自己一起干,这念头刚出现,就知道不可能。她们相差一岁,上学是同一年级,两个人说起来是姐妹,因为岁数太接近,性格又有反差,动不动就会翻脸,根本没办法在一起工作。后来又想过是不是推荐她去找龚政策,但是这时候大家都已经不景气,他连自己的公司都顾不过来,又怎么会管阿五。

阿四和阿五姐妹之间，偶尔会有一些莫名其妙的对话，有一天，阿五问阿四，还记不记得几年前看过的日本电影《望乡》，还记不记得那个电影中的阿崎婆。话题因此围绕《望乡》展开，阿四想了想，说早就忘得差不多了，她能记得的，印象最深的，就是好多军人迈着整齐的步伐，越来越快地向妓院走过去。这个镜头给她印象最深，那么多男人像潮水一样涌向妓院。阿五想了想，说这个我倒不记得了。阿四不明白阿五为什么心血来潮，会突然想到《望乡》这部电影，阿五解释说：

"这部电影，说的是出去做妓女，到国外去做妓女。我现在就是想出去嫁人，就是想嫁出去，嫁得越远越好。"

阿五告诉阿四，她现在最大的愿望，就是想赶快离开南京这个鬼地方。眼不见为净，心不想不烦，阿五说我现在就是想立刻消失，就是想让别人再也找不到，就是想让别人再也看不见我，让别人觉得这个谁根本不存在。她说阿四你知道我现在最希望嫁给谁，我告诉你，最好是嫁个老外，最好是嫁到国外去。阿五说只要是老外，不管他是哪国人，只要是个男的，只要是个老外，日本人也好，美国人也好，欧洲的也好，只要不是中国人，她都可以嫁，都他妈愿意嫁。

阿四说："你疯了。"

阿五说："我是疯了，真的疯了。"

阿五说她心里现在已经烦透了，看见谁都烦，烦自己，更烦身边的人。

阿五失踪前的一段日子，表现得很奇怪。刚开始还能偶尔见到她，楼上一会有声音，响声很大，一会又没了动静，非常寂静。后来就干脆不怎么能见到，也不知道她跑哪儿去了。阿五最初离开工厂的借口很简单，去永红服装厂上班天天要经过陆晓明所在的中学，她不想见到他，也不想为了不见他绕道走。那一段日子，阿四和阿五姐妹两个，经常都是不在家吃饭，中饭不在，晚饭也不在。吃晚饭的时候，常常就只有李择佳，加上女婿天井，还有两个小孩。天井中午在厂里吃，晚上和休息日在家吃。他的厂休日是星期四，阿四的休息日是周日，除了节假日，他们夫妇很少在一张桌子上吃饭。阿五上班时也是周四休息，她不上班了，什么时候想在家吃饭，谁也不知道。

阿五的工资，最初也和阿四天井一样，大部分都是缴给了母亲。这个家由李择佳来当，那时候，大家还不太习惯到银行去存钱，好像也很少有存款这一说。工资主要是用于日常生活，有点积蓄，就不断地添置大件小件。反正楼上楼下住着，买了冰箱和彩电，都是放在一楼，大家一起吃饭，看电视也一起看。阿五不上班，自然就没有收入，既然不拿薪水，也就给不了李择佳饭钱，女儿陆路萱的伙食费她也不管。李择佳看她情绪不好，也不敢跟她要，只能随她的便。

5

起初谁也没把阿五的失踪当回事，谁也不会往失踪上去想。只不过是有段日子没见，天知道她跑哪去了。什么事都是一个习惯，在一开始，到了吃饭时间，李择佳会问一声，为什么阿五还不来。有时候，甚至会让陆路萱上楼去喊一声。渐渐地，阿五总不在家吃饭，喊了也等于白喊，也就随她去了。

大家会互相关照性地随口问一句，譬如李择佳就问阿四，知道不知道阿五到哪去了。阿四说我怎么知道，她又没跟我说。李择佳心里不痛快，拿她们也没办法，只能抱怨，说现在倒好，这个家里，一个是你，一个是阿五，动不动就不在家吃饭，都不把这个家当家了。阿四便还嘴，说回来吃不吃饭是一回事，回不回来睡觉又是一回事，我可是天天在家睡的，我在不在家，天井都知道，你问他好了。

阿四又从天井的嘴里套话，说她多长时间没碰到阿五了，阿五有些事不肯跟妈说，也不肯跟她说，会不会跟你天井说过，你知道不知道阿五去哪了。天井听了奇怪，李择佳也这么问过他，也是同样的意思，干吗都要问他呢，真是毫无道理。于是就装死不吭声，他这样不吭声，阿四还以为他知道一些什么，又追着问，让他把知道的事说出来。天井被问急了，说我怎么知道呢，我什么都不知道。

就这么问来问去，都觉得肯定会有人知道，一个大活人，阿五还能跑哪去。李择佳觉得阿五是在跟自己赌气，她肯定会悄悄地告诉阿四，只不过是让阿四不跟她说。阿四因为自己什么也不知道，不知道就是不知道，也没太往心上去。那一阵，正好是办事处要关门前夕，她这个总干事什么事也干不了，也就没什么心思想到阿五。母亲老是问她，她有点嫌烦，后来李择佳不盯着问了，阿四又以为她已经知道了什么，如果没有阿五的消息，她肯定还会问的。

直到有一天，居委会的人找上门来，查户口，调查和登记信息，大家才意识到事情的严重。那天正好是在吃晚饭，除了阿五，其他人都在。居委会的人突然来了，来了两个人，一个年龄大一些，一个还很年轻。听说阿五已有一阵没回家，两人立刻很警觉地追问，问阿五多大岁数，去哪了。李择佳说不知道去哪了，居委会的人就质疑，说都是一家人，她去了哪里，你们怎么会不知道。阿四便说你们听起来不相信，情况就是这样，我这个妹妹去哪了，我们还真不知道。被居委会的人这么一问，李择佳难免有些紧张，突然意识到情况可能不妙。

第二天，派出所的人就找上门了，其中有一位竟然就是李学东。陪他一起来的，还有一位女民警。当时只有李择佳一个人在家，两人询问得很仔细，阿五到底什么时候出走的，她身上有什么样的特征，是不是剖腹产。经过几番询问，李择佳觉得问题越来越严重，便问李学东，到底出了什么事，是不是有了她家阿五的什么消息，为什么要问得这么仔细。李学东回答说，有什么事说不清楚，反正是上面安排的，让我们这么排查，我们就要按照上面的意思排查。

这时候大家才意识到，事情可能真的是非常严重，直到这时候，才想到阿五可能出事，她可能会发生意外。阿五究竟到哪里去了，不会也不应该一点消息都不留下来，这太不符合她的性格，也太不符合常理。赌赌气是可能的，她是说过要嫁到外国去，可出国哪有那么容易，这些都只能当笑话讲。怎么一个人会突然就没有了，如果她现在是跟谁在一起，至少也应该说一声，透一点点底。吃晚饭的时候，李择佳把派出所来人的事，跟天井说了，她说起了自己的担心，担心阿五会出什么事。

天井安慰李择佳："不会的，你不用担心。"

李择佳说："我怎么能不担心。"

晚上阿四回来，直接上了二楼，回到自己的小家。天井告诉她白天派出所来人，又问起了阿五的事，还去楼上阿五的房间看过。阿四听了，心情也有些沉重，说阿五不会真出了什么事，我怎么觉得情况好像有些不妙。天井说我觉得也有点悬，这个事真不好说，你妈很担心，我告诉她不会有什么事，其实真可能是有事了。阿四便问天井，你觉得会是什么事。天井摇摇头，说这个确实不好说，谁知道呢，派出所的人又不肯说出来，你妈她说了，连派出所的人，好像也不是特别清楚。

天井还告诉阿四，派出所来的两个人中间，有一个是李学东。阿四听了一怔，心里咯噔一下，说他来干什么。这话问得有些多余，天井说是你妈告诉我的，她说那个警察原来是你们厂的同事，你想，如果不是李学东，还能是谁。阿四点点头，天井说得有道理，在派出所当警察又还是当年的同事，只能是李学东了。她问天井李学东说了什么，天井说他不知道，他也只是听李择佳说，自己并没有见到李学东。阿四听天井这么说，也无话好说了。

情况变得越来越严重，又到了第三天，又有人来了。这次来的是几个身穿便衣的刑警，由派出所的人陪着一起过来。他们来了以后，首先提出要去阿五的住处看看，此前派出所的那两个人，也就是李学东和那名女民警，已进屋匆匆看过一眼。便衣刑警进了阿五房间，开始戴橡皮手套，只是一个戴手套的动作，已经把问题的严重性暴露无遗。接下来，便衣刑警在房间里干什么已经看不见，房门被带上了。

阿四问李学东究竟发生了什么，李学东看了看与自己一起过来的女民警，说我们正在协助排查一起刑事案件。阿四问什么样的刑事案件，是不是跟我们家阿五有关。李学东说这个目前不好说，你看我们不是正在排查吗，正在对所有的怀疑对象进行挨个排查，就目前的情况看，到底怎么样，真的是不好说。阿四说你不要一口一个不好说，有什么你就说什么，我妈已经很担心了，到底是怎么回事。李学东想了想，说这样吧，你喊上天井，我们正好就你妹妹阿五的事，认真地谈一下。

谈话是在二楼的阿四家进行，李择佳在楼下负责照顾两个孩子。经过最简单的寒暄，李学东清了清嗓子，开始正式问话，女民警拿出笔和笔记本，在一旁做记录。李学东问阿五究竟是什么时候失踪的，失踪前有没有什么异常，失踪前和什么人有过来往，有没有什么让人可疑的迹象。被李学东这样一问，阿四心里完全乱了，心跳加速，喘不过气来，在回答李学东的问话时，她先问李学东：

"你能不能告诉我，那些人，就是楼上的那些人，他们在我妹妹房间找什么，他们在干什么？"

"你妹妹的那房间——"李学东在琢磨应该用什么词，怎么才能跟阿四和天井解释清楚，"楼上那些人是分局的刑警，专门负责刑事案件，现在有可能怀疑，他们正在查验，怀疑你妹妹的房间，有可能是一起重大刑事案件的作案现场，是第一现场。"

阿四说:"我妹妹到底怎么了?"

话已经说到这个份上,李学东也就不再吞吞吐吐。他看了看天井,回过头来看着阿四,说他也不希望这事与她妹妹有关。不过市局对南京发生的这起分尸案非常重视,要求对辖区内所有失踪人员,所有的可疑对象,都要逐一仔细排查,你妹妹的情况,正好有点符合条件,属于列入的重点排查目标。

阿四十分惊恐,难以相信地问了一句:

"分尸案,什么分尸案,哪来的分尸案?"

李学东说:"就在前几天发生的。"

李学东告诉阿四和天井,说这个案子目前还处于保密阶段,让他们暂时不要说出去。几天前,在南京的多个城区,不约而同地发现了被分解的尸块,作案手法极其残忍。目前所能掌握的信息,就是受害者是个女的,年龄在三十岁左右,生过小孩,而且是剖腹产。听李学东这么一说,阿四不禁惨叫了一声,突然想起阿五曾对自己说过的那些话,说有人想杀她,说她想嫁到国外去。当时阿四并没有把这些话当真,只是觉得她精神有点不太正常,觉得她是在胡思乱想。现在听李学东这么一说,感觉事情非常不妙,想到阿五就是三十多岁,她生陆路萱时,就是剖腹产:

"怎么会有这样的事,太可怕了——"

阿四把阿五跟自己说过的话,对李学东复述了出来,同时表达了自己的担心。阿五为什么要说有人想杀她呢,她为什么想跑到国外去。听阿四这么一说,李学东也有些紧张了。

6

李学东说出"分尸案"三个字的时候，阿四和天井都吓了一大跳。作为南京人，或者说任何一个在南京生活过的人，对发生在这个城市中非常轰动的几起分尸案，绝对不会感到陌生，绝对会留有印象。早在1973年的初夏，那时候阿四和天井刚工作不久，有人在秦淮河中发现一个漂浮的人头，接下来，发现尸块后的八天之内，先后在城区不同的地方，在不同的水塘和公共厕所，发现被分割的尸体四十九块，包括人头，肩胛，肋骨，左手，左脚。最重的是三斤半，最轻的只有一两多，最长的三十多厘米，最短的十厘米，可以拼成三分之二的人体。

当时警方的判断，根据水流方向，基本上可以认定被发现的头颅不是从上游漂下来的，于是秦淮河边的几家工厂，包括天井和阿四的液压件厂，一度被列入重点排查对象。消息不胫而走，整个南京城都在议论这事，流言蜚语满天飞，什么样的说法都有。还在当学徒的天井和阿四，都曾经历过那次排查，他们厂里的一个鳏夫被当作重点怀疑对象，还被拘留过一段日子。

难以想象，事过了十多年，又一起分尸案会与阿五紧紧地联系在一起。由于阿五是没有下落的失踪人员，她又是剖腹产，加上失踪前曾表示过有人想杀她，而她还有过要远嫁国外的念头，凡此种种，都足以把阿五列为重点中的重点。与1973年的分尸案相比，这次发现的尸块大约只有人体的五分之二，很不完整，最重要的头颅始终没有找到。警方通过尸块检验，发现死者的皮肤细白，骨骼不粗壮，手指比较尖，手脚无老茧，不像是从事重体力劳动的人，更像是个城市里的女人。尸块反映出来的特征，死者乳头周围有乳晕，有妊娠斑痕，会阴部无撕裂痕，所有这些都与阿五相符。

与阿五有关的男人，都要重点排查，甚至连天井也不能例外。李学东的职责只是协助调查，奉命行事，要无条件地配合刑警展开工作。天井被李学东喊去单独谈话，阿四觉得很好奇，等天井回到家，问他谈话说了些什么，难道警方对你也有怀疑。天井显得很无辜，说反正就是问问呗，就是瞎问，就是那么回事，我都不知道他们究竟想知道什么。天井不能例外，阿五的前夫陆晓明，她的那位相好黎明晖，更要严格盘问，这两个人都有嫌疑，都是怀疑对象。

陆晓明的确说过要报复阿五的狠话，他对她泄露了自己的性取向秘密一直怀恨在心。不过毕竟夫妻一场，一日夫妻百日恩，说是怀恨，说是报复，也就是那么回事，吓唬吓唬人而已。陆晓明是练体育出身，看上去很健壮，身材很完美，稍一接触，用不了对上几句话，就能看出他完全不像个有胆子敢杀人的人。要排除他的作案嫌疑，就跟要排除天井的嫌疑一样，实在是太容易了。

专案人员接触到黎明晖时，情况就不一样，他很快被列为重点中的重点，成为第一号疑犯。黎明晖先是一口否定自己与阿五的关系，见抵赖不了，又表示断绝关系以后，就再也没有往来。无论问他什么，基本上的回答，都是一个路数，都是一个不知道。问他警察为什么要找他，他的回答是不知道。问他

知道不知道阿五现在在什么地方,他的回答是不知道。问这个,不知道,问那个,也不知道,最后刑警出其不意地问了一声:

"你当年用来卖肉的那些刀具,都放哪了,藏在哪了?"

黎明晖一怔,没想到会有这么一句,不知道应该怎么回答。

刑警冷笑了,略带讥讽地说:

"要不要我来帮你说一个,也是不——知——道——"

黎明晖眨了眨眼睛,有点明知故问:

"什么刀具?"

"怎么,不说不知道了?"

黎明晖不吭声,陷入沉思,脸色煞白。

刑警觉得他们已经找到了突破口,已经抓到了嫌疑犯的软肋。作为协助刑警办案的李学东,一同参加了对黎明晖家的搜查,结果只找到了一把像匕首一样的小刀,看上去并不起眼,连个握手的木把手都没有,把手部位是个椭圆的铁环。为了防锈,涂上了黄油,用油纸包裹着。李学东曾对阿四和天井描述过这把刀,看上去就是很普通很简单的一把刀,薄薄的,不是很明白这把刀奇妙在什么地方。

刑警追问其他的刀具放在什么地方,砍肉骨头的斧头又藏在哪。黎明晖说他又不打算再卖肉了,留着这些玩意干什么,再说了,这些东西也都是公家的,属于公家财产,他怎么会把它们带回家来。随着排查的进一步深入,黎明晖的嫌疑显然在进一步增大。由于不肯说出其他刀具藏在什么地方,警方加大了搜查的力度,将附近的几口井,以及有一处河塘都抽干了,可是还是没有找到。

与此同时，警方在找到的尸块上大做文章，由于两只手都在，指纹可以提取。麻烦在于阿五自己的指纹难以确定。在阿五住处的玻璃杯上，留有一些指纹，这些指纹与尸块的指纹并不匹配，也不是黎明晖的指纹。指纹对不上，也就无法认定死者就是阿五。警方让李择佳辨认，作为母亲，她对女儿的手当然会有点印象，但是也不可能看到这两个尸块，就认出来是自己女儿的手。她感觉阿五的手指没有那么粗，警方的解释是可能变形，有些变形是很正常的。

当时的检测技术还不像后来那么发达，虽然已把目标锁定在黎明晖的身上，案情却不能进一步向前深入。李择佳仔细地回忆着阿五身上的一些特征，在她耳朵下面的脖子上，有一粒黑痣，小时像米粒一样大，后来好像也就没注意到，是变大了，还是仍然像原来一样大，不好说。过去的岁月太辛苦，太不容易，李择佳这个当妈的，想得最多的是不要让女儿挨饿挨冻，能够吃饱穿暖就行。警方一直都在追寻细节，事到临头，李择佳发现自己还真想不起什么细节，想不起来阿五身体上有什么特别的特征，能想起来的，又不在找到的尸块上。

真是一段非常糟糕的日子，备受煎熬的是李择佳，为了配合警方破案，她茶饭不思，整夜整夜地睡不着觉。李择佳不知道自己在盼望什么，究竟是希望那人是阿五，还是希望不是阿五。当然希望不是，谁会希望那些残缺变形的尸块是自己的亲生骨肉。阿四的情绪也大受影响，她那个设在玄武湖公园的办事处，算是彻底没戏了，关门了，散伙了，换一句话说，她失业了。也不知道接下来应该干什么，自己本来就辞了工作，丢了在工厂上班这个铁饭碗，现在只能走一步算一步，走一步看一步。

阿五的事弄得大家心神不宁，阿四和李择佳的心情都很坏，话根本说不到一起去，交谈不了几句，就会针锋相对地争吵起来。李择佳不止一次跟阿四抱怨，说她根本不关心她妹妹的事，说她只顾自己。有一天，两个小孩子都已经关门睡了，一家人坐在一起轻声说话，说着说着，李择佳又说起阿四不关心阿五的事，阿四听了便发急，拍案而起，说我怎么关心，你让我怎么才叫关心。

"我他妈能跟阿五换一换就好了，"说到最后，阿四急了，开始不讲理，口不择言地对李择佳发飙，"让人把我也给分尸算了，这样就可以让你称心，你说我不关心阿五，你什么时候关心过我了？"

说这番话的时候，天井正站在一旁。他不知道怎么劝架，就安抚李择佳，说妈你别理阿四，阿四想说的不是这个意思。李择佳本来还不生气，听天井这么一说，倒真有些生气。她说你良心都叫狗吃掉了，真正是猪狗不如，我不疼你，不疼你会长这么大，我不养你，不一把尿一把屎照顾，你会长这么大。阿四说你现在后悔也来不及了，你就应该在我小时候把我饿死，把我掐死。李择佳明知道她说的是气话，知道她就是这么一个不讲理的犟脾气，拿她也没办法，不由得又想到阿五，想到阿五才不会这么张嘴就来，才不会这么惹她生气。想到了阿五的好，李择佳越想越伤心，就哭了起来，本来还只是越想越伤心，现在越哭越伤心，干脆就号啕开了。

天井没见过这阵势，吓得不轻，手足无措地站在一旁，一口一个"妈你别哭了，别哭了"，也不知道再怎么办。李择佳一个劲地哭，阿四也不敢再闹了，就开始要哄她，搂着李择佳说妈我知道错了，我就是猪狗，你别跟我生气好不好，你生了气也是白搭。李择佳还是停不下来，阿四说你再这样，小萱和璨达也要被你吵醒了。这句话有点用处，李择佳立刻收声了，号啕转为低声抽泣。

阿四一肚子委屈，求饶说：

"人家现在工作也没了，心情也不好，你不要跟我计较了，大人不计小人过，我都认错了还不行吗？"

回到自己的小家，天井还在想刚才的一幕，阿四说她累了，赶快早点上床睡觉吧。两人洗漱一番，上床睡觉。上了床，钻进了被窝，阿四又变得困意全无，她问天井，自己如果成了那些尸块，他还能不能认出她来，还能不能知道那些尸块就是她。天井说你这又是胡说八道什么，脑子里净想些乱七八糟的东西。阿四说你真说对了，我脑子里现在想的全是一些乱七八糟的东西。天井说不是想早点睡吗，你赶快休息吧。阿四还是不想睡，说我就在想，那个杀人犯，那个分尸的家伙，肯定就是个变态，你说现在能找到的那些东西，故意要留给人看的那些部位，就只有手和脚，还有奶子，还有下身，不就是正好说明他是个让人恶心的变态分子吗，为什么其他的部位就会都找不到呢，为什么。

天井不太明白阿四的意思，阿四继续发挥，想到哪说到哪。她说我妈怎么可能从那些照片上的尸块，看出来是不是阿五，她看不出来，我也看不出来，谁都看不出来。天井也看过那几张照片，阿四说得对，一般人确实没那个本事，不可能通过照片认出那是谁，除非有什么非常的特征。两人一番缠绵，阿四又随口说了一些别的话，终于睡着了。她睡着了，现在不想睡的变成了天井，他还在想刚刚没有来得及细想的话题。如果那些照片上的尸块真的是阿四，他又如何能辨认出来。

显然是认不出来的，不可能认出来。天井想到在厂里听到的有点色情意味的笑话，一女浴室失火了，一群赤身裸体的女人尖叫着，捂着下身跑出来。一个老太太对她们大喊，大家都是一样的，有什么好捂的，赶快把脸捂起来，别让那些鸟男人认出你是谁。一想到这个笑话，天井便有些异样感觉。他突然想到自己的第一次，想到第一次见到那些玩意时的惊讶。时间就这样穿越了，天井仿佛又一次回到了少年时代，又一次回到了落满灰尘的祖宗阁上，他突然想到了戴着眼镜的郝银花。

7

分尸案终于成了失去线索的悬案，尽管有充分理由怀疑，有了重大的嫌疑人，但是确凿无疑的结论还是不能成立。同样，也没有办法确定被分割的尸体就是阿五。这个看似简单的最后结论，在当时就是没有办法做出。DNA技术的普遍运用是后来的事，市局领导一再督促要尽快破案，事实上，在一度取得了所谓的重大进展以后，案件的侦破突然就停滞不前了，完全失去了方向。

除了不能确定尸体就是阿五，从北京公安部借调来的一位刑侦专家，对黎明晖的嫌疑，给出了不能确定或者说是基本排除的结论。作为一名曾经的卖肉的，南京人称之为"小刀手"，如果真是黎明晖作案的话，尸块上的刀痕不应该那么粗糙。为了验证自己的看法，刑侦专家与专案组成员一起，带着黎明晖来到一家很大的菜场，专门挑了一只很大的猪肉，让黎明晖分解，让他展示自己娴熟的刀法。黎明晖在一开始，并没有领会警方意图，他已被拘留了很长时间，一次又一次的审讯，早就让他精神崩溃。那把属于他的小刀出现在自己面前时，黎明晖有些恍惚。

他甚至都没听见警察在对他说什么，眼前的菜场跟原来已完全不一样，不再是那么脏乱差，如今的肉摊子居然又干净又整洁。菜场负责人走了过来，递了一个塑料围裙给黎明晖，还有一对护袖。接下来的一幕，让在场的人都感到吃惊，黎明晖用手指在刀锋上掸了掸，轻轻地将刀压在肉上，突然发力，刀已经深深进入肉中，只见他的手有节奏地在抖动，手和刀，刀和肉，很快混成一体，不一会工夫，大块的猪肉，被分解成一小块一小块。黎明晖分解一只猪肉，根本不需要大刀，也不用砍骨头的肉斧头，就靠一把小刀，转眼间便能分解完成。

黎明晖当过十多年的小刀手，这一手绝活是跟他师傅学的，青出于蓝胜于蓝。他的师傅宰杀过无数头猪，是个有名的杀猪高手，黎明晖很少亲自杀猪，更多的是在分割宰杀完的猪肉上下功夫。他熟悉猪的骨骼，小刀在大块的猪肉上游走，感觉就好像不会遇到任何障碍，所有的骨头都能被他轻易绕开。北京来的刑侦专家看了他的表演，非常肯定地点了点头，然后就在碰头会上下了结论：

"我觉得，基本上可以排除这个人的作案嫌疑。"

李学东应邀参加了这次碰头会，他并没有看到黎明晖如何分解猪肉，只是听市局负责此案的刑警描述这事。北京来的专家确实不一样，市局的刑警不得不承认人家更加高明，水平更高。结论当然不能随便乱下，北京的专家如果没有把握，绝对也不会乱说。首先，有个细节没被大家注意，黎明晖是左撇子，左撇子切割时，角度与用右手的人不一样。其次，市局刑警一直在寻找砍肉骨头的斧头，而尸块显然不是被砍断的，而是用锯子锯断的，这说明什么，说明作案的人很可能有一把钢锯。

专案组把大量的时间，花在嫌疑人黎明晖身上，结果就是破案的最佳时机被耽误了，导致很多更重要的证据，更有价值的线索，已经消失和不复存在。北京来的专家对专案组刑警只是批评，并没有过多指责，毕竟很多错误，只有在被指认出来的时候，才会觉得明显是错。专案组显然经验不足，侦破不应该有错误，可惜错误这个玩意往往又最不可能完全避免。这个案子领导很重视，有时候，因为领导太重视，大家压力太大，心太急，反而会欲速则不达。专家最后特别要强调的一点，就是我们做什么事，要以认真和努力做到为止，有些案子，靠行政命令解决不了，有些案子，很可能就是破不了的，我们可能不得不接受这样的现实。

与阿五有关的分尸案就这么悬而未决,不了了之。专案组决定暂时告一段落。李学东对北京来的那位刑警专家非常佩服。作为一名基层派出所民警,在这起分尸案侦查中,他的工作只是协助市局的刑警办案。具体怎么协助,也就是市局的人让做什么,他就做什么。现在此案告一段落,他也不用再为此操心,继续做自己的基层派出所工作。李择佳不太能接受这样的结局,被折磨了许久,排查了那么长时间,结果一个"告一段落"宣告结束:

"这件事,不能这么就算完吧?"

李择佳难掩她的失望之情,这个结局唯一的好处,就是还能让家属保持最后希望,也就是受害者不一定就是阿五,起码在目前还无法确定。李学东代表市局,向李择佳和阿四母女表达了警方的歉意,重复了北京刑警专家说过的话:

"有些案子,可能就是破获不了。"

阿四十分不满地说:"这说明什么呢,说明你们当警察的无能,说明你们根本没有能耐。"

李学东说:"有时候,我是说有时候,有些事,真的是没办法。"

过去这一段时间,前前后后,为了与阿五有牵连的这桩分尸案,李学东跟李择佳母女有过多次接触。李择佳注意到,阿四和李学东说话的神情,总是有些异样,总是有些阴阳怪气。她实在想不明白,背后就偷偷地问阿四,说你总是这样跟他说话,就好像他欠你什么似的,我怎么记得当年可是你对不住人家，是你不要人家。阿四当场就炸了，说我和李学东的事，当年你管不了，现在你还是管不了。李择佳觉得这话很奇怪，想不通，也不想想明白，说什么叫当年她管不了，什么又叫现在她管不了。

阿四说："很简单，就是不要你管，就是你想管，也管不了。"

李择佳不吭声了，这两个人的事，阿四与李学东之间，她多少看出一些异常，看出一些不太对劲。如果继续再问下去，难免又要吵架，难免又要不痛快，她犯不着去找不自在。

阿四却还想说下去："你难道看出我们有什么不正常了吗？"

李择佳只想息事宁人，摇手说："没有，我什么也没有看见。"

"没有看见就不要乱说！"

李择佳还想为自己辩护，话到了嘴边，不说了，因为天井推门进来了。阿四看了看天井，若无其事地与李择佳说话，也不知道她在说什么。李择佳一时转不过神来，还怔在那，过了片刻，问天井要干什么。天井说我下来看《红楼梦》呀，好像时间已经过了，你们怎么还没打开电视。那段时间，电视连续剧《红楼梦》正在热播，大家都在追着看。天井这么一说，李择佳才想起赶快打开电视，等到电视打开，已经播放了一段时间，情节都有些接不上，林黛玉和贾宝玉又闹起了别扭。

过了几天，看看四处没有人，阿四很神秘地对李择佳说，我跟你说一件事，你千万不要害怕，也千万不要发急。李择佳说，自从出了阿五那事，我也不知道还有什么事能让我害怕，还有什么事能让我发急。阿四说这个不一定，说不定还真会有。李择佳急了，说阿四你不要再搞什么幺蛾子，妈年纪大了，再有个什么这个那个，我经受不起，我受不了。阿四说，你看，先还说不会发急，不会害怕，人家还没说，你已经害怕，已经发急了。

李择佳说："别跟妈兜圈子，到底是什么事？"

阿四说："你真要我说出来？"

"说出来呀。"

阿四迟疑了一下，说："我真说了——"

"你说呀。"

阿四说："妈，你觉得璩达他像谁？"

李择佳不明白阿四是什么意思，但是已经听出她话里有话。

阿四又说："你就不觉得璩达很像一个人？"

"像谁？"

"你是真没有看出来？"

"什么意思？"

"你没觉得璩达很像那谁。"

"像谁？"

"像李学东。"

第十章

/

1989年

李择佳的最后岁月

1

阿四对母亲说出自己的担心，李择佳听了，仿佛晴天霹雳，好像五雷轰顶。这绝对不是一件闹着玩的事，如果真是那样，真像阿四担心的那样，显然又会是一场巨大的灾难，一场无法描述的大灾难。阿五的失踪让李择佳身心交瘁，现在无事生非，又突然冒出了这样的一场戏，她实在是不知道应该怎样应对。

李择佳不知道怎么应对，阿四也没有主意。这些话憋在她心里已经有一段日子，再不说出来，她感觉快憋死了。阿四告诉李择佳，有一天，她只是偶然发现，从侧面看儿子璩达与李学东有点像，心里突然就绷紧了，从此只要看到璩达，只要对着儿子多看上几眼，就能隐隐约约地感觉到那种神似。神似很难用语言描述，真所谓天机不可泄露，天窗不能随便打开，越看越像，越像越不敢看。经阿四这么一提醒，李择佳也有点忍不住，起先也不觉得很像，从来没往那方面去想过，现在她再看璩达的眼神就变得完全不一样了。

阿四的怀疑也不是没有道理,她与天井结婚,到了第四年才生下儿子。阿五的女儿当时都快五岁,阿四迟迟没有动静,李择佳曾经也问过她,为什么结婚好几年,她还没有怀上,然后阿四就突然怀孕了,李择佳的担心立刻烟消云散。对于自己的受孕,阿四其实有过疑惑,但是她不相信事情会那么巧,不相信只是一次偶然不谨慎的出轨,就会一击即中。如果不是阿五失踪,如果不是那桩该死的分尸案,如果李学东不再出现,阿四根本就不往心上去,根本不会往那方面去想。

五六十年代出生的一代人,正好赶上了独生子女时代。育龄妇女只要是生过孩子,都必须采取最严格的避孕措施,阿四和阿五也不能例外。当时最常见的避孕手段,就是妇女生完孩子,立刻戴上节育环,也就是大家熟悉的"上环"。上了环就不会再怀孕。自从有了那个想法以后,阿四免不了疑心生暗鬼,总是希望让这事能够水落石出,又找不到什么好办法,阿四便悄悄去医院取了环,她的想法很简单,也很天真,觉得自己与天井结婚三年多才怀上,如果天井在那方面有问题,说明孩子很可能真是李学东的。

结果取了环,过了差不多一年,仍然没有任何动静。阿四有点憋不住了,觉得苗头不对,不得不跟李择佳坦白,把这事说出来。

李择佳说:"你们真做过那样的事?"

李择佳还在怀疑,还是有点不相信,不相信阿四在婚后出过事。她还在纠结,阿四和李学东之间究竟是不是真有过那种苟且之事。阿四觉得都到了现在,还要再讨论这个,实在太荒唐。何必非要明知故问，做都做了，还有什么好说。后悔也来不及了，她现在最想知道的，最想听听她妈的意见，如果真是这样，如果天井真不是璩达的生身父亲，怎么办，怎么处理。李择佳连声叹气，说你问我，我问谁呢。阿四已经走投无路，很无奈，说我不问你，又能问谁。

这时候，阿四无处可去，正在天井父亲的民天文化公司打工。虽然是她老公公的公司，她和普通员工并没有什么区别。她完全没有了当总干事时的那股热情，初次下海就遭遇失败，她不只是自信心受伤，而且完全看不到自己的前途在哪。本来民有想让儿子跟着他一起干，现在媳妇没了工作，很自然地就让阿四先跟着自己干。民有让天井暂时不要辞职，暂时还在工厂里混着，工厂也很不景气，离关门也不远了。阿四与李择佳讨论，这件事情要不要告诉天井，要不要说出来。李择佳的态度，起码要等这件事情真正落实了，确定无疑了，再考虑要不要告诉天井。

阿四有点不耐烦，撇了撇嘴，说：

"怎么才能落实呢？怎么才叫确定无疑？"

李择佳其实也没什么主意，心里很矛盾。她在想这件事可能会有的严重后果，很显然，一旦说出来，一旦把真相公之于众，阿四的婚姻肯定难保。璩家已经几代单传，就算天井缺心眼能够原谅，天井的父亲民有也不能答应。换了谁也不能答应，现在都是独生子女，天井父子气量再大，再不计较，也不能吃这样的哑巴亏。如果一直隐瞒不说，这样也不好，太缺德了，她们家会遭报应的。母女俩讨论来讨论去，还是商量不出一个结果，没结果就没结果吧。

民天文化公司一度还真赚了不少钱，公司的实际老板是民有，挂的是天井继母倪英文的名字。说起来，民有也不能算做生意的高手，只能说他运气好。自从右派摘帽，他干什么都行，做什么都成。他喜欢这么开玩笑地评价自己，三十年前莫名其妙成了右派，三十年后莫名其妙成了有钱人。最初的下海是公私不分，有一段时间经商成风，各个单位都在搞所谓"三产"，他跟着龚政策的海通公司一起干，学校却依然给民有发工资。再后来有了"民天文化"这块招牌，先是做挂历，轻轻松松赚了钱，与龚政策分道扬镳，民有改做教辅，也就是各种中考和高考复习资料，比做挂历更赚钱，更轻松。

"民天文化"成了专做教辅的书商，老板的名字也换了，民有觉得自己是正牌大学生，他这个年纪的人，上过大学的并不多。民有是文化人，当过中学校长，不愿被人看作书商，宁愿让妻子倪英文挂公司法人之名，他反正年龄到了，已经正式退休，还有一份很体面的退休工资。事实上，倪英文绝对只能算是挂名，她是福建人，在当时大家印象中，沿海的福建人都应该会做和能做生意，偏偏她对生意一窍不通。最关键是毫无兴趣，公司有多少钱，赚了多少钱，根本不过问。她气量大，不把钱放在眼里，她心眼好，觉得自己男人前半生吃了不少苦，现在有了钱，适当享受一下也是应该。她的人生理想是做贤妻良母，可惜结婚晚，年龄大了，不可能再有孩子，只是一门心思地想做贤妻。

都说男人有钱就学坏，民有赚了些钱，成了有钱的男人，渐渐也变得不老实起来。就在李择佳和阿四母女为璩达这事纠结之际，民有开始了不可救药的堕落之路。可能也是钱来得太容易，他没有像龚政策那样，赚了钱，拼命继续投资，只想赚更多的钱，结果活生生地把自己逼向绝路。民有脑海里，不是想着如何发展发展再发展，而是有了钱趁早享受，及时行乐游戏人生。他这一生，还从来就没像现在这么有钱过。

最初的挂历是在南方印刷，沿海一带开放得早，印刷质量好，印刷成本低。为了印刷挂历，民有每年都会在沿海待上个把月。于是当地朋友带领，开始寻花问柳，好不快活。他起初还有些提心吊胆，怕出事，渐渐胆子大起来，成了行家里手。常去的一个地方，有个叫小徐的姑娘，一来二去，基本上可以算是熟客。所以熟，因为这个小徐也是南京人。她个子不高不矮，身体不瘦不胖，在沿海混，非要说自己是上海人，偏偏那几句上海话一听就有问题，一说就露馅。小徐听说民有是南京人，也不再隐藏自己身份，老乡见了老乡，没有两眼泪汪汪，反倒是大大咧咧相逢一笑，大家都哈哈哈。

没想到后来还会在飞机上又相遇，事情就这么巧，大家都回南京。民有是回家，小徐是回家发展。与民有隔两排而坐，一开始，他也没认出她来。飞行途中，小徐突然站了起来，对着身旁的一位老外大吼，一飞机人都怔住了，不知道出了什么事。空姐连忙过去调解，原来那位老外将旅游鞋脱了，脚很臭，小徐一边挥手驱味，一边让他立刻把鞋子穿上，老外装作听不懂她的话，就是不穿。大家都觉得老外不对，太不文明，又拿这种无赖毫无办法。空姐对老外好言相劝，这位老外不理不睬。

结果刚坐下的小徐，又一次站起来，对老外吼道：

"你一个洋鬼子,有他妈什么了不起的。"

一句话,把一飞机乘客都惹笑了,民有也就是在这时候,完全认出小徐,确定是她。小徐回头,看见一个男人一直盯着自己,看见民有正对着自己看,也有点认出他来。空姐对老外也没办法,拿了一双拖鞋过来,叫老外穿上拖鞋。这事便不了了之,到了下飞机的时候,民有一个健步,追到小徐面前,若无其事地拉了拉她的衣袖,说:

"我没认错人吧?"

小徐打了打他的手,表面上否定,其实是肯定:

"你当然认错人了。"

大家一起去拿托运的行李,那时候,还没有拉杆箱,大家出门,都是鼓鼓囊囊的旅行包。取了行李,到了出口处,民有要了一辆出租车,对小徐说:

"要不要我带你一程,你去哪?"

小徐求之不得,笑着说:

"我还正等着你这句话,有便车不搭白不搭,我他妈的人又不傻。"

民有摇了摇头,也笑着说:

"我知道你不傻,可也不要开口就他妈的,他妈的他妈的,这多不好。"

"他妈的又怎么了,我就喜欢说他妈的。"

民有让小徐把行李搁在后备箱里,他自己先上车,招呼她也上车,示意她坐在自己身边。小徐想了想,说我他妈就坐前面,前面好,说完,拉开前车门,坐在了司机旁边。

2

阿四悄悄地去医院取了节育环，过了一年多，仍然没有动静，便开始病急乱投医，直接骑着自行车去派出所找李学东。李学东笑嘻嘻迎接，还以为有了阿五的什么新消息，没想到她直截了当地说明来意，吓了他一跳，吓了他一大跳。没想到还会有这事，没想到阿四竟然是跑到派出所来说这事。阿四说得很干脆，想让他一起去验血，如果不是他，如果跟他无关，那就没什么问题，她心中的一块石头，也就可以安然落地。因为只有李学东有那个可能，只有那天的那一次荒唐。李学东有些着急，不能不着急，他知道这事真闹出来，会惹出一大堆麻烦。

两人一人一辆自行车，匆匆离开派出所，找了一个无人之处。李学东愁眉苦脸，没想到会突然面对这样的局面，六神无主地看着阿四，问真要是像她说的那样，他又能怎么样，又应该怎么办。阿四见他是真的害怕，便安慰他，说你尽管放心，我不会缠着你，不会影响到你的家庭。她说如果真是这样，我就跟天井分手，让他另找个女人，让他跟另外的女人再生一个。李学东说他不太明白阿四为什么要这样想，她究竟想干什么。阿四说道理很简单，天井应该有一个自己的孩子，我已经对不住他了，不能骗他一辈子对不对。李学东说你不是怀疑他不行吗，怀疑他那个有问题吗，他既然不行，既然有问题，自然也就不能让别的女人怀上。阿四说这个我也说不好，我不是说他那个不行，我只是怀疑他那个可能有问题。

反正说来说去，要表达的意思很简单，阿四一再表示不想欺骗天井一辈子，不想让天井就这么被蒙在鼓里。一对夫妻只能生一个孩子，她不想剥夺天井做父亲的权利，不想等天井老了，才知道这事。李学东觉得阿四的想法不可理喻，后果不堪设想。好在四处无人，现在是想说什么，就能说什么。李学东开始对阿四好言相劝，分析利弊，做思想工作，仿佛自己突然也成了局外人，他说他想不明白阿四为什么要这样，问她有没有想过这样做的后果。

阿四说："怎么没想过，我想得太多了。"

李学东说："我就是觉得你想得太多了，想多了反而麻烦，没必要想那么多。"

阿四说："你什么意思？"

"没必要。"

"什么没必要？"

"就是没必要。"

阿四叹了口气，问李学东究竟是什么意思。

李学东说："什么意思，没别的意思。"

阿四说她有点听不懂他的话，李学东一再强调他的话没别的意思，他的意思是阿四把简单的事情给弄复杂了，现在她最应该做的，是把复杂的事情再弄简单。阿四被他绕糊涂了，问什么是简单的事情，什么又是复杂的事情，你能不能给我讲讲清楚。李学东说你把事情想简单了，事情最后也就自然清楚了。阿四说，我清楚什么，我什么也不清楚，我知道你的简单和清楚，就是不清不楚拉倒，不清不楚算了。

李学东说:"我不是这个意思。"

李学东又说:"好吧,我就是这个意思。"

阿四再次安慰李学东,告诉他自己绝不会缠着他,也不想让他为难。她现在只是心里非常苦闷,觉得对不住天井,无法面对他,不忍心这么一直欺骗他,把他当个傻子。很多话憋在心里很难受,她就是想能找一个人说出来。李学东听了,变得更加局外,反过来安慰阿四,说有些话呢,还是憋在肚子里最好,不说出来最好。阿四说从未跟别人说过,除了跟自己的妈李择佳,她没有向其他人透露过半个字。

李学东又急了,说:"怎么能跟你妈说呢。"

阿四看到李学东的脸色再变,知道他是不愿意让别人知道这事,自己说都说了,辩护道:"跟我妈说,没关系的。"

李学东很不安地问:"你妈怎么说?"

阿四说:"我妈也不太相信,她觉得这不可能。"

李学东仿佛抓到了救命稻草,说你看你看,连你妈都不相信,她也不相信,我跟你说,你就是想得太多了,真是想多了。他一再坚持阿四只不过是想多了,反应过激,这听上去似乎也有几分道理。阿四说我确实有可能是想得有点多,我跟你说李学东,也不知道怎么的,有时候我看着璟达,越看越像,越看越像你,真的是有点像。这时候的李学东终于完全缓过神来,他说自己刚到派出所,一位即将退休的老所长跟他们谈判案经验,就用"疑人偷斧"这个故事开导他们,让他们遇到什么事,千万不要轻易下结论。只是怀疑一件事,有时候会让我们失去最准确的判断,会得出一个很错误的结论。

李学东说:"你应该知道'疑人偷斧'这个故事吧?"

阿四心想这谁不知道,反讽了一句:"我们没读过书,不知道。"

李学东也不管阿四是真不知道,还是装作不知道,说反正有些事就这样,常常会疑心生暗鬼,你要是有了怀疑,有了疑心,就真会觉得就是那么回事。你越怀疑,心里越是会惦记着这事,你就越会觉得真是那样。阿四的心情平复了许多,觉得李学东说的这话,也确实有一定道理,像不像真是说不清楚,有时候,阿四也觉得璩达跟天井很像,模样像,性格也像,走路的姿势特别像。李择佳就不止一次说过,璩达这孩子她看着就挺像天井的。

两个人老是站在一个地方说话也不合适,只能推着自行车,边说边走,走走停停,走一段路说一会话,阿四根本不在乎别人的目光,旁若无人大大咧咧,李学东却很难做到这样,他非常担心会遇到熟人,害怕有人认出他来。毕竟李学东还穿着一身警察制服,总会有人回头看他,因此,李学东拼命想做出若无其事的样子,他越这样,越显得不自然。好在阿四把自己要见的人见了,要说的话说了,心情陡然就好了许多。她不想为难李学东,说老实话,她对他一向没什么恶意,当初两人分手,过错也不在李学东身上。李学东不能算是阿四的初恋男友,不过,阿四是李学东的初恋,这个可以确凿无疑。

想到这些,想到过去两人曾有过的一段经历,阿四似乎又有了一些别样的眷恋。往事如烟,心事苍茫连广宇,于无声处听惊雷,她注意到李学东还在东张西望,还在不住地回头看,

便笑着敲打他,话里有话地点拨了他一句:

"李学东,你紧张什么呢,我不会给你添麻烦的。"

李学东被阿四说得有些不好意思,辩解说:

"我紧张吗,感觉还好呀,我没紧张。"

阿四说:"还好意思说自己不紧张。"

李学东笑了,说:"你非要这么说,好吧,我就承认,确实有点紧张。"

不知不觉,来到一个十字路口,两人准备分手。既然阿四已经一再保证,不准备为难自己,不会为难他,内心一直在七上八下的李学东,现在终于松了一口气。分别前,他故作轻松地与她调笑,说今天真被你吓了一跳,可怜我的这颗小心脏,现在还在怦怦直跳。阿四不知道怎么接他的话,好像还有话要说,又不太想说,干脆就不说了。

3

1989年5月,刚刚做完人流手术的阿四,被两件事情弄得有些焦头烂额。一件是母亲李择佳突然查出来患了癌症,是胰腺癌,情况很不妙。还有一件就是天井父亲民有的嫖娼,闹得满城风雨,世人皆知。

先说阿四这次人流,自从悄悄地取了节育环之后,很长时间没有一点动静,她把自己最担心的事,跟李择佳说了,跟李学东说了,做好最坏的打算,正准备与天井摊牌,正准备向他坦白,没想到突然就怀上了,突然就怀孕了。踏破铁鞋无觅处,得来全不费功夫。阿四又喜又忧,喜的是原来的怀疑不攻自破,天井在生殖方面显然没有问题,而且再观察璩达,发现他越来越像天井。忧的是接下来怎么办,现在是独生子女时代,每对夫妻只能生一个孩子,她和天井已有一个儿子璩达,这个孩子自然是不可能留下来。

阿四跟李择佳商量,她这个当妈的也提供不了什么好主意,形势所逼,还能怎么样呢。李择佳一辈子生了一堆女儿,有很严重的重男轻女情结,年轻时被丈夫埋怨,被老婆婆嫌弃,只恨自己肚子不争气,没有能够帮侯家生个儿子。因为心里重男轻女,她一直是把女婿天井当儿子看,把璩达当亲孙子对待。外孙女儿陆路萱常常抱怨婆婆偏心,李择佳确实有些偏心,开口都是小萱年龄大,应该让着弟弟,这个"让",都是不讲道理,明明是璩达不对,李择佳总是一味宠他,毫无原则地袒护。

既然已经有了璩达,当然只能是去做人工流产。阿四又跟天井商量,天井想不太明白,傻傻地问她,不是说上了环,就不会再怀孕吗。阿四没想到他会冒出来这一句,原来准备好的一番话,顿时有些被打乱,本来想跟他说自己把环取了,这么说,又要解释一大堆话,为什么把环取了,取了多长时间,为什么取了环不跟他说,为什么不采取避孕措施。这一犹豫,便成了什么话也不说。天井一直在等阿四的回答,瞪大眼睛看着她,她灵机一动,来了一句:

"我怎么知道,说明你本事大。"

天井被阿四说得有些不好意思,现在轮到他不知道说什么好。

阿四意犹未尽,索性再补充一句:

"你如果不是本事大,我又怎么可能怀孕呢?"

天井无话可说,就咧着嘴傻笑,好像是觉得有点歉意。到了做人流手术那天,当然是天井陪去的,到了妇产科的那一层楼,他站在走廊上,远远地就定在那不敢动弹,说那边写着"男宾止步"字样。阿四就自己过去,消失在一块门帘之后,过了四十多分钟,她总算出来了,天井急忙上前,问她感觉怎么样,阿四红着脸说,还能怎么样,当然不怎么样。过道上有一把椅子,阿四走过去,坐了下来,说:

"让我休息一下,你在我旁边坐一会。"

天井说:"我没事,我就站着好了。"

阿四心里想,你当然没事,吃苦头的是我。她想告诉天井,自己做完人流,医生已经直接又为她上了节育环,话到了嘴边,不打算说了,觉得这话可说可不说,不说也就不说了。天井很关心地看着阿四,说李择佳关照过他,说女人做人流相当于小产,要他好好地照顾她。阿四冷笑说,好呀,你确实应该好好地照顾我。天井也不知道怎么样才能算好好照顾,事实上,阿四也不需要他的什么照顾。

李择佳的病情可以说是突然恶化的,她的身体一向不太好,过去的这些年,吃苦耐劳,又没有公费医疗,有什么病都是熬着,并不太往心里去。劝她去医院查一下,她总是说没事,卧床休息几天就好。大家也习惯了她的不安,这里不舒服，那里有痛苦，她说没关系，就真当它没关系。有那么一段时间，李择佳一直腹部饱胀，动不动恶心，想呕吐，她也说不清楚具体是哪里不舒服，人的外形眼见着就消瘦了。

于是不得不去医院检查，一查已很严重，病情已经不可逆转。起先家里还努力瞒着李择佳，很快就瞒不住，因为是去肿瘤医院检查，又住在肿瘤医院的病房，病人不是这个癌，就是那个癌，瞒谁也瞒不了。李择佳住院期间，阿四和天井轮流照顾她，有一段时间情况好一点，不需要有人陪护，阿四夫妇结伴一起去探视，那天是周一，病房里没有什么人，看完李择佳，阿四和天井坐电梯下楼，两人就李择佳的病情展开讨论，天井觉得丈母娘的病情，并不像医生说的那么严重，说不定还能好转。

阿四叹气说："我也希望能这样，不过医生太有经验，见多了，他们觉得不可能好转。"

离开肿瘤医院，各自取了自行车，来到外面的大街上。天井有点心不在焉，心里还在想着李择佳的病情，希望能有奇迹发生，也不知道与阿四说什么好。这时候，阿四的眼睛一亮，显然是看到了熟人。

阿四看到的那个熟人是岳维谷，她一眼就认出他来。岳维谷是天井的外甥，天井同母异父的姐姐甜甜的儿子，他称呼天井小舅，称呼阿四自然就应该是舅妈了。阿四对天井说，你看那人不是岳维谷吗。她说着，脚底加快了几步，赶到岳维谷身后，大声招呼他。街上人太多了，必须要使劲招呼才能听见。岳维谷听见有人在喊他的名字，回过头来，看到了天井夫妇，也很吃惊，没想到大家会在街头相遇。

岳维谷跟小舅和舅妈打招呼，他现在是河海大学的老师，在学校党委工作，分管着学生会。这时候，他脖子上挂着一台当时流行的傻瓜相机，走一路拍一路，一卷胶卷刚拍完，看到阿四夫妇，立刻又新换了胶卷，对着阿四夫妇连拍了两张相片，笑着说：

"没想到在这里遇到小舅和舅妈，来，给你们拍个照，纪念一下。"

拍完照，天井说他们俩刚去医院看望丈母娘。岳维谷听了，笑着点点头，一边举起相机，对着马路又是一阵乱拍。拍完了，他才想起来问阿四，她母亲身体怎么了，病情严重不严重。天井抢着回答，说情况很严重，非常不好。岳维谷不知道如何安慰，想了一会，只能说小舅和舅妈也要注意，也要当心身体。他们匆匆又说了几句，大家就此告别。

没想到刚到家门口，倪英文正等在那里，神情十分紧张，看见他们，紧锁着眉头，说不出话来。阿四便问她怎么了，出什么事了。倪英文叹了一口气，说出什么事，你让我怎么好意思讲，我真不知道应该怎么讲。阿四说倪阿姨你不要着急，慢慢讲好了，是不是天井他爸出了什么事。倪英文说确实是出事了，天井他爸爸弄出了非常丢人的事，唉，实在是丢死人了。天井还反应不过来，还在等倪英文的话。阿四是明白人，顿时预感到出了什么事，有些话，她听在民天公司上班的同事议论过，议论的人知道阿四是老板的儿媳妇，都不敢当着她的面挑明说，也就是点到为止。

倪英文以一种从未有过的严厉语气，怒气冲冲地对天井说：

"你那个爸爸,现在还被派出所扣着呢,我反正也不知道应该怎么办,你是他儿子,这事你去处理,你去想办法解决。"

天井觉得很奇怪,倪英文对他一向很客气,想不明白为什么:

"我爸怎么会被扣在派出所,为什么?"

"为什么?"倪英文板着脸,咬着牙说,"这个你们只能去派出所问了。"

阿四脱口而出:"天井他爸不会是嫖娼了吧?"

4

民有的确是嫖娼了,货真价实,全市大扫黄,他被逮了个正着,被抓了一个现行。好事不出门,坏事传千里,很快尽人皆知。这件事三言两语说不清楚,也许还得从那个深圳回来的小徐开始说起。话说民有有了那种不良嗜好以后,最初都只是借口去南方出差干点坏事。某些坏事要么不干,干了,很可能一发不可收拾。自从在飞机上巧遇了小徐,民有当时就想,如果这个小徐在南京也做那皮肉生意,自己也就不用费工夫再去沿海地区。

结果很轻易地便与小徐扯上了,有些事就是这么现实,有些事就是这么不可思议。有需求,就会有供给,有市场,就会有顾客。出租车把小徐送到她住的地方,过了不到一星期,民有冒冒失失地去找她。本来只是想碰碰运气,有枣无枣打一竿子，没想到功夫不负有心人，心想居然真的事成，瞎猫还真碰见了死耗子。有意无意地，居然让民有发现了一个好地方。从此黄河水泛滥开了，大坝决了堤，谁也不要想能拦得住他。

那时候还没有手机，BP机也就是寻呼机刚开始有，还不够普遍。小徐与民有的联系，竟然还是靠传统的通信，四分钱一张本市邮票，通过写信来预约。色胆可以包天，胆大必定妄为，靠着这种近乎原始的沟通方式，他们之间的生意完全没有耽误，小徐不仅亲自拍马上阵，还时不时地为民有推荐同一战壕的新战友。苟合地点也从肮脏的洗头房，最后转移到民有在六十九中的家中。民有已经退休，他退休前，提出了一个条件，就是让倪英文调来当语文老师。反正都是教中学语文，在哪个学校都是教。六十九中已经不复存在，原址成了教师进修学校，倪英文便成了进修学校的语文教研员，有进修的老师就给老师上课，没有就自己搞教研。

倪英文是个对教学非常严肃认真的人，眼见着就五十岁，本职工作仍然还是一丝不苟。民有知道她在离住处不远的办公室上班，吃准了她上班时间绝不可能突然回家。当初把教工宿舍盖在学校的时候，为了防止有人会在上班时间溜回家，宿舍区专门拦了一道围墙。她不会在中途回来，当然不是因为这道围墙，而是自己在上班，上了班就不可以随便离开，这方面她绝对是个很死板的人。倪英文后来曾质问过民有，说你做那样的丑事，难道不怕我突然回来，不怕我回来撞见。

民有说："我知道你不会回来。"

倪英文说："我万一回来呢。"

民有非常肯定,又补充和强调一句:"你不会回来。"

民有相信不存在这种万一,他和倪英文成为夫妻整整十年,对她早有充分了解。这个非常刻板的女人,一举一动都像时钟,不会出现任何意外。他们的婚姻属于特定时代产物,倪英文师范毕业,赶上了"文化大革命",十年动乱让她最揪心的事,是没有跟自己心爱的男人结成婚。性格决定命运,失恋之后,她又谈过几次恋爱,不是她不中意人家,就是人家不中意她,说耽误也就耽误了,终于成为一个失嫁的老姑娘。与民有结婚多少有点迫不得已,一方面,她对这个男人还是满意的,觉得没有选错人;另一方面,又似乎总忘不了自己的初恋情人。

倪英文和民有一样,喜欢看电影,他们都喜欢看谢晋导演的电影。谢导一口气拍了三部与右派有关的电影,他们也就跟着一部接一部地看。第一部是《天云山传奇》,看完了,两个人都流眼泪,都哭得很伤心。第二部是《牧马人》,看完了,倪英文又哭了,又感动了,为电影中的男一号泣下如雨,民有没有哭,他觉得不太真实,说自己就是个右派,有当过右派的深刻体会,右派分子可没有电影上说的那么好。等到看完第三部《芙蓉镇》,倪英文仍然是感动得要流眼泪,民有却爆了粗口,不痛不痒地来了一句:

"妈的,我当右派那么多年,可没有什么女人看上过我,真是会瞎编故事。"

与民有结婚以后,有着文艺气质的倪英文很快就发现他与自己设想的不一样,与电影和小说上的那些右派差距太大。刚认识民有时，他的形象在她心目中是高大的，与《天云山传奇》中的男主角相比丝毫不逊色。民有虽然比自己大了十多岁，看上去并不老，人也很精神，还会翻译，翻译过外国小说，谈吐不俗气，普希金的诗歌张口就来。他很会讨女人喜欢，当然女人也喜欢他。倪英文对自己一直有种自信，她没想过民有会再爱上别的女人，只是隐隐觉得，别的女人有可能会爱上他。

民有的丑闻闹得满城风雨，大报小报都有报道，本地晚报更是有一篇整版的重头稿子。恰好那一段时间正需要这样的热点新闻。真相究竟如何，谁也说不清楚，凡事一上了报纸必定离谱。几年前，一篇题为《五十老汉嫖娼》的报道，不过短短几百字，就曾吸引了读者的眼球，现在换成了《退休老校长"双飞"嫖娼》，不只是简单的吸引眼球，直接就是让人看了舍不得放下报纸。传得沸沸扬扬，读者都知道什么叫"嫖娼"，对所谓的"双飞"好像暂时还没有听说过。那年头是纸媒的黄金年代，南京有好多家报纸在打擂台，最多的一家晚报，一天可以发行上百万份。

最后去派出所领人的是天井，天井想让阿四陪他一起去，阿四说这种事最好还是你去，我一个女人出现在派出所里不合适，再说了，你爸恐怕也没脸见我，你是他儿子，你就硬着头皮去吧。天井便先骑车去璩家花园派出所找李学东，让李学东陪他一起去。虽然不是同一个派出所，天井相信他们警察之间肯定认识，有个熟人事情会好办一些。李学东非常意外，没想到天井为这事来找他，说怎么还会有这样的事，你爸也是太不当心了。

李学东没有陪天井一起去，他说用不着，打个电话招呼一下就行。有些事用不着当面说，有些事当了面反而不好说。他说完立刻打电话。既然事情都已经出了，关键还是看怎么了结，怎么擦屁股。李学东在电话里跟对方聊了起来，聊得很热烈，东扯西拉，一边打电话，一边哈哈大笑。一会在说民有的事，一会又说了一阵与民有毫不相关的事。终于挂电话，李学东转过身来，对天井交代，说他已招呼妥当，直接去找谁谁就行，应该不会再有什么大问题。肯定还是要罚款的，现在再打招呼没用了，民有在那边已经明确表过态，说罚款没问题，他不在乎那个钱。

"你爸这人真有意思，"李学东笑着对天井说，"做了这种事，竟然还能理直气壮。"

天井不解地问："我爸还理直气壮？"

接下来，天井去拘留民有的那家派出所，见到了自己父亲。去之前，他心里一直在想，在琢磨，李学东说民有还能理直气壮是什么意思，难道父亲是被冤枉了。与民有见面前，天井先找到了跟李学东通电话的那位民警。对方也知道他是谁，见了天井，点了点头，直接把他带到自己办公室，四下里无人，他简单地关照了几句，让天井记住，首先，让民有出去以后，不要再乱说，不要胡说八道，警察都是公事公办，绝对不会为了钱才去抓谁；其次，派出所已对民有从轻处罚，不要以为处罚过了，罚过钱就没事了，要跟你父亲说说清楚，这种事不应该再犯，不能再犯。

天井终于与民有见面，有人把他带了进来，民有神色自若地跟在一位警察后面，看到天井，有些意外有些吃惊。警察说你儿子来接你了，事情暂时就这样，你先跟你儿子回去。民有怔在那，看着警察，嘴角嚅动了几下，问了一句，仿佛有事还没想明白，又好像意犹未尽，甚至还带着些挑衅：

"我现在就可以走了？"

"可以走了，"警察不动声色地说，"你儿子来接你，你可以跟他走了。"

民有一本正经地说："就这么走了？"

警察冷笑说："怎么，还不想走，还想留在我们派出所？"

民有说："不是，我可以走。"

警察说："你不走，还打算在这过端午节？"

"我走，当然走，"民有提出自己的要求，"不过我那笔记本，是不是应该还给我？"

警察直接拒绝了，说："这个暂时还不能给你，这个我们可能要没收。"

回家的路上，民有要么不说话，要么就是喋喋不休，控诉警察不应该没收自己的笔记本。色情录像带被没收，收了就收了，这个他认。自己的笔记本，却应该还给他。民有说他知道自己说的一句"你们看得懂吗"，惹恼了这些小警察。他说这话其实也没说错，我那笔记本上全是英文，这些警察确实是看不懂，可惜我说了他们看不懂，这就得罪他们了。天井对民有说的笔记本一无所知，不知道笔记本上记了什么。既然民有对它是这么在乎，肯定有他的理由，自然也应该有他的道理。

民有父子绝对不会想到，媒体对这个被没收的英文笔记本感兴趣，会在这上面大做文章，最后还配了一幅漫画，文字就是"你们看得懂吗"。画面上一个戴着领带的老头，裤子还没有来得及完全系好，翘起兰花指，得意扬扬地在问警察，旁边沙发上坐着一个半裸的妓女。

5

民有一向都以自己的外语好为荣，早在上大学期间，他就在图书馆里读过美国作家法斯特的《自由之路》。他一心想把这本书翻译出来，在上世纪五十年代初期，翻译出版他的小说，应该是没有问题。可惜等到书稿完成，已有译者捷足先登，把这本书翻译出版了，他等于就是白忙。以后民有又有过几次尝试，想翻译一些别的法斯特作品出版，可是除了在《译文》上发表两篇推介文章，其他的翻译文字都是无疾而终。

很多年来，费教授一直都是民有最佩服的人。他翻译中遇到的所有问题，只要向老先生虚心请教，临了都可以得到解决。为了提高自己的外语水平，也是为了在那特殊的年代自己的外语能力不会丢掉，民有也曾学习费教授，不止一次开始写英文日记。英文日记的最大好处是，周围人即使偷看你的日记，也未必能看懂。躲在英文日记中，你可以悄悄发几句牢骚，骂骂自己想骂的人，说些模棱两可的坏话。

当然真正坚持下来并不容易，民有一生中，半途而废的事太多了。就在前几年，湖南一家出版社出版了 D. H. 劳伦斯的

《查泰莱夫人的情人》，虽然一出版就被查禁，仍然让民有感到震惊。这本书在民有年轻的时候就出版过，民有在费教授的藏书中见过它。费教授有英文原著，也收藏了这个译本，民有记得自己曾经翻过这本惊世骇俗的原著，有点乱，很难看下去，真正的性描写并没有多少。译者的名字很容易记，没想到几十年以后，改革开放了，这本书竟然又冒了出来，竟然会重新出版，译者还是原来的那个译者。

回顾自己的一生，自从被打成右派，民有有过很多非常无聊的时候。常年教初中英语，感觉就是在陪学生混日子，一点激情都没有，孩子们不愿意学，他不得不硬着头皮教。为了保持自己的英文水平，他试着用英文编写中国的民间故事，费教授开导民有，说学习外国语言的最好捷径，就是要不断地反复运用。可以坚持写日记，可以抄书，也可以尝试自己编故事。费教授并不赞成把中国的故事简单地翻译成英文，认为这样僵硬死板地去译，并不能提高英文的实际水平。在当时的中国，通常会有两种英文，一种是地道的英国英文，还有一种是标语口号式的中国英文，民有一直是在教初中英语，整天念标语口号，这对他的英文水平并没有太大帮助。英文写作就是要学会像外国人那样，要用纯正的英文思维去思考，在写的过程中，要忘掉中文，要忘掉自己的母语。

上大学的时候，民有一度很喜欢美国作家海明威的小说。他记得自己看到的最早译本，是一个叫余犀译述的，作者用了"译述"这两个字，可能是觉得自己英文水平还不够好。印象最深的是"小引"中那几句话，译者说自己的朋友中，有好几位都喜欢海明威的小说,可是他们只是喜欢,英文虽然更好,并没有翻译出来,自己的英文不如他们,却翻译出来了。民有觉得这话自己很受用。他还看过冯亦代翻译的《蝴蝶与坦克》,看过马彦祥翻译的《康波勒托》和《在我们的时代里》。最初的海明威都译成了"海敏威"。当时有一个说法,对于学习英文的人来说,海明威的文体最简单,最容易模仿,所以民有开始能读英文原著的时候,看得最多的就是海明威的书,后来自己编故事,写小说,用的也是海明威式的语言风格。

民有还真学着写过一两篇海明威风格的小说,记录自己少年时的一些故事。但是费教授极不欣赏,觉得太简陋太粗鄙,画虎不成反类犬,于是这样的短故事,写了几篇,也就没有兴趣再写下去。"文革"中民有闲着太无聊,试图把自己看到的那些热闹,自己和别人被批斗的窘态,也像费教授那样用英文做记录。当然,也就是随便想想,练练笔,实际上也没有用心去做,写着写着也就断了,根本坚持不了。没想到到了晚年,他有了钱,退了休,居然开始以笔记形式,把自己寻花问柳的经历,用非常细腻的笔触记录下来。

倪英文是学中文的,她的英文不行,根本不知道民有在写什么。学中文的人对学英文的,最佩服的就是人家懂一门外语。民有可以想怎么写就怎么写,想怎么发挥就怎么发挥。为写好自己的情色笔记,他甚至托人找来一些英文情色小说。民有的笔记本中某些段落,有些描写,也就是从那些情色小说中抄录的。当然,他的一些荒诞行为,也是跟着情色小说学习。在民有的英文笔记里,行文中充满了堕落的欢乐。敝帚自珍,他越写越觉得有劲，越写越喜欢写，终于想明白，为什么当年的费教授会那么在乎自己的日记。写别人不能写的东西，写别人不敢写的事情，得意忘形其乐无穷。民有显然是在自暴自弃，他沉浸在这种为非作歹的欢乐中，不能自拔。

除了从英文情色小说中获得灵感，他还通过色情录像带学习模仿。民有是最早拥有东芝录像机的人，后来流行的 VCD 和 DVD 还没出现，录像机在当时绝对是奢侈品。那种淫秽的色情录像带，也只能是在相当隐秘的地下悄悄流行。考虑到倪英文的一本正经，民有并不敢播放给她看，她光是听说，光是听民有的口头描述，就已经惊得目瞪口呆，就已经觉得这玩意绝对大逆不道。在倪英文心目中，民有为人原本是非常正面，是个正人君子，他可不愿意自毁长城，败坏了自己的美好形象。民有的保密工作做得非常好，倪英文一直都被蒙在鼓里。

报纸上的大幅报道，让民有颜面扫地，丢人丢到了家。他以为别人看不明白自己的英文笔记，没想到人家还是有办法看懂的。有一位懂点外语的小民警，借助英汉词典，愣是把笔记中那些荒唐的章节，连蒙带猜地给翻译出来，又被记者以打叉的方式引用，把敏感文字摘录在报纸上。反正大家差不多都看懂了，据说在这个很下流的笔记本中，用得最多的一句话，是"今天非常成功"，然后就是"又一次高潮了"。事实上，大家很难分清真假，笔记中的文字，哪些事是真，哪些事是作者的加工，是民有的杜撰，还是翻译的人错误理解，所有这些，已经不重要。大街小巷都在津津乐道，都在谈论退休老校长如何嫖娼，有一次还找了两个妓女，她们的岁数仿佛是母女。

民天文化公司的工作，因为老板出了这样的丑事，基本上处于瘫痪状态。老板娘倪英文更是像发疯了一样，自从事情发生，她拒绝民有的任何解释，不想再见到他，一提到他名字就哇哇大叫。倪英文不愿意回到自己的住处，无法面对这个无耻的男人，害怕再次听到他的声音，一直借住在阿五的空房子里。幸好阿五的房子是空的，要不然，陷入疯狂的倪英文，真不知道应该躲到哪里去。那段日子，她变得有点抑郁，精神接近失常，衣服也不换，澡也不肯洗，身上都发臭了，远远就能闻到，别人根本无法接近她。

一时间，阿四和天井都处于手忙脚乱之中，太多的事，不知道应该先处理哪一个才算最好。李择佳的病情不可能再有回头路了，只是看上去暂时还算好，还能坚持一阵。她住在肿瘤医院，没有公费医疗，一直闹着要出院。阿四坚决不同意，看病当然是要花钱，花钱当然会心疼，但是目前这样，经济上他们还能承受，在医院里能待一天是一天。李择佳苦了一辈子，阿四说自己有责任负担她治疗的费用，说天井已经一再表态，就是卖掉一套房子，也要为李择佳治病。李择佳对天天去探视自己的天井说，我这病都说好不了，你们还治它干什么。天井说妈你别听别人瞎说，谁说好不了，医生说能好，真的能好。李择佳知道天井是安慰自己，事情到了这一步，她也只能听天由命，听从女儿和女婿的安排。

民有从派出所回来，不得不先一个人生活，自己照顾自己。好在也是经过风风雨雨的人，少爷能做，老爷能做，没人过问的日子，他也还能凑合。与倪英文结婚，常常都是她照顾他，现在突然不管他了，民有便又开始去吃食堂。他又一次拿着饭盒，大大咧咧去学校食堂，别人看到民有，以为他出了那种事，会不好意思，怕见到熟人，没想到他若无其事，依然还能摆出退休的前领导派头，不仅主动和别人招呼，还不忘记教训张三和李四，大家都佩服这位老校长脸皮够厚。

也是在这手忙脚乱的日子里，岳维谷突然又找上门来，说有一包东西，要存放在小舅和舅妈这里。当时岳维谷的脸色很严肃，也有点紧张，或者说很慌张。阿四很认真地问他，究竟是什么东西，为什么要寄放在这里。岳维谷坦白说，舅妈既然问了，我也不瞒你们了，就是一些照片我想先存放在小舅这里。

阿四觉得没有什么理由拒绝。岳维谷特地从那堆照片中，找出那天为他们拍的那两张，其中有一张拍得非常好，天井和阿四笑着看着镜头。阿四对着照片看了一会，看了看天井，叹着气对岳维谷说，这张照片照得是挺不错，你看我们笑得跟真的一样，其实那天我跟你小舅心情很不好，你知道的，我妈的病情非常糟糕，我们当时刚从医院出来。

6

倪英文最终还是原谅了民有，不原谅又能怎么样呢。到了最后，她憋的这口气还咽不下去，咽不下，不过也消得差不多了。这事不可能没完没了，她也只能原谅民有。无非就是等一个台阶下，凡事总得有个完，总得有个下一步。民有不止一次登门求饶，不止一次向她认错，他说我这不是错不错的问题，肯定是错了，错得不能再错，错得有些离谱。现在只能是求她宽恕，只能是求她原谅。她究竟要怎么样，她想怎么样。若要他净身出户，民有可以立刻滚蛋，若是想甩了他，跟别人结婚，他可以立刻成全她。

李择佳当然是好不了，医院住一阵，又回家住一阵。借住在阿五房子里的倪英文，渐渐平静下来，精神状况也恢复了，便下楼去看望李择佳，看到天井无微不至地照顾李择佳，无限感慨，说天井这个女婿真好，能这么对待丈母娘，实在是难得。李择佳便说天井天生人好，心眼好，以后对她这个后妈，也不会差到哪去。倪英文听了直点头，说自己能看出来，天井一直对她很好，真是个很懂事的孩子，比他那爸要好太多了。李择佳便趁机劝倪英文，说民有这人，是有些坏毛病，不过真要说人有多坏，也未必。

倪英文听李择佳这么说，并不接她的话，心里知道这是在劝和，是在劝自己原谅民有。李择佳说民有当过右派，过去一直被人歧视，被人看不起，被人欺负，这些年当过校长，做生意又挣了点钱，傲气了，不学好也是难免，只要他能知道错就好，能改正就好。李择佳说自己的男人，也就是阿四她爸，年轻时也有过不学好的时候，男人嘛，不就那么回事。李择佳也是随口乱说，她自己一直生女儿，丈夫侯晋如对她不满是有的，嫌弃也是有的，至于他外面有没有人，李择佳是真不知道。她现在这么随口一说，完全是为了安慰和开导倪英文，真实不真实，已经不重要。

倪英文选择了原谅民有，她提出两点要求。第一，必须换地方住，六十九中的老房子她是住不下去了。那时候已开始有商品房，价格不算很离谱，不过一般人不会想到买房子，有钱也舍不得。解决的办法是跟别人换房子，正好住楼下的俞书记夫妇要照顾孙子，原来的老房子给儿子结婚，现在愿意跟民有互换，俞书记儿子搬过来，民有夫妇搬到俞书记的老房子里去住，是小洋楼，面积差不多，条件更好一些。第二，大家都彻底退下来，倪英文办退休手续，不上班了，不想再见到单位同事，民有也不再过问民天公司的业务，都交给儿媳妇阿四打理，由阿四全权负责。阿四本来就已在民天文化公司上班，让她接手顺理成章。

民有对倪英文提出的这两个要求，没有任何疑义，完全照办绝对服从。他自己年龄也不小了，马上就要六十五岁，现在能让他退下来，正是求之不得。现如今，教辅生意并不好做，弄不好就会翻车，就会赔钱，他属于那种老派的书商，能发财赚钱，只是生意做得早，有自己现成的销售渠道。现在做教辅的年轻人开始多了，办法和手段也多起来，民有已经落伍，明显不是人家的对手。他本来想让天井来接手民天公司，可儿子天生不是做生意的料，阿四接手会怎么样，也很难说，反正既然是撒手不管，他也就不往深处去想，好也罢坏也罢，民有和倪英文除了退休工资，银行里用来养老过日子的钱，早已足够。

李择佳的病情渐渐开始加重，时而清醒，时而糊涂，不时地要往医院送，动不动就住院。邻床的病友跟她聊天，说女婿天井更像是李择佳的儿子，她的女儿阿四反而像是她的儿媳妇，说李择佳福气，能有这么好的一个女婿，女儿再多，不如一个好女婿。说起来，李择佳有五个女儿，老五不在了，老二在外地，老大和老三难得一见，来病房探视一下就走，鞍前马后在奔忙的，都是老四夫妻，最肯出力最殷勤的就是天井。天井一次次扶李择佳去卫生间，刚开始还有些拘束，很快也就不当回事。输液挂水时，有时不得不在床上用便盆，也都是天井在服侍。

阿四接手了民天公司的业务，什么都要管，什么都要问，忙得不亦乐乎。她不可能像天井那样，一直守候在医院里。天井的工厂已经不怎么能办下去，效益太差了，他很快就要面临下岗。璩达刚上小学一年级，陆路萱是小学六年级，到了后来，动不动送李择佳去医院，实在是忙不过来，不得不请一个保姆。有了保姆以后，天井的负担才算轻了一些。

李择佳有太多的时候与天井在一起，难免也会跟他唠家常，说天井与他爸民有年轻时很像，个头差不多，胖一点，也白一点。李择佳说天井比他爸人好，说阿四能跟你在一起，这是她的运气，是她的命好。又说阿四脾气太坏，天井老是让着她，越来越把她给宠坏了。李择佳觉得阿四配不上天井，天井被李择佳说得无地自容，很不好意思，觉得真相根本不是这样，怎么能说阿四配不上他呢。天井一直都喜欢阿四，一直都在暗恋她，最后能娶阿四为妻，这是他一生中最幸福的事。李择佳说她知道天井喜欢阿四，说她早就看出来了，说她都看在眼里。李择佳告诉天井，喜欢就是喜欢，喜欢没什么错的，没什么不好的，她承认自己当年也曾喜欢过他爸，很后悔当年民有向自己求婚的时候，拒绝了他。

天井没想到李择佳会和自己说这个，她说这件事我也不想瞒你了，你当年可能也知道一点，我差一点就和你爸结婚，真的是差一点。李择佳说阿四和阿五跟你不一样，女孩心思重，她们是不会接受你爸这个人的，说老实话，我当年也是为了她们。话既然已经说出口了，李择佳干脆选择了对天井开诚布公，她说我跟你爸是真的有感情，我们不是乱来，我跟你爸的那种关系，跟我和阿四她爸是不一样的，跟阿四她爸就是夫妻，跟你爸更多的是互相不嫌弃，我不觉得他是右派，不在乎他是右派，他也不在乎我有一堆孩子，根本就不在乎我的负担重。

李择佳说："我跟你爸的事，不能怪你爸，当年确实是我拒绝了他，是我对不住他。"

李择佳又说："你爸当年对我是真心的。"

李择佳很开心在最后的岁月里，能对天井说出自己久藏心中的遗憾。没有与民有修成正果，这是天意，天意不可违。人生总是会有太多的遗憾，李择佳敞开了心扉，有些话说出来，心里也就痛快了。她心里对民有的结解了，天井心里对李择佳的结却还没有解开，他突然想起当年在费教授小楼的那一幕，父亲民有让他去偷钱，偷了钱，又让他去还钱，一偷一还，结果与李择佳遭遇了。慌不择路的天井无路可走，一失手，将李择佳推下了楼。楼梯很高很陡，那时候，天井非常担心，非常害怕，担心她会因此摔死，害怕她会因此丢掉性命。

这件事一直埋藏在天井的内心深处，多少年来，尤其是与阿四结婚以后，他一直都在想，时时刻刻会闪出这样的念头，自己要不要把这个秘密说出来，要不要向李择佳坦白，要不要向她表示歉意。他不知道她当时有没有认出自己，过去的这么多年，李择佳从未提到过这件事，仿佛这件事根本就不存在。印象中，他们当时曾有过眼神的交流，李择佳在摔倒前，在摔昏过去之前，应该是看到天井的，既然是看到了，她为什么又不说出来呢，当时就没说，后来也没说。这始终都是天井心中解不开的一个谜团，难道李择佳当时真是摔糊涂了，真是摔得太狠，摔傻了，完全不能记住摔倒前发生的事。

李择佳又一次被送往医院，医生检查了一番，招呼天井去办公室谈话。天井顿时有一种非常不好的预感，医生告诉天井，他的丈母娘时日不多了，让家属做好准备，可以准备后事了。天井听了，也不知道说什么好，心里十分难过，看了看医生的脸，眼睛又落到他手上，医生手上抓着一支红色圆珠笔，手指颠来倒去，在不停地转动。阿四得到消息，也来到医院，天井把医生的话复述给她听，阿四听了直叹气，然后就是一个劲地摇头，眼睛红了，泪水在眼眶里打转。

让家属赶快做好准备，还能有什么好准备呢。李择佳执意要回家，她没有公费医疗，没完没了真金白银地花钱，让她心痛不已。医生也赞成病人回家，医院治不了病，留在医院里也是白搭。于是大家一起商量，等她病情稳定一些便出院。没想到说恶化就恶化，想出院都出不了。重归于好的民有和倪英文闻讯，立刻赶往医院，最后一次探望，准备与她告别。李择佳进入弥留之际，民有夫妇来到病床前，她突然睁开眼睛，茫然地看着民有夫妇,说不出话来。阿四和天井也感到惊奇,李择佳不仅睁开了眼睛,而且眼睛放亮,睁得很大。本来她已不太能认出人了,可是现在,李择佳显然知道站在自己面前的是谁,她显然认出了民有。

民有伸出手,拍了拍李择佳的手背,她的手冰凉,手上没有一点血色。突然,李择佳僵硬的手张开了,翻了过来,一把抓住了民有的手。她抓住民有的手,紧紧地抓住,久久不肯松开。大家都没想到她会这样,民有想掰开李择佳的手,却不太容易,只好有些尴尬地承受,只能让她紧紧地抓住自己的手。一时间,在场的各位都不知道怎么办。阿四和天井看得目瞪口呆,倪英文的脸色也有些异样,但是李择佳的手像鹰爪一样,死死地抓住了民有的手,就是不肯丢开。

阿四伏在李择佳的耳朵边,轻声说:

"妈,你快松开手,松开。"

李择佳没有任何反应,眼睛看着天,仍然很茫然的样子。

阿四有些发急,声音加大了一些:

"妈,你松手呀!"

李择佳还是没有反应,还是茫然地看着天。一直这么僵持着也不是事,民有十分无奈地弯下腰,低下头,吻了吻她毫无生气的手。神奇的一幕终于发生了,李择佳竟然有了反应,她竟然就此松开了紧握的手,她的手指颤抖着,摊开了。这一切太不可思议,大家看在眼里,不知道说什么好,说什么都不好。回去的路上,倪英文忍不住了,说你行啊,你可真不简单。民有说你千万别乱想,我跟李择佳之间没什么事,我们没有任何事。倪英文酸溜溜地回了一句，我说什么了，我说你们有事了吗。

7

李择佳过世以后，倪英文一定要去火葬场送行。民有先是不太想去，最后拗不过倪英文，她唠唠叨叨没个完，只好硬着头皮陪她一起去。民有知道倪英文已起了疑心，怀疑他和李择佳过去有过什么，好在李择佳已经死了，他和她之间的事情，现在死无对证。在火葬场遗体告别，倪英文想到李择佳的身世，非常同情她，想到她不满三十五岁就守寡，想到她这一生过的那些苦日子，将心比心，不由得悲从中来，竟然比李择佳的几个女儿哭得更伤心。

回去以后，话题免不了又是围绕着李择佳。倪英文自恃与李择佳有过几次深谈，多多少少知道一些往事，滔滔不绝地说开了，没完没了地说。民有无动于衷地听着，倪英文说了半天，突然冒出了一句，你们认识那么多年，也算是老熟人了，难道就没有擦出过一点火花。民有吃不准这话的来头，不回答，也不辩解。倪英文便说不能老是我一个人在说话，你好歹也应该说几句呀，问你有没有擦出火花，不要不吭声嘛，不要不回答，不回答就是心虚了。民有心里咯噔一下，支支吾吾地说，要想擦出火花，哪是那么容易的事。

倪英文嫌他话说得不痛快，说我可是听李择佳说你年轻时，很神气的。民有接过她的话，说神气什么，有什么好神气的，三十岁就成了右派，多少年都抬不起头。倪英文说右派怎么啦，不是照样有人喜欢吗。民有说你说的那是电影，是电影里的事，真当了右派，鬼才能喜欢你。说到这里，民有也不太愿意把自己说得那么不堪，干脆撩拨倪英文几句，逗逗她，说李择佳倒真是没有歧视我，想当年，我最艰难的时候，最过不下去的时候，天井幸亏有她帮着照料。他这样一说，倪英文果然有了醋意，说你这辈子就这样子，总是有女人喜欢。

民有便说不是这样的，怎么可能这样，你不知道我当右派的这几十年，有多不容易，你不知道现实有多残酷。倪英文说我知道，我怎么不知道，不过你说的这意思，就是你们是患难之交，患难见真情了。民有叹气，他看出她有些不高兴，不想再继续玩火，知道这火再玩下去，不会有好结果，说这事我也不想瞒你，确实有过那么一段日子，我们真差一点就在一起，差一点就结婚，你知道我跟她呢，注定有缘无分，她当时看不上我，我倒是很愿意。民有说你想想，我那时候也四十岁了，万念俱灰，看不到任何未来，心想，总不能一辈子打光棍吧，管他呢，随便找个女人结婚算了，你说是不是。

民有觉得自己很巧妙地把他与李择佳的事轻描淡写就糊弄过去。倪英文也还真的就相信了，相信他说的是真话。人有时候确实是会绝望的，她相信李择佳当年并没有看上民有，而民有也未必是真的喜欢李择佳。毕竟李择佳没什么文化，就一个家庭妇女，还有那么多孩子，很现实的一个小市民，民有怎么会真喜欢她。民有说幸好当年没有与李择佳结婚，在那个年代，结了也就结了，不结也就不结了，幸好李择佳看不上他，要不然，也就错过了他和倪英文的好事。"老天爷最后能让你跟我在一起，我真得谢谢老天爷。"民有一句话就把倪英文哄开心了。

倪英文说："我要是真相信你才怪呢，你就是哄我吧，哄我高兴，谁知道你们当年是怎么回事。"

民有说："你看你看，说了半天，还是不相信我。"

倪英文说："就算你跟李择佳没什么事，我就要问问你了，跟天井他妈，又是怎么回事？"

倪英文知道天井的母亲是跳河自杀的，结婚这么多年，她从来没有问过民有，不想去揭开这个伤疤。今天也不知道怎么突然就胆子大起来，刚问完，就有点后悔，怕民有会因此不高兴。早在结婚前，民有就跟她说过，就约法三章，说我们以后在一起，什么话都可以说，都可以问，唯一要拜托就是，不要问我天井母亲是怎么回事。倪英文猜想这肯定是民有心中的硬伤，硬伤是不能触碰的，她隐约也知道一点江慕莲的传闻，民有不让她问，不愿意别人提起这事，一定有他的原因。她作为一个有教养的女人，当然应该尊重他，没想到今天一不留神，突然就破了例。

既然话都已经说出口，倪英文赶紧弥补一下：

"对不起，我不该问这个——"

民有似乎并不介意，很坦然地说：

"你要问也没事，我跟天井他妈呢，只能这么说，我们开头是错的，结尾也是错的。这件事，三言和两语说不清楚，反正就是个错误，一个很大的错误。其实我也不想瞒你，只是觉得很难说清楚。"

民有这时候根本不在乎她提起江慕莲,当年也就是随口一说,没想到倪英文还就当了真。如果不是她突然提起,民有已完全不记得江慕莲这个女人。时间隔得太久远,自己孙子璩达都上小学了,江慕莲在民有的心头早已泛不起多少涟漪。现在,民有开始泛泛地跟倪英文回忆往事,说了一阵江慕莲,心里真正在想的却是李择佳。事实上,无论是在癌症病房,还是在火葬场,民有都有一种无法面对的难受。他不想用"爱"这个词来形容,谈不上任何依依不舍,只是有些怅然有些惘然。当初确实是她拒绝了自己,因为是她拒绝了自己,民有面对李择佳从未有过什么愧疚,恰恰相反,感到后悔的应该是她,毕竟民有后来咸鱼翻身,有了身份,又有了地位。

民有的儿子天井和李择佳的女儿结婚,他们最后成了儿女亲家,如果没有这场婚姻,民有和李择佳就不再会有交集,很可能是老死不相往来。他不知道李择佳心中是怎么想的,反正大家都能掩饰得很好,都能在表面上做到若无其事,到了后来,也就真的若无其事。民有想到自己这一生,想到他遇到的那些女性,若要用到"患难与共"这个词,还真的就只有与李择佳,这个女人不止一次帮助自己渡过难关,对他却无所要求,总是无怨无悔,他唯一想不明白的是,当初她为什么在最后关头要悔婚,为什么,为什么说好的事情,最后又不愿意了。

太多的真相,永远地就消失了,仿佛从来不曾存在过。阿四和天井在一起也分析议论过,他们也弄不明白。这两个人太会演戏。李择佳从未对阿四说过这事,在女儿面前,她掩饰得非常好，民有还确实告诉过天井，跟他说过要娶李择佳当天井的后妈。民有可能是怕儿子不乐意，不知道天井因为喜欢阿四的缘故，内心一千个同意，一万个愿意。这件婚事最后没有成功，天井比民有更加失望，更加伤心。从火葬场回来，天井终于跟阿四坦白，把当年将李择佳从费教授的楼上推下去这事，原原本本如实交代出来。阿四听了似信非信，很难辨别真假，想不明白天井父子当年为什么要那样做：

"我妈就真的那么在乎一台缝纫机吗？"

年代已久远，天井也已经记不清楚，他能记住的就是，当时十分紧俏的缝纫机票，已经弄到手了，钱也准备好了，正准备去商场购买，李择佳突然变了卦，突然反悔了。天井告诉阿四，民有当时的解释，是因为这台缝纫机让李择佳失望了，让她看不上他了。民有告诉天井，说李择佳真正想要的不是一台缝纫机，她要的是一个正派的男人，他承认自己当时为了缝纫机有点不择手段，有点破罐子破摔，这种玩世不恭的态度，激怒了李择佳。

天井说的这些往事，阿四真的是无法相信。她有些后悔，后悔李择佳在时，没有把这事问问清楚。在阿四的印象中，李择佳从未说过民有的坏话。现在看来，自己母亲显然是喜欢民有的，她只是把这种情感深深地藏了起来：

"我现在总算明白，为什么我妈会对你那么好，为什么会那么喜欢你这个傻女婿。"

阿四说她现在最想知道的，是自己母亲和天井他爸，究竟有没有那个过。在今天这样的日子里，说这个可能不太合适，可是她确实忍不住要想到这个。她问天井，天井说我怎么知道，应该不会有吧。阿四说为什么不会有，天井回答不了，只能再说一句，我觉得不会有。阿四责怪天井，怪他为什么不早点把当年的事情说出来，为什么不早点说。她说我妈对你这么好，我一直觉得是她没有儿子，她重男轻女，把你当儿子看，没想到最后还有那些故事。

接下来是给亡者做五七，五七具体应该怎么做，阿四和天井都弄不清楚。有人说是在五七开始那一天，也就是亡者过世的第二十九天，有人说是五七结束那一天，也就是亡者过世的第三十五天。问老大和阿三，这两个姐姐的回答，就跟事先商量好一样，说你们两个定吧，你们定在哪一天，就在哪一天。结果就定在五七开始的那一天，就在家里做，按照懂行的人的吩咐，买了豆腐，买了肉和鱼，还有李择佳生前爱吃的香椿，烧好了，放在李择佳遗像前，最后焚烧了一些纸钱，反正是把这么个仪式给完成了。

仪式完成，房间还没收拾好，岳维谷突然来了。他来得很突然，阿四觉得非常奇怪，天井的这个外甥，总是会在一些非常不合时宜的时间出现，那次是在街头，是在大马路上，当时他们夫妇刚从肿瘤医院出来，李择佳的胰腺癌刚刚确诊，一个非常糟糕的时刻。再后来，也就是不久以后，他又过来寄存照片。没想到今天他又来了，看他的表情，就知道一定是又有什么事。

李择佳的遗像还挂在墙上，遗像前的花篮还在，房间里焚烧纸钱的烟味还没有消失。岳维谷也意识到了不妥，自己今天

来的时间不对,不过既然人已经来了,也就管不了那么多,红着脸对阿四说:

"舅妈不好意思了,不知道你们出了这样的事,我真的不知道。"

阿四说:"没关系,你人既然来了,就在我妈的照片前面鞠个躬吧。"

岳维谷对着李择佳的遗像,毕恭毕敬地鞠了一个躬。房间里都是人,显然有些话不方便说。阿四的两个姐姐和姐夫,都在用疑问的目光打量岳维谷,都在想这个神秘兮兮的人是谁,为什么会在这个时候出现。仅仅是凭直觉,阿四和天井已猜到岳维谷为什么会过来,他的突然出现,一定是与寄放在这的照片有关。照片寄放在楼上阿五的房间里,阿四开门见山,很直截了当地说:

"岳维谷你要是觉得在这说话不方便,我们可以上楼去说。"

岳维谷正求之不得,有了阿四这句话,连声说好,说太好了,说我们上楼去说。于是阿四喊了天井,陪岳维谷一起上楼。到了楼上,岳维谷迫不及待说明来意,说要把寄放在小舅家的那些照片取走。岳维谷把那天为阿四和天井拍的照片挑了出来,交给他们自己保管,其他的那些照片,便被他带走了。

第十一章

/

1999年

璩达的高考之年

1

岳维谷是恢复高考后的第一批大学生，也就是七七级的高才生，那时候还没有满十七岁，由于成绩特别优秀，被南京大学的天文系录取了。南京大学天文系在全国排名很高，在当时，几乎是这个学校最好的专业。直到大学三年级，岳维谷才从母亲嘴里知道，在南京城里他还有个小舅，有个叫天井的与他母亲同母异父的小舅。

要找到这个小舅并不容易，多少年来，从来就没有联系。甜甜和天井分别的时候，天井才六岁，模模糊糊有些印象，知道有个一直在照顾自己的小姐姐，那个小姐姐到底多大，他根本就不知道。印象中，好像还有个小哥哥，反正父亲从来不跟他提起这些事，天井本来就没有深刻的印象，渐渐地更加模糊。岳维谷母子与天井相认时，岳维谷都大学快毕业，他终于打听到民有的消息，找到了六十九中，见到了早已当上学校校长的璩民有。

再以后大家约地方见面，甜甜见了天井，抱着他痛哭，一遍遍地问他，还记不记得她这个可怜的姐姐。天井不忍心说自己不记得，甜甜又问他还记不记得米米，一说到米米，她索性又放声大哭。多少年来，她知道弟弟天井在南京，米米最后去了哪里，究竟还在不在人世，真是一点消息都没有。江慕莲的表姐夫在1957年被打成右派，"文革"中过世了，后来也改正错划，恢复名誉。表姐从浙江回南京寻旧，找到外甥女甜甜，问起外甥米米，甜甜无言以对。甜甜他们小时候曾在这位表姨家借住，表姨和表姨夫都是不小的干部，后来去了浙江，差不多有三十年没任何消息。民有对江慕莲的表姐和表姐夫还有点印象，他们曾是南京的地下党，当年并不赞成江慕莲与民有来往。听甜甜说起米米，民有情不自禁又跟着流下眼泪，对甜甜说他这辈子最对不住的人，可能就是他们姐弟，说他不应该丢下他们不管。甜甜一个劲地在哭，民有说当年他也曾想把她带回南京，可自己是有罪之身，把天井带到南京，他也是没办法照顾他，是真的没办法。

甜甜便说："爸，不会怪罪你的，我知道你也是没办法。我记得小时候，你待我们最好了，你比我妈待我们都好。"

甜甜说完这话，民有突然捶胸大哭起来：

"不要这么说，你不能这么说，我是不配的，我知道自己不配做你们的爸，我这心里真是有愧呀，真的是觉得很惭愧，当时不该丢下你，我是说去乡下接天井的时候，那时候我是真心想把你带走，我也是没办法了，真没办法，心里也痛呀，你那时怀了孕，你知道，我是真不知道怎么办。"

甜甜一边流泪，一边表示她完全能够理解：

"我知道，我知道，爸，不是你说的那样，那时候我已经懂事了，你对我们的好，我都记在了心上，我知道你也是没办法。"

甜甜虽然这么说，民有还是感到过意不去。他当年确实也没委屈过这两个孩子，大面子上还说得过去，高兴时也陪他们一起玩，给他们买过玩具，带他们看过电影。那个年代似乎也不讲什么亲情，让孩子吃饱穿暖，就是最大的关心，母爱和父爱就那么回事。可惜两个孩子有点命苦，江慕莲又不知道怎么照管，她比民有更不像话，更不负责任，当时这两个孩子因为没人疼，也更依恋民有，更喜欢民有，他只要对他们有一点点好，他们都记住了，都记在心上。

民有与甜甜的这一番对话，天井听了有点蒙，不知道他们为什么这么伤心。岳维谷更是有太多的不理解，不明白他们为什么会哭成这个样子。听母亲说过一些过去的事，知道自己有个舅舅被送到北方去了，送到北方什么地方，大家都不知道。知道南京还有个小舅，比他也大不了太多。等到岳维谷完全懂事的时候，甜甜已与他父亲生活在一起，他也知道自己上面的哥哥姐姐，跟他都不是一个妈生的，他的哥哥姐姐中，有的比他妈岁数还大。

这次见面多少有点皆大欢喜，民有和甜甜都发现，对方比自己预料的更好。民有当上了校长，甜甜的儿子上了大学。自从甜甜怀孕，她就陷入无穷的噩梦之中，先是被吃醋的师娘打骂，被岳师傅的儿女欺负。没有任何人站出来保护她，关心她，儿子出生后，她自己都弄不明白，怎么就把这个不幸的孩子给养大了。岳维谷五岁的时候，师娘生病死了，她一死，尸骨未寒，岳师傅便跑进甜甜的草屋，向她宣布，以后这师娘的位置，就是属于她的。甜甜从此不再是通房丫头，直接变成了正宫娘娘。岳师傅虽然是个驼背，得过佝偻病，年龄也不小了，可是会裁缝手艺，在当地也算是个有钱人，在村子上的地位并不低。

岳维谷对母亲的苦难并没有太多记忆。哥哥姐姐不喜欢他，碍于父亲权威，他们只能让着他这个小弟弟。农村生活怎么都是穷，反正就是一个"穷"字，大家都在过苦日子，岳维谷自小也没感觉到什么苦。到岁数上小学，然后上中学，有的人天生学习成绩好，一旦好了，门门功课都会好。当然读书也是特别用功，岳维谷深得老师喜欢，他所在的那所中学，虽然又破又小，普通得不能再普通，却有着几个非常不错的老师，其中有一位教数学的鞠老师，门门功课都能辅导，在鞠老师督促下，岳维谷的成绩出类拔萃，高考一鸣惊人。

大学毕业，岳维谷被分配到河海大学，那时候还叫华东水利学院。校领导看中他的才华，把他安排在了党委，分管学生会工作。他本来还想考研，再回南京大学读书，在学业上继续深造，上级领导开导他，做他思想工作，认为读研未必是最好选项。南京大学天文系很强，很有名，然而它的毕业生不一定有什么好前途，工作不好找。岳维谷出身名校，现任领导对他很器重，如果走从政之路，进入官场，显然会有更好发展，更容易一帆风顺。他很快成为最年轻的校团委副书记，最年轻的校党委委员。器重他的那位学校领导，调到省教育厅去当官，上任不久，把岳维谷借调到教育厅。借调又变成正式调动，他被安排在一个相当重要的部门，不久便成为最年轻的处级干部。

相比之下，岳维谷在婚姻方面略有些周折，谈不上多顺利。因为年轻有为，看中他的人自然不会少。大学毕业被分配到华东水利学院，负责人事的汪处长，先把他的档案反复斟酌，熟记在心，然后急吼吼地开始给他介绍对象。岳维谷没有任何恋爱经验，对汪处的好意，拒绝不是，答应也不是。汪处五十出头，一副火热心肠，她让岳维谷不要不好意思，男婚女嫁，用不着难为情，很正常的事。

结果七挑八拣，衡量来衡量去，为岳维谷找了一位省里的副秘书长千金，在上海读医学院，已经读到了大三。医学院的本科是五年，岳维谷还得等上两年，好在他也年轻，真不在乎这两年。假期里见过几次面，双方好像都还满意，事情就算定下来。岳维谷也不知道是省里的什么秘书长，究竟是多大的一个官，只是听人说，这个职务权力很大，看似不起眼，却非同小可。两年过后，婚事如期举行，一切都是女方家在做主。新房也安排在女方家里，到了结婚那天，亲戚朋友聚在一起，一共三桌人，不冷场，也不算太热闹。新娘于静人看上去又瘦又小，不爱说话，从头到尾没吭过一声。让新娘改口叫甜甜"妈"，她还是支支吾吾不响，半天也没喊出来，大家都觉得新娘是怕羞，也就不再强求她。

新婚之夜遇到了种种尴尬，反正大家没什么经验，都是第一次。于静被分配在省人民医院，是内科，动不动就要值夜班。她妈问为什么老是值夜班，她的回答是自己喜欢上夜班，夜班很安静，可以看书。岳维谷发现于静不太愿意搭理自己，一开始，只是以为她性格内向，不爱说话，不喜欢聊天。后来发现，两人在新房相聚的时间越来越少，她如果是在家里，更多的时候是在客厅看电视，要不就是在看业务书。岳维谷终于憋不住了，问于静是不是不喜欢自己，为什么会这样。

于静的回答倒是很干脆,一点都不拖泥带水:

"不喜欢,我会和你结婚吗?"

这个回答让岳维谷无话可说,他也不知道问题出在哪,总觉得自己像个局外人,融入不了这个家庭。大家在一起平平淡淡,说起话来,经常都是有一句无一句,不痛不痒。除了上床不再客套,小夫妻平时相处,完全称得上相敬如宾。有一个感觉很奇怪,岳维谷觉得于静好像有点害怕自己,她很在乎他,在他面前,从没表现出领导干部子女的优越感,恰恰相反,她跟他说话总是小心翼翼,能不说就不说。事实上,于静不只是与岳维谷没什么话,跟她父母,也是很少开口。于静家的房子挺大,十分宽敞,她有两个哥哥,还有一个姐姐,哥哥姐姐都结婚了,都不住在这个家里,都很少回来。

有一天,半夜里正睡着觉,睡梦中,岳维谷突然感到透不过气来。他惊醒过来,意识到脸被什么东西捂住了,一个枕头压在自己的脸上。岳维谷不知道是怎么回事,挣扎着推开压在脸上的枕头,发现是于静在用枕头捂自己,她想让他窒息。他不明白为什么会这样,也不像是开玩笑,月光正从窗户透进来,照在于静的脸上,岳维谷看着吓了一跳,她的表情是一种从未有过的狰狞,他说了一声于静你怎么了,于静突然扑向他,两只手在他脸上一阵乱抓。

岳维谷叫出声来,大声地叫喊起来。太恐怖了,他完全蒙了,好在自己毕竟是男人,力气大,抓住了于静的两只手,将她制服了。岳维谷发出的声音,惊动了于静的父母,房门被打开,他们冲了进来。于静还处于疯狂状态,岳维谷刚松开手,她仍然在往他身上扑,还是要抓他的脸。于静母亲抱住了女儿,用力把她往门外拉。岳维谷记得很清楚,当时的一切太不可思议,于静有些歇斯底里,不是有些,而是彻彻底底的歇斯底里。她穿着一条松松垮垮的三角裤,上身是件白汗衫,疯狂挣扎的时候,隐秘部位暴露无遗。

于静终于被她母亲连拉带推弄到了房门外面。屋子里现在只剩下于静父亲和岳维谷,于静的父亲一声不吭,岳维谷连忙解释,说自己完全不知道怎么回事,他绝对没有跟她动过手,绝对没有怎么她。于静的父亲还是不说话,低头沉思,很无奈的样子,过了一会,非常平静地说:

"你把脸上的血擦一下。"

这时候,岳维谷才意识到自己的脸被抓破了,在流血,开始感到了痛,很委屈地说:

"我真的什么都没有做,我什么都没做。"

正好床头柜上有一卷卫生纸,岳维谷扯了一截纸,擦了擦淌到脖子上的血渍,血流挺多的。他一边擦着,一边还忘不了继续为自己辩护。

2

于静家住的小楼,要比民有跟俞书记换的那栋小洋楼高级得多。1949年以后,在南京有很多国民党官员留下的私人住宅,很长时间里,这些房子作为敌产,被军方和房管所接收管理，安排了各式各样的人去住。于静家的小楼属于西班牙风格，外观非常漂亮，楼上楼下，住了两位级别相同的干部。上大学前，岳维谷是个不折不扣的土包子，没见过汽车和火车，到于静家做上门女婿前，没用过抽水马桶。很长一段时间，他的便秘相当严重，在抽水马桶上拉不出屎来，一定要去公厕才行。

于静母亲脾气不太好，与楼下的住户不止一次吵过架，她特别在乎自己家有什么事被楼下听见。那天晚上动静太大，楼下显然也是会听见。发生这样的事情，于静父母没感到太大意外，他们好像已有心理准备，只不过一直在担心，担心会有这样的事发生，不知道什么时候会发生。该发生的事情，迟早总是要来的，没想到女儿结婚不久，最担心的一幕，终于还是发生了。事情既然已经发生，于静的父亲只能等岳维谷稍稍平静一下，大家坐下来，把事情的来龙去脉，为什么会这样，于静究竟有什么问题，一条一条都说给他听。

原来于静在精神方面有点小问题，为什么会这样，医生解释不清楚，作为家长，于静的父母自然也就更说不清楚。首先是这个病并不会经常发作，于静已经有很多年没有复发，她能够考上大学，她能够读完大学，这个最能说明问题。于静父亲向岳维谷表示了歉意，觉得应该在婚前，就把这件事挑明，就应该向岳维谷说清楚。可怜天下父母心，当爹妈的难免会存有侥幸心理，他们也希望女儿的这个毛病，结了婚，就此便痊愈了，就此便消失了。

岳维谷当然做梦也不会想到是这样，他没想到于静这个病的发作，竟然是这么可怕，她差一点就要把他闷死。于静可能是做了什么噩梦，可能是梦到了什么非常糟糕的场景，可是无论她做什么样的梦，也不应该有这样的可怕反应。医生的解释是患者思维紊乱，产生了过激反应。这个过激反应也太过激，如果再往前走一步，说不定岳维谷的小命就会送掉。于静父亲不愧是当官的，说话还是相当有水平，他很平静地跟岳维谷说这些事，就像领导和下属在谈工作。

于静父亲的意思，毕竟事情发生了，情况已这样了，怎么对待怎么处理，就不得不坐下来认真讨论。他让岳维谷放心，虽然从法律上来说，岳维谷与于静已经是夫妻了，已经结了婚，但是他们做父母的，绝不会就此赖上他。不管怎么说，无论怎么解释，他们隐瞒了病情，是不对的，是有过错的。

"医生也跟我们说过，于静这样的情况，并不会影响她结婚，她完全可以像正常人一样生活。"

岳维谷不知道说什么好，他只能洗耳恭听，老老实实听老丈人接下来还会说些什么。于静父亲一再强调，他们是负责任的家长，会对女儿负责到底。他这么一说，他这么一强调，好像是把压力都转移到了岳维谷身上，在考验他是不是一个能负责任的丈夫。岳维谷没有贸然开口，他意识到这个事情不是那么简单，不能随便答应，不能胡乱表态。夜深人静，岳维谷的脑子很乱，乱得仿佛有无数匹野马在脑海奔来跑去。接下来，于静父亲又说了些什么，他已经不怎么能听进去，注意力已经没办法集中。

于静父亲让他先休息，让他继续睡觉，说有什么事，有什么问题，可以明天再谈。说完，见岳维谷像傻了一样，不吱声，不表态，便自顾自地走了，临出门，还很关切地问了女婿一句，他脸上的血渍，要不要去卫生间洗一洗。岳维谷摇了摇头，不想出去，只想一个人留在房间里。现在，房间里终于只留下岳维谷一个人，他对着镜子，看了看脸上被抓破的伤痕，血已经止住了，隐隐还有些疼痛。

刚刚过去的一切，显得非常不真实，然而确确实实又是真实的，不用置疑的。想想都后怕，如果于静不是抓他的脸，是抠他的眼睛，他的眼睛岂不是要被抠瞎。如果是别的伤害，用小刀或者剪刀，总之是越想越怕。岳维谷将热水瓶里的温水倒了出来，倒在茶杯里，用卫生纸沾湿了，轻轻地擦干净脸上和脖子上的血渍。收拾了一番，重新上床睡觉，心头还是乱，乱得不得了，他根本不可能再睡着。

第二天学校里还有工作，岳维谷一肚子心事地去上班，忙完了手头的活，便去人事处找汪处长。汪处听他说完，一脸的不相信，眼睛瞪得比鸡蛋还大，惊叫起来：

"怎么能有这种事，怎么会这样！"

岳维谷一肚子委屈，他也想这么说，也想这么问她。汪处说这个事不是开玩笑，这个事很严重，她作为介绍人，有着不可推卸的责任。岳维谷显得非常沮丧，也非常无助，有了汪处这两句话，心里顿时也感到踏实多了。汪处说小岳你放心，这事我们会帮你处理好，会有个说得过去的说法，不能和个稀泥就把它蒙混过去。于家显然有严重问题，自家女儿有这么大的事，怎么可以隐瞒，不应该，太不应该了。

于静她妈是街道办事处的副主任，成天跟婆婆妈妈打交道，自己也变得十分婆婆妈妈。她一口苏北话，为人泼辣好管闲事，刚离休，说话时总喜欢带一句"我当年参加革命时"怎么样。对于不太了解苏北历史的人来说，真以为她是什么老革命，曾经出生入死，怎么扛过枪，如何打过仗。其实她就是个在解放区到岁数参加工作的女同志。江苏的盐城是新四军军部所在地，早就是解放区，在当地参加工作的人，基本上都是离休干部。她身上很有点官不大腔调很足的坏毛病，用南京话讲就是"犯嫌"，惹人厌，对保姆非常苛刻。她家保姆也是从苏北老家带来的，用保姆的话来形容，她对待用人，比万恶的旧社会地主对贫下中农还狠。

于静跟岳维谷同岁，上面有两个哥哥，一个姐姐。她最小，得到父母的关照也最多。一个哥哥当兵了，还有一个哥哥下乡当了知青。姐姐留城当了工人，后来又成为工农兵大学生。于静自小就与哥哥姐姐不太一样，至于她的病是怎么得的，按照她母亲的说法，是父母在"五七干校"时她受到了刺激。"文革"期间，于静的父母分别去了不同的"五七干校"，于静仍然是留在南京，由保姆照顾。暑假里她去母亲的干校探亲，就在离南京不远的镇江地区，那里有一个不小的劳改农场，有房子有地，划了一块出来，便成了"五七干校"。

于静当时刚刚十岁，去干校的家属有好多个，光孩子就有一大堆。几个与于静年纪相仿的孩子在一起玩，玩着玩着，便去偷附近农民种的菜瓜，一种生吃口感非常糟糕的菜瓜。小孩子嘴馋，好吃不好吃不重要。没想到被农民发现了，大叫着威胁他们，说是要剥掉他们的衣服卖钱。大家撒腿便跑，这一跑，就跑远了。乡下的路，天一黑，很难找到回去的路。于是这帮孩子都吓哭了，远远地看见有灯光，往灯光那里去，走近一看，并不是自己父母所在的干校，方向完全反了。又有一条很大的狗在叫，黑夜中，那条狗远远地叫着，越看越觉得狗的个头大，谁也不敢走近，就怕那狗过来咬人。

结果这些孩子在黑夜中待了一夜，一直等到天亮，有人给他们指明了道路，才找到父母所在的干校。干校那边也鸡飞狗跳，好几个孩子跑没了，这还得了。于静母亲相信，正是这一夜的惊吓，于静有了病根。不过大家并不同意这一说法，惊吓确实是有的，毕竟这些孩子年纪还小。好几个孩子，有女孩也有男孩，男孩的胆子大，根本就不在乎，甚至还觉得好玩。为什么其他孩子都没事，为什么别人都太太平平。于静也不认为自己那天晚上受到了多大惊吓，她记得当时最害怕的只是，如何回去向自己母亲交代，母亲肯定会把她大骂一顿。

于静的母亲在家里很强势，什么事都管，都要管到底。岳维谷做了于家的上门女婿，大事小事，好像都要听这位丈母娘的，嘴上不敢说什么，心里多少感到有点别扭。于静不是很听她妈的话，她们话不多，要说话就是对着干，于静很容易跟她妈顶撞，动不动就憋气，就不理她妈。结婚前要布置新房，要买新家具，于静母亲从头管到尾，什么都要干涉，岳维谷忍不住在背后问于静："我们难道一直都要这么住在你们家吗？"

于静很无助地看着岳维谷，很无奈，又很天真，自言自语："不住这又住哪？"

然后仍然是自言自语，她说了一句让岳维谷听了并不是很能理解的话："我们为什么要一直在这住下去，为什么呢？"

3

岳维谷只想到自己跟这个不好说话的丈母娘以后可能很难相处，没想到会与于静过不到一起去。他当初看上于静，首先是因为她看上去顺眼，于静谈不上特别好看，可是非常文静，非常耐看，属于那种越看越让人喜欢的女孩。岳维谷喜欢文静的女孩，他来自乡村，在城市女孩面前有一种天生的自卑感，于静虽然是干部子弟，对岳维谷却一点都不傲气，她没有看不上他，反而是怯生生的，怕岳维谷会不喜欢她。

岳维谷直截了当地问她，说："你会不会看不上我是来自农村的——"

于静不说话，她的表情已经表明，显然她是不会，她根本不在乎他来自农村。

岳维谷又说："我们家的条件非常不好。"

于静终于说话了，她很悲伤地说："你以后不要看不上我就好了。"

岳维谷没想到她会说这样一句话，也没有想明白她为什么会说这样一句话。当时只是想，他们都是名牌大学的大学生，都属于天之骄子，社会上都看好他们，他们有着最美好的前途。那时候，岳维谷真的是很喜欢于静，他非常爱她，觉得自己很幸福。于静看上去非常柔弱，好像生来就是让人疼爱的。现在回想起来，于静当时说的那话，其实就是为后来留了伏笔。她知道自己的精神方面有问题，她担心自己有一天会犯病，担心岳维谷有一天会遗弃她。

出事以后，比岳维谷更生气的是汪处。她真的很生气，觉得自己好心办了坏事，对不住岳维谷这么好的小伙子。作为男方介绍人，她推荐的是个非常优质的男士，而女方介绍人和女方家长，缺乏最基本的诚信。婚姻不是游戏，不可以坑人，因此汪处听说这事以后，看着岳维谷脸上的伤痕，第一个反应就是让岳维谷与于静先分居，坚决不要再住到女方的家里去。然后她又亲自上门打听，到于家去问清事情原委，再向熟悉的医生询问，这样的精神疾病，后果究竟有多严重。

官气十足的于静父亲，提出双方家长见个面，坐下来，开诚布公地再谈一谈。岳维谷有点担心这样的谈话，自己家的条件太差了，他的父亲是个残疾人，形象不太好，母亲也不太会说话。这样的双方家长谈话，就像是民见官，岳维谷家显然处于弱势，仿佛是被领导干部接见，仿佛是听领导干部训话。不过躲着不见面也不太合适，岳维谷便准备让民有代替自己家长出面。那时候，民有跟着龚政策正准备下海，岳维谷为了这个事有求于他，他当然不能不管。正式见面前，男方家属先在一起商量对策，达成一致的观点，基本态度就是必须解除这个婚姻。岳维谷学校的汪处，作为婚姻介绍人，坚决站在男方这边，解铃还须系铃人，长痛不如短痛，汪处坚决主张让他们离婚，宣布这场婚姻是无效的。岳维谷母亲的想法也很坚决，坚决要求儿子与于静分手。她对自己母亲江慕莲发疯有着非常深刻的印象，知道一个精神失常的女人有多可怕，她认定自己儿子绝对不能跟一个神经不正常的女人在一起，后果太严重了。

事已如此，要想和平分手，显然也没有那么容易，显然是谈不太拢的。很快双方谈判陷入僵局，最后只能是大家翻脸。于静母亲坚决不同意解除婚姻，她的理由听上去也很充分，说这个事不能就这么完了。岳维谷接受过高等教育，党和国家培养了他这么多年，不能拍拍屁股走人就算完事。自己的女儿在过去好多年，都是好好的，好端端一个女孩子，能考上医学院，能上完大学，为什么与岳维谷一结婚，就会出现这样严重的问题，说明岳维谷显然做过什么刺激了于静的事。肯定有什么地方严重地触痛她了，肯定是伤害她了，他不可能一点责任都没有。

况且女儿已跟岳维谷结了婚，领了证，这个是有法律效力的，于静不再是黄花闺女，这个情况也就不一样了。于静的母亲强调，说我们苏北人很讲究这个，你们必须好好想想，我女儿以后怎么做人，她再嫁给谁。对于民有提出的，女方家庭隐瞒女儿病史，于静母亲予以断然否认，说这个问题还要我们再说几遍，什么叫隐瞒病史，谁隐瞒了，我们真要是知道，事情也不可能会到这一步。民有也不想跟于静母亲过多纠缠，他只想跟于静的父亲谈法律，谈婚姻法。于静的父亲一直不开口，终于最后表了态：

"事情是这样的，于静已经怀孕了，这个你们可能不知道，于静自己也不愿意说，不让我们说。现在既然说到法律，也不用多说了，我想你们现在应该是知道的，是都懂的，说什么都没用，女方在怀孕期间，男方不得提出离婚。"

这一番话，大家都听傻了。毫无疑问，这是女方的杀手锏，为什么一开始不拿出来，为什么直到最后关头，突然又说出来了。男方集体陷入沉默，站在一旁旁听的岳维谷，目瞪口呆。大家都不知道再说什么好，有点不相信，可是这种事，不能用相信不相信来说事。纸是包不住火的，怀孕不怀孕，女方应该也不会瞎说。接下来，谈话似乎又进入另外一个主题，这个孩子怎么办，要还是不要。

谈话不欢而散，不了了之。岳维谷与于静继续分居，汪处一再跟他强调，说岳维谷你千万千万给我听好了，你们绝对不能再住到一起，绝对不能心肠软，绝对不能一错再错。至于于静怀孕这事，确实是个非常棘手的问题，要好好地去咨询法律方面的专家。有了孩子，两人要想再分手，那就太难了。岳维谷也完全没了主意，他并不知道怎么处理才好。他的母亲甜甜，为了儿子的这事，哭了好几次，让民有一定要为岳维谷想想办法。

民有也没有什么好办法，往庸俗里说，于静一家，就算是真赖上岳维谷，也没办法。岳维谷逃无可逃，他被捆绑了，他被挟持了。如果生了孩子，过了哺乳期，就算是离了婚，岳维谷也逃脱不了抚养的责任。这以后，他要再想找女人，再想结婚，难度无疑就增大了，增大了许多。女方家似乎也看到了这一点，于静母亲甚至还带有威胁性地暗示，这件事如果传出去，对双方前途都会有很不好的影响，岳维谷学校的领导，于静的父亲可都是认识的。

岳维谷开始感到焦头烂额，一开始，事情好像很简单，快刀斩乱麻，大家分了手就算完事。他觉得自己明摆着已经很吃亏，不管怎么说，他就是离过婚的人了，再和别人结婚，莫名其妙已属于二婚。明明是对方挖了一个坑，明明是自己跌到了坑里，结果却好像还是他不仁不义，他为此感到很苦恼，非常郁闷。两个多月以后，岳维谷还在学校上班，从办公室走出来，就在外面大草坪边上，他突然看到了于静，于静正站在那等他。

这次见面非常意外，岳维谷脑子里顿时闪过了许多念头，他没想到她会到学校来，会直截了当地来找他。从表情看，于静静静地站在那，就像是还没有毕业的女学生。她显然没有任何想为难他的意思，自从那天晚上发生了那件可怕的事情以后，这是他们第一次单独相见，岳维谷没想到会是在自己的学校相见，也不知道接下来会怎么样。

于静怯怯地问了他一句，说：

"我们能不能说几句话？"

岳维谷满怀着戒心，看着她，等她下面会怎么说，会说什么。于静声音很轻，她说我可能不应该来的，你可能也不希望我来，可是我想想，想来想去，还是想来，还是想过来见你一面，把想说的话说出来。于静说她知道他不想见她，她知道他在躲着她，她说这些她都明白。在岳维谷记忆中，于静从来没有这么心平气和地跟他说过话，从来没有一口气跟他说过这么多话。于静说我们能好好地谈一次话吗，就我们两个，就我和你。岳维谷清楚地记得，于静那天穿着一件红颜色的裙子，很鲜艳，却一点都不显得突兀，人看上去很精神，很惹人喜爱的样子。

学校的操场旁边有一片小树林，岳维谷把于静带到了小树林深处，有两个学生在那里背诵外语。有一张石凳子空着，他们在石凳上坐了下来。于静解释说她也不知道为什么，为什么会发生那天晚上的事，现在她只想和他敞开心扉，把憋在肚子里的话告诉他。于静告诉岳维谷，自己一直都有很严重的睡眠问题，如果不吃了药，她会整夜地睡不着，难得睡着了，便会没完没了做噩梦，一个连着一个，一个比一个更可怕。事实上，在学校读书期间，她一直都是在老老实实地服药。她告诉岳维谷，结了婚以后，药便变得吃吃停停，她说自己一直都是小心翼翼，就是担心会发病。为此还偷偷地去医院看过，没想到最后还是发病了。医生说与她过于紧张有关。医生还说，她如果能够一直坚持吃药，说不定就会不犯病。

于静这次真的是与岳维谷敞开了心扉，这也是她与他交往之后，从未有过的事情。岳维谷没想到她竟然会对自己说这么多话，说那么毫无保留的话。于静对岳维谷明确表了态，说她知道自己身体这样，不适合结婚，生出来的孩子也可能会不健康。她不会再耽误岳维谷，不会用婚姻来捆绑他。于静表示愿意跟他分手，大家好聚好散，和和气气地分手。事到如今，她只有一个请求，他陪她去医院把孩子做掉，她希望在做手术的时候，孩子的父亲能在场，希望别人不至于误会这孩子来路不明，是个不光彩的私生子，是个连父亲都不知道是谁的胎儿。

听她这么一说，岳维谷有一种如释重负的感觉，明知道这样不厚道，明知这样太自私，心里忍不住窃喜，想不到自己就这样可以脱身了。

到了那天，到了医院里，到了妇产科。岳维谷和于静就像正常夫妻那样，十分平静地排队，等候，大家都不说话。轮到于静的时候，她很平静地对岳维谷说，你还是摸一下我的肚子，你摸一下，不管怎么说，这个小生命还是跟你有关。岳维谷听她这么说，有些尴尬，就隔着衣服，在她肚子上很潦草地摸了一下。于静又撩起衣服，露出了雪白的小腹，让他再摸。岳维谷这时候有点心潮起伏，他看了看周围，轻轻地抚摸着，心里百感交集，五味杂陈。岳维谷知道自己如果心一软，只要一句话，也许就能打消于静堕胎的念头，但是他什么话也没有说，只是在她微微凸起的小腹上，又很动情地抚摸了几圈。

看得出于静是非常痛心的，她非常非常痛心，非常非常痛苦，却一直表现得很平静，强忍着内心的痛。岳维谷在手术室外面等，终于，于静走出来了，默默地流着眼泪。就在过道里，她准备与岳维谷分手。岳维谷没想到于静会这么干脆，会这么决绝。两人分手之际，她突然提出来，要求他最后再抱她一下。两人拥抱在一起的时候，她紧紧地抱住他，抱得非常紧，岳维谷也紧紧地搂着她。于静的眼泪源源不断地流出来，一边流，一边说：

"这辈子，我再也不会跟别的男人在一起了，岳维谷，你记住了，我不会恨你，你是我唯一的男人。"

4

经历了岳维谷这次婚姻的失败,汪处长为了挽回自己名声,发了毒誓,一定要挽回损失,一定要为岳维谷找个更好的女朋友。作为人事处的资深副处长,汪处为人作嫁也不是一次两次,成功率可以说相当高,有口皆碑,促进了好多桩美满姻缘,从未遇到过这样的挫折。也是为了图省事,岳维谷依然选择相信汪处,不过对自己的身份,也开始有点信心了,他再也不是那个自惭家庭贫寒,来自农村没见过世面的小土包子。岳维谷提出自己的价码,过去在择偶方面,他几乎是无条件的,现在也开始对对方提出要求,表明自己的选人标准,就是他一定要找个性格好的,要找个能跟他母亲相处的女孩:

"我妈这辈子吃过很多苦,我不能委屈她。"

最后岳维谷自己有点眼花缭乱,连汪处也不知道他究竟需要什么样的人。他再也不想攀高枝,女方的家庭条件可以降低,是不是当官的,有没有钱,这些都很次要,都不重要,都可以放在其次。人要漂亮,性格要温柔。或许是觉得自己的条件好了,明显有前途了,岳维谷的眼光也高了起来,一般人还真不敢介绍给他,他开始挑三拣四,嫌东嫌西。终于与本校的胡正碧对上了眼,她是水利水电工程系的老师,毕业留校也好几年了,目前还没有对象。岳维谷自己看中了,便托汪处介绍,请她牵线搭桥。

汪处不负所望,经过调查,总结出胡正碧的两个优点。第一,她的生母出车祸身亡,有个年龄比她大不了太多的后母,因为与这位后母关系一般，岳维谷以后不太可能有个让人讨厌的丈母娘，不会像于静的母亲那样，动不动就跳出来干涉他们的生活。第二，胡正碧练过游泳，很专业的那种，差点当上专业运动员，身体绝对健康。

关键是人家胡正碧，也不太在乎岳维谷有过一段很不正常的婚姻。他们是在游泳池对上眼的，岳维谷发现她游泳特别好，对她难免刮目相看。学校游泳池那时候还是露天的，只能在夏天时让学生游，岳维谷出生在水乡，游泳还可以，不过完全属于野路子，为了锻炼身体，常常是游到最后冷得不能再游才停止。胡正碧也跟他一样，总是会坚持到游泳池关门的那一天。到了快关门的那几天，整个游泳池中常常就他们两个人，这两个人虽然不说话，眉来眼去已是经常的事情，谁也不好意思先开口打破僵局。

汪处相当于做了个现成媒人，本来就是双方都有好感，郎有心来姐有意，她在中间这么一撮合，将一层纸给捅破了，两人便开始正式约会。岳维谷开始学习摄影，胡正碧准备考在职研究生。说起来，大家年龄也都不小了。时间已到了八十年代末，胡正碧曾经谈过一个男朋友，已经谈婚论嫁，结果男朋友要出国发展，意见统一不了，只好和平分手。根据新的规定，她要想在高校待下去，要评职称，就必须要考研，必须要有研究生资格才行。

婚前的那段日子，想想也很充实，胡正碧报考在职研究生的难度也不大，在自己系里，又是认识的老师，一考就上了。既然开始约会，他们便到处去拍照，南京的几个景点都去了。

岳维谷和胡正碧结婚的时候，已经是九十年代初期。阿四和天井，还有民有夫妇都去参加婚礼。婚礼就在学校附近一家馆子里操办，不隆重，却很热闹。胡正碧的肚子已很大了，岳维谷只能带点歉意地跟大家解释，说新娘一定要考上研究生才肯办婚礼，如果这次没考上，只能等生了孩子再办。胡正碧现在已经考上了，阿四就跟新娘开玩笑，说如果一直考不上怎么办。胡正碧说，考不上就不办了，不就是一个婚礼吗，我们早就领过证，早就是合法夫妻。

领了结婚证，岳维谷和胡正碧分到了一间房，筒子楼的一间，朝北，阴冷潮湿，一冬天都见不到太阳。不过这总比住集体宿舍强，很快有了孩子，岳维谷母亲便过来帮着带孙子。岳师傅已经病故了好几年，岳维谷一直想把母亲接到自己身边，这一下也就趁了心，如了愿，可惜只有一间房子，住在一起，实在是有点太拥挤，岳维谷和胡正碧常常不得不到办公室去看书学习。当时岳维谷的想法也简单，只要能有机会，只要哪个福利好的单位能够提供房子，他就调到哪里去上班。

于是借调去了省教育厅，领导只用了一句暗示，"都到了这里，还怕没房子吗"，岳维谷立刻心动，毫不犹豫答应了。借调很快变成正式调动，很快分配到了房子，虽然是二手房，毕竟有独立卫生间，有厨房，与在学校的筒子楼相比，已经是天壤之别。拿到钥匙的当天，全家就赶快搬过去住，先把冰箱和电风扇搬过去，是个酷热的大夏天，地上铺两张席子，全家就先在坚硬的水泥地上睡了一夜。踏上仕途的岳维谷，从此一帆风顺，领导欣赏，他自己又肯听话，干活又认真负责。作为恢复高考之后最早的一批大学生，各个单位的重要位置都缺人，他的前途无量，大家都看在眼里，都能预感得到他不久就会升迁上去。

用"官场得意"来形容岳维谷，一点也不过分，欣赏他的领导又升官了，他自然也就跟着往上走。个人能力加上领导提携，阿四和天井都有这样的感觉，似乎每次见到他，岳维谷都是春风得意，不是刚升职，就是很快又要被提拔。相比之下，作为他的小舅妈和小舅，阿四和天井却前途莫测，进入完全不一样的人生通道。阿四接手民天公司，有过一段相对还算好过的日子，很快就开始走下坡路。做教辅书的书商越来越多，做得好的书商越来越多，规模也越来越大，民天公司根本不具备与那些大老板竞争的实力。

天井则干脆是下了岗，转眼间，他所在的那个工厂，说没有就没有了。有一个词叫"再就业"，天井不知道自己还能干什么，他是个很不错的技术工人，做梦也不会想到，这个社会好像已经不太需要他的那些技术。现在流行的是全民经商，很多人发财了，农民工进城了，天井的遭遇，用岳维谷的话来说，"小舅你就是失业了"，"下岗"和"失业"只是用词不同罢了。天井不愿意认同"失业"这两个字，他没有觉得自己是失业，厂领导宣布下岗时也没有这么说。原来的工厂没了，原来工厂的副厂长，又在郊区办了一家私人小厂，成了不折不扣的老板，天井便去那里上班。很快，他发现自己的工资，虽然不比原来多，但是要比招来的农民工高出一截，心里就在想，大家都干一样的活，自己拿的钱多，必须好好干。

这个私人小工厂，一开始也还可以凑合，人少，有点订单就可以生存。渐渐地难以为继，订单说没有就没有，于是只能大家散伙，各自回家。正好天井的儿子升入高中，阿四便给天井布置新任务，老老实实地在家待着，全力以赴监管璪达，确保儿子能考上大学。璪达的成绩不好也不坏，能升入当时这个城市最好的高中全靠岳维谷的关系。岳维谷禁不住自己母亲唠叨，放下身段给学校领导打电话，请学校领导吃饭，终于把璪达入校的事情搞定，搞妥当了。

这也是岳维谷第一次真正尝到权力的甜头，在此之前，他很少想到求人，考上大学，大学毕业分配到河海大学，这些都是顺理成章，用不着求人。调入省教育厅，也没有求人，领导看中他，他不过是顺势而为，没有拒绝欣然接受。现在为了璪达的入学，说起来是他在求人，是他在请人家吃饭，事实上，人家更看中的是他的位置，看好的是他的前程，他能放下身段求人是给人家面子。

不知不觉到了1999年，璪达升入高三，接下来便是他的高考之年。时间突然静止了，全家注意力突然都集中到璪达的高考上。李择佳临终，最放心不下的两个孩子，一个是外孙女陆路萱，一个是外孙璪达。陆路萱成绩好，考大学应该不成问题，阿五不在了，阿四夫妇必须照顾好她。璪达的成绩不算好，老太太有点重男轻女，生前对这个外孙百倍呵护，对天井千叮咛万嘱咐，一定要让璪达考上大学。阿四和天井都没上过大学，璪达不能像他们一样没出息。李择佳是不在了，她的遗愿还在。璪达的姑妈甜甜，也就是岳维谷的妈，璪达的爷爷和奶奶，也就是民有和倪英文，都把璩达考大学的希望，像赌注押宝一样压到了天井身上。阿四也一样，她觉得自己工作太忙，要挣钱养这个家，璩达考大学这事必须由天井负责。

不约而同，大家都觉得让璩达考上大学，是天井义不容辞的责任。好坏都在天井身上，璩达还是个孩子，不能有太大压力，太大的压力会把他压垮。最后弄得好像是天井在考大学，弄得天井筋疲力尽，弄得天井苦不堪言。璩达反而没有想象中紧张，他所在的中学，他所在的班级，大家都在拼命，他不努力不可能，要他再怎么过分努力，也不可能。反正就这么回事，没完没了上课，校内校外辅导，一次次摸底考试，一次次成绩排名。璩达分数忽好忽坏，高低莫测。因为忽好忽坏，因为高低莫测，天井还真是一点都不敢放松，考坏就是他的不是，就是他管教不严。璩达也以捉弄天井为乐，动不动威胁父亲，说你再这样逼我，我就不考了。他这么一说，这么一威胁，天井就会更紧张，真怕儿子放弃高考。

天井陪着璩达起早贪黑，陪儿子跑步，陪儿子打羽毛球，送儿子去上各式各样的补习班。他买了一辆可以载人的金鸟助动车，父子俩形影不离，他上课陪着，等候在教室之外，下课也陪着，儿子在看什么书，他就看着儿子看什么书。伴读能伴到这个份上，也可以说是惊天地泣鬼神。天井跟儿子说，你爸我花的这份努力，我陪你花掉这些个时间，让我来参加考试，说不定也能考上了。璩达便说那太好了，老爸还是你去吧，你替我考，我是早就不想考了。天井回想当年，说当年我跟你妈就是这样，就是参加各种各样的补习班，也是这么备考的。儿子就问那结果呢，天井说结果当然没考上。儿子就说老爸你有没有想过，你现在这样陪着我，我会不会也一样考不上，说不定我就真考不上了。

5

天井对璩达考大学这么当回事，多少也跟陆路萱当年考得不理想有点关系。自从阿五失踪，陆路萱一直与天井夫妇生活在一起，大家早已成了一家人，她几乎就是他们的女儿。陆路萱和璩达都是李择佳一手带大，老太太在时，天井夫妇完全不用操心这两个孩子，李择佳生病走了，天井夫妇不得不开始接手，把照顾他们生活起居的任务担负起来。那时候，陆路萱刚上初中，女孩子胆小，晚上不敢一个人睡觉，结果就是阿四一直在陪她。

阿五失踪以后，属于阿五的那套房子，除了让倪英文借住过一阵，基本上一直就是空关着。陆路萱与李择佳住在一楼，老太太走了，阿四便下楼陪陆路萱，这一陪就是好几年。很长一段时间都是这样，三套房子，三个都是小套，是小户型，三楼就空关在那，天井和璩达住二楼，阿四和陆路萱住一楼，反正是同一个楼道，上下都很方便。陆路萱与璩达就仿佛是亲姐弟，李择佳生前略有些偏心，总是要她让着一点弟弟，结果让着让着就让习惯了，陆路萱对这个弟弟，还真是非常呵护，处处都表现出姐姐的样子，阿四夫妇都有自己的工作，常常是她在主动地照顾弟弟璟达。

陆路萱学习成绩很好，李择佳生前常说，陆路萱不像阿四和阿五，她读书好，像阿二，阿二的成绩好，是侯家五个姐妹中唯一的大学生。因为成绩好，阿四和天井就没怎么对她的学习操过心，阿四去参加家长会，老师在课堂上公开表扬了陆路萱，下了课，老师在私下里对陆路萱还是表扬。不过表扬归表扬，老师也暗示阿四，很多孩子都在偷偷地请家教，在上辅导班，陆路萱这样的好学生，也许不用这样，但是如果也这样，肯定也不是什么坏事。阿四就问陆路萱要不要请家教，要不要上补习班，陆路萱一口回绝了，她说不要，她说我觉得不需要。

结果陆路萱的高考并不是很理想，根据平时成绩的预测，拼一下，她应该可以冲刺北大和清华，退一步，也可以是本地的南京大学和东南大学。没想到马失前蹄，分数出来了，最后只能是上苏州大学。为此她大哭了一场，阿四和天井则有些内疚，觉得没有为她请家教，没有去上辅导班显然是个重要原因。陆路萱的班主任也这么认为，说现在学生高考，确实是有很多想不到，再好的孩子，可能还是要有家教和上辅导班，有没有，上不上，还是会不一样的。

陆路萱去了苏州大学，阿四有些不放心，临行，横关照竖叮嘱。陆路萱说自己都已经上大学了，早就是大人了，说她现在去了苏州，四姨可以与四姨夫住一起了，再也不用睡在楼下陪她。她说这话，既有些孩子话，又不太像是孩子话，阿四听了只能摇头，心里觉得好笑。陆路萱又说，我会照顾好自己的，四姨和四姨父也要照顾好自己，对了，还有璟达，希望璟达以后能考上一个好的高中。上不上大学真的是不一样，陆路萱还没开始上呢，就已经完全是一个不一样的女孩子了，说话全是大人口气。

阿四夫妇绝对不会想到，就在上高中的时候，陆路萱已经有了男朋友。阿四把陆路萱临行的关照描述给天井听，一边说，一边笑。天井说这有什么好笑的，你为什么要笑呢。阿四说你是真不懂她说的是什么意思，还是装作不懂。天井让阿四说得有些不好意思，说你要说我是装，那就是装吧。天井承认自己是在装，阿四听了更加想笑，说你是不是觉得路萱这话说到你心里，是不是这样。天井无话可说，心里乐滋滋的，一味地傻笑。

陆路萱有男朋友的事情，不久就公开了，阿四和天井在一起商量，该怎么跟她谈谈。陆路萱放假回南京，阿四私下跟她聊天，开门见山，让她注意一点。陆路萱就问她要注意什么，是不是怕她怀孕。阿四没想到她会这么直截了当，干脆也直截了当，说你知道就好，知道四姨也就放心了。陆路萱说，四姨你一万个放心，我——不——会——的。她一字一顿，弄得阿四都不知道怎么接话。事后阿四跟天井分析，陆路萱说的这四个字"我不会的"究竟是什么意思，"不会"什么，是不会发生关系，还是不会怀孕。

阿四肯定倾向后面那个意思，天井觉得是前面那个意思。阿四的判断非常简单，现在的年轻人，很难把持得住。天井的理由似乎站不住脚，他认为陆路萱的男朋友不在苏州上大学，他们也没有机会做那种事。阿四笑了,说你说的都是屁话,真要想做,还会没有机会吗。更让阿四和天井感到吃惊的,是陆路萱居然在高中时,就谈了恋爱,而且根据她的说法,并没有影响学习成绩。考得不好是她自己不争气,她的男朋友就考到北京去了,人家就是考上了北大。阿四和天井终于明白,陆路萱当时那么伤心,是不能与男朋友一起去北京。按照一般家长的想法,小孩能考上苏州大学就已经谢天谢地了。

很快,让阿四和天井更加吃惊的事出现在他们面前。大学二年级的时候,陆路萱回南京过寒假,明确表示要和男朋友住在一起,就住在三楼,三楼反正一直空在那里。阿四听了,眼睛瞪得多大,不敢相信自己耳朵,看了看一旁的天井,他也是目瞪口呆,他正等候阿四带着询问的目光。两人眼光交流后,阿四干咳了一声,说这个事情,我们是不是要再商量一下。陆路萱显然不想商量,不准备商量。阿四一本正经又说,天井你表个态,你觉得这样是不是不太好。天井确实觉得不太好,可是为什么阿四不直接反对,直接不同意,反而要装腔作势,反过来问他,要他拿主意,他又做不了主。

陆路萱说:"我不管,反正都跟我男朋友说好了,他肯定要来的,四姨和四姨父,你们帮我把房间打扫一下好不好。"

反对无效,反对根本没用。结果阿四和天井也没办法,没办法拒绝陆路萱的央求,只能帮她打扫房间,只能帮她把房间收拾干净。陆路萱偷偷地告诉阿四,男朋友是偷偷回南京的,他根本就不准备告诉自己父母。她这么一说,阿四立刻明白了,男方家长很可能不赞成自己儿子与陆路萱来往。阿四便问陆路萱，是不是这样，是不是对方父母不同意他们谈恋爱。陆路萱不回答说是，也不说不是，只说我才不管他们家同意不同意，我又不跟他们家人过。

阿四已完全知道是怎么回事，她跟天井抱怨，说这男孩的家庭肯定有问题，不就是考上一个北京大学吗，有什么了不起的，凭什么看不上我们路萱。天井听了，心里也跟着有些不痛快，阿四说得对，陆路萱这么优秀的一个女孩，他们凭什么不喜欢，凭什么。隔了一天，陆路萱把男孩带来了，阿四和天井看了难免失望，非常普通的一个男孩，个子不高，人也不漂亮，看上去有点老实巴交，要说般配，他才真配不上陆路萱。

大家在一起吃饭，阿四很严肃地对男孩说：

"我们家路萱可能已经跟你说了，她可能已经说过，我们虽然只是她四姨和四姨父，可是路萱这孩子和别的孩子不一样，她从小跟我们在一起，就跟我们的亲生女儿一样，你可不能欺负她。"

璦达在一旁听了，居然也老气横秋地插嘴说：
"不许欺负我姐姐，要不然，我对你不客气。"
小伙子唯唯诺诺，低声说：
"我不敢，我怎么敢。"
陆路萱笑得很灿烂，十分得意地说：
"他不敢，我不欺负他就不错了。"
小伙子像捞到救命稻草一样，连声说：
"陆路萱说得对，她能不欺负我就不错了。"
晚上睡觉前，阿四与天井聊天，聊起陆路萱的这个男朋

友,问天井印象怎么样。天井想了想,说还行,小伙子看上去挺老实。阿四学着天井的语调,把他说过的话,重复了一遍:

"看上去挺老实的——你这个好像话中还有话,话没有说完。"

天井说:"说完了,我就是这个意思。"

天井又说:"我没别的意思。"

阿四有点想不明白,陆路萱为什么会喜欢这样一个小伙子。小伙子看上去也有点太一般,难道就是为了他学习好,为了他上了北大。北大又怎么了,现在的女孩子眼光也是蛮奇怪。我们年轻的时候,农村人就想嫁给城里人,嫁给工人,最好是国有工厂的工人。那时候,军工厂工人不要太吃香,那些带号码的工厂,提到了就都牛得不得了,什么511,什么714,工人走起路来一个个都趾高气扬。那时候女孩子最喜欢当兵的,看见穿军装的解放军,就觉得人家好精神,就觉得人家很神气,就想着嫁一个当兵的。阿四随口这么说着,天井脑海里,立刻浮现出阿四当年的传闻,当时大家都说她跟一个当兵的好上了,说他们有那种事。

6

因为陆路萱的考试有点考砸了,鉴于这个教训,等到璩达准备高考之时,天井变得非常紧张。他不是一般的紧张,从来也没有这么紧张过。毕竟璩达的成绩,远不如他表姐。连陆路萱这么优秀的学生，都能考得不理想，像璩达这样成绩不太稳定的男孩子，绝对不能放松，一点都不能放松，必须抓紧抓紧再抓紧，严格严格再严格，用璩达班主任的话说，高考好成绩都是逼出来的，要逼，往死里逼，逼得孩子没有路可退。学习好的孩子，从来都不是天生的，哪有什么好的学习方法，好方法都是家长用了十八般武艺逼出来的，高考不只是考孩子，更重要的是考家长。

那一段时间，真所谓天昏地暗，天井发现真正没有退路的，并不是要参加高考的儿子璩达，而是作为父亲的自己，是天井没有退路，是天井被逼得无路可走。璩达显得特别叛逆，小孩子根本不在乎，动不动撂挑子，动不动破罐子破摔，用弃考来威胁天井夫妇。这一招用在阿四身上不太管用，儿子急她也急，儿子翻脸她也翻脸。于是渐渐地，柿子拣软的捏，璩达把所有压力，对高考的所有的不满意，所有的仇恨，都倾泻到了天井身上。反正大家都达成了共识，如果璩达没有考好，如果璩达考砸了，那就是天井的问题，别人都这么认为，天井自己也是这么想的。

也就是在这段时间，阿四遭遇了一段特殊的感情经历。天井把所有的注意力都放在了儿子的准备高考上。与此同时，阿四却神不知鬼不觉地出轨了。出轨的对象是小郁，谁也不会想到能发生这种事。小郁是老郁的儿子。老郁是民天公司最初的几个员工之一，他跟着民有一起干，曾经是民有最得力的帮手。民有退休后，把公司交给儿媳阿四，老郁也退休了，儿子小郁顶替了他的位置。小郁要比老郁更能干，当初绝对是老郁要听民有的话，现在经常是阿四不得不听小郁的意见。民天公司的业务主要是做教辅，自己做，同时兼做各种教辅的批发。自从阿四接手，民天公司的业绩从来没有真正好过，仅仅是维持而已。当然，也谈不上太坏，没有坏到维持不了的地步。

小小的民天公司还能够支撑住，与小郁的掌控有关。小郁很能干，总能多少想到一些办法。阿四大大咧咧的，不太像个老板。民天公司的员工头衔都是经理，有一个员工，就有一个经理。阿四便成总经理，大家都叫她"侯总"，刚开始听着不习惯，有些别扭，很快习惯成自然，非常安心地就成了侯总。小郁比阿四小五岁，阿四总觉得他年龄小，不太可能会发生那种事，没想到就是因为太放松，太没有戒心，结果很容易地就突破了界限。小郁做什么决定，当然要和阿四商量，阿四对他绝对信任，所谓商量，也就是弄弄明白而已。

阿四会问一声，说："你觉得没问题？"

小郁便说："我觉得没问题。"

于是就没问题，于是就按小郁的意思办。小郁人绝对不坏，跟阿四一样，都是有家庭的。他有老婆有孩子，与阿四搞上以后，和阿四的想法也是一样，大家都不要太当真，都把自己的家庭维持好。外面彩旗飘飘，家中红旗不倒，这两个人都有这样的本事，家里家外，都处理得非常好，都能做到神不知鬼不晓。小郁的女儿正在考高中，考高中的重要性，一点都不逊于高考，璥达就让天井经历过这样的折磨，能考上一所好高中，高考成功率会大大提高。小郁老婆成天惦记着女儿怎么复习，与天井相比，有过之无不及。各种补习班要上，语文数学外语，物理和化学，以及政治，门门功课都要加油，恨不得门门功课，都要请一位家教。

由于住的地方离女儿的学校太远，为了更方便上补习班，为了节省时间，小郁太太在学校附近租了一间房子。这样一来，原来的住处，便成了小郁和阿四寻欢作乐之地。两人都知道这么做不对，都知道这么做不好，又都有些情不自禁。小郁心里在想，自己是男的，男人和女人玩，反正也不吃亏。阿四心里在想，男人都喜欢更年轻的女人，女大三，抱金砖，都是蒙人的鬼话，对方比自己还小了五岁，老牛吃嫩草，明摆着她也不吃亏。出轨让双方感到内疚，感到对不起自己的配偶，可是出轨的快乐，出轨带来的欢喜，出轨产生的刺激，也是无法用语言形容。

双方配合得很好，几乎很难让人看出有什么破绽。两人都有非常高超的演技，在公司上班，完全不动声色，别人看到的都是正常的工作关系。不过，越是要掩饰，越是不想让人知道，真到了放开的时候，就有些疯狂，就有些肆无忌惮，就有些很不像话。有一天，小郁买了一把日本的松下电动理发器，给公司里的员工剃头，说有了这玩意，以后再也不用去发廊排队理发。这东西确实很实用的，带有限位梳，头发想留多长就多长。阿四觉得它很有趣，拿在手上研究，小郁轻轻地在她耳边嘀咕了一句，阿四抬手给他就是一巴掌。

别人也不知道小郁说什么了，肯定是什么不好的话，在开什么不好的玩笑。大家虽然跟着笑了，都没往心上去，因为也不知道他们在说什么，不知道阿四为什么要给小郁一巴掌。真到了两个人的时候，小郁想到自己说过的那句玩笑话，便不怀好意地笑了。他问阿四，想不想知道自己在买这玩意的时候，心里想着它除了可以剃头之外，还能用来干什么。阿四当然知道小郁想说的是什么意思，故意装作听不懂：

"还能干什么？"

"你猜。"

"我不高兴猜。"

小郁坏笑着说："你都知道了，当然不愿意猜。"

阿四便说你下流，你真他妈下流。小郁说我本来就下流，我本来就不是什么好人，你既然这么说我，今天就一定要下流一下。阿四说不行，不可以这样，太过分了。小郁说为什么不行，为什么不可以，我今天就是要这么干，你愿意也好，不同意也好，反正我是要得逞的。阿四不愿意，阿四不同意，最后禁不住他的死缠烂打，只好随他意，只好称他的心。不过阿四也不想放过他，说要玩大家玩，要弄大家弄，你先把自己搞干净了再说。

小郁于是毫不含糊毫不犹豫，自己动手，说干就干了，说干就干起来。三下五除二，很快完成了任务。阿四看了又好气，又好笑，开始跟他耍赖，死活不肯答应，死活不肯依他。最后当然还是答应了，还是依了他，无非是多闹一会，多玩一会，都弄到了这一步，不依他也不可能，不依他也得依他。两人玩得很开心，两人玩得很尽兴，事后又都有些后悔，有些担心，怎么向自己配偶交代呢，怎么向老公和老婆解释呢。太过分了，太不像话，显然有些过火。阿四说你这人真是太无聊，怎么会想到这样玩。小郁便笑，一个劲地坏笑，他依然是很开心，说这样才刺激，这样不是挺有意思吗。阿四内心也觉得有点意思，也感到有点刺激，只是不好意思说出来。

阿四说："我觉得这样很难看。"

小郁说："我不觉得难看，我觉得挺好看。"

好在天井和小郁的老婆，各自的心思都在小孩考试上，满脑子的习题，满脑子的分数，竟然都没有发现什么异样。女人做那种事，往往是被动的，没发现也就算了。天井好像也没有察觉，阿四已做好了准备，已准备好了解释的答案，可是根本就派不上用场。天井的注意力，都在迫近的高考上面，他开始整夜地睡不着，翻来覆去，迟迟不能入眠。阿四半夜里醒来，见他还没睡着，忍不住要问天井，为什么要被璩达的事弄得这么紧张，又不是你去考大学。

天井的回答，答非所问，让阿四哭笑不得：

"我觉得璩达这次的排名，肯定弄错了。"

阿四想不明白，便问：

"什么弄错了？"

天井很认真地说：

"排名，他最近的这次摸底排名。"

阿四没想到他在操这个心，一个翻身，十分果断地爬到了天井身上。她趴在他身上，扯掉了自己的裤子，也扯掉天井的裤子。夜深人静，明月入户，阿四觉得此时此刻，能让男人入睡最有效的办法，就是让他放松，就是让他彻底放松下来，就是让他缴械，让他投降，让他从儿子的考试中解脱。天井有点意外，有点茫然，却又求之不得，好像早就在等待这样的机会，在希望这样的结局。可惜一番云雨之后，阿四汗如雨下，累得已经不行了，以为大功告成，以为达到了目的，没想到天井心猿意马，脑子里还在惦记着璩达的成绩，事后依然睡不着，还是无法入眠。

7

岳维谷早就给小舅和小舅妈交过底，说璩达上大学的事，基本上可以给他们打包票，应该不会有问题。如果说当初上高中，岳维谷还要去求人，还要请学校领导吃饭，现在这件事简直就是囊中取物，十拿九稳。今非昔比，如今的岳维谷不仅官升一级，而且位置更加重要，甚至可以说是更加显赫。唯一需要注意的，不能让璩达知道有这条退路，不能让这孩子知道有岳维谷在帮他托底。璩达的班主任说得很对，现在的孩子都是独生子女，一个个太娇生惯养，吃不起苦。高考还是要逼，岳维谷告诉天井，这个逼是逼孩子，不是逼家长，小舅完全用不着那么紧张。

天井还是紧张，不能不紧张。璩达读的是一所重点中学，这个学校都是好学生。璩达排名靠后本是很正常的事，他总是在偏后的位置上，忽上忽下。排名前进几名，天井欣喜若狂，一旦排名掉下去，难免焦躁不安。他又不敢严词责怪，还得哄着儿子。放学的时候，家长聚在学校门口等孩子，当时小汽车还不流行，更多的家长都像天井那样，骑着一辆金鸟助动车，一边等放学的孩子，一边诉说家长的烦恼，一个个都在抱怨，一个个都在控诉。谁也没有办法，抱怨归抱怨，控诉归控诉，该怎么逼孩子，还是怎么逼。为了孩子的高考，为了孩子能考出好成绩，做出什么样的牺牲都可以，都应该。

等到开始一模二模，真正的考验开始了。同学们要根据模拟考试成绩，来填写报考志愿，一本填写哪些学校，二本填写哪些学校。岳维谷告诉天井夫妇，只要璩达达到一本分数线，就可以升入南大。南大是南京最好的大学，达到一本线就能上南大，绝对是一般人无法想象。高考的每一分都很珍贵，相当于白送给你几十分。这也是天井特别在乎、特别着急的原因，如果是什么水平，就进什么学校，天井夫妇也就听天由命，随它了，现在有这样的好机会，竟然不能抓住，不能达到一本线，岂不是太可惜。

放学出来的孩子，一个个面如菜色，脸色都十分难看。高三学生尤其惨不忍睹，无论男女都是愁眉苦脸，个个苦大愁深。家长开始谈起自己中学时代的故事，那个年代多轻松，那个年代多快乐，那个年代的孩子只有天真。天井很少加入这样的谈话，只是静静地在一旁倾听。大家都有着共同的记忆，一说起来就没个完。天井不由得也想起自己上中学，那时候没有高考，所有的孩子都没有学习压力，一个个青春焕发，一个个神气活现。放学了，男生一路都在打闹，女生呢，叽叽喳喳不知道在说什么。那时候的阿四，脸色十分红润，嫩得都可以掐出水来。天井总是在偷眼看她，阿四从来不会正眼看天井，那时候男生女生根本就不说话。

　　高考的日子终于到了,经过种种努力,到了最后一搏的关键时刻。璩达看上去,似乎已经开始有一种要解脱的轻松。班主任告诫家长,临考,对孩子不能再逼,要让他们放松,要给他们减负。当然这些都是说说而已,都只能是相对,考场就像战场,考场就像刑场,怎么可能不紧张,怎么可能不提心吊胆。天井送璩达去考场,班主任已经等候在门口,只要是他的学生,他都会很庄严地把自己的手掌在学生的脑门上放一会。这是特有的一种安慰学生的方式,很有仪式感,意味着祝学生好运,意味着能给学生一种神秘的力量。

　　一场接着一场,总算考完了。最后一场结束,考生从考场出来,那种兴奋那种疯狂,真不知道怎么形容才好。像从牢房里刚放出来,恢复了自由之身的考生,他们的脸色从来没有这么好过,从来没有这么轻松过。一个个红光满面,一个个脸若桃花,天井仿佛又看到当年的阿四从学校里走出来,有个女孩子看上去有点像阿四,她微笑着从天井面前走过,看见天井目不转睛地在看自己,也笑着看了看他,心里在想,这个人为什么要盯着她看。

　　天井看到璩达了,他看到儿子吊儿郎当地正在走出来,一边走,一边还在跟身边的那个女生说着什么。天井知道这个女生,她是尖子生,是大家谈论的对象,是家长心目中的楷模,每一次摸底排名,都是排在最前列,应该就是考清华和北大的材料,人长得不是很漂亮,戴着一副度数略有些高的眼镜。天井曾跟儿子聊过她,儿子对她也是很羡慕。人和人是不一样的，有的人成绩就是好，看着儿子和那个女生有说有笑的快乐样子，天井心里在想，璩达会不会也和他的表姐陆路萱一样，爱上一个成绩好的尖子生。

那个女生的家长也在等候女儿，璩达和女生告别，走到了天井面前，对着他爸挥了挥拳头，天井连忙张开手掌，让儿子捶击。璩达说，我们两个可是说好了，说好的就必须要严格遵守。天井心头一怔，不知道他什么意思，也不知道是说好了什么。他们说过的话太多了，璩达这时候神秘莫测的一句话，让天井有点找不到北。好在璩达立刻提醒，说他们有过约定，考试完一周内，不许问考得怎么样，这个话题不允许，不要问，考好考坏都不许问。考试前确实这么约定过，当时天井夫妇只是为了安慰璩达，现在真要执行起来，挺难的。

阿四首先不管这一套，说什么叫不许问，为什么不允许，问了又怎么样，我就是要问。天井倒是严格遵守了诺言，不问就不问，心理活动十分复杂，眼巴巴看着儿子璩达，细心观察他的一举一动，琢磨可能会有的结果。人真是很奇怪的动物，高考前紧张，他一直都很紧张，似乎也就习惯了，一旦考完，这口气是松了，但是会有另外一种说不出的焦虑环绕在心头。说天井焦虑不准确，应该说是惆怅，总觉得还有什么地方不对劲。璩达倒是好，问不问都一样，反正打定主意，不说话不回答，就是不告诉父母自己考得怎么样，随便你们怎么问，他就是不说。

约定不许问的时间是一周，这一周里，天井心潮起伏，不知道自己能干些什么事才好。高考的最后一天，天井听说有家长去庙里烧香，求菩萨保佑，也没怎么往心里去，毕竟是生在红旗下，长在红旗下，他不太可能相信这个，阿四也不会相信。在高考前，天井并没有去庙里烧香，高考结束了，天井突然觉得有点不对，心里总感到很不踏实，突然想到自己不应该免俗，事关重大，管他有用无用，还是到庙里去烧炷香更好。璩达的性格，他那个脾气，他并不是个能管得住自己嘴的人，能坚持着不透露半点风声，不肯说自己考得怎么样，八成还是有问题，八成是考得不好。

结果天井还真的偷偷地去了鸡鸣寺，为儿子的高考烧了一炷香。烧香的时候，他颇有些后悔烧晚了，正巧遇到一位赶过来还愿的妇人，看那模样是小孩子考得不错。妇人以为天井也是过来还愿的，便问他孩子考得怎么样。天井不知道怎么回答，说好不对，说不好也不对，大有天机不可泄露的意思。回到家，他终于开口问儿子，璩达说我一直在等你提问，你为什么不早点问。天井说要遵守约定，要言而有信，他知道自己问了，儿子也不会告诉他。

璩达说："那不一定，说不定我就告诉你了。"

璩达又说："老爸你还是对的，你就是问了，我也不会说。"

璩达预估自己的分数，不算好，也不算坏，一本线看起来有点悬。询问班主任，班主任对璩达的评价，属于基本正常，既没考砸，也没超常发挥，分数可能到不了一本线。班主任太有经验，预估分数一向比较准确。结果就是这样，就是没有到一本线。分数出来了，璩达不当回事地说，我知道到不了一本线，你们还不相信。天井夫妇的希望就是一本线，一本线是此次高考的生命线,到不到大不一样。现在只好去读二本,这不是最坏的结局,起码是不好的结局。

阿四也不想怪罪谁,她对璩达的期望一直不高,觉得这个结局很正常。璩达也跟没事人一样,好不容易高考结束了。天井病了一场,得了一次重感冒。伴读的日子太辛苦,他感到身心疲惫,不生场病也对不住自己。重新回顾陪儿子高考的日子,天井如此重视,无非是两个原因促使。一是有一本线的诱惑,这是个巨大的便宜,绝对的优惠,不拿到太可惜。二是自己下岗,下岗了无事可做,他也是把陪读当成了工作,当成了上班。璩达的爷爷和奶奶完全不在意,民有觉得上什么大学其实不重要,说我们当年是没钱上不起大学,现在花点钱上大学也没什么不可以,璩达读书的钱,我来出好了。璩达的分数读二本就算是高分,选择余地很大,想读哪个学校都行,问岳维谷,回答说你们自己挑吧,根本不用再找人打招呼。

陆路萱是在璩达上大学那年出的事,她大学毕业,又从苏州大学考回南京,在南京读研究生。璩达去上大学了,陆路萱又回来了,平时在学校,也常常回来住。她的男友继续在北京读研,两人关系时好时坏,偶尔也会闹些别扭,不过闹归闹,和好也快,终于领了结婚证。陆路萱有时会带些同学到自己家来聚会,只要是有男生,天井就有些担心。他让阿四与陆路萱说说,就算不太好说,起码也应该从侧面提醒一下,暗示一下。阿五不在了,他们有管教陆路萱的义务。阿四说你操那个闲心干什么,我觉得她心里还是有数的,她都大学毕业了。

陆路萱是在学校附近出的车祸,她那天为什么会上街,为什么会出现在那个地方，只能是凭猜想了。一辆小汽车从后面开过来，陆路萱正在过街，她已经停了下来，小汽车完全没有减速，直接就撞了上去。陆路萱的后脑勺碰到了马路牙子上，当场就昏迷，从此也没有再醒过来。天井夫妇赶到医院，医生的说法是回天乏术，不可能再救回来。虽然还在抢救，接着氧气，身上插着各种管子，其目的也只是让家属再见最后一面。阿四哭得死去活来，妹妹阿五不在了，阿四夫妇一直都把陆路萱当作自己女儿看待，现在突然出了这样的事情，感情上实在是受不了。

接下来，肇事者如何被处理，这个事警方会处理。当务之急，要与陆路萱父亲联系，过去的这些年，她的父亲从未问过女儿的事，这个叫陆晓明的男人，就不曾在阿四夫妇眼前出现过。警方很容易地找到他，他也是很快就到了。最后是几方坐下来谈话，也就是在这次谈话中，医院提出了捐献遗体的建议，阿四一口回绝，说：

"这不可能，绝对不可能。"

陆路萱的男友也从北京赶来，他的表现倒是很理智，等大家情绪平复了，心平气和地表达自己的观点。这个男友是学生命科学的，觉得捐献遗体这事，并不是不能接受。他说自己与陆路萱曾经议论过，曾经说过若是遇到意外，愿意捐献遗体。他和她都是有文化受过高等教育的人，对生命应该有一种更理智更科学的认识。人死了之后，身体对本人来说，没有任何意义。人死后不管有没有灵魂，如果还能对社会有用，还能为人类做贡献，这便是一种很高尚的社会道德。而且人死后通过器官捐献，也可以使自己的生命光辉，照亮别人的生命。

第十二章

/

2019年……

1

　　陆路萱与男友已领了结婚证，从法律上来说，他就是她的丈夫。他的意见大家不得不认真考虑，不得不认真对待。对于捐献遗体，陆路萱的父亲陆晓明首先表示没意见，支持陆路萱的男友，站在她男友一边。阿四夫妇当然是有意见，很有意见，不过反对得再激烈，很快也改变了主意。法律上，阿四和天井只是死者的姨妈和姨父，他们的意见显然分量不够，最后要签字还轮不到他们。阿四夫妇不得不接受这个现实，他们只是感到非常吃惊，陆路萱不仅在私下里与父亲陆晓明偷偷地见过面，有过一些来往，她还带着自己男友去见过他。

　　阿四最后不得不选择了让步，当然，她并不是被医生说服的，而是因为生气，因为被人蔑视。一位主任医生不经意的一番话让阿四深深触动，不再坚决反对。主任医生显然很有地位，他说年轻人的思想境界就是不一样，上过大学的人见识就是不同，有没有文化一看就知道了。这话有点像自言自语，他是对自己的学生说的。主任医生气度不凡，走到哪，一群学生便簇拥着跟到哪。阿四从主任医生的语气中间，听到了他对自己的不屑，她为此有点生气，很不高兴，不愿意承认自己的思想有多落伍。

捐献遗体这事弄得很热闹，太热闹，阿四不免耿耿于怀。媒体全然不顾亲属感受，连篇累牍予以报道。报纸上有，电视上有，甚至还会有莫名其妙的小记者很蛮横地跑上门要求采访。这些举动对亲属来说都是伤害，伤害最严重的无疑是阿四一家。毕竟他们一直生活在一起，毕竟他们一直像一家人一样生活。璩达哭得特别伤心，作为独生子女一代，他和陆路萱之间的关系，就跟亲姐弟一样。陆路萱的男友不断出现在电视屏幕上，在接受采访，他脸色沉重，侃侃而谈，璩达看了非常生气，咬牙切齿地把电视关了。

阿四为陆路萱背着她与陆晓明来往，心里十分不痛快，感情方面很难接受。陆晓明怎么就突然冒了出来，他怎么好意思又一次出现。她说自己并不在乎他们有来往，他们父女可以光明正大地来往，可是不应该这么瞒着她。天井便开导阿四，说陆路萱正是怕你会不高兴，才要瞒着你，她能瞒着你，说明她心里有你。阿四说话是这么说，我也是这么想，只能这么想了，可你再想想，这些年，不都是我们在养她吗，陆晓明这些年没有在她身上花过一分钱，我们都是把小萱当作自己女儿。天井说，你说这话没有用的，当作女儿，她毕竟不是我们的女儿。阿四想想也无话可说，只能不断地叹气。

对陆路萱的这位男友，阿四心里也有不少意见，觉得他不应该这样，不应该那样，不喜欢他在电视上的出头露面，不愿意看着他出风头,更觉得他配不上陆路萱。其实陆路萱在和男友吵过架之后,也对阿四流露过类似的想法,嫌这家伙情商低,说他太理智,太实用。阿四为陆路萱感到委屈,为她感到惋惜,她知道她想过与男友分手,可是不明白她为什么又跟他匆匆领了结婚证。结婚证这玩意一领,情况就完全不一样了。这事就跟偷偷地与陆晓明来往一样,也还是没有跟阿四夫妇通过气,没有告诉他们。

"人心看来真是隔着肚皮,我们这么把她当作自己人,她却从来也没有把我们放在心上,这些事这么重要,她居然都瞒着我们。"

这些话都是阿四在睡觉前说的,时间已经很晚了,天井听着听着,有了困意,不住地打哈欠,强打着精神陪阿四聊。阿四没完没了,天井终于忍不住睡着了,打起了呼噜。阿四气呼呼地把他拧醒,说好吧,你要睡就睡,我知道你根本没在听我说话。天井说我全听着呢,你说来说去不就那点东西,我知道你在说什么,我全知道。说着又快要睡着了,阿四想问天井,她要是死了的话,他会不会也来一个遗体捐献。心里这么想着,又觉得这么问没意思,眼见着天井又睡着,就没有再喊醒他。

天井睡得很香,阿四一点睡意都没有,翻来覆去胡思乱想。想到了陆路萱的父亲陆晓明,这个男人好无耻,同性恋也就算了,自己的女儿从来不闻不问,最后还好意思煞有介事地出现。想到陆路萱的男友,这个男人好虚伪,年纪不算大,花样却不少,一副有知识的样子。想着想着便想远了,阿四想到了每一个和自己打过交道的男人，想来想去，还是身边的这个天井最好，最一心一意，最实在，最靠谱。想来想去，觉得除了天井，男人都他妈不是东西。当然她也不是什么好东西，阿四想起了自己与小郁的关系，想到自己与那些不是东西的臭男人也没什么本质区别。

　　阿四与小郁完全称得上一对偷情的狗男女，双方想法惊人一致，都不想离婚，都在欺骗家人，都只是玩玩，玩得很开心。阿四下决心改弦更张，打算与小郁分手。不能再这么玩下去，纸包不住火，再玩下去，不会有好下场。阿四第二天便约小郁谈话，她开门见山，表达自己的意见。小郁求之不得，他太太因为女儿考上高中，注意力开始转移到他身上，对他各方面的要求提高了，或者说开始有了疑心。阿四想说什么疑心不疑心，他不就是有些厌倦她，转念一想，没有说出来，事实上小郁厌倦不厌倦不重要，重要的是自己感到了厌倦，早就没多少新鲜感。小郁除了年轻，业务能力还可以，并没有太多更出色的地方。说老实话，要论那方面表现，要论那方面能力，他还不如天井，远不如天井。小郁让阿四觉得可有可无，所谓弃之可惜食之无味。或许受她情绪影响，小郁几次出现了那方面的问题，他也因此有些怕见阿四。

　　两人商议和平分手，教辅不玩了，也玩不下去。小郁另谋生路，另开一家公司。阿四改做音像生意，卖各式各样的电脑盗版软盘，卖盗版影碟，从VCD到DVD，只要是盗版的都卖。民天文化公司的招牌还在，内容和性质完全改变，基本上名存实亡。自从接手民天公司，阿四一直都是在维持，她本来就不是个擅长做生意的人，对教辅从来就没什么太大兴趣。最初是民有出事，她不得不接手，接了手以后，民天公司的业务就没有真正好过。小郁对她帮助很大，她甚至是有些牺牲自己，阿四不愿意跟他这么一直不明不白混下去。她知道别人一口一个"侯总"，心里都知道她只是个傀儡，她并不能干，身为名义上的总经理，阿四并不是当总经理的料。

音像生意也不好做，不过没有人再喊她"侯总"，阿四顿时感到压力减去许多。她不适合当总经理，更适合当一个小音像店的老板娘。一转眼，她就是五十多岁的人，就已经是个俗话说的老女人了。音像店最好的买卖是卖盗版碟，这买卖已偷偷做了有一段时间，小书商的日子早就不好过，不做些违法的边缘生意，根本不可能维持下去。在阿四的音像店里，橱架上放着一些正版碟，都只是做做样子，应付管理部门检查，谁也不会花那个冤枉钱去买。璩达上大学了，下岗的天井无事可做，便去装潢公司打工，替老板当监理。他干过好多年钳工，做这样的工作绰绰有余，同时也帮着阿四取货和送货，他那辆金鸟助动车还真派上了大用场。

有一天，有个人过来淘碟，看了半天，最后走到阿四面前，悄悄地问她，有没有那种碟。

阿四怔了一下，本能地回了一句：

"什么碟，没有。"

那人就不再说话了，又继续去挑碟。阿四觉得那人眼熟，一时想不起在哪见过，不过她几乎是立刻就知道他想找什么碟片。这样的男人她见过不止一个两个，他们的路数都差不多，装模作样地找着碟片，其实心里只想着一样东西。阿四细心观察着，她害怕的是钓鱼执法，她吃过这样的亏。过了很长时间，那人漫无目的地在那翻碟片，阿四心里一直在想，在琢磨，自己什么时候，在什么地方，见过这个人，肯定是见过，只是一时想不起来。

阿四突然想起来了，原本有些模糊的事情，就像近视的人戴上了眼镜，突然变得清晰起来。眼前的这个男人，就是陆路萱出事后，在医院负责抢救的主任医生。就是他，肯定是他，阿四忘不了他当初对自己表现出的那种不屑，那种有了点学历，有了点本事，高高在上的那种得意。当时一群年轻的学生跟在他身后，他那神气活现的样子，阿四永远也忘记不了。这家伙磨磨蹭蹭，终于过来结账了，手上拿着两张美国好莱坞的电影碟，付人民币，问阿四这碟的图像怎么样，清楚不清楚。

阿四觉得这话用不着回答，不管什么样的碟片，都不是她制作的，图像清楚不清楚，跟她没任何关系。考虑到要顾客至上，没必要得罪人家，阿四笑着说应该还可以吧，现在这些片子应该说都是挺好的。她解释说自己也没有看过，只是听其他顾客说很不错。这样一来一去，有问有答，你问我答，大家似乎也就走近了。阿四索性干脆再进一步，主动试探了一句，问他刚刚问的是什么碟，那种碟到底又是什么。对方也听出了意思，不动声色却又神秘兮兮地说，就是那种碟，能够瞄看看的。阿四依然做出没听懂的样子，眼睛瞪得多大的，看着他，看得他很不好意思，然后突然明白似的：

"你说的是那种！"

"对,就是那种!"

两人仿佛电影上的地下工作者一样,对上了接头暗号。阿四忍住了笑,很严肃地把他带到拐角处,打开一个小柜的柜门,拿出一个不大不小的黑塑料袋,递给他,直截了当地让他尽快挑,黑塑料袋里放着很多他想要的碟片。

2

捐献的陆路萱遗体,最后用来移植的器官到底有哪些,报道上虽然曾提到过,阿四也不太愿意去多想。能记住的是某位患者眼睛移植了她的晶体,视力就恢复了,重见了光明。陆路萱受伤的部位是脑袋,除了脑袋,按照医生的说法,只要是能移植的人体器官,基本上都能移植。阿四知道这位主任医生只是 ICU 的医生,也就是重症监护病房的主任,具体的移植手术与他无关。她如果要怨恨他,其实没有什么道理,只是无端地有些不喜欢这个自大的人,看见他就觉得不顺眼,看见他就想生气。

主任医生在黑塑料袋里,慌慌张张挑了三张碟片,匆匆付了钱,头也不抬地就走了。他这是以一位普通淘碟者的身份出现在阿四的店里。阿四看着他离去的背影,差点要笑出声来。现在,主任医生的神话光环终于被他自己给打破了。阿四看清了他的嘴脸,现在,她也完全可以像他对她一样,对他表示出不屑。阿四知道他为什么来这里,来干什么。他真正想要的碟片是什么呢，很显然就是那些所谓的"黄片"，也就是黑塑料袋里的淫秽影碟。当时开音像店，很少有不顺带着卖些这玩意的，一度流行的是香港的三级片，先是录像带，再以后就是VCD和DVD，大家都偷偷地在买在卖。

想不到这位一本正经的主任医生，最后也能干出这事，也会干出这事。阿四忍不住要想，那些簇拥在他身边的学生，尤其是那些女学生，看到自己仰慕的主任医生，竟然跑到音像店偷偷买下流的"黄片"，她们又会怎么想，会怎么不屑，会怎么鄙视。难以想象，不过退一步想想，被人不屑，被人鄙视，也没什么大不了。一个人，如果一直都高高在上，一直都被人仰望，其实也活得很累，很没有意思。阿四觉得主任医生能放下身段，像普通人一样，偷偷跑到自己店里来买"黄片"，这样做也挺好，起码说明他也是很真实的一个人。

事实上，人都可能喜欢干一些违法的事，到阿四的音像店来买盗版碟的，什么样的人都有，有学生有老师，有军人有干部，也有民工，有男有女，有老头和老太。看见大家欢欢喜喜，聚精会神地在找喜欢的碟片，阿四觉得自己的这个小音像店没有白开。只要能满足别人的需要，让别人快乐，她就会有一种说不出的成就感。几个艺术学院的学生，经常跑来淘欧洲电影，他们显然很懂这些，很专业，一旦找到了自己要找的片子，那种得意那种兴奋，阿四看了都会忍不住为他们感到高兴。

他们会举着淘到的碟片，对阿四大叫：

"老板娘，以后多进些这样的碟片，这个片子绝对好，特别好。"

他们甚至会给老板娘写一连串的欧洲电影的名字,让阿四最好能进到这些碟片。阿四把名单交给了天井,让他去取货的时候,问一问进货的上家,能不能搞到这些碟片。进货的上家看到名单就笑,把阿四好一番嘲笑,同时也不忘记挖苦天井,说你老婆的脑袋真是进水了,怎么能听这些玩艺术的毛孩子的话,他们要的这些片子,除了他们,鬼都不会要,你们要是指望他们,还能赚屁的钱。

天井虚心地说:"这个我也不懂。"

进货的上家就说:"懂不懂不重要,我也不懂,可是什么好卖,什么不好卖,这个你们得懂。"

当时最好卖的还是美国好莱坞大片,像《泰坦尼克号》,卖了好多年,仍然好卖,很多人搬了新家,买了可以播放盗版碟的影碟机,都会收藏这部电影。还有就是孩子们最喜欢看的影片,什么《蜘蛛侠》,什么《X战警》,还有一系列的《哈利·波特》,最火爆的时候,有多少可以卖掉多少。卖盗版碟当然也会有很多意想不到的麻烦,往往还没弄明白怎么回事的时候,稽查人员就突然出现了。对于盗版影碟,按道理应该查封,好在大家心照不宣,对这些东西通常都是睁一只眼,闭一只眼。如果是查到淫秽碟片,也就是"黄片",查到了就会没收,还要罚款。

有一段时间,民有夫妇也是阿四音像店的常客。那天天气有点冷,阿四的音像店坐南朝北,店里温度很低,有一个小的取暖器,好像也不是很管用。倪英文穿着红颜色的羽绒袄,民有则是穿着一件老式的灰呢风衣,很有派头,头上是一顶鸭舌帽,也是老式的,虽然有点旧,味道十足。他对老派的好莱坞电影如数家珍,自称从小就喜欢看美国电影。转眼间,阿四都五十出头了,民有很快就要八十岁,快八十岁的民有看上去很健康,谈吐还很文艺,很有腔调。他一口气报了好几部电影名字,都是上世纪三十年代的好莱坞老电影,倪英文没听说过,阿四更没有听说过。

"阿四的年纪没听说过,这个很正常的,"民有带着几分卖弄,对倪英文说,"有些你应该知道呀?"

倪英文说她不知道,她确实是不知道。

民有似乎找到了原因,说:"都是很有名的电影,都是名片,可能是翻译的问题。"

他随口又用英文报了一串名字,倪英文和阿四听着,就更不明白了。明知道他是在显摆,可是因为他会,也就只能看他显摆。民有说抗战胜利以后,他还在电影院里帮着美国电影配音。那时候的配音,和后来的电影配音完全是两回事。当时都是现场配音,就是电影一边在播放,他和一个女同学一边口译,男人的话都归民有说,女人的话由那个女同学配。通常是先看过一遍电影,大概看懂了,然后再配音翻译,也就是八九不离十吧,能翻译出个大概意思就行。有时候实在翻译不出来,就稀里糊涂地蒙混过去,反正观众也不懂英文:

"最有意思的是,你可以想怎么翻,就怎么翻。"

民有回忆当时的情形,一边说,一边笑,说有时候,他是在模拟人物的腔调说话,有时候,干脆直接解释电影画面,譬如说"这两个人正在亲嘴"。这种解释显然是很多余的,他这样说了以后，可以听见观众在下面哄笑。观众席里有时候还会有美国大兵，他们自然是听得懂英文，可是不懂中文，不知道观众为什么会突然笑了。好莱坞的电影在当时很受南京人喜欢，美国那边刚刚放映，这边报纸上已经开始宣传了，很快南京这些电影院，就也跟着放映了。

想不到当年的一些好莱坞老电影，竟然会变成碟片复活，民有回想当年，无限感慨，说要不是看到这些老片子，看到这些老电影的名字，他根本不会再想起当年的事情，不会想起自己竟然是在电影院里现场配过音。这些事情，解放以后，他从来没有说过，也不是什么好事，说出来了反而会扯不清楚。倪英文和阿四听着都觉得神奇，她们都喜欢看电影，喜欢看外国电影，中国过去放的外国电影，不像现在这样配字幕，都是直接配音翻译的，她们早已经习惯了那种外国片，看字幕片反而有些不习惯。

民有不赞成配音，他觉得还是配字幕好：

"外国人原来的声音，很重要的，一配上音，一说了中国话，就没有了原来的味道，要原汁原味才好，这样才地道。"

阿四听了民有的回忆，忍不住要哈哈大笑。她想到民有解放前在电影院里现场配音，竟然会把这两个人正在"亲嘴"的画面配音说出来，真是太好笑了。想不到那个年代还会有这样一幕，在阿四成长的年代，大家都很保守，男女生都不说话，电影里绝对也不可能看到亲嘴镜头。"亲嘴"这词是没人会说的，但是大家好像还知道这是怎么回事，可笑的是"接吻"这两个字，太书面语了，在阿四和天井的中学时代，没有人能把它读正确，要读也是按照字的半边念，读成了"接勿"，把"赤裸裸"读成"赤果果"。

民有和倪英文最后带着一大摞影碟离去，大多是美国的好莱坞获奖片。阿四见他们带走的都是艺术片，格调太高，便没大没小地开起玩笑，问要不要顺便带两张香港的三级片回去看看。倪英文踌躇了一下，民有立刻表态，很严肃地说不要不要，这个太俗了，香港三级片不好看。这一天，正好是儿子璩达的生日，璩达在外地上大学，阿四与天井约好，晚上一起去湖南路吃加州牛肉面，算是为儿子过生日。这家面馆在当时还很红火，味道不错，价格也不贵。天黑了以后，天井骑着金鸟助动车来接她，阿四锁了店门，坐在金鸟助动车后面，直奔湖南路。大街不让带人，他们便走小巷，绕着走。

面馆里的人竟然会不多，阿四让天井去付钱，她选了个靠墙角的位置坐了下来，又关照天井在面条之外，各人加一份海带丝。不一会，面条端上来了，阿四一边吃，一边告诉天井，说他爸和倪英文今天到店里来过。天井听了也不吃惊，也不问他们来做什么。自从阿四接手民天公司，民有一直都是撒手不管，因此天井也不指望他会为阿四做些什么。就算是做了什么，阿四也会迫不及待地告诉他。阿四说你爸挑了不少美国好莱坞的片子，只要是得过奖的，他都要。她说我还让你爸带两张香港的三级片，你知道他怎么说，他嫌太俗，说不好看。

天井说："我爸嫌太俗，说不好看，说明他也是看过的。"

阿四说："你爸当然看过，你别忘了，他当年看那种录像带，比谁都早，比我们早得多。"

3

阿五的突然出现，把阿四夫妇吓得魂飞魄散。真仿佛大白天见了鬼，这个感觉太惊悚，这个感觉太恐怖。时间隔了二十年，阿五失踪的时候，也就三十刚出头，与她女儿陆路萱出车祸时的年龄相比，大不了多少。由于阿五的失踪一直与那起骇人听闻的分尸案联系在一起，这么多年来，无论是警方，还是家属，都相信阿五就是受害者。现在，这个大家认定的受害者，这个已经被分了尸的女子，突然完好无损地又出现了，别人怎么能不震惊，怎么能不吓得心惊肉跳。

首先要确定这个人是不是阿五，就算是嫡亲的姐妹，隔着二十年光阴，也不一定一眼就能认出来。阿五的归来，就和她当年的失踪一样不可思议，突然人没了，过了二十年，突然又出现了。大家经历过的事情那么多，世界的变化那么大，这个人究竟是不是阿五，完全有可能没办法确定，完全有可能搞错。然而，正因为她们是亲姐妹，血浓于水，阿四只不过是稍一迟疑，还是一下子就认出了她。毫无疑问，用不着怀疑，眼前的这个人就是自己的妹妹阿五，陡然间，千言万语涌上了阿四心头，却不知从何说起。

首先要问的，自然是过去这些年，阿五究竟去了哪里。为什么这么多年，她没有一点消息，为什么，到底是怎么一回事。哪怕是写一封信，哪怕是打一个电话，只要让大家知道她还活着就行，只要随便给一个消息就行。都说活要见人，死要见尸，阿四说阿五你知道不知道，过去的这些年，我们都以为你不在了，都以为你死了，都以为你被分了尸。你为什么要这样，为什么，究竟为什么，阿五的回答就四个字：

"一言难尽。"

除了这四个字，阿五多一句话也没有，多一句话都不肯说。被问急了，被问烦了，她就很不耐烦地来一句反问：

"警察问我，我都可以不回答，为什么一定要告诉你阿四？"

阿四知道阿五不肯说，她不肯回答，一定是有不肯说的理由，有不肯回答的道理。既然问了得不到答案，只能是阿四先说说这边家里的情况。她告诉阿五，她们的妈妈李择佳已经走了，走了好多年。阿四告诉阿五，她女儿陆路萱前几年出了车祸，人也不在了。千言万语，有太多话要说，有太多的话要告诉阿五，阿四只能把最重要的两件事，先含着泪跟阿五说，先说出来。阿五木木地听着，知道了李择佳和女儿的事，不能说她不伤心，不能说她不难过，显然她是做好了思想准备，准备接受可能会听到的最不好的事。阿四哭了，阿五也跟着哭了，哭着叫喊了两声，哭过以后，叫喊过以后，似乎也就麻木了，她的表情很快就是茫然和木然。

阿五变得让大家都觉得陌生，与阿四相比，阿五的性格本来就略有些内向，现在变得更加内向。对于自己的事情，大家都以为她慢慢地会说出来，偏偏她根本没有一点点要说的意思。阿四想她肯定受到了什么刺激，也不敢逼她。管区派出所的李学东带着助手上门调查，询问阿五的事，为她补办身份证，重新上户口。当年只是怀疑，并没有最后定案，但是户口已经注销。这时候，李学东升职了，派出所副所长，他曾被调到别的派出所工作过一段时间，再次回到原来单位当副所长，很快就要升为所长。对阿五的询问，当然问不出什么名堂，他与阿五之间的对话，也已经不是第一次了。

询问完了阿五，李学东又带着助手下楼到阿四家做客，与阿四和天井聊了一会天。他告诉他们，阿五的事情看起来很复杂，三言两语说不清楚。关键还是她不配合，不肯说，不肯说的原因，也许就是说不清楚。说不清楚也没关系，慢慢来吧。李学东告诉阿四和天井，现在派出所的工作方法，与过去大不一样，只要你不犯法，只要是没有确凿证据，他们还是非常尊重和保护别人的隐私。李学东注意到房间里璩达的照片，他盯着照片看，看了好一会，看得很仔细，然后若无其事地看着阿四，说他马上要走了，让她送他一下，有几句话要跟她说，要跟她交代一下。

阿四有些不乐意，白了他一眼，说：

"有什么话就说，为什么不能现在就说，不能当着天井的面说。"

李学东显出有点为难的样子，显然有些话不适合当着天井的面说。天井立刻表示理解，既然是不想让他听到，只有两个选择，一个是他们出去说话，一个是天井离开，让他们在房间里说话。李学东听了，连声说，我们还是出去说，出去说好。话说到这个份上，阿四只能跟他出去，送他下了二楼。下楼走出去一段路，李学东对四周扫了一眼，让自己的助手先回去。助手走了，李学东看了看阿四，说也没什么大事，不过你妹妹的这个事呢，最好还是稍稍要留点神，要当点心，毕竟她的事有点神秘，太复杂，也太不可思议，事情绝不可能像她说的那么简单，我觉得你妹妹这个人，还是很有心机的。

阿四以为李学东能告诉她一点有关阿五的事，没想到他说的这些，跟没说也一样。李学东又一次环顾四周，还抬头看看远处阿四家住的那栋楼，不动声色地在思索。阿四似乎意识到他还想说什么，便主动问他，说你喊我下来，就为了跟我说这个。李学东说当然不是，我刚刚在你家看你儿子的照片，心里就想，这孩子还真有些像我，真的有点像。

阿四立刻警告他：

"我儿子跟你没任何关系，你不要胡思乱想！"

李学东很无辜的样子，说：

"怎么是我胡思乱想呢，当初可是你告诉我的，这怎么能怪我——"

阿四不想讨论这事，不想说这事，她再次警告他：

"李学东，跟你把话挑明了，这个事，我谁也没说过，只告诉过我妈，我妈已死了。现在你要是再敢胡说八道，再敢把这个事说出去，我绝对会让你鸡飞蛋打，家破人亡，你信不信，我不是吓唬你。"

李学东没想到阿四的反应会这么激烈，他好歹也在派出所混了二十多年，还当上了副所长，不可能就被她这么几句话吓唬住，想不明白的是她为什么会这样。李学东自己有个女儿，在独生子女时代，大家已经都习惯了一个孩子，都宠这一个独苗，他根本没有什么重男轻女的想法，根本不在乎自己有没有儿子，家庭稳定才是最最重要的，他爱自己的妻子，爱自己的女儿，完全没有再招惹阿四的意思。李学东不想再惹上什么麻烦，阿四告诉李学东，说璩达已经跟天井做过了测试，他们已经去验过血了，璩达确凿无疑是天井的儿子，你他妈就不要胡思乱想了。

李学东知道阿四是在胡说，也不想戳穿她，犯不着这么做。他立刻把话题扯开了，问她音像店生意怎么样，有没有遇到什么问题。阿四为了音像店，曾让李学东帮过忙，李学东为了她，给稽查大队的熟人打过电话。这种电话还是非常管用，稽查大队有了人，每次突击检查，阿四都能事先得到消息。话题既然聊到了这个，阿四也趁机向李学东表示感谢，同时告诉他音像店的生意并不好，盗版碟越来越难做，利润不高，风险不小，很难再继续做下去。

阿五回来以后，许多为什么还没有搞清楚，新的麻烦倒是增加了。麻烦是房子产生了纠纷，这边的三套房子，都是璩家花园那边老房子拆迁分到的。当然也算是落实政策，按户口分配，阿四阿五各一套，李择佳一套。落实户口的时候，李择佳把璩达的名字落到了自己户口簿上，这样也就意味着，老太太的房子，以后就是由璩达继承。一开始也没什么麻烦，李择佳重男轻女，喜欢璩达，对璩达偏心，谁都能看出来，对她的安排都没什么异议。阿五失踪以后，仍然没有异议，陆路萱还在，三楼她要住。问题是陆路萱也不在了，三楼这套房子基本上就一直空关，由阿四掌握钥匙。

阿四的一个姐姐阿三便站出来交涉，大家都是侯家的女儿，凭什么你阿四一个人独得三套房子。在房改没有开始之前，公房只有居住权，说起来是三套房子，其实就是三套房子的居住权。房改开始了，公房转变为私房，价格很便宜，与以后的高房价相比，几乎只是象征性地收点小钱。侯家五个女儿中，只有老二是大学生，大学毕业分配在东北，很少回来。老大结婚早，与娘家来往也不多。阿三高中毕业当了知青，一直觉得自己最倒霉，姐妹中就她下了乡，觉得李择佳更喜欢两个妹妹，两个妹妹没下乡，留在城里当工人。知青后来都回城了，阿三嫁了个与她一样的南京知青，当初为了这三套房子没有自己的份，与李择佳曾大吵过一架。

以往的事说不清楚，阿四也觉得自己便宜赚大了，答应把原本属于阿五的三楼房子让给阿三。阿二人在东北，没有意见。老大自己有房子，面积很大，也无所谓。阿三高高兴兴地正准备拿房子，没想到阿五突然又冒出来。这一下，事情变得复杂了，阿五的房子不可能再给阿三，阿五自己要住。阿三空欢喜了一场，越想越气，便索性退一步要与阿四打官司，要求平分李择佳留下的一楼。口说无凭，都说李择佳要把一楼的房子给璩达，依据是什么，老太太并没有留下任何遗嘱，阿三咨询过懂法律的人，像这种情况，口头说的话不作数，一楼房子应该是侯家五个女儿共同继承。阿四没想到会走到要打官司的地步，阿二不参与，表态放弃权利。阿五无条件地支持阿四，让阿四不理睬阿三，让阿三去打官司好了。

老大有平息纷争之责任，她表示自己也可以像阿二一样，放弃继承的权利，但是阿四应该给阿三补偿，也就是给她一些钱。这个钱究竟是多少，不太好计算。按照当时房价，折算成三份，老大老二放弃，阿三阿四阿五各得一份。阿五本来也准备放弃，可是她如果放弃，就变成阿四和阿三两人平分，这样阿四给阿三的钱就更多，所以不放弃。按当时的房价，大约是十万块钱，阿四便硬着头皮，咬咬牙，给了阿三三万三千三百块钱，算是把姐妹之间的这个账清了。钱的账算清了，感情的账没办法再弥补，大家都觉得对方不对，不地道，各有各的理。阿三还是觉得阿四赚了，毕竟房价涨得越来越高。

阿四也是越想越气，做梦没想到最后还会这样。如果自己生意好，她也不会在乎那点钱。房改是几年前的事，当时那钱也是阿四出的，也就是说，她为这三套房子已出过钱，现在还要让她再出，真是越想越气，越想越不能心理平衡。天井一个劲地劝她，说阿四你想想，阿三说的也对，我们最后还是赚了，这不就行了吗。阿四说你这是自我安慰，自己骗自己，我妈当初说好这房子要给璩达，大家都是听见的，现在突然怎么就没这事了，就不存在了，好像我妈根本就没说过一样。

4

阿五的失踪之谜，似乎一直就没有真正解开过。刚开始，谁都觉得她迟早会说出来，别人迟早也会知道。过了很长时间，一年过去了，又一年过去了，最关键的那些事，那些细节，她还是什么都不愿意说，别人还是什么都不知道。断断续续地，能知道一点的都是无关紧要的事，阿五去过香港，也出过国，在国外待了不少时间，去过缅甸，甚至还去了遥远的巴西。在巴西的时间最长，她在巴西养过鸡，具体又是怎么回事，没人能知道，反正阿五也不肯细说。为什么要去，怎么去的，怎么生活的，和谁在一起，统统不明不白。阿五和天井比较说得来，阿四怀疑她会偷偷告诉天井什么，逼问天井，天井说你是她姐姐，她都不肯告诉你，怎么可能告诉我。

时间过得飞快，璩达眼见着大学毕业，眼见着有了女朋友。他连续交了两个女朋友，都是在校期间，第一个是大学同学，同班的，第二个还是大学同学，不同班，也不同专业。大学毕业回南京，他有了第三个女朋友，两人恋爱不久，决定结婚，结完婚，要去泰国旅行过第一个春节。小两口不与父母一起过年，天井夫妇只好准备自己过。正商量着怎么过，岳维谷给天井打来电话，约他们全家一起去高淳过春节。结果就决定去高淳，到了日子，喊上两个老的，也就是民有和倪英文，又带上了阿五。来接他们的是一辆商务车，倪英文会晕车坐在前面，中间位置是阿四和民有，阿五和天井坐在后面。

高淳那时候还叫县，还没有改成区。一路上，有好几个地方正在修路。民有回忆起当年去高淳接天井，那是坐船，慢慢悠悠，花了很多时间才到高淳。那年头，去高淳的路途真的是很远。阿五问坐在她身边的天井，对当时还有没有什么印象，天井说印象当然是有一点，我那时候都六岁了，当然会有印象。其实印象已十分模糊，天井还能记得自己与姐姐甜甜分手，记得甜甜一个劲地在哭，不过对她是不是大肚子，却没什么记忆，小孩子不太会注意到这个。

天井同母异父的这个姐姐，再婚也已经好几年。她的再婚说起来也是一段传奇。岳维谷有个高中同学，在校时就是好朋友，两个人走了两条完全不一样的发展道路。岳维谷是读书考大学做官，他的这个同学则是跟着父亲一起开工厂当老板。岳维谷的官越做越大，同学的钱也越赚越多。当地说起地方上两个最有名的成功人士，一个就是为官的岳维谷，一个就是做实业发了财的同学。两家住得不远，同学父亲是当年的大队干部，年轻时就看中甜甜，就同情她，一直在暗恋她，一直为她嫁给岳师傅这样又老又丑的男人感到愤愤不平。中年后死了老婆，岳师傅也走了，他开工厂赚了大钱，心里始终放不下甜甜，便千方百计，娶了甜甜为续弦。

大家都是二婚，都不想高调，怕小辈笑话，悄悄地办了几桌酒，便成为正式的夫妻。岳维谷和他的同学，作为小辈，对父母的选择没有任何意见。地位和身份决定了人的思想观念，在他们的内心深处，早已没有了乡下人的陈腐。同学父亲有一次酒喝多了，对岳维谷说，有人说我和你妈是官商勾结，放他妈的狗屁，勾结什么了，我就是喜欢你妈，我就是喜欢她。老头子一番话，说得大家有点尴尬，岳维谷母亲的那张脸，顿时比年轻人的脸更红。同学父亲与她岁数相仿，与她一样，都不太显老，他说你妈命好，老了有我照顾她，我也命好，老了还有你妈陪伴。

这位同学父子确实挣了很多钱，确实与岳维谷不存在任何的官商勾结。父子在石臼湖边上选了个风景绝佳之处，打造了一座非常漂亮的山庄。山庄很大，请了好几个人打理，有钱人就是豪横，反正有的是钱。接天井他们的商务车还没有进入山庄，一车人就已经在赞不绝口，连声称这个地方好，这个地方太好了。进入山庄，立刻有点目不暇接，怎么看都漂亮，怎么看都惊艳。客房就像五星级的高档酒店一样，三个房间已安排好了，民有和倪英文的那间最高级，除了是套间，装模作样的还有一个不小的书架，胡乱地放着几本书。大家相互参观了以后，感慨很深，阿四羡慕地跟天井嘀咕：

"妈的，人比人，气死人，看人家混得这阔！"

民有则倚老卖老，一有机会，便回忆过去，使劲地回忆。也不管人家爱不爱听，一说起来就没有完。过去的日子无非是穷，是难过和不好过。这次说好了要在山庄过年，他们到来以后，天井的姐姐，也就是岳维谷的母亲，三番五次地说机会难得，要求大家多住几天。岳维谷夫妇直到吃年夜饭前，才匆匆赶过来，第二天中午吃了点东西，又匆匆离去。看得出来，这一对夫妻在闹别扭，两人都在隐忍，毕竟是大过年的，不想影响大家的情绪。天井问岳维谷为什么不在山庄多留一两天，为什么不能让他妈高兴一下，大家好不容易有这个聚会机会。岳维谷回答说小舅我们真的有事，我有事，胡正碧也有事。

岳维谷母亲显然也是看出了端倪，她不得不为儿子打圆场，说我们家维谷真的是很忙的，没办法。大家都看在眼里，都已经注意到了，胡正碧从头至尾几乎没跟她老公说过什么话。除了第二天一大早，喊了一声妈，喊了一声爸，喊了一声小舅小舅妈，还有爷爷和奶奶，挨个地敷衍一下，她一直保持着沉默，胡正碧显然是很不开心。不过谁也没有多往深处想，毕竟是过年。吃完早饭，岳维谷的继父兴致勃勃带大家去参观，参观自己的花房，参观他养的花，他培养的盆景。工厂交给了儿子管理，他自己就躲在山庄里养花，培养盆景，他培养的盆景非常漂亮，有人要出很高的价格购买，他因为是自己培养的，舍不得卖，就仿佛是自己的孩子，怕买家买回去以后，不会伺候，养不好糟蹋了。

岳维谷母亲偷偷地问儿媳妇，维谷是不是做了什么对不住她的事，惹她生气了。胡正碧气鼓鼓地说，你儿子做了什么事，你可以去问他，他自己心里有数，他自己做的事情，自己知道。岳维谷母亲也来不及问儿子，接他们回南京的小汽车说来就来，把他们接走了。到晚上吃饭，民有追问岳维谷人去哪了，怎么不一起吃饭，甜甜连忙帮自己儿子打掩护，说我都忘了跟你说，突然有车子来接他们，说是有急事，很急的事。民有听了直摇头，说做个领导真是忙，大年初一都会有事。

胡正碧的不高兴确实是有原因，岳维谷确实是出轨了，不只是思想上出轨，而且已经付诸行动。他在苏北某县级市挂职副市长期间，与一名女办事员发生了恋情。作为一名领导，一位官员，一个有老婆孩子的男人，岳维谷的出轨多少有点事出有因。这位女办事员小于，姓于，长得也非常像于静，就是岳维谷的那个前妻。他第一眼就惊呆了，感觉就像当年的于静重现，那种沉静那种羞涩，那种对着你似看非看，都让岳维谷感到不可思议，感到一种心灵上的颤动。

人心是个很奇怪的东西，当初岳维谷带着一种乡下人的自卑，开始与于静交往。说不清最初是爱，还是仰慕，还是仅仅考虑她的家庭。他们出身于不同阶级，高考改变了岳维谷的命运，有了高考，才有了接近于静的机会，才有了和她结婚的可能。当初的分手也是十分果断和决绝，快刀斩了乱麻，说分就分了，双方不惜翻脸，差一点上法庭。记忆中有件事，让岳维谷有点放不下于静，省里召开新年团拜会，他看见老态龙钟的于静父亲颤颤巍巍坐在角落里。与于静离婚，他最担心的是可能会遭受报复，现在突然看到前老丈人老成那样，仿佛风前残烛，不禁有些五味杂陈。他想到离婚的时候，全家除了天井，都要他离婚，岳维谷还在犹豫，忍不住和天井聊这事，问小舅他该不该离。天井说你这要是问我，我当然是说应该，但是我要告诉你，如果换成小舅，我可能不会离。

于静这样的女孩，没有了家庭庇护，生存能力远不如普通老百姓。正是这一点让岳维谷欲罢不能，也让他明白，为什么当初分手，于静会对他依依不舍。跟于静分手后，岳维谷的人生直线向上，同时也不难想象，于静的日子会越来越糟。他想起她偷偷吃药的情景，偷偷地是怕被他发现。于静说她只要能坚持吃药，就不会再发病，她告诉他，自己发病，是因为害怕他发现她在吃药。于静像个溺水的孩子需要有人帮助，岳维谷的做法无疑是见死不救。为什么不能带着她一起走呢，为什么就不能扶她一把。他觉得有点对不住她。每次去医院看病，看见戴着口罩的医生，岳维谷就会想到于静，想到于静的眼神，她表面上是个医生，其实她是病人。

小于与岳维谷的关系，发展得很快，非常快。她听他讲于静的故事，讲他的后悔，讲他的自私和懦弱。岳维谷也听小于说自己的故事，说她老公跟闺密如何搞到一起去了。两人都在认真倾听对方的故事，都觉得对方是在扔鱼饵，在寻找借口引诱对方，或者说是让对方引诱自己。郎有情来姐有意，大家都很寂寞，都有那种想法，两人一拍即合，很轻易地就搞到一起去了。这种关系挺可怕，好像也都不为了什么，男女关系为了什么很可怕，真不为了什么，同样很可怕，因为太直截了当，有些事不能太直截了当。

岳维谷挂职期满回南京，这种关系若即若离还存在。小于到南京来出差，在酒店里住下，也会偷偷地给他发个短消息。他收到短信，会想办法去赴约。没想到胡正碧粗中有细，终于发现蛛丝马迹，自己当起了侦探。她对岳维谷的书房进行了严格搜查，竟然在一本书中，发现了夹在里面的进口避孕套。她一下子明白过来是怎么回事，一下子就想明白，立刻明白岳维谷背着她在搞什么鬼名堂。

胡正碧没有打草惊蛇，她不动声色，悄悄跟踪仔细观察，成功地抓到了现行。这时候，胡正碧已是水文水资源学院的副院长，正教授也评上了，博导也十拿九稳，加上老公官场得意，儿子读书成绩不错，没想到好事不断的自己，会突然遭遇这种不幸，会突然遇到这种恶心人的事。双方最后不得不坐下来谈判，胡正碧死活要离婚，岳维谷则是死活不肯离婚。就这么僵持着一年多，直到儿子要出国去上高中，岳维谷认了无数次错，两人才算是重新和好。

胡正碧在这期间做了一次小手术，是乳腺增生，切除了一个小硬块。同时，也是顺便手术治疗，切除腋下的汗腺，根治了自己的狐臭。她知道岳维谷嘴上不说，其实心里是不喜欢的。

5

阿四的音像店开不下去了，生意不好早在预料之中，没想到结果会比糟糕还要更糟糕。想赚点钱，钱没赚到，反倒赔得一塌糊涂。在高淳过年时，阿四就告诉天井，音像店不能再开了，没办法再开下去。她本来还有个想法，想趁这次聚会，与称呼自己"小舅妈"的岳维谷商谈一下，看看能不能从他那里得到什么帮助。在阿四认识的人中，只有他是有权又有势，可是岳维谷匆匆来去，根本就没有给她谈话的机会。

不开音像店，还能干什么呢，想来想去，听取了各方意见，阿四决定与人合伙开家茶馆。开音像店没赚到钱，多少还结交了几个江湖上的朋友。此次开茶馆，也是江湖上这帮朋友在唆使，理由是就算不能赚钱，起码也可以有个地方大家聚聚，打打麻将，玩玩扑克牌。开茶馆的钱是大家凑的，看中了地方，选好了位置，谈好租金价格，说干就干。请装潢公司装潢设计，天井做过监理，装潢质量由他来把控，不让装潢公司偷工减料。

幸好有天井在负责监理，在把控各种预算。要想让装潢公司不偷工减料，几乎是件不太可能完成的事情。天井兢兢业业，起早贪黑，不敢有丝毫放松。在一开始，装潢公司并不知道他是老板娘的老公，还想贿赂天井，跟他唱双簧，后来知道了真相，就没完没了地跟天井抱怨，说做他家这单生意，怎么不赚钱，怎么赔钱。口口声声都是：

"璩师傅，你是最懂行的，你应该知道我们多么不容易。"

茶馆选了个好日子，算是正式开张，选择的这个位置有点偏僻，当时觉得这可能是个缺点，会影响生意，没想到缺点也能成为优点，因为有点偏僻，反而会有些意外的顾客。几个封闭的小包间生意特别好，设计小包间时，天井还觉得完全没有必要，不就是喝个茶吗，要什么小包间，纯粹就是糟蹋银子。事实证明小包间最受欢迎，生意好的时候，天天早就预定出去，不提前打电话根本定不上。

阿四的合伙人中有个文姐，属于大姐大式的人物，也是合伙人中出资最多的一位，岁数比阿四还小，不过大家都叫她文姐，阿四也是这么跟着叫。文姐老公是南京最早开出租车的人，干得早，就跟最早一批卖鸭子的人一样，发财也是最快，成为南京最早一拨有钱人。这拨有钱人的共同点，都是出身底层，文化程度不高，稀里糊涂就发了财，发了大财。都说创业容易守业难，文姐老公生意红火时，有两辆出租车，一辆自己开，一辆租给别人。那年头，光是出租车的营运证，就能值大价钱。很快自己也不开车了，都租给别人去开，他坐享其成，吃喝嫖赌样样都来。

这以后，天下都是文姐自己打出来的。卖掉了营运证，还上了老公欠的赌债，治好了老公嫖娼染上的性病，最后全凭一己之力，重返有钱人行列。文姐跟老公离了婚，不过离婚不离家，并没有把他扫地出门，只是为了保护家庭财产，把钱牢牢掌握在自己手中。阿四的茶馆可以说是文姐出力最多，出资也最多，因此名义上的老板娘阿四对文姐说的话不得不听，她的建议也不得不执行。阿四本来也是个要强的脾气，很难把张三李四放在眼里，不过对这个文姐，她是真的佩服，真的愿意听她的话，真的愿意按她的意见去做。

有一段日子，文姐每天都到茶馆里来打麻将，基本就是几个老搭档。有时候三缺一，便让阿四上场。阿四不太想打，文姐就问她，是不是怕输钱，你若是怕，没关系，输了算我文姐的。阿四说，我倒不是怕输钱，只是觉得我好歹是在这管事，管事的不管事，却打起牌来，有点说不过去。文姐说，你在乎那个干什么，管他呢，玩了再说，我们弄个茶馆，不就是为了玩吗。说是这么说，阿四的基本原则，还是能不打麻将就不打麻将。当然，偶尔还是免不了，还是要替补上场。

女人们在一起打麻将，一边打，嘴上也歇不下来。最常见的话题，无非损自己老公，说别人老公。文姐的老公早已成为众矢之的，成为男人无用无能的代名词。说起来，他也算是创业成功过的男人，可是在文姐嘴里，当年他能够成功，能够赚钱，也完全是因为她在后台支持，是文姐让他怎么样怎么样，他才会怎么样怎么样。与文姐一起打牌的女人，不是男人有钱，就是自己是富婆，年龄大多是过了更年期，说起男女这事，常常口无遮拦。譬如文姐说起自己老公，最笑话他的就是牛什么，都已经硬不起来了。

文姐的口头禅中，时不时会冒出这么一句：

"男人不硬,还算什么男人。"

或者就是换个角度,说女人时也这么用:

"你总不会像我老公吧?!"

这话不仅文姐会说,跟她一起玩的女人也会借用:

"你总不能像人家文姐的老公吧?!"

有一天,茶馆水池的下水道堵了,阿四打电话叫天井赶快过来弄。天井人过来了,不一会把下水道给疏通好。弄好了下水道,一起打牌的女人突然想起女厕所抽水马桶开关不太好,老是漏水,就问阿四你老公会不会修,那玩意能不能修。阿四便说,我老公当过多少年的钳工,什么都能修。让天井去修,过了不久,天井过来汇报,果然已经修好了,问还有什么事,还有什么事要让他干。阿四想了想,说没事了,你先回去吧。天井于是扭头回去了。一起打麻将的有个女人叫老崔,看着他屁颠颠地来,又屁颠颠地去,很是羡慕,说还是阿四老公这样的好,太实惠了,什么都能干。

文姐听了,话里有话地刺了老崔一句:

"你老崔怎么知道的,你怎么知道人家老公什么都能干?"

另一位立刻把话接过去,女人要说起荤话来,也是很厉害的,一样可以口无遮拦:

"她当然知道,说不定还真干过的。"

老崔急了,手上摸了一张烫手的牌,就怕打出去会放炮,犹豫着,打还是不打,最后还是扔了出去,边扔边说:

"你们也不要没得数,乱说什么,不能瞎讲的,再这样,人家阿四要吃醋了。"

没想到还真的就点炮了，正好是阿四要的那张牌，来得正好，她把面前的牌摊开，很大度地说：

"我吃什么醋呀，我们家天井反正是男的，他跟你玩，又没吃什么亏。"

大家一阵非常快活的哄笑，老崔也不恼，说你不要这么说，谁占便宜还不知道呢，我就是想知道，你老公还行不行。阿四说我告诉你老崔，我老公相当行，他别的能耐也就那样，就那个特别行，我不骗你。老崔说恐怕不是他行，是你特别行吧。阿四便说我不行，我真的不行，也就一般吧。大家又是一阵哄笑，坏笑，插不上嘴，使劲洗牌。老崔说你就不要帮你家老公吹了，都说天下没有耕坏的地，只有耕坏的犁，你又瞎吹什么，他还能怎么厉害，恐怕最关键的还是你这块地好。众人听了一怔，很快又大笑起来。

这样轻松快活的日子过了大约有两年。好日子很快过去，第一年生意确实是好，测算下来，赚了不少钱。文姐让阿四把合伙人的资金，能退的统统都先退掉。这样一来，茶馆的本金和债务，经过一次清理，基本上集中在阿四和文姐两人手里，真正占了大头的，已经变成了阿四，她成为不折不扣的老板娘。目的当然是想多赚一点，没想到茶馆生意好了，房东立刻要求涨租金，涨幅还挺大，不涨不行，装潢的钱还欠着呢。阿四咬咬牙签了续约合同，害怕房东再一次涨，新合同由两年一签，改成五年一签。

到了第三年，生意忽然又不好了，究竟什么原因，谁也说不好，反正就是不赚钱了。装潢的债刚还完，赚的钱差不多都付了房租。茶馆变成烫手山芋，不能不办下去，又很难再办下去。阿四没有文姐的实力，文姐可以不在乎，赔得起，她却有点扛不住。这个老板娘干得实在有些冤枉，不干还不行，干了也白干。文姐的意思，困难总是会有的，挺一挺也许就熬过去了。阿四不得不把自己住的房子抵押贷款，靠贷款的钱来维持，靠贷款的钱撑着。现在，阿四是茶馆的大股东，茶馆赚钱，她就赚得多，茶馆赔钱，她就赔得多。涨租金和生意不好，从两个方向同时挤压阿四，她的日子顿时变得不好过。阿四是茶馆的老板娘，是好是坏的责任都在她，她真的有点扛不住了，没钱赔了。

扛不住也得硬扛，因为没有退路。于是什么样的生意，只要能赚钱，多少都做。一家婚介公司把这当作了约会地点，婚庆公司借这个地方拍相册视频，又叫婚礼 MV。茶馆装潢的风格很别致，既现代也古典，有个电视剧就在这里面拍了好多镜头。各种合法不合法的交易，也在借这个茶馆进行，阿四心中有数，对那些不合法的生意，为了一点小钱，也就睁只眼闭只眼，只当作自己什么都不知道。

一起打牌的有个女人小邹，她的一个朋友经常借阿四的茶馆谈生意。文姐对这个朋友的行径有些了解，严词责怪小邹，怪她不应该把这种人介绍给阿四。大家都心照不宣，都知道此人在干什么。天下男人能干的坏事，无非吃喝嫖赌毒，文姐对此有过评价，吃喝嫖还不至于倾家荡产，吃是真功，穿是威风，嫖是一场空，赌是无底洞。到了赌的程度，家破人亡就不远了。然而比这更危险的是毒。小邹的这个朋友是个毒贩子，大家知道的只是他曾经吸过毒，没想到他已经在偷偷地贩毒了。

阿四丝毫也没有意识到她处在危险边缘，丝毫也没有意识到毒品交易会带来的严重后果。她觉得自己收的只是喝茶的钱，这家伙出手大方，给的钱也多，阿四又何乐不为。来的都是客，相逢开口笑，全凭嘴一张，过后不思量。有一天，这家伙正在茶馆里准备进行交易，遇到警察在追查，他把一包东西悄悄扔给了阿四，让阿四把它收好，自己若无其事地走了出去。警察对他好像也没什么办法，阿四看在眼里，竟然也没有感到一丝害怕。

事后，这家伙给了阿四一沓钱，厚厚的一沓。阿四正好缺钱，而且也为他冒了一点险，就毫不客气地收下。再以后，又有过两次，都是把一包东西放在阿四的茶馆，丢下就走。前一次没出事，第二次就出事了，这家伙被警察抓了，由警察押着带到茶馆，让阿四把东西交出来。阿四看了一眼他，还在想要不要狡辩，警察很严厉地呵斥了一声：

"还装什么傻，把东西交出来吧！"

6

阿四知道窝藏毒品不是小事，但做梦也不会想到后果那么严重。对于阿四来说，有两点特别不利，非常不好。一是阿四收过钱，二是阿四知道寄存在她那的是毒品。仅凭这两点，收过钱，又知道是毒品，足以认定她参与了贩毒，阿四就可以被认定是犯罪分子。对她还有一个更不利的消息，查获的毒品数量，达到了必须重判的标准，根据这个标准，主犯不是无期就是死缓。

事情发生得太突然，天井正在家带孙子，对此毫无思想准备。警察带着缉毒犬上门搜查，一楼二楼查了个遍，又去三楼的阿五房间仔细搜查。幸好阿五在家，要不然警方就准备破门而入。天井被吓蒙了，什么也不敢说，什么也不敢问。阿五只是小声嘀咕了一句，立刻被警方呵斥，带到派出所去问话。天井因为有小孩，警方留了两个人在天井的家里，对他进行审讯。

五岁的小孙子被吓得哇哇直哭，好不容易哄得他不哭，警方开始审讯，直截了当地问天井，有没有参与贩毒。天井听了松了一口气，说我怎么可能参与贩毒，你们肯定搞错了。警方便冷笑，说你看我们这个阵势，像搞错的样子吗，没有真凭实据，我们会找你？天井刚松了一口气，又立刻紧张起来，问究竟谁参与了贩毒，是他老婆阿四，还是他小姨子阿五。警方很快弄明白这事与天井无关，阿五也被放了回来，当然也是无关。事情很简单，事情不复杂，弄清楚也非常容易，不过大家被吓得不轻，不明白阿四怎么会卷到这么可怕的事情中去。

那段日子，阿五正好与阿四有点闹别扭。阿五回到南京，一直没找到合适的工作，最后在五台山游泳馆打杂。游泳馆的一台锅炉老是坏，请人修了没几天又坏，阿五便说天井很可能能修，他的技术很好，什么机器都能修。结果对方抱着死马当活马医的态度，请天井过去看一看，修好再给钱。天井便带着五岁的孙子去了，到了现场，阿五帮他带孙子，他去修理锅炉，七弄八弄，还真给人家修好了。体育馆管后勤的师傅，一直陪伴着天井，对他的手艺赞不绝口，说现在的年轻工人，都不是干活的料，干什么都干不好，看在眼里就觉得别扭。这位师傅也真是眼拙，居然把天井和阿五看成一对，对阿五说，你老公这个技术，才能算是真的技术。

阿五笑着说："你怎么看出他就是我老公了。"

这位师傅自觉失言，只能继续取笑，掩饰自己的尴尬："难道不是，我还真以为是，看着像，很像。"

阿五和阿四聊天，把这事随口说了出来。说起来，天井是阿五的姐夫，大家都是自小认识，又曾经是同班同学，天井为人又那么老实，阿五说起他来，向来很随便，没什么顾忌。没想到阿四也不知哪根神经搭错，竟然就为了这句话吃起醋来，说我也觉得你们是有点像，你们在一起挺合适。阿五当场翻脸，不得不翻脸，说你他妈你老公你稀罕，我可不稀罕。阿四嘴上岂肯饶人，说稀罕不稀罕，他都是我老公，你不稀罕，我还就是稀罕。阿五气得几天不想跟阿四说话，见了天井，也不理睬他。

天井并不知道发生了什么事，为什么阿五会突然不跟自己说话了，问阿四，阿四笑着说出了原委。天井听了有点发急，怪阿四不应该乱说。阿四说我就乱说又怎么了，你们若是没事，身正不怕影子歪，也不用着急是不是。天井说你又乱说，阿四说我没乱说，天井你能不能跟我说老实话，你跟阿五到底有没有事，你们有没有睡过。天井真急了，说你怎么能瞎说呢，瞎想什么，我跟她怎么可能有事。阿四就说，就算你跟阿五没事，你又跟谁有过事。天井说我跟谁也没有过事，你到底是想干什么，你到底在想什么。

阿四的出事实在是太突然，刚开始，大家还没意识到问题的严重性。很快就知道这绝对不是小事，阿四肯定要判刑坐牢。过去的这些年，阿四只能照顾茶馆这一头，家里的事不闻不问，都是天井在操持。他下了岗，便什么事都得做，都应该做。负责儿子考大学，儿子上大学又出去当监理，儿子结婚后有了孙子，他又回家带孩子。干什么都好像是天经地义，忙得不亦乐乎。阿四出事后，最让天井吃惊的是，她不仅要吃官司，还欠了一屁股债。房子已抵押出去，好在只是把房本上户主是阿四夫妇的二楼给抵押了，一楼房子还在，户主是璩达。

二楼为了给儿子结婚，重新装修过，都是天井一手打造，花了无数心血。现在不得不把二楼腾出来，小两口必须搬到楼下来和天井一起住。天井把大房间让给儿子和媳妇，自己睡小房间睡小床。阿四关在看守所里，在判决生效之前，对嫌疑人不允许探视，因此很长一段时间，阿四不知道家里发生了什么，天井他们也不知道阿四究竟会怎么判。终于开庭了，天井在法庭上看到了阿四，双方不许交流，相顾无言，天井只能干着急。所谓开庭，其实也是走个形式，两个主犯是无期和二十年徒刑，阿四被判刑十年。

判决以后便可以申请探视，天井在看守所与阿四见了面，夫妻相对，千言万语也来不及细说。天井做出无所谓的样子，说我会等你十年出来，你在里面好好的，我等你，我一直都等你。阿四有些感动，别人这么说，她可能不会相信，天井这么说，她信，她真的相信。天井又说，你到了监狱，我会再去看你，你放心好了，家里都很好，都在等你回来。天井没把二楼房子要被拍卖的事告诉阿四，觉得这事没必要告诉阿四，他不想让阿四难过。接下来，阿四在看守所里又待了一个多月，根据规定，在看守所的探望次数，不能超过三次，天井就去了三次，然后阿四被送往南京女子监狱服刑。

女子监狱离主城区不远，就在铁心桥镇，离南唐二陵也不远。要去探监很容易，每月都可以有一次机会，天井雷打不动，到日子必定要去看望阿四。每次见面是半小时到一个小时，要看管理人员的兴致，高兴时延长一点，不高兴刚到时间就撵人。阿四终于知道了家里的情况，知道二楼那套房子算是没了，知道她的孙子马上要上小学。天井对女子监狱的情况，也开始有所了解，知道她们是十六个人一个房间，有卫生间，是上下铺。阿四年龄属于大的，被安排在下铺。伙食不算好，也不算太差，每周都能有点肉吃，还常常吃到鸡内脏。监狱附近有家养鸡场，养的鸡专门用来做土特产风鸡，畅销国内。做风鸡要先除去鸡内脏，这些鸡内脏可以很便宜地出售。

没人想到最后会是这样的结局，阿四越想越冤，稀里糊涂的，活生生十年牢狱之灾。文姐去监狱看过她，咬着牙骂阿四，说我不是跟你说了，毒品这玩意死活不能碰，绝对不能，小邹这烂女人，你当初就不应该理她。阿四觉得有点对不住文姐，害得她跟着自己一起受损失，经过这事，茶馆也没了。文姐的气量还算大，说花钱消灾，说也别跟我说对不起，就算我倒霉，算我注定要破财，我的事，你不用往心上去，真要说起来，小邹也是因为我，才会跟你认识。文姐这话倒没有说错，把阿四拖下水的那个小邹，是同案犯，判刑判得更重，十三年徒刑。

十年的牢狱日子很漫长，阿四必须要学会适应。她成了一名优秀的缝纫女工，天天跟缝纫机打交道，一上流水线便下不来。女子监狱有个习艺楼，服刑人员接受劳动改造的工作场所，面积差不多有五千平方米，其实就是个现代化大厂房，市场上出口转内销的外贸衣服，有很多就是从这个厂房里生产的。阿四怎么也没想到，自己在快六十岁的时候，竟然变成了缝纫女工。天井去探视，她感慨自己干的活，不无挖苦地说，这个牢真应该让我妈来坐，我妈那时候整天就想有台缝纫机，就想有一台"蝴蝶牌"缝纫机，我们车间的缝纫机多得不得了，一排又一排，她看了不要太高兴。说了，苦笑一下，接着说干脆让阿五来坐牢就好了，阿五本来就在服装厂当过工人，她过来可以直接在这当个车间主任。

天井知道阿四是情绪不好，也没办法接她的话。她的脾气总是忽好忽坏，说翻脸就翻脸，一会是阳光灿烂的晴天，一会又是阴云密布，暴风雨即将到来。天井告诉她自己的金鸟助动车被交警没收了，为了整治空气污染，南京现在不允许在路上行驶燃油助动车。他也是随口一说，阿四便说你以后也不用来了，用不着每个月都来看我，老实说，我不稀罕你每个月都来。天井连忙说不是这个意思，他只是想告诉她助动车没了，以后可以坐公交来，坐公交也很方便。天井知道，阿四嘴上说不稀罕他去，内心还是希望他能去探监。监狱生活肯定无聊，肯定很不堪，每次探监，犯人和家属见面的场景，总会让人无限唏嘘，因此天井风雨无阻，到日子一定会出现，一定会去探望阿四。

儿子璟达很少去看望阿四，儿媳妇和孙子更不会想到要去。除了天井，除了文姐，去监狱探监的就是阿五。侯家姐妹中，阿四和阿五最好，关系最密切，她们只相差一岁，像双胞胎一样成长，上学在同一年级，一起毕业一起工作。两个人没少吵过架，在一起就斗嘴，对外常常都是一致，譬如对待上面的三个姐姐。阿五重新出现后，阿四不止一次劝她趁岁数还不算太大，赶快找个男人，这话阿五好像从来也没听进去过，听见了就烦，就对阿四呵斥，我找不找男人，你少操心好不好。

天井很少跟阿四说自己，关于他的事，他的现状，很多都是阿五探监时告诉阿四，从阿五的嘴里，阿四知道了天井的不容易，知道他现在像个保姆一样，在为璟达带孩子，为小两口做饭，送孙子上幼儿园，上小学。知道天井搬回去住了，也就是当年阿四和天井结婚的老房子。上了小学的孙子，也到了应该有自己房间的岁数，天井不得不给孙子腾地方。好在两处不算太远，天井天天跟上班一样，骑车去给孙子做早饭，送孙子上学。这让阿四很震惊。老房子条件很差，一直都说要拆迁，一直没有拆成，现在成为传统文化保护街区，说是要保持原样，已经不让再拆了。

阿四想到天井又搬回老房子居住，倒退着过日子，心里很不是滋味。都怪自己不好，怪自己把事情搞砸了。想到他与自己一样，孤苦伶仃，独守空床，忍不住给阿五写了一封信。在这封信里，她表示希望阿五能和天井在一起，说自己的牢狱之灾，很可能就是天意，是老天爷在心里想让他们在一起。既然如此，阿四愿意成全他们，愿意与天井离婚。信发出去以后，很快收到阿五的回信，在回信中，阿五把阿四大骂一通，说她是不是疯了，是不是因为没有男人，在监狱里憋不住了，才会说出如此混账的话。根据中国的法律规定，服刑人员在监狱期间，可以与他人通信，来往信件必须经过监狱检查，也就是说，双方的信，都是被检查过，才能与对方见面。

阿四又回信，说自己确实深感没有男人的苦，女人没有男人是苦，男人没有女人更苦，她说自己是心疼天井，才会出此下策，才会下这样的决心。大家都已经是六十岁左右的人，未来的日子天知道还有多久，能过一天就算一天。她说自己还能不能从监狱出去都很难说，阿四觉得自己扛不过这十年。她说你们也不一定要结婚，反正就那么回事，一起搭伙过日子就行。信写得很长，一开始，阿四还觉得这信要被检查，有外人要看，说话遮遮掩掩，写到后来，索性放开来写，说天井在那方面如何如何，怎么体贴怎么厉害。阿五收到她的信以后，气鼓鼓地只回了几个字：

"好，你就等着吧，我会让你称心的。"

这以后，就没有了下文。天井来探监，也看不出什么异样。看他的样子有点开心，阿四便怀疑他与阿五真的在一起了，又不想问，心里在想，是自己促成了他们的好事，她要是再打听，再去吃醋，也就没那个必要，何苦再多此一举。天井虽然是老实人，老实人也是男人，送上门的好事，他当然不会拒绝。阿四心里在想，阿五也不是省油的灯，而且自己若是阿五，早他妈的就跟天井上床了，根本用不着羞羞答答，不好意思。将心比心，阿四也觉得天井没必要为她硬守十年，他要真有些什么事，也算是跟自己扯平了。过了差不多有半年，阿四终于还是憋不住，装作不经意地问了一声：

"阿五怎么样了？"

天井就跟没听见一样，也不回答。

阿四火了，说："我问你，阿五怎么样了？"

天井说："什么怎么样，人家挺好啊。"

"怎么个挺好？"

"好就是好，这个你让我怎么说——她不是结婚了吗！"

"结婚？"

"你不知道？"

"跟谁结婚？"

"跟一个男的，还能跟谁？"

阿四非常意外，没料到有这么一幕，想说难道不是跟你，话到嘴边，没说出来。天井说阿五结婚已有一阵，说他忘了告诉阿四，说反正阿四你也没问，不是吗，再说阿五呢，她也没和他细说，反正就是结婚了，反正就是这么回事。阿四说你不要老是"反正反正"的，阿五到底是和什么人结了婚。天井说你这个问的真是没道理，我又不知道，我怎么知道，反正见过那男的几次，感觉人还不错。

7

阿五说起自己再婚，忘不了要先调侃阿四几句，说自己匆匆找了个男人，就是为了要让她省心和放心。阿五说我的意思就是，我他妈的是要让你死了心，让你知道，没人跟你争你的宝贝老公，你那老公没那么好，没那么优秀和出色。阿四不服气，说我老公好不好，优秀不优秀，出色不出色，我知道，用不着你来评价。阿五继续和阿四斗嘴，她说不过我也得谢谢你，要不是你在后面催着，要不是你打翻了醋坛子，我也不会和现在的这个老男人结婚，还真是要感谢你的好意，我告诉你，我这老公还行，不是我要气你，起码也比你老公强得多。

阿四坐了十年牢，终于出来了，她也就少蹲了一个多月的监狱。南京的禄口机场，发现了疫情。有的监狱里据说也出现了疑似病例，阿四所在的女子监狱，防患于未然，干脆把即将到期的犯人，能释放的先释放。突如其来的自由，让阿四感到略有点不适应，儿子开车来接他，璩达不仅会开车了，而且开的还是自己的车。外面的世界变化真大，十年过去了，实实在在的十年突然就消失得无影无踪。阿四发现高楼更多了，汽车也更多了，街上的行人还不算拥挤，能见到的，都戴着口罩。

随着阿四的服刑即将到期，为迎接她的回归，天井开始对自己的小巢，进行全面的升级改造。他的动手能力得到了充分发挥。老房子有太多先天缺点，好在政府投入也不算小，首先是把外部环境整治了，重修了下水道，解决了最难处理的雨污分流。古老街区的民房，大多没有卫生设备。过去是用马桶，现在好像也不让用了，毕竟在经常有人参观的历史文化街区，有居民拎着马桶走过，太煞风景。修建了好几座公共厕所，居民生活仍然不方便。不让用马桶，只好用痰盂，到了黄昏时分，在街区行走的游客，一不小心，就会看到耷拉着脑袋的居民，端着一个彩色痰盂去上厕所。

天井家的老屋，解决了卫生间难题。这得归功于天井在装潢公司当监理，做了很多装潢方面的工程，他对各种管道改造已经很精通。费了很大的事，花了不少钱，结果让人十分满意。小卫生间极其实用，只占用了两个平方，安装了抽水马桶，淋浴龙头，生活品质立刻得到改善。当然房间还是和过去一样狭小，一样拥挤，可是真进屋一看，会发现比想象中可能的好还要更好。经过十年监禁生活，阿四对生活的要求降低了许多，现在，改造过的焕然一新的老屋，让她感到十分意外。她知道自己老公很能干，手很巧，没想到他会这么厉害。

监狱里是硬木条床，阿四睡得腰疼，晚上睡不好，睡着了就做很奇怪的梦。回家之后，发现天井已为她准备好了柔软的席梦思床垫，竟然是人家淘汰的二手货。这些年，天井不再做监理，他常帮人家出点子，帮人家老房子升级改造，人家准备淘汰的物品，三钱不值两钱地要卖，遇上合适的，便买回家自己用。在儿子璩达眼里，天井快成为一个捡破烂的人了。阿四已是实足的六十八周岁，她告诉天井，因为坐牢，因为遇人不淑，败了一套房子，欠了一屁股债，最后还要回到过去的老屋，难免会感到人生很失败，她没想到老房子还能被改造成这样。

很多老东西都淘汰掉了，只剩一台"蝴蝶牌"缝纫机，没舍得扔，它是阿四的嫁妆，有纪念意义。作为缝纫机，这玩意几乎从来没有派上过用场，最早是儿子璩达的课桌，以后是放电视机，再以后，又给孙子当课桌，再以后，成了天井的电脑桌。大家都换成了平板电视机，天井没有，他有一台儿子淘汰的电脑，挺好用的，上了网，什么都能看，什么都能看到。

阿四既然回来了，全家聚一下是不能免的。璩达说由他来张罗，所谓他张罗，其实都是他媳妇在忙。喊上了阿五夫妇，这是阿四第一次见到阿五的新老公，岁数比阿五略大一些，看上去并不像阿五说的那么老。问他岁数，说是五零年的，也就是生于上世纪的 1950 年，马上就要七十岁。人生七十古来稀，这话看起来的确有点过时了，真要说起来，阿四和阿五，还有天井，离七十岁也不远了。本来还要喊上民有，说是住的小区有疫情，只好先在电话里问候，等以后再上门去看他。

席间阿四和阿五姐妹俩也没忘了斗嘴。阿五先发话，说他们家客厅的吊灯，一会亮，一会不亮，让天井什么时候过去帮着修一下。天井连声说没问题，阿四听了，笑着对阿五说，你能不能搞搞清楚，这是我家老公，就这么被你们用呀，就这么一喊就到。阿五说，那活该，谁叫你家老公能干呢，他能干，不喊他喊谁。阿五的老公也是工厂的，不过人家一直是在科室，坐办公室的，动手能力很差，在一旁插不上话。天井猜想可能是灯泡坏了，很可能就是接触不好。阿四便说换个灯泡你老公还能不会，阿五得意地摇了摇头，说你问问他会不会。阿五的老公便一本正经地强调了一句，说灯泡没坏，应该没坏，要不然也不会一会亮一会不亮。

更多话题是围绕着房价，由璩达的太太引起。大家说起现在房价很贵，阿四的儿媳妇一直抱怨，说这些年来都想买房，就怪璩达始终下不了决心，说没钱，说太贵了，肯定会跌，没想到越不买越糟糕，越不买越买不起。璩达在一旁嘀咕，说谁能想到房价会是这么涨的。房价涨得实在太厉害，后悔来不及。璩达的太太说她想把现在住的房子做抵押，贷款买一处更大一点的房子，说璩达还打算要让她生二胎，现在这么小的房子，怎么生二胎。天井夫妇听到要抵押和贷款，头立刻就大了，就怕会还不上，又不敢插嘴，儿媳妇言语之中，显然在嫌他们儿子不能干，嫌璩达赚的钱少，嫌璩达的父母穷，没能耐，没钱。

阿四对自己的这个儿媳妇，谈不上有多大意见，也谈不上有多喜欢。自己作为婆婆，没有钱也就硬气不起来，又是刚从牢里放出来，于是免开尊口，不说话，不接儿媳妇的茬。回到自己住处，问天井儿媳妇要把房子做抵押，你为什么不站出来反对，说自己刚从监狱回到这个家，有些话不好说，你不一样，你为什么不说话，不发表意见。天井说我能发表什么意见，他们怎么肯听我的。阿四说不管怎么说，这房子也是我们家的，是我从娘家带来的对不对，她真要抵押，也要先经过我们同意吧。阿四想到天井这个人实在是太好说话，帮儿子和媳妇带孩子，帮他们烧饭，帮他们送孩子上学，帮他们这样，帮他们那样，现在孩子大了，不需要了，就把天井往老房子里一赶，想到这个，心里就来气。

天井告诉阿四，说他爸民有早就表过态，老人家百年之后，住的房子就归璩达。这可是套大房子，有一百多平方米。天井觉得儿媳妇太着急，奶奶倪英文不在了，爷爷民有已九十多岁，他们根本不用那么着急，不用那么急着换房子。年轻人都喜欢比较，比较谁的房子大，谁的汽车好。现在天井夫妇住的一间平房，不过二十多平方米，虽然也算有了小卫生间，显然还是属于严重落伍。或许坐了十年牢的缘故，阿四发现自己很多方面，都跟不上形势发展。刚去坐牢的时候，大家已经开始有手机，还没有太多的智能手机，很多人不知道微信，还不会玩，只知道微博。出狱后，这些新玩意，都要天井教她才行。

阿四还能记得全家刚搬离璩家花园时的兴奋，总算有了带卫生间的新房，她激动得直骂娘，发誓再也不会回去。记忆中，自己一生中的最大羞辱，就是母亲帮人家倒马桶。李择佳在璩家花园挨家挨户为人倒马桶，这事对阿四来说，是非常深刻的伤害，让她觉得很丢脸，脸面上特别难看，她因此不止一次产生过自暴自弃的想法。阿四还记得搬到新房不久，商店里已有空调在卖，不允许私下安装，必须要经过审批，必须要有一定级别。阿四不管这些，让天井偷偷安装了一台窗式空调。当时供电很紧张，电压偏低，老式空调启动电流很大，下午四点前必须先把空调打开，否则电压过低启动不了，或者直接跳闸，爆保险丝。

南京夏天非常热，到晚上，空气仿佛凝固，连蚊子都会热得飞不动。那时候，全家都集中在空调房间，阿四夫妇和儿子璩达，还有李择佳，还有阿五和她女儿陆路萱，偶尔还会有阿五的前夫陆晓明。天太热了，有了空调，大家都可以睡个安稳觉。

8

十年的时间很漫长，发生了太多的事。阿四坐牢的第四年，一直都在照顾民有的倪英文生病死了。阿四出狱前一年，文姐也死了。天井把自己跟民有的事，一五一十地说给阿四听，说倪阿姨病故，老爷子很伤心，一度不想再活下去。民有把银行卡交给了孙媳妇，把自己后事一一都安排好，给人的感觉是随时都可能离开。有一阵子，民有情况很不好，一直都是天井在悉心照顾，是他在陪伴老父亲。没想到渐渐地，民有身体好转了，璩达跟天井传达爷爷的意思，说不要天井照顾了，嫌他照顾得不好，要另外雇一个保姆，这个保姆就是五十多岁的小陶。

阿四一听，就知道问题出在什么地方。她说这不是明摆着吗，你儿子和儿媳妇太有心机，他们怕你爸一走，你赖在那个房子里不走，你爸的房子就是你的。天井摇头，认为不是这样，他才不会占着那个房子不走呢。阿四说你这么想，你的儿子儿媳妇可不一定是这么想。天井说这样也好，请了个保姆小陶，他爸的精神顿时也更好了，又活过来了，不再成天说那种要死不想活的废话。阿四笑了，说你爸不会还在想那种事吧，天井连声说不会不会，当然不会，说我爸都九十岁了，怎么可能呢。

民有对儿子和孙子的态度，确实大不一样。老爷子心中只有孙子，动不动会给璩达塞钱。璩达呢，也更认这个有钱的爷爷。民有算是离休干部，确实有点钱。他的离休有幸运成分，属于意外之喜，过去填写履历，一直都是写"解放后参加革命工作"，时间是1949年7月，那时候南京已解放，离休干部截止日期是1949年10月1日。阿四出狱后，与天井去看他，他坐在轮椅上，看到阿四，泪眼模糊，又重提倪英文的病故，说自己从她走后，真的是不想再活下去。说起倪英文对自己好，他对不住她，说着说着，居然开始号啕起来。阿四被他弄得挺难受，回家对天井说，你爸看来还是真伤心，倪阿姨在的时候对他太好了。天井就说他难受，是再也没人能像倪阿姨那样照顾他，像倪阿姨那样把他当回事。

阿四说当回事还不好吗，我现在就特别把你当回事。天井不吭声，阿四嘴上这么说，心里在想，他们夫妻之间，她对天井，相比天井对她，显然是天井更把她要当回事。一想到这些，阿四就觉得自己要珍惜，要珍惜他对自己的感情，要好好地待他，爱护他。岁月如梭人生如梦，阿四很好奇在没有她的十年中，天井是怎么度过的，她知道他过得很不容易。细想起来，无论是她，还是天井，他们的人生都有些失败。回首以往，他们竟然还没有坐过飞机，更不要谈出国旅游。如果不是阿四入狱，他们曾商量过要去云南，如果要出国去玩的话，不是去泰国，就是去韩国，或者索性去一趟欧洲。阿四问天井，说我不在的日子里,你难道没有想过找别的女人。

天井说没有,说没想过。阿四不相信,当然不相信。她还要继续问,说你到底想过谁。天井说想你呀,除了你,还能想谁。阿四说我要相信才怪,你人是老实,不过也没那么老实。天井说这跟老实不老实无关,确实是这样,事实就是这样,你说我还能想谁呢。阿四相信这倒是真话,这可能是实实在在的真话。一方面,都说男人有钱便会变坏,天井没钱,他想变坏也没那么容易。另一方面,阿四也知道,天井这家伙,对自己从来都是非常好,真还有可能即使有了钱,也不一定会变坏,他这人,再坏也坏不到哪去。

十年的牢狱很漫长,十年的牢狱很难熬。刚开始,阿四不相信自己能熬过去。说起来她比天井大一岁,要早一年出生,却都属蛇,一个是蛇头,一个是蛇尾,如果按虚岁计算,她入狱时都快六十岁,十年之后,差不多就接近七十岁。人生七十古来稀,好在十年熬过去了。在过去的十年里,大家都过着禁欲的日子,出狱以后,一开始,都还有些不适应,都有些茫然,都进入不了状态。天井不由自主地叹气,怀疑他可能是真老了,枪已经生锈了。阿四也觉得她不行了,脑子里不太想起那事,好像完全没有那样的念头。可是很快,很快又恢复了正常,两人竟然都不约而同地复活了。不只是复活,与过去相比,并没有什么太大不同,甚至还能更好一些。

这个事可能就这样,没有了压力,没有了更高期待,越是感觉好,就会越来越好。房子小,也有房子小的好处,动不动就得上床。阿四回到璩家花园,大多数时间,都是在床上度过,坐在床上看电视连续剧。新买了一台五十英寸的液晶电视,价格很便宜,还不到十年前的四分之一。阿四发现,不只电视便宜了,所有家电也都和十年前不一样,电冰箱、空调、洗衣机,好像除了房价在涨,房价大涨,其他都在跌。阿四说她在监狱里,老是会梦到岳维谷出事,梦到龚政策出事,有时候是他们俩为同一件事一起出事。天井觉得很奇怪,问为什么老会想到这些。她说她也想不明白,也许是关在监狱里,看到的听到的,差不多都是这些事。她熟悉的那些人,要出事,总得有权有钱才行,轮不到像他们这样的老百姓。她说天井你想想,我们老百姓能出什么事。天井说不能这么说,你不就是老百姓吗。一句话还真把她给问住了,她可不就是最底层的老百姓吗,她可不就是吃了官司,而岳维谷和龚政策,起码人家到现在,也是一点事儿都没有,不仅没事,还混得非常好。

过了一年又一年,天井夫妇为民有过生日。他已经九十六周岁,属老虎的,正好又是他的本命年,依然是坐在轮椅上,精神依然很好,由保姆小陶推着进入饭店。本来说好要喊甜甜夫妇,他们也答应了,因为疫情放弃。他们在电话里一再邀请,希望等疫情过去,让民有和天井夫妇一起去高淳的山庄住一阵。岳维谷没来,他还在外省做官。胡正碧作为代表来了,送了两个大红包,大的给民有,小的给保姆小陶,感谢她对老爷子的照顾。岳维谷的儿子在英国读博士,胡正碧说时间不巧,那边正好是半夜,要不然应该让他打个电话回来给太爷祝寿。

璩达夫妇在张罗,为生日蛋糕点蜡烛,他们的儿子马上要考初中,正在上网课,没有过来。生日宴会谈不上多热闹,主要还是饭店没有人气，好像除了他们这一桌，其他包厢都没有客人，都是空的。唱完生日歌，民有因为重孙没过来给他祝寿，有点不高兴，很严肃很一本正经很孩子气地说，这蛋糕太甜，他是不能吃的。大家都用好话劝他哄他，说这是专门为你订的生日蛋糕，很高级的，只要尝一口就行。民有很倔强，人老了就跟小孩一样，摇摇头，还是说不吃，坚决不吃。大家都笑，又都拿他没办法，越是要哄他，他越是来劲，越是要说不吃。到最后只强调一点，一定给他带一份回去，让小陶吃，他不吃，保姆小陶可以吃。小陶急得脸都红了，直摇手，显然不太想要这份优待，连声说她不要吃，她也不喜欢吃甜的。

从饭店里出来，天井夫妇要送民有回去，民有不要，只让孙子和孙媳妇送。胡正碧是开车来的，说我来送小舅和小舅妈，绕点路没关系。这里离民有住处不远，离天井夫妇住的璩家花园还有点路，于是天井和阿四就上了胡正碧的车。胡正碧的车一看就很高级，阿四问天井知道不知道这是什么车，天井说我怎么知道，胡正碧一边开车，一边回答，说这车叫"捷豹"。阿四忍不住又问要多少钱，胡正碧说这款车配置比较高，基本是属于最好的那一款，报了个数目，阿四和天井听了，有点目瞪口呆。

快到璩家花园，天井让胡正碧停车，说我们就在这个路口下。璩家花园是步行区，小车不让进去。胡正碧还想往前开，天井说不能再走了，绝对不能再往前，你再往前面开，想掉头都不行。两人于是拎着打包的几样菜，小心翼翼地下车，其中有份红烧肉，天井指定要的，说阿四喜欢吃。阿四当时被他说得不好意思,说你自己想要,干吗非要说我要。天井也不申辩,他确实是为阿四要的,阿四也确实喜欢吃红烧肉。

天井、阿四与胡正碧挥手作别,向璩家花园街区走去。为了便于管理,很多路口都被封闭,只剩下一个路口进出。时间已是秋天,太阳当头,巷口重修的花坛中,有两棵高大的桂花树,正飘发出浓郁的香味。天井和阿四就出生在璩家花园,在这成长和发育,度过了蒙昧的童年,度过了懵懂的少年,度过了无知的青年,可以说是为数不多的原住民。他们在这开始初恋,在这相爱,在这结婚和生子,万万没有想到,做梦也不会想到,在搬走之后,过了三十多年,最后又会回来。今天的璩家花园,早就不是当年的璩家花园。老一代原住民基本上去世了,与天井夫妇岁数差不多的居民,大多搬走了,只要是搬走,像他们这样再住回来的人,很少很少。

经过一次又一次改造,璩家花园已成为可供参观的文化街区,变得很有品位。它的过往历史也被美化了,现在,在这充满民俗味道的璩家花园,很少能听到地道的南京话。老房子里住的大多是租客,外来打工的临时居住者。天井和阿四成了这里为数不多的活化石,成了依然还健在的原住民标本。这一天正好轮到璩家花园街区做核酸,出门的时候就开始排队。当时怕排队时间过长,耽误去饭店赴民有的生日宴,两人准备回来再做。没想到回来发现队伍更长了,长也要排队,省得回家了再出来。

好在是一条长长的小巷子,阳光直射不到,因为戴着口罩,不远处的桂花香味也闻不出来。巷子两侧青砖墙面上,挂着电脑喷绘的璩家花园老照片。放大的照片不能算很清楚，不过有点模糊和变形，更显得有历史的沧桑感。平时匆匆走过，天井夫妇从来也没想过要细看这些老照片，今天因为排着长队，不得不一张接一张看过去，慢慢地看仔细地看。很多老照片都太过久远，属于爷爷奶奶和太爷太奶的年代，不加上文字说明，根本不知道是在璩家花园。照片上的辉煌时期与天井毫无关系，他熟悉的场景当然也有一些，并不算太多，天井看到了老房子边上那棵自己熟悉的榉树，看到了老房子里的祖宗阁，看到了费教授住的小楼，看到了永红小学，看到了永红服装厂，永红服装厂的围墙那边，就是天井的家。

　　如果不是看老照片上的文字介绍，天井根本就不知道什么叫祖宗阁，只知道是一个悬在空中的神秘小阁楼。沉舟侧畔千帆过，病树前头万木春。看着这些斑驳的黑白老照片，难免有一种走进过去岁月的感觉。阿四排在天井前面，队伍缓慢移动，喇叭里没完没了播放注意事项。终于轮到她，阿四打开手机，让工作人员扫码。接下来是天井，天井也被工作人员扫码。阿四取下口罩，张开嘴。然后是天井，天井的嘴张得很大很大，仿佛是一个巨大黑洞，棉签伸进了嘴里，在他的嘴里鼓捣了一下。这时候，天井脑海中，还在想巷子深处青砖墙上的老照片，还在想老照片上那些模糊的图像。

2023 年 3 月 12 日初稿
2023 年 10 月 3 日改定

后　记

　　大约在半个世纪前，有一次听傅惟慈先生说起托马斯·曼的《布登勃洛克一家》，这本书是他翻译的，说起来特别起劲。当时我中学刚毕业，听他讲得头头是道，似懂非懂，隐约只记住一件事，长篇小说就应该这么写，这么写就对了。

　　这只是一个文学少年的印象，事实上，自己后来开始写作，很少再想到这部小说。偶尔脑子里会想到的，是托马斯·曼这个人。他在二十五岁之前，完成了《布登勃洛克一家》，不只是凭借这部长篇小说杀入文坛，而且还靠它拿了诺奖。

　　或许是优秀的世界小说看得太多，不得不承认，漫长的写作生涯，大多数时间我都处在沮丧之中。前辈们太辉煌，像高耸的群山一样，今天我们这些小土丘，狂妄地谈起他们，很可能都不会把托马斯·曼放进排行榜，起码不会放在前列。面对如此辉煌的文学成就，后来的写作者，还能干些什么呢。不知道，也许我们真的是没有任何机会。

《璩家花园》是我写得最长的一部小说，与此前的小说不太一样，我只是想把它留给女儿。事实上，我不知道何时才能写完，写完以后，又会怎么样，又能怎么样。这种心态此前从未有过，写作时情绪十分平静，别无欲求，当然这个平静也是相对，不可言说。有时候感觉写得很爽，想怎么落笔就怎么落笔，有时候又忍不住流眼泪，一次又一次，我不知道别人读了这篇小说，会不会和我一样，内心也有那种难言的忧伤。

熟悉我的读者应该都知道，我不太擅长煽情。通常在别人要流眼泪的地方，我都会停下笔来，不再往下写。好的小说，应该是能让人带着含笑的眼泪读完，如果不能让读者满意地会心一笑，说明我们的小说并没有真正地写好。小说中照例会有很多痛，很多苦涩，很多不可言说，我无意展示它们，渲染它们，只是在轻轻地抚摸，带着含笑的眼泪继续写。

写作会让我们感到快乐，因为写作，可以沉浸在一种别样的生活之中。写作就是把自己封闭起来，把自己与这个世界隔离开。曹操曾说过，"何以解忧，唯有杜康"，对我来说，写作行为就是杜康，能写犹如能喝，能写就好，我已经很知足。

曹操还说过，"老骥伏枥，志在千里"。人老马瘦，这个志，无非甚至显然，也是在蒙人。还是诸葛亮说得好，"凡事如是，难可逆见。臣鞠躬尽瘁，死而后已"。

2024 年 3 月 9 日，三汊河